PROLOGUE

Josh

Si on m'avait dit qu'en seulement quelques semaines ma vie partirait en vrille à ce point, j'aurais gardé mes distances avec Sandre River. Cette fille est toxique ! Pourtant, c'est plus fort que moi, j'aime chacun de mes souvenirs avec elle, même ceux que je voudrais détester, j'aime être accro à elle, même si cette dépendance me consume tout entier. Et je n'arrive pas à regretter de me retrouver dans une situation pareille à cause d'elle.

Si elle ne m'avait pas utilisé sans vergogne, si elle n'avait pas fait de moi un pauvre fou, je ne me serais jamais retrouvé à poil dans cette chambre d'hôtel, à fuir le regard terrifié et totalement désorienté de Marcy. Marcy qui remonte ma chemise de costume sur sa poitrine pour tenter de me dissimuler son corps entièrement nu. Je ne sais même plus ce que je fous là, pourquoi je tenais tant à passer à l'acte avec elle, je ne sais même plus ce qui m'a attiré chez elle et, soudain, je lui en veux terriblement, à elle autant qu'à Sandre.

– Tu serais prête à revenir sur tes principes, à sacrifier tes croyances pour être avec moi ? Et tu crois que je vais te laisser faire ? Tu ne peux pas renier ce que tu es, tu m'en tiendrais pour responsable et finirais par me haïr, et ce n'est pas ce que je souhaite.

Elle se recroqueville davantage dans le coin de l'imposant lit king size, et je m'en veux d'être aussi dur avec elle. Ce n'est pas sa faute si je ne sais plus où j'en suis. Avant Sandre, Marcy était toute ma vie, j'aurais fait n'importe quoi pour elle, je lui aurais tout pardonné, je voulais la sauver de ses tourments.

– Je suis prête à tout pour toi, Josh, suffoque-t-elle en tentant de retenir ses pleurs.

Je suis un monstre. J'inspire profondément et efface du bout du pouce la larme qui vient d'atteindre ses lèvres. Je sais que Marcy ne va pas aimer la suite, mais je dois le dire.

– Nous ne sommes pas faits pour être ensemble.

– Bien sûr que si ! proteste-t-elle, à peine les mots ont quitté ma bouche.

– Alors, dis-moi, qu'avons-nous en commun ? Pourquoi devrions-nous rester ensemble ?

– Parce que c'est ce que nous voulons tous les deux, réplique-t-elle du tac au tac, soudain plus sûre d'elle.

Elle ne sait rien de mes désirs, elle ignore qui je suis vraiment. C'est de ma faute aussi, je ne lui ai jamais montré le vrai Josh, je ne lui ai jamais ouvert la porte de mon univers. J'aurais dû lui parler de ma vie d'avant Winsted, j'aurais dû lui présenter Rita Riley, ma mère biologique, avant d'envisager de coucher avec elle. Mais c'est tellement plus simple de n'être que Josh Anderson, un mec comme les autres, sans histoires et sans passé. Avec Sandre, je suis aussi un Riley, je lui ai ouvert toutes les portes de ma vie, mais son attitude m'a prouvé que ça ne sert à rien de se confier. Pourtant j'insiste, Marcy a le droit de savoir pourquoi je ne pourrais jamais être avec elle :

– Je veux m'éclater, je veux tout vivre à fond, je veux rire, je veux de la passion et du sexe. C'est ce que tu désires aussi ?

Le silence s'impose comme un mur entre nous. Ses yeux bleu azur me détaillent comme si elle me voyait pour la première fois. Elle semble tellement déçue que j'en ai mal pour elle, pour nous. Elle n'aurait pas aimé le vrai Josh, mais j'ai l'impression de l'avoir manipulée, d'être le pire des enfoirés.

– Je viens de t'offrir ma virginité, et toi tu me parles comme si tu souhaitais qu'on en reste là, juste parce que tu voudrais que je me mette à geindre comme une fille de mauvaise vie ? Tu te moques de moi ?

Elle se redresse. Les larmes ont déserté ses yeux, j'y vois sa fureur contenue. La culpabilité envahit mon cœur, il faut qu'elle comprenne, j'ai besoin qu'elle me pardonne.

– Nous aurions dû en parler avant. Je m'en veux d'avoir voulu aller trop vite avec toi. Je ne suis qu'un crétin, tu mérites mieux que moi. Je suis désolé, mais si j'avais su ce que tu désirais vraiment, je ne l'aurais jamais fait.

Elle se lève d'un bond, trébuche sur sa robe étalée sur le sol et, avec des mouvements frénétiques, remet sa culotte, retire ma chemise, enfile son soutien-gorge et s'engouffre dans sa tenue de bal. Je ne me suis jamais senti aussi mal. Nous n'aurions jamais dû mettre les pieds dans cette chambre d'hôtel, j'aurais dû me contenter de la raccompagner, j'aurais dû rompre avant que ça ne parte en vrille. Si seulement Sandre n'avait pas été aussi belle dans sa robe de bal, si elle ne me retournait pas le cerveau chaque fois que je la touche.

– Tu sais quoi ? finit-elle par répliquer en se battant toujours avec sa robe, tous les deux on n'est pas dans notre état normal, on va réfléchir chacun de notre côté et je suis sûre qu'après ça, on comprendra qu'on a vraiment dramatisé.

Ça, c'est bien du Marcy, mais je ne suis pas convaincu qu'elle regrettera moins après réflexion. J'ai vraiment merdé, je suis vraiment sûr de ne pas être le mec qu'il lui faut. Ce n'est pas comme si Sandre et Boby n'avaient pas essayé de me prévenir. Le vagin de Marcy est un endroit sacré dans lequel ma queue pervertie n'aurait jamais dû se fourrer. Moi qui me croyais égaré, en réalité, je suis complètement paumé.

CHAPITRE 1

Sandre

Steve s'écarte de moi, laissant une sensation étrange sur mes lèvres, une sensation surréaliste, comme un pansement sur une plaie ouverte. Mais son regard malicieux et son sourire arrogant me font l'effet d'une douche froide. Je retrouve instantanément mes esprits avec une irrésistible envie de lui envoyer mon pied, chaussé d'escarpins pointus, dans les parties. Malheureusement, il ne me laisse pas le temps de réagir.

– Il semblerait qu'on les ait fait fuir, ricane-t-il en s'éloignant.

Je me retourne pour constater que Marcy et Josh, le couple phare du bal de fin d'année, ne dansent plus collés l'un à l'autre, à quelques mètres de nous. J'ai un pincement ridicule au cœur, que je chasse avant d'envisager de les chercher partout désespérément. Je préfère ne pas savoir où ils sont. Et dire que j'ai failli glisser mon Reflex en douce dans un sac, juste pour le plaisir rassurant d'un objectif entre le monde et moi. Je suis sûre que, ce soir, j'ai raté plein de détails croustillants…

– Ce garçon est un vrai goujat, s'empresse de décréter Prude, la coincée du lycée qui a décidé de ne plus me lâcher, ce qui a pour seul avantage de m'occuper l'esprit.

– C'est juste un mec, je réplique en tentant de calmer mon esprit qui divague sur les raisons du départ précipité de Josh.

– William ne ferait jamais ça, proteste-t-elle en se servant un verre.

Voilà qu'elle protège Will maintenant ! Will, l'intello de service, le fils parfait de la famille parfaite, celui dont la chambre est collée à la mienne depuis quelques jours, celui qui me défendrait même si je me montrais odieuse envers lui. J'observe Prude porter le gobelet rouge à ses lèvres et je retiens son geste avant qu'elle ne me le recrache à la figure.

– Si j'étais toi, j'éviterais. Il est corsé !

Si elle s'aventure à abuser de ce truc immonde, elle risque de pourrir la robe fourreau que je lui ai prêtée et de ruiner tous les efforts que j'ai faits pour la rendre présentable.

– J'en ai bu tout à l'heure, s'étonne-t-elle.

– Mais depuis, les gars de l'équipe de natation se sont chargés de l'assaisonner.

– Qu'est-ce qu'ils ont mis dedans ? couine-t-elle en me dévisageant.

– Prude ! je m'indigne devant sa naïveté écœurante.

Elle rougit quand son cerveau assimile enfin, et je la pousse gentiment en lui montrant Will qui discute avec sa bande d'intellos.

– C'est lui que tu es censée tourmenter ce soir.

Bref, tout le reste du bal de fin d'année, je regrette d'être venue et me demande ce qui a fait fuir Marcy et Josh si tôt. Je suis incorrigible, car les images qui me viennent à l'esprit me vrillent l'estomac. Il va enfin avoir ce qu'il veut, et je ne serai plus qu'un vieux souvenir, tous les moments que nous avons passés ensemble ne compteront plus.

Je tente de distraire mon esprit en observant le manège ridicule de Steve, toujours incroyablement élégant dans son costume sombre. Il drague toutes les godiches déjà pompettes grâce à la mixture étrange des nageurs de Winsted. Et dire qu'il m'a touchée, m'a embrassée, que j'ai laissé le principal du lycée, Steve, Phil, Élise et même Josh décider qu'il serait mon cavalier pour ce bal. Tout ça pour quoi ? Une vie normale, un avenir tout tracé. Quand mes parents ont fui, quand Josh a tout découvert, quand l'assistante sociale a débarqué, et surtout quand Phil s'est immiscé dans mon monde, j'aurais dû disparaître. Rien n'est bon pour moi ici, et pourtant, j'insiste, je m'acharne, trop faible pour risquer l'inconnu. Je crois n'avoir jamais passé une soirée aussi pourrie. Ils ne m'y reprendront pas. La prochaine fois, qu'ils n'hésitent pas à me virer du lycée, que l'assistante sociale m'enferme dans l'un de ses foyers minables, je m'en fous.

Mon cavalier s'éclipse peu de temps après avec une fille à peine capable de tenir debout – il n'a jamais aussi bien porté son surnom de Steve l'obsédé –, et je me retrouve obligée de rentrer en limousine avec l'intello et la coincée. Il n'y a rien de pire que de tenir la chandelle. Je me sens vraiment de trop, bien que je ne sois pas convaincue qu'il se serait passé quoi que ce soit en mon absence.

Avant de quitter la limousine, Prude me saute au cou et je me fige sur place, alors que j'aurais dû la repousser.

– J'ai passé une soirée exceptionnelle, et c'est grâce à toi. Merci, merci ! Tu es une fille vraiment géniale, je t'adore ! me hurle-t-elle dans les oreilles.

– Normalement, quand le bal se termine, c'est son cavalier qu'on est censé tripoter, je réponds en tentant de décoller ses bras de mon corps.

Quand vont-ils tous comprendre que je hais les embrassades et les démonstrations d'affection ? J'ai accepté de les supporter, pas de me faire peloter à longueur de journée !

Chez les Donnell, la famille qui m'a si généreusement accueillie depuis que l'assistante sociale a décrété que je ne pouvais pas vivre seule, Phil et Élise nous attendent, collés l'un à l'autre devant la télé. C'est vraiment le couple parfait, si dégoulinant de bons sentiments que je n'ai vraiment pas le cœur d'aller les saluer. Ils me gonflent, les parents parfaits. Et je suis dans un tel état que je tourne dans le lit de cette chambre d'amis étouffante, incapable de trouver le sommeil. Il y a une quinzaine de jours, je me serais glissée en douce dans la chambre de Josh pour qu'il calme mes tensions, mais ce soir, il est en train de calmer celles de Marcy. Putain je suffoque, il faut que je sorte, et vite !

J'ignore comment j'ai atterri là, mais cinq minutes plus tard, je suis devant mon ex-maison familiale en pyjama, enfin plutôt avec une vieille chemise du mari de ma mère. Je suis dans un état second, torturée par la soirée que je viens de passer. Je sens encore le contact de Josh sur mes lèvres et entre mes jambes lorsqu'il m'a entraînée derrière les imposants rideaux tendus pour dissimuler les vestiaires. Je déteste l'effet qu'il me fait, j'aurais dû le repousser la première. Ce souvenir ne devrait même pas être douloureux, et pourtant j'ai mal. J'ai mal ! Je voudrais rentrer me blottir dans mon lit ou me défouler sur le punching-ball du garage, mais je n'ai pas pensé à prendre mes clés.

J'échoue sur le trottoir et profite du silence de la nuit, quand une ombre me fait sursauter. Elle s'approche, et je découvre Josh encore tout débraillé de sa séance de baise.

– Besoin de retrouver ses marques, raille-t-il, un brin amer.

– Toi aussi, on dirait, je le provoque, en me demandant ce qu'il peut bien foutre là.

– Ne te donne pas tant d'importance.

Salaud, connard, sors de ma vie ! Va baiser ta sainte-nitouche et ignore-moi ! Enfoiré, comme je regrette de t'avoir fait confiance !

Mais il s'éloigne sans se donner la peine de riposter.

La semaine suivante est longue à mourir. Dernière semaine de cours, dont je suis toujours privée pour soi-disant me laisser respirer, me donner le temps de prendre mes marques, tu parles, et en plus, Élise est retournée bosser. Phil m'a interdit de m'approcher du lycée, comme si je risquais de tout saboter une fois de plus. Pourtant, je serais bien allée faire un tour dans ma planque, dans les gradins du stade, pour savoir si le bal avait provoqué quelques événements comiques ou honteux à immortaliser au téléobjectif. Les jours qui suivent ce genre de fête sont toujours riches en rebondissements. Les couples créés pour l'occasion perdurent de manière écœurante ou se déchirent en public. Les quiproquos dus à l'alcool donnent des situations grotesques et hilarantes. Et dire que je rate tout ça ! J'imagine d'ici les clichés magnifiques d'expressions improbables que ça aurait donnés, j'enrage, je tourne en rond comme un lion en cage.

J'aurais bien bravé l'interdit, mais un truc bizarre m'empêche de désobéir à Phil et le visage de l'assistante sociale me fait encore plus flipper. Donc, au lieu de photographier de jeunes imbéciles en rut, je me contente de paysages et de vieux flemmardant dans le parc en rechargeant leurs batteries usagées à la chaleur de ce début d'été. L'avantage avec de tels sujets, c'est qu'on est sûr de réussir sa photo, ils ne bougent pratiquement pas et leurs visages vieillis par le temps donnent toujours des clichés très authentiques.

Deux fois cette semaine, j'ai fini dans le lit de mon ancienne vie, emportée jusque chez moi par des cauchemars déstabilisants et, chaque fois, Phil est venu me chercher avec des mots rassurants qu'il choisit soigneusement comme s'il craignait de me blesser. J'imagine toujours qu'il va s'énerver et vouloir tout arrêter avant mon adoption, pour m'envoyer en foyer. J'ai fait des plans au cas où. Je sais comment m'enfuir, où partir et ce que je ferai, j'attends juste que Phil me rejette. Il le fera, comme mes parents, reste à savoir quand.

En rentrant du boulot, Phil passe toujours me voir dans la chambre d'amis où je m'enferme en attendant l'heure du repas. Il grimace en découvrant mes vieilles fringues usées au lieu des tenues de petites filles sages que m'a achetées Élise, mais il ne proteste pas. Qu'est-ce que ça peut bien faire puisque je passe mes journées sans voir personne ?

Il parle tout seul, mais ça n'a pas l'air de le gêner. Il me raconte sa journée, évoque son passé, Élise et Will, et parfois il aborde ma situation. Phil a réussi à convaincre la psy que nous communiquons suffisamment pour que je n'aie pas besoin d'y retourner. Il sait qu'à trop fréquenter ce genre de personne, j'aurais pu me mettre à déconner grave. Ça m'aurait vraiment gonflée si j'avais dû me la payer toutes les semaines et je ne suis pas certaine que j'aurais pu le supporter sans tout gâcher.

Mercredi, il a l'air particulièrement de bonne humeur et il ne tarde pas à m'avouer pourquoi.

– Le test de paternité est positif, annonce-t-il, visiblement soulagé.

Je lui souris, mais ne réponds pas. Je ne savais pas qu'il doutait du résultat. Si le mari de ma mère est bel et bien stérile, qui d'autre pourrait être mon père ? Elle n'a pas eu beaucoup d'hommes dans sa vie. Enfin, je crois. Cette cruche s'est mariée à tout juste vingt ans.

– Nous n'en avons pas parlé, mais tu vas devoir changer de nom, hésite-t-il, comme s'il redoutait ma réaction.

– Je m'en doutais, je souffle pour le rassurer.

Je n'ai pas très envie de porter un nom de coincé, mais je sais que je n'ai pas le choix. Je suis allongée sur le lit et il tourne en rond devant la fenêtre. Il n'a pas fini, et je suis sûre que la suite ne va pas être agréable à entendre.

– Et j'aimerais aussi… enfin je préférerais… que nous en profitions pour changer ton prénom, bafouille-t-il.

Je suis choquée et, à son expression, je devine qu'il connaît déjà les raisons de mes protestations. Ce qui a poussé ma mère à m'appeler ainsi ne peut que le gêner.

– C'est mon prénom, et je n'ai pas l'intention d'en changer, je m'indigne en me redressant.

– Mais tu l'utilises pour embarrasser ceux qui osent t'approcher.

Il a raison, c'est un petit jeu que j'apprécie. J'adore voir la tête des gens lorsque j'annonce : « C'est tout ce qui reste quand la passion se consume. »

– Comment le sais-tu ?

– Ton ancien collège. Les services sociaux ont enquêté sur toi. Cette… cette anecdote les dérange vraiment, tu dois leur prouver que tu veux aller de l'avant.

Je me souviens des avertissements, des punitions, pour avoir décontenancé des profs trop curieux. Ma mère avait même été convoquée. Je n'oublierai jamais la tête du proviseur quand elle a déclaré : « Et alors ? C'est la vérité. » Il était resté scotché un bon moment avant d'ajouter, limite outré : « Eh bien, vous devriez avoir honte, Madame. » Ça m'avait fait un choc qu'il ose lui parler ainsi, mais ma mère avait à peine réagi, comme si ce gars n'était pas capable de comprendre. Ce vieux schnock a dû tout balancer.

Je dévisage Phil, étonnée. Je ne m'attendais pas à ce qu'on me demande de faire table rase du passé.

– Et tu comptes m'appeler comment ?

– Je pensais juste ajouter un a. Sandra, c'est tout de suite plus classique.

Ça me fait chier, ça me fait vraiment chier, mais c'est le prix à payer pour que toutes ces punaises de l'administration me foutent enfin la paix. Mes parents m'ont pris ma vie, et eux veulent me voler mon identité.

– Sandra Donnell. Ça fait très sainte-nitouche… mais s'il le faut. Je préférerais quand même que vous continuiez à m'appeler Sandre.

Phil me sourit, ravi. J'ai cédé sans faire trop de difficultés, mais il ignore à quel point j'enrage intérieurement.

– Pour moi, tu seras toujours Sandre, précise Phil, comme s'il devinait que j'avais besoin de l'entendre.

Il me serre dans ses bras et se redresse pour me laisser ruminer seule ma colère. Lorsqu'il ouvre la porte, la coincée déboule toute guillerette en ignorant mon air contrarié. Il la laisse entrer, ravi, et ajoute avant de s'éclipser :

– Au fait, dimanche nous allons pique-niquer au lac Crystal avec des amis. C'est une tradition du début de l'été. Il y aura les Anderson, alors j'espère que tu as réglé ton petit différend avec Josh et, si ce n'est pas le cas, je souhaiterais que tu montres quelle jeune fille bien élevée tu peux être.

– Je ne suis pas bien élevée et tu le sais, je proteste.

– Mais la mère de Josh est avocate et elle pourrait avoir à donner son opinion sur la stabilité de notre famille.

Ils ont vraiment tous décidé de m'emmerder !

Phil disparaît, et Prude saute joyeusement sur mon lit comme si je n'étais pas en train de la fusiller du regard.

– Tu n'es pas censée faire chier Will maintenant ? je réplique sèchement, toujours irritée par les mots de Phil.

– J'y vais, ricane-t-elle, en se dandinant comme si elle avait envie de pisser. Je voulais… je voulais juste te demander un truc.

Ne me dites pas que je vais devoir faire son éducation sexuelle ?

– Euh… Si William… Enfin, il ne m’a pas embrassée au bal… alors, ça veut dire… ça veut dire qu’il n’est pas intéressé ?

Elle a l’air franchement déçue et j’en aurais presque de la peine pour elle.

– Prude, c’est Will !

Mais à la tronche qu’elle tire, il est clair que je vais devoir préciser.

– Je suis sûre que tu lui plais, mais tu l’intimides.

C’est vraiment moi qui ai dit ça ? Et elle continue comme si elle ne m’avait pas déjà achevée :

– Alors, je fais quoi ?

– Tu lui sautes dessus, je raille avant de me reprendre. Non, tu vas le traumatiser ! Attends un peu et s’il ne fait rien, lance-toi !

Mais qu’est-ce que je raconte ? J’aurais dû l’envoyer bouler ou lui dire que je suis bien mal placée pour donner des conseils de ce genre. J’ai sauté sur Josh et, maintenant, il n’a même plus besoin de m’approcher pour me torturer. Qu’est-ce qui me prend de lui donner des conseils ? C’est la famille parfaite qui me ramollit le cerveau, j’en suis sûre, je vais devenir complètement neuneu avec eux. Et comme si ça ne suffisait pas, Prude me serre dans ses bras en me couinant des mercis dans les oreilles.

À mon grand soulagement, elle s’éclipse enfin. J’en ai ma claque de son enthousiasme et de sa naïveté. Et, pire que tout, je suis convaincue que je vais finir comme elle, à trop la fréquenter. Pourtant, j’aime bien la voir débarquer avec ses airs de coincée et son sourire de petite fille mais, surtout, j'apprécie qu'elle soit toujours là pour me distraire de mes sombres pensées.

Malheureusement, il ne faut pas longtemps à mon cerveau pour revenir à ses obsessions. Et au lieu de ruminer l'horreur de devoir porter un nom de coincée jusqu'à la fin de mes jours, si je vacille maintenant c'est à cause de Josh. Moi qui croyais avoir tout l'été pour l'oublier, je vais encore devoir l'affronter. Et mon cœur s'emballe encore de savoir que je vais le revoir.

Il y aura sans doute Marcy aussi, ça va être l'enfer. Elle sera dans son élément avec tous ceux de son espèce. Je suis persuadée que les Donnell ne fréquentent que des « bon chic bon genre » ultra-prudes, dans son genre.

Et ce n'est pas mon style !

CHAPITRE 2

Josh

J'ai passé mon dimanche à me rejouer en boucle le film de mes premiers ébats avec Marcy. Si seulement je pouvais revenir en arrière, si je pouvais tout effacer ! J'aurais pris le temps de l'interroger sur ce qui l'avait fait changer d'avis. J'aurais refusé qu'elle sacrifie sa virginité pour moi et nous aurions profité de notre bal de fin d'année.

Elle mérite tellement mieux. Elle mérite un garçon de bonne famille qui la traite correctement. Je me suis perdu à trop souhaiter être ce mec-là. Avant, j'étais juste un ado normal, avant, je ne cherchais pas à être parfait. Quand je pense à toutes les âneries que j'ai faites avec Steve avant de la rencontrer… On ne devrait jamais vouloir changer pour quelqu'un.

Et plus je songe à ce que nous avons fait la veille, plus je m'en veux. Elle doit vraiment me haïr, c'est horrible de l'avoir larguée après cet instant d'intimité, si nouveau pour elle.

Je suis tellement perturbé que j'ai presque envie de jouer les malades lundi matin. Je redoute les regards de reproche de Marcy ainsi que la colère, la douleur et le regret que je pourrais lire dans ses iris glacials. Je les redoute parce qu'ils seront mérités.

Mais quand elle m'aperçoit au milieu de notre petite bande habituelle, elle me saute au cou et m'enlace comme si de rien n'était. Je l'interroge du regard, mais elle ne réagit pas, plus heureuse que jamais. Bon sang, je ne la comprendrai jamais ! On ne peut pas continuer comme si rien ne s'était passé, on ne peut pas continuer tout court. Je lui prends la main et l'éloigne du groupe.

Après m'être adossé contre un arbre, j'enfouis mes mains dans mes poches, comme si j'étais encore capable de faire quelque chose de stupide en la touchant ! Elle est incroyablement belle aujourd'hui, très élégante comme toujours dans une robe colorée très ajustée, pourtant je ne la désire plus, je sais maintenant qu'elle n'est pas pour moi.

– Je pensais que tu avais compris que nous ne pouvions pas poursuivre comme avant, je murmure, en priant d'avoir choisi les bons mots.

Je ne crois pas avoir prié autant que ces derniers jours.

– Mais nous n'allons pas reproduire les mêmes erreurs ! C'est ma faute, je n'étais pas préparée, je ne savais pas à quoi m'attendre. Nous n'allons pas renoncer à nous pour un petit malentendu, nous nous aimons. La prochaine fois sera forcément meilleure. Le pasteur dit que chaque couple doit s'accorder avant de trouver sa propre harmonie.

Le père Clark, bien sûr ! J'aurais dû me douter qu'elle lui avait parlé, que son air enjoué venait de l'un de ses sermons pour brebis égarée. Est-ce que j'ai déjà dit à Marcy que je ne crois pas à ses grands discours ? Non, en fait, je ne l'ai jamais avoué à personne, parce que mes parents y croient, parce que tout le monde autour de moi y croit et que je ne veux pas les décevoir. Je leur dois bien ça, ils nous ont accueillis, mon frère et moi, quand notre mère n'a plus été capable de nous élever, ils ne m'ont jamais interrogé sur mon passé, ne m'ont jamais jugé.

Elle s'avance, je vois ses mains tremblantes hésiter à me toucher et je lui fais non de la tête. Je ne veux plus lui faire de mal.

– Ce n'est pas de ta faute, Marcy, c'est moi qui n'ai pas fait ce qu'il faut. On ne s'est pas assez parlé, on ne se connaît pas assez. Si tu savais vraiment qui je suis, tu ne voudrais certainement pas de moi. Je ne vaux pas mieux que Steve.

– Tu dis ça parce que tu as commis une erreur. Ça arrive à tout le monde de s'égarer, c'est normal. J'ai décidé toute seule de te pardonner et de m'offrir à toi. Tu ne m'as pas forcée. J'ai choisi d'être avec toi.

– Non, ce n'est pas normal, Marcy, tu ne devrais pas considérer ça comme normal, tu devrais m'en vouloir, me détester. Je n'ai jamais cessé de te mentir.

– De quoi parles-tu ? s'étonne-t-elle en grimaçant légèrement.

– J'ai toujours su que je ne pourrais pas patienter jusqu'au mariage et que je ne le souhaitais pas. Je désirais que tu changes. Quand on aime, on ne devrait jamais vouloir changer l'autre ni essayer de changer pour lui plaire. J'aurais dû tout arrêter dès le début, dès que j'ai su qu'on ne partageait pas les mêmes convictions. Marcy, si on continue tous les deux, je te tromperai encore, parce que je ne suis pas capable de t'attendre. Je suis vraiment désolé.

Je pensais que Marcy allait pleurer, crier, m'insulter, mais rien. Elle a à peine frémi à mes révélations. Je patiente, mais la tempête n'arrive pas. Elle n'a même pas l'air contrariée. J'aimerais qu'elle déverse sa rage sur moi, qu'elle me déteste pour ce que je lui ai fait. J'en ai besoin pour passer à autre chose, et je le mérite.

– Mais c'est moi qui le veux, je veux changer pour toi, pour nous.

Je suis scotché. Je lui ai fait mal, je l'ai blessée et elle souhaite recommencer, mais j'en suis incapable. Je suis incapable de chasser de mon esprit son beau visage déformé par la douleur. Jamais je ne pourrai le refaire avec elle.

– Je suis désolé, Marcy… ce n'est plus ce que je désire.

Sa bouche s'étire en une ligne fine. Je lui ai fait mal et je me crispe en redoutant la suite qui s'annonce difficile, mais rien n'arrive.

– Tu as besoin de temps, je comprends. Je t'attendrai, mais sache que je ne regrette rien.

Tout ne peut pas être parfait du premier coup, sinon la vie serait terriblement ennuyeuse.

Elle est tellement sûre d'elle, sûre de nous, tellement gentille que c'en est déroutant.

– Marcy, je ne vais…

J'aimerais protester, lui dire que moi, je n'y crois plus. Je ne suis pas pour elle, maintenant j'en suis convaincu, mais elle est déjà trop loin pour m'entendre.

C'est stupide, mais je me sens mieux. J'ai dit ce que j'avais à dire. Je ne souhaite plus m'en vouloir. Je ne l'ai pas violée après tout. J'ai déconné, mais je suis sûr que si ça n'avait pas été moi, ça aurait fini par être un autre. Des filles toujours pures le jour de leur mariage, je ne suis pas sûr qu'il en existe encore de nos jours.

Marcy a gardé ses distances le reste de la semaine, avec cette même assurance dans le regard, comme si elle se moquait de mon obstination à rester loin d'elle. Ma mère a été moins stoïque quand je lui ai annoncé que j'avais quitté ma copine.

Je pensais regretter, mais en fait, pas du tout. Avec Marcy, j'aurais été le salaud incapable de faire ce qu'il faut. J'aurais passé ma vie à m'en vouloir et à me détester. Je ne dis pas que je ne me sens pas coupable chaque fois que je pose les yeux sur elle. Je ne dis pas que je ne repense pas à la souffrance que je lui ai infligée, pour rien. Mais je suis soulagé de savoir que je ne lui ferai plus de mal. Comment ai-je pu croire que nous étions faits pour être ensemble ? Ça me paraît tellement évident maintenant.

Le pire dans tout ça, c'est que chaque fois qu'elle me regarde, ce n'est pas notre rupture qui me fait souffrir mais Sandre qui me hante. J'ai passé ma semaine à mater toutes les filles en espérant bander pour une autre, mais rien. Sandre m'a castré ! C'est dingue à quel point son corps m'obsède ! Je la revois, sublime dans sa robe de bal. Je la veux et je vais disjoncter si je continue à l'imaginer dans les bras de Steve. Quand je songe aux détails écœurants qu'il n'a pu s'empêcher de déballer, j'en suis malade. Il se l'est faite !

Je dois vraiment avoir une sale tête, parce que ma mère me dévisage comme si elle avait pitié de moi ! Nous sommes à table et mes parents jacassent, mais je n'écoute pas. Une remarque de ma mère me tire de mes pensées.

– Tu réalises, c'est son père biologique.

– Qui ça ?

Comme si la réponse pouvait m'intéresser.

– Philip est le père biologique de Sandre River.

Je n'en reviens pas ! Je fixe ma mère comme si mon cerveau avait du mal à percuter, et elle ajoute :

– Tu sais que les Donnell sont presque de la famille, Josh ?

– Et ? j'insiste, alors que je sais très bien où elle veut en venir.

– Que ça te plaise ou non, tu vas devoir considérer Sandre comme ta sœur.

Elle ne pouvait pas trouver plus choquant. Qui désirerait coucher avec sa sœur ? Je me dégoûte, rien que d'y penser.

– Je ne veux plus de scandales, arrange-toi pour que vous ayez l'air en bons termes, précise ma mère, avec le ton autoritaire qui m'a toujours intimidé.

Samedi soir, c'est notre dernier match de la saison. Nous jouons contre Colebrook. Ce sont des coriaces, mais je suis sûr qu'on va gagner. Je ne sais pas si c'est l'irruption imaginaire de Sandre dans mon lit la nuit dernière, mais j'ai la hargne et une envie folle de tous les massacrer. Oui, ça va me faire le plus grand bien de me défouler sur eux ! Et je suis encore plus enragé quand je découvre la famille Donnell au grand complet dans les gradins. Je n'aurais jamais pensé les voir ici. Sandre porte un jean ultra-moulant et un T-shirt de l'équipe trois fois trop grand. Je devrais m'en moquer, mais mon entrejambe s'affole dans mon pantalon, il me faudrait une douche froide.

Ça ne fait pas cinq minutes que je suis sur le terrain que j'ai déjà envoyé au tapis deux gars de Colebrook et la colère ne m'a toujours pas déserté. Je vois le coach qui me fusille du regard en hurlant mon nom, mais je m'en fous. Je fonce comme un malade, je balance mes coudes et mes crampons sans me préoccuper de mes coéquipiers.

Après m'avoir sifflé deux fois, l'arbitre me vire du terrain en ignorant la rage qu'il me contraint de refouler. Je m'indigne, m'emporte, et Boby m'écarte en m'attrapant par la tête de ses mains massives pour m'obliger à le regarder.

– Désolé, vieux, mais tu vas devoir attendre la bière, la vodka ou ce que tu veux pour évacuer la pression.

– Cet abruti s'est jeté sur moi, je proteste, en tentant de me dégager.

– Arrête Josh ! Ce n'est pas toi, là !

Il a raison et je ne réplique pas. Je me contente de rejoindre le banc des remplaçants, toujours prêt à massacrer le premier qui ose s'approcher.

Je passe le reste du match à gueuler comme un imbécile en m'agitant sans raison. Ma rage se révèle communicative et bientôt toute l'équipe de réserve hurle avec moi à tout va. Si le coach avait pu tous nous virer, il l'aurait fait, tant notre attitude le met hors de lui. À la mi-temps, il est dans une colère noire. Les gars ont beau mener largement au score, on en prend plein la tronche.

De retour sur le terrain, les autres se calment, mais moi je suis toujours à fond. J'ai à peine joué, mais je ne crois pas qu'une victoire ne m'ait jamais fait autant d'effet. Je me jette sur Paul, puis Boby, en donnant des claques dans le dos sans vérifier qui j'en gratifie au passage. Dans la cohue générale, ma fureur paraît moins étrange.

Marcy me saute au cou, comme elle le fait habituellement. Pris par surprise, je la repousse violemment, avant de regretter aussitôt mon geste. Ses yeux horrifiés sont brillants de larmes et, sans réfléchir, je l'attrape par la taille et la soulève du sol. Alors que je pense avoir retrouvé un semblant de calme, je découvre Steve riant avec les Donnell et entraînant Sandre par les épaules. Et ça y est, de nouveau, je vois rouge. Je la hais de me faire cet effet-là. Je désirerais être indifférent, mieux, m'en foutre complètement, mais non, je suis jaloux, je ne veux pas qu'un autre passe après moi !

Je n'arrive pas à croire que Steve ait emmené Sandre et Will chez Boby. En plus, Marcy me colle à mort. J'aimerais lui dire de me lâcher, mais je souhaite encore plus provoquer Sandre qui me lance des éclairs chaque fois que nos regards se croisent. Pourtant, ses yeux sont à peine maquillés et elle a plus l'air désorientée que terrifiante.

Je me suis déjà enfilé plusieurs shots et je viens de passer au whisky. Je sais qu'il vaut mieux éviter les mélanges, mais ce soir je m'en fous. Je suis suffisamment imbibé pour pouvoir tout supporter. Marcy m'entraîne vers la piste de danse et je la laisse se frotter à moi sans réagir. Quand elle tire sur mon sweat pour atteindre ma bouche, je me penche vers son oreille et lui susurre :

– Je n'ai toujours pas changé d'avis.

– Alors pourquoi danses-tu avec moi ? me demande-t-elle, malicieuse.

– Parce que j'ai trop bu pour savoir ce que je fais.

Elle me dévisage, choquée. S'il y a un truc que Marcy déteste encore plus que le sexe, c'est bien l'ivresse. Sans même prendre la peine de me répondre, elle s'éloigne et je continue à tanguer en me moquant bien des pieds que j'écrase.

J'ignore quand je suis passé à la bière, mais c'est bien une cannette que j'ai dans la main. Je crois encore danser, pourtant mes pieds ne me portent plus. Je découvre que je suis affalé dans un fauteuil et me demande depuis combien de temps je comate de la sorte. J'entends Boby dire « il va falloir le raccompagner » et quelqu'un proposer « on va s'en charger », puis sa copine protester « non, il y a personne d'autre ? ».

Sandre apparaît dans mon champ de vision, elle se penche sur moi pour me peloter et je grogne, satisfait. Je la vois sourire, alors je l'empoigne par son T-shirt pour atteindre sa bouche. Je l'embrasse sauvagement en la pressant contre moi. Elle s'écarte doucement et je découvre une expression moqueuse sur ses lèvres quand elle souffle :

– Toujours en manque !

Je comprends qu'elle vient de m'utiliser quand je découvre les clés de la Mustang qu'elle agite, triomphante. Elle n'a rien perdu de ses mauvaises habitudes ! Je sens Boby et William me remettre sur mes jambes et je crache tout mon venin, alors qu'ils m'entraînent dehors.

– Tu sais que tu n'es qu'une salope, une garce et tu n'as même pas honte. Tu crois quoi ? Steve va se lasser et il te jettera comme de la merde. De toute façon, tu ne mérites pas mieux…

Je ne m'arrête plus, mais elle ne m'écoute pas. Je suis sur la banquette arrière, affalé et ballotté au rythme de ses coups d'accélérateur. Plus je l'insulte et plus elle accélère, plus sa conduite est brutale et plus je suis vulgaire. À côté d'elle, William se contente de se cramponner au siège sans oser intervenir. Mon estomac se met à faire des bonds insensés comme s'il s'apprêtait à se faire la malle, et je hurle plus hystérique que jamais :

– Arrête la bagnole, ça remonte !

Sandre stoppe brusquement sur le bas-côté, et j'ai à peine le temps d'ouvrir la portière que tout l'alcool que j'ai ingurgité a déjà rejoint les herbes hautes.

Quand la Mustang se gare devant chez moi, je suis dans un état second, à mi-chemin entre conscience et inconscience. J'entends Will demander :

– Qu'est-ce qu'on fait de lui ?

– T'inquiète, je gère.

Elle se penche sur moi, avant d'ajouter :

– Encore envie de vomir ?

Je grogne, incapable de répondre, et je sens qu'on me tire vers la sortie. Je proteste sans vraiment savoir pourquoi. Je marche, mais j'ai l'impression de ne plus supporter mon poids. Mes yeux refusent de m'obéir et je distingue à peine le perron de l'entrée. J'entends des clés cliqueter et la porte s'ouvrir. Seule Sandre se glisse avec moi à l'intérieur. Elle sait exactement où elle va et nous atteignons ma chambre en un rien de temps. C'est bête, mais j'aurais voulu faire durer le plaisir ! Je perçois les draps frais sur ma peau et mon jean qui descend le long de mes jambes.

– Hum, j'adore quand tu me déshabilles, je murmure en esquissant un sourire satisfait.

J'ignore si elle me répond, car mes oreilles aussi ont cessé de fonctionner. Seul un bourdonnement sourd emplit la pièce. Je sens qu'elle remonte les draps sur moi et je perçois ses pas près de moi. Quand j'entends la poignée de la fenêtre, je proteste :

– Ne la ferme pas. Elle est toujours ouverte pour toi.

CHAPITRE 3

Josh

C'est la pire des gueules de bois que je me suis jamais payée. Je n'ai aucun souvenir de la soirée ni de la façon dont je suis rentré. J'ai l'estomac en vrac et, en plus, je vais devoir me farcir les amis de mes parents. Si ma mère savait à quel point j'ai mal au crâne, à quel point je me fous du pasteur et de sa famille, des Donnell et de toutes ses recommandations stupides ! J'en ai marre de tout faire pour lui plaire, je me suis trop perdu à être ce garçon bien élevé.

Elle voudrait qu'on ait l'air en bons termes avec Sandre, mais j'ai surtout l'air d'un idiot quand je la découvre sur le parking du lac Crystal. Elle est vêtue d'une petite robe de coton blanc qui marque sa taille, s'évase sur ses jambes fines et je suffoque de la voir si belle. Wouah, il n'y a pas qu'à poil qu'elle est magnifique ! Je me demande comment Philip a réussi l'exploit de la changer si radicalement, même son regard sombre, qui me dévisage amusé, n'est plus aussi impressionnant.

Nous nous saluons, mais le malaise est palpable. C'est loin d'être gagné ! Ma mère veut ma mort ! Nous n'arriverons jamais à faire semblant. Je sens déjà mon entrejambe qui la réclame, alors que j'observe de loin son joli petit cul qui tente d'éviter les branchages sur l'étroit sentier qui conduit au lac. Elle manque trébucher sur un caillou à cause de ses fines sandales et je réprime un désir soudain de venir à son secours. Ce n'est pas possible qu'une fille puisse me faire cet effet-là. Si je m'écoutais, je l'entraînerais à l'écart pour la baiser dans l'instant. Josh, arrête ! Cette garce s'est foutue de ta gueule ! Comment peux-tu encore la désirer ?

Mes parents se sont installés tout près du lac et de la famille du révérend Clark. C'est comme si ma mère avait le sentiment de se rapprocher de Dieu en les fréquentant, mais moi je déteste ça. Le pasteur me fait flipper avec son regard perçant qui a toujours l'air de vous juger. Ses yeux gris me promettent l'enfer et je frémis en pensant à ce que Marcy a pu lui raconter.

Les Donnell sont à quelques mètres de nous, avec la famille de cette binoclarde qui colle Sandre en permanence, alors que cette dernière doit l'envoyer bouler à longueur de journée. Je réprime un grognement quand la jupe de Sandre se soulève au moment où elle s'installe sur une couverture, le plus loin possible de moi.

Élise et la femme du pasteur commencent à offrir à boire, Philip parle foot avec mon père, tandis que ma mère sert Colin qui a déjà faim. Will discute avec cette godiche dont je ne connais toujours pas le prénom et Sandre, elle, a les yeux dans le vague comme si l'endroit lui donnait à réfléchir.

Elle ne me calcule pas, comme si j'étais un inconnu. Je voudrais l'ignorer aussi, mais j'en suis incapable. Elle m'obsède ! Je l'observe picorer en silence, sa bouche pulpeuse m'attire plus que de raison. Quant à moi, impossible de manger, mon crâne va mieux, mais mon estomac proteste toujours.

Elle ne parle à personne et ne répond que par monosyllabes quand on l'interroge. Parfois, nos regards se croisent, mais elle détourne aussitôt les yeux. Je n'ai pas besoin de plus pour savoir qu'elle m'en veut, mais moi aussi je lui en veux. C'est un cercle vicieux et nous n'avons aucune chance de fraterniser. Si seulement ma mère pouvait comprendre ça.

Après le repas, tout le monde se jette à l'eau, mais Sandre, elle, ne bouge toujours pas. Ses bras entourent ses jambes repliées dans un geste protecteur ; elle observe sa copine qui couine en s'avançant lentement dans l'eau. Le spectacle lui arrache un sourire moqueur et mon instrument tambourine d'envie. L'abruti !

Je retire ma chemise et mon short et cours en éclaboussant tout le monde sur mon passage. Ma mère crie derrière moi, mais je ne l'écoute pas. Je savoure le contact de l'eau qui rafraîchit instantanément mes ardeurs, c'est exactement ce dont j'avais besoin. Il fait une chaleur à crever aujourd'hui ! L'espace d'un instant, j'oublie Sandre et l'effet qu'elle a sur moi. Je ne pense plus à mon entrejambe et aux âneries qu'il veut me faire faire. Je flotte et la pression quitte mon corps.

Je sursaute quand une main frôle mes côtes. C'est le révérend Clark qui nage juste à côté de moi.

– Comment te sens-tu, Joshua ? me demande-t-il comme si j'avais des raisons d'aller mal.

Je l'observe en reprenant appui sur mes pieds. De quoi veut-il parler ? De ma vie affective ? De ma vie sexuelle ? Entre ce que lui a révélé ma mère et ce qu'a avoué Marcy, il en sait sûrement bien plus qu'il ne devrait. Et je déteste savoir qu'il connaît tout de ma vie. Non mais, il croit vraiment que j'ai envie d'aborder mes problèmes avec lui ? Je ne l'ai jamais fait, pourquoi je commencerais aujourd'hui ?

Je hasarde un regard vers Sandre qui n'a toujours pas bougé, et il ajoute :

– Il est parfois difficile de comprendre ceux que la vie a tourmentés.

Est-ce qu'il parle de moi ou de Sandre ? Que sait-il au juste que j'ignore ? S'il pense avoir tout saisi, il se plante complètement. Sandre se lève et sans un regard vers le lac et ses baigneurs, s'engouffre dans le petit bois qui le longe. Je n'ai pas besoin de réfléchir pour savoir qu'il faut que je la suive. C'est dingue comme son corps m'appelle !

– Josh, tu dois lui laisser le temps de retrouver seule son chemin, me conseille le pasteur, alors que je m'éloigne déjà.

Cause toujours, tu m'intéresses ! Ce n'est pas parce qu'il a une femme et des gosses qu'il connaît quelque chose à la vie. Sandre et moi, on est pareils et je sais par expérience qu'il faut avoir vécu l'abandon pour le comprendre. Quand tu te retrouves seul sur une voie que tu n'aurais jamais dû emprunter, tu ne demandes qu'une chose, c'est qu'on te sorte de là. Sandre joue peut-être les dures à cuire, mais elle n'en a pas moins besoin des autres. Enfin, je n'ai pas vraiment l'intention de l'aider. Elle verra bien si Steve, lui, est prêt à la soutenir.

Mes pensées divaguent, mais c'est mon corps qui prend le dessus et, à cet instant, il veut Sandre. J'enfile mon short et ma chemise en ignorant l'eau qui ruisselle sur mon corps. Je me faufile sur l'étroit sentier par lequel je l'ai vue disparaître, à la recherche de sa fine silhouette entre les arbres. Je crois l'avoir perdue quand j'aperçois une tache blanche au loin qui grimpe habilement le chemin escarpé vers une clairière où je la découvre, adossée à un très vieux chêne. Son regard sombre se perd dans la vaste étendue scintillante d'où résonnent des rires joyeux.

Le paysage est à couper le souffle à cet endroit. Quand j'étais plus jeune, mon père, enfin Charlie, m'amenait ici pour plonger, c'était nos moments rien que tous les deux. Mais depuis qu'une femme s'y est suicidée, plus personne ne s'aventure dans le coin. Je me demande si Sandre connaît cette histoire.

Je souhaiterais m'approcher davantage pour lire les émotions qui traversent son beau visage. Sa vie a été mouvementée ces dernières semaines et j'aimerais savoir comment elle se sent, comment elle le vit, même si j'ai peur qu'elle me repousse.

Je crois percevoir de la confusion dans ses grands yeux, et quand une branche craque et trahit ma présence, un sourire étrange se dessine sur ses lèvres et je pose la seule question dont je ne veux surtout pas entendre la réponse.

– Tu t'ennuies de lui ?

La surprise étire son joli visage, très vite remplacée par de la malice.

– Et toi, d'elle ? me provoque-t-elle.

Je me demande si elle sait pour Marcy et moi, mais je n'ai pas l'intention de lui dire. Il y a peu de chance que ce soit le cas, et pourtant j'aimerais qu'elle aussi souffre de ne plus pouvoir me toucher.

Je m'appuie contre le tronc pour profiter moi aussi du paysage. Elle frémit quand ma main frôle ses cheveux et je jubile en découvrant que je lui fais encore de l'effet. Je sens qu'elle s'apprête à partir, alors j'ajoute, comme pour la retenir :

– Ma mère m'a demandé de ne pas être trop dur avec toi après ce que tu as traversé.

– Quelle connerie ! souffle-t-elle entre ses dents.

C'est dingue ! Je lui en veux, pourtant sa proximité me rassure, comme si elle avait le pouvoir de tout effacer. Et je ressens à nouveau ce lien si fort entre nous, nous sommes de la même espèce, je la comprends et elle me comprend. Je sais ce qu'elle traverse parce que je l'ai vécu aussi. Trouver sa place dans une nouvelle famille, dire adieu à son ancienne vie, plus libre mais si cruelle. Je voudrais oublier qu'il y a Steve, que je ne suis pas celui qu'elle désire.

– C'est exactement ce que je lui ai dit, je déclare en plongeant mon regard dans le sien. Tu sais quoi… on va oublier ce qui s'est passé… que tu t'es servie de moi. On remet les compteurs à zéro et on fait comme si on ne s'était jamais rencontrés… Pour le bien de tous.

Je l'ai dit sans le penser. Je suis incapable d'oublier ce sentiment puissant qui nous lie, son corps nu, ses seins excitant ma peau et le plaisir que me procurent les va-et-vient de son bassin. Je la veux encore ! Je veux l'aimer, la détester, mais je me contente de tendre la main en signe de paix. Ses yeux glissent sur mon torse humide et s'arrêtent sur mes doigts tout proches des siens.

– JE me suis servie de toi ? TU m'as dénoncée, TU en as parlé à tout le lycée et ils se sont moqués de moi, m'ont traitée de fille facile, de pute, s'indigne-t-elle, alors que sa poitrine se soulève violemment.

Je sais qu'elle m'en veut et elle a de bonnes raisons, mais moi aussi. Quand je repense aux mains de Steve sur elle, j'en suis malade.

Bon Dieu, ce n'est pas possible !

Ce courant qui tente de prendre le contrôle de mon corps et de s'insinuer en elle, je le sens, elle aussi lutte contre lui. Non, ce n'est pas qu'une illusion, il y a bien quelque chose entre nous ! Et soudain, un autre schéma se dessine dans mon esprit. Et si ce n'était pas moi qu'elle manipulait sans vergogne, si c'était Steve ?

– Alors, tu te venges ?

– Je me venge ? Et toi, qu'est-ce que tu fais au juste ? Tu utilises des lois stupides pour te débarrasser de ceux qui te touchent d'un peu trop près. Ta mère et toi, vous vous êtes bien trouvés.

J'avais oublié à quel point Sandre était douée pour frapper là où ça fait mal. Utiliser ma culpabilité envers Rita pour me blesser, c'est vicieux, et si j'avais les mots pour lui rendre la pareille, je n'hésiterais pas, mais rien ne me vient. Et contre toute attente, elle souffle, la bouche crispée :

– Désolée, c'était nul, je n'aurais pas dû dire ça.

Je n'en reviens pas qu'elle s'excuse, c'est tellement inattendu de sa part, mais ça ne me suffit pas. J'ai envie de l'entendre me dire que notre relation était importante, qu'elle était déstabilisée lorsque les services sociaux ont débarqué chez elle et quand je l'ai suppliée de rester. J'ai envie qu'elle admette qu'elle ne pensait pas tout ce qu'elle m'a dit. Je veux avoir raison, je veux qu'elle ait utilisé Steve pour se venger, je veux lui avouer que je n'y suis pour rien, que ma mère l'a dénoncée et que Marcy a tout raconté. J'attends ses mots, désespérément, mais rien ne vient. Je n'en peux plus de la laisser me malmener.

J'ai besoin d'elle ! Et avant même de l'avoir commandé à mon corps, mes lèvres brûlantes de désir sont sur les siennes et ma main se faufile dans son dos pour la presser contre moi. Je la serre comme si la séparation avait été insupportable et mon corps tremble à ce contact enivrant. Ses doigts glissent sur ma poitrine et je redoute un instant qu'elle me repousse, mais sa main s'engouffre sous ma chemise ouverte, me rendant mon étreinte. Ma main descend le long de ses hanches, puis remonte sous sa robe, savourant le contact de sa peau qui m'a tellement manqué. Je glisse mes doigts entre ses jambes et relève sa jupe pour mieux me presser contre elle. J'adore qu'elle porte une robe !

Sa langue s'enfonce plus profondément en moi et je grogne en répondant à ses caresses. Une racine du tronc me fait trébucher, quand je colle mon corps au sien. Je tente de me rattraper à une branche, elle s'agrippe à moi et nous nous étalons sur un duvet de feuilles mortes et d'épines de pin. Elle pousse un cri de surprise, étouffé par ma bouche qui ne l'a pas lâchée. Qu'elle m'a manqué !

Des bruits de pas se précipitant dans notre direction se font entendre et je grogne de frustration en l'aidant à se relever. Nous nous redressons en nous écartant l'un de l'autre. La distance qui vient de se créer entre nous est une torture.

– Il y a quelqu'un ?... Tout va bien ?

La femme du pasteur et ma mère nous dévisagent comme si nous étions des criminels en puissance. Je tente de faire disparaître les épines qui collent à ma chemise trempée et Sandre réajuste sa robe en époussetant les brindilles et la terre qui trahissent nos ébats.

Vu la tête que tire ma mère, je vais passer un sale quart d'heure.

– Je croyais avoir été claire, hurle-t-elle. Je te pensais plus fort que ça, mais non, tu faiblis à la moindre occasion. Et vous, Mademoiselle, vous devriez avoir honte de la manière dont vous vous comportez. Je veux bien blâmer mon fils, mais vous…

Elle s'arrête comme si les mots qui s'apprêtaient à sortir de sa bouche ne pouvaient être prononcés devant une femme de pasteur. Je frémis en détaillant son visage déformé par la colère. Elle m'empoigne par le bras, me pousse sans ménagement et embarque la rebelle de son autre main.

Pour la première fois de ma vie, je suis rouge de honte. Qu'est-ce que ma mère a en tête ? Elle ne va quand même pas nous faire une leçon de morale devant tout le monde et, pire que tout, devant le révérend Clark. Pitié, je n'ai rien fait de mal, je suis juste dingue de cette fille. Complètement dingue !

Je risque un regard vers Sandre qui ne quitte pas le sol des yeux. Une chose de plus qu'elle aura à rajouter à la longue liste de ce qu'elle me reproche déjà.

Quand nous regagnons les abords du lac, ma mère ne nous a toujours pas lâchés. Elle ignore les badauds qui nous observent, un rien surpris, un rien amusés. Oui, Sandre va me détester !

Elle stoppe enfin en apercevant Philip et pousse la rebelle dans sa direction en précisant, indignée :

– Je veux bien punir mon fils, mais peut-être devrais-tu d'abord recadrer ta fille, hurle-t-elle. Charlie, Colin, on s'en va.

Et sans les attendre, elle m'entraîne sur le petit sentier qui conduit au parking. Elle ne dit pas un mot, se contentant de me faire accélérer le pas en resserrant son étreinte. Je suis sûr que, quand elle me lâchera enfin, la marque de ses doigts restera imprégnée dans ma chair. Je n'aurais jamais imaginé que ma mère puisse avoir autant de force.

En arrivant à la voiture, j'entends le bip de l'ouverture des portes. Elle attrape la poignée et en moins de temps qu'il n'en faut pour le dire, je suis à l'intérieur et la portière se referme sur moi. Ma mère disparaît à nouveau dans le petit bois. Elle revient à peine cinq minutes plus tard, entraînant Colin et deux gros sacs. Mon père la suit en ronchonnant.

Il prend le volant et Colin râle parce qu'il aimerait rester encore. Après un silence qui me semble durer une éternité, mon père demande enfin :

– Serait-il possible de savoir ce qui vient de se passer ?

– Tu veux vraiment savoir ? réplique ma mère comme s'il était en partie responsable. Ton fils baise avec cette… avec cette traînée !

– Maman ! je m'indigne, alors que je sais très bien que je ferais mieux de me taire.

Quand elle est comme ça, rien ni personne ne peut lui faire entendre raison, mais mon père hasarde quand même :

– C'est de son âge.

Si ses yeux pouvaient tirer, il serait mort sur-le-champ. Elle est rouge de colère, et je redoute la suite. Je crois que mon père aussi aurait passé un sale quart d'heure si Colin n'était pas intervenu.

– Maman, ça veut dire quoi « baise » ?

CHAPITRE 4

Sandre

La mère Anderson est vraiment flippante quand elle s'y met ! J'ai cru un instant qu'elle allait déballer des horreurs devant tout le monde, pourtant elle s'est contentée de reprocher à Phil mon comportement. C'est peut-être un peu stupide, mais je ne crains pas ce qu'il pourrait penser de moi. Seuls les autres m'inquiètent et ils ne se soucient déjà plus de nous. Ils semblent même déçus de ne pas avoir eu de spectacle plus croustillant.

Je retourne m'installer sur la couverture, ruminant toujours cette journée pourrie, cette petite robe ridicule qu'Élise m'a obligée à mettre et cette nouvelle confrontation avec Josh. Je le préfère bourré ! Et pourquoi faut-il que je sois incapable de lui résister ? Je ne suis vraiment pas faite pour les week-ends doucereux. Je préférais m'emmerder toute seule chez moi.

Phil vient s'asseoir à côté de moi. Presque trop calmement, les yeux dans le vague, il me demande :

– Que s'est-il passé ?

– Je ne suis pas certaine que tu veuilles le savoir, je bafouille en grimaçant.

La dernière fois que nous avons eu ce genre de conversation, on ne peut pas vraiment dire qu'il se soit retrouvé dans son élément, et pourtant il insiste.

– Vous vous êtes encore disputés ou plutôt battus, à en juger par l'état de ta robe.

Mon regard descend sur ma tenue, je n'avais même pas remarqué qu'elle était tachée de terre, mais je m'en moque. Je ne peux retenir un rire de soulagement. Je préfère cent fois qu'il pense que je suis du genre à cogner avant de parler, plutôt que la vérité. Mais à en juger par son expression, Phil n'a pas vraiment envie de rire.

– Je ne laisserai pas tomber cette fois-ci. Nous sommes amis avec les Anderson depuis très longtemps et il est hors de question que je perde cette amitié sans en connaître les raisons.

Je déglutis bruyamment. Phil peut-il vraiment entendre la vérité ? Je cherche les mots qui pourraient lui éviter un traumatisme. J'aimerais lui mentir, mais je me suis promis de ne pas le faire. Je ne veux pas être comme mes parents.

– Josh et moi… euh, comment dire… nous étions amants.

Pour la première fois de ma vie, je supplie Dieu. J'ai tellement peur de le choquer. Il vient juste de devenir père et il se retrouve déjà confronté à ce genre de tourments qui déstabilisent tous les hommes. Mais il ne semble pas comprendre.

– Josh est avec Marcy depuis très longtemps.

– Eh bien… disons qu'elle a son cœur et moi son corps.

– Oh !

Il reste un long moment silencieux comme si l'information avait du mal à monter au cerveau, puis il me demande enfin :

– Et… tu l'aimes ?

Je ne m'attendais pas à ce qu'il veuille connaître ce genre de détail. Au fond, j'en comprends l'importance. Ça le soulagerait de savoir que j'ai fait ça par amour, mais la vérité, c'est que je ne me suis jamais posé la question et que je n'ai pas envie de me la poser. Non, je ne veux pas savoir ! Mon cœur est un endroit poussiéreux où il est hors de question que quiconque mette les pieds. Je ne réponds pas, mais il s'acharne :

– Si j'ai bien compris… Tu lui en veux parce qu'il t'a dénoncée, mais il t'attire ? Il est avec Marcy, mais tu lui fais apparemment beaucoup d'effet ? déclare-t-il en détaillant ma robe salie. Et si tu considérais qu'il n'y est pour rien dans tes problèmes, ça changerait quelque chose ?

Il les sort d'où, ses théories à la noix ? Ça y est, il va se mettre à jouer le psy.

– Non, je réplique froidement.

– Et en dehors de Marcy, qui n'était d'ailleurs pas là aujourd'hui, dis-moi, qu'est-ce qui vous empêche d'être ensemble ?

C'est quoi, cette question ? Je m'emporte, prête à mettre les voiles :

– Phil, tu commences vraiment à me gonfler,
Il me retient par le bras et ajuste sa colère à la mienne.

– Vous venez de gâcher l'après-midi de tout le monde, donc tu vas rester là et m'aider à trouver une solution ou je t'envoie résoudre ça avec la psy.

Je n'en reviens pas ! Phil est capable d'être autoritaire ? Il me scotche.

– Réponds, ajoute-t-il alors que je demeure silencieuse.

– Justement, il aime Marcy, je souffle en tentant d'ignorer la douleur que ces mots me font ressentir.

C'est ridicule, je le sais, je l'ai toujours su. Elle compte, et moi pas ! Ça ne devrait même pas me toucher.

– Tu le sais parce que tu en as parlé avec lui ou c'est ce que tu penses ?

– Je ne suis pas stupide, je ne suis pas aveugle, je m'emporte en espérant que cette conversation se termine enfin.

– Ce n'est pas ce que j'ai vu.

Ah ouais, et il a vu quoi ? Un ado en rut qui contemple le sol honteux, en priant pour que sa mère ne le castre pas. Parce que moi, je n'ai rien remarqué d'autre ! Et il précise :

– Vous devriez en discuter calmement pour une fois, en mettant de côté vos pulsions. Je te laisse le temps d'y penser.

Il me lâche enfin le bras et relève la tête. Élise nous observe, inquiète, en faisant quelques brasses dans le lac. De nouveau, il se tourne vers moi comme s'il attendait une réponse, et je bredouille à contrecœur :

– Je vais y réfléchir.

Il me sourit, satisfait, et se redresse en contemplant sa femme.

– Profites-en, viens nager, s'enthousiasme-t-il avant de s'éloigner.

Je secoue la tête pour protester, et il se précipite dans l'eau. Je n'ai pas le temps de souffler que Prude prend sa place sur la couverture.

– Tu veux en parler ? bafouille-t-elle, en tentant d'ignorer mon expression contrariée.

– J'ai l'air de vouloir en parler ? je m'écrie sans tenir compte de ses mimiques gênées.

– Eh bien… ça ne doit pas être facile pour toi en ce moment, et Josh fait vraiment n'importe quoi. Mais il y a aussi Steve, lui, je l'aime pas trop et j'avoue que je ne comprends pas tout. Je sais que tu plais vraiment à Josh, même s'il paraît un peu perdu. Et tu m'as aidée avec William, alors je voudrais…

Elle débite tout ça à une vitesse impressionnante comme si elle craignait que je l'interrompe, mais franchement, je m'en fous, et je réplique avant même qu'elle ait terminé sa phrase :

– Vas-y raconte, c'est quoi le problème avec Will ?

Elle semble surprise et déstabilisée que je détourne la conversation sur elle et grommelle en rougissant :

– Il ne m'a toujours pas embrassée, mais je suppose que c'est encore un peu tôt !

Ouais, c'est ça ! Dans dix ans peut-être, le bon moment se présentera enfin !

La semaine qui suit le pique-nique, l'intello et moi nous nous sommes emmerdés grave et, pour couronner le tout, mes nuits ont été une véritable torture. Je me suis retenue de fuir, parce que je sais à quel point Phil déteste ça. Tous les soirs, il me demande de le réveiller, de venir lui parler au lieu de partir. Et chaque fois qu'il vient me récupérer, ses démonstrations d'affection m'écœurent davantage. Alors, je me contente de sortir sur le perron pour observer le ciel.

En plus de mes parents, de la psy et de l'assistante sociale, Josh s'est insinué dans chacun de mes rêves, avec ce regard perdu qu'il a jeté sur moi au bord du lac. J'ai retrouvé dans mon sommeil la sensation de ses mains sur ma peau, de sa bouche qui grogne dans mon cou. Je l'ai désiré au point que j'aurais pu finir devant chez lui en pleine nuit, mais je me suis retenue. Je ne veux pas être faible !

Je n'aime pas les sentiments qu'il éveille en moi. Il ne voit que mon corps et les plaisirs qu'il peut lui procurer. Il se moque du mal qu'il m'a fait et de ma vie qui part en vrille. Je n'ai plus le contrôle de rien. Je suffoque sous le poids du bonheur de la famille parfaite. Je cours après la solitude comme une camée après un fix. C'est ridicule, mais je redoute vraiment les vacances en famille. Eux avec moi en permanence et l'obligation d'être heureuse. Ça va être l'enfer !

Phil et Élise ont encore une dernière semaine de boulot avant le grand départ. Pour nous occuper, ils nous chargent, Will et moi, de nettoyer et ranger la maison de fond en comble. L'intello entretient le jardin pendant que je m'occupe de l'intérieur. Parfois, on fait une pause au bord de la piscine en sirotant un jus de fruits, mais on n'échange jamais le moindre mot. Je crois que je l'impressionne toujours autant. J'ai découvert grâce à lui que je n'ai même pas besoin de maquillage pour déstabiliser et je dois bien avouer que j'apprécie.

Et puis, un jour, il me sort :

– Tu lui plais, ça se voit.

Je ne m'attendais tellement pas à ce qu'il ouvre la bouche que j'en ai sursauté. Et pour dire quoi ? Un truc incompréhensible. De qui parle-t-il ? De Steve ? De Josh ? Ou de quelqu'un d'autre ? Et sans même me laisser le temps de riposter, il ajoute en virant au cramoisi :

– Josh !

– Laisse tomber, tu n'y connais rien, je réplique en tentant de ne pas lui exploser de rire à la figure.

Marcy est le genre de Josh, pas moi. Il a juste un problème d'hormones, rien de plus, mais comment un mec comme lui pourrait comprendre ça ? Will n'a pas de problèmes de libido, il n'a pas de libido du tout.

– Peut-être, mais je ne suis pas aveugle, insiste-t-il en se mordillant la lèvre inférieure comme s'il avait souhaité retenir ces mots.

– OK, je vais t'expliquer un truc… Certains mecs, enfin peut-être même la plupart, font une grande différence entre ce que leur cœur désire et ce que leurs couilles veulent. Le cœur de Josh veut Marcy, mais ses couilles me désirent.

Je sais que ma façon de m'exprimer le déstabilise, mais je ne connais pas de manière plus claire de dire les choses. Et puis, il doit grandir, voir la vérité en face, les autres garçons ne sont pas comme lui, aussi… aussi je ne sais pas quoi d'ailleurs !

– Alors pourquoi ne sont-ils plus ensemble, Mademoiselle Je -sais-tout ? poursuit-il, en semblant prendre de l'assurance.

Alors là ! Je ne le savais pas, mais je ne veux pas qu'il devine que cette nouvelle me fait plaisir. Je devrais m'en moquer. En tout cas, Josh ne sera jamais à moi, et puis nous n'avons rien à foutre ensemble de toute façon.

– Ils ont dû s'engueuler. Tu sais, ces trucs-là, ça arrive chez tous les couples normaux, en dehors de tes parents peut-être.

Je sais que je l'ai blessé, mais je m'en moque. Il commence à me gonfler avec ses idées à la noix. Et en plus, il s'entête.

– Josh est en colère parce que tu as couché avec Steve.

Et en voilà une autre. D'où ça sort, ces conneries ? L'intello s'agite, il sait que je suis à deux doigts de piquer une crise et que c'est lui qui va prendre, alors il s'explique en débitant à toute vitesse.

– Steve a raconté à tout le monde que vous aviez couché ensemble après le bal et que c'était vraiment génial, que tu en redemandais et d'autres trucs moins sympas. Prudence et moi avons bien dit que ce n'était pas vrai, que tu étais rentrée avec nous, mais personne ne nous a écoutés.

Je le fixe, ahurie. Voilà pourquoi cet enfoiré a tenu à nous conduire à la soirée après le match, pourquoi il a joué les gentils garçons en m'offrant à boire et en me présentant ses potes ! Il voulait rendre plus crédibles ses mensonges. Je savais que j'aurais dû lui broyer les couilles à cet obsédé. Je m'attendris à fréquenter la famille parfaite. Et sans réfléchir, je riposte froidement :

– Et toi avec Prude ? Tu as l'intention de l'embrasser un jour ou tu comptes la demander en mariage avant ?

Il fait un mouvement de recul et rougit en détournant les yeux. Les mots ont à peine franchi ma bouche que je culpabilise. Je suis une vraie garce ! Il n'y est pour rien si Steve et Josh sont deux gros connards qui se sont bien amusés à me manipuler.

Je m'apprête à m'excuser quand la coincée débarque, toute guillerette. Elle serre Will dans ses bras en lui donnant un petit baiser sur la joue. Elle s'apprête à faire pareil avec moi, mais se ravise en découvrant mes iris menaçants, puis elle approche une chaise pour s'asseoir le plus près possible de l'intello. Après avoir bu quelques gorgées dans son verre, elle se met à se dandiner en lui faisant des signes étranges.

– C'est bon, je lui ai parlé, déclare-t-il, alors que je m'éloigne pour les laisser roucouler tranquilles.

Et puis, nous sommes partis, direction Los Angeles et toute la Californie. C'était la première fois que je quittais les alentours de Winsted. L'aéroport, l'avion, la chaleur, les paysages désertiques… C'est dingue, mais j'ai apprécié et parfois j'ai cru faire partie de la famille. Ils ont dû me droguer là-bas ! Il m'est même arrivé de me sentir euphorique par tant de beauté. J'ai aussi fini par renoncer à mes vieilles chemises ; ça, je le mettrais plutôt sur le compte de la chaleur, mais quand même ! Je suis sûre qu'ils ont foutu un truc dans mon café chaque matin. Ça devait être vraiment fort, car nous sommes rentrés depuis deux jours et je plane toujours. Je suis même heureuse de retrouver Prude qui sautille joyeusement :

– Il m'a embrassée, tu te rends compte ! Il a dit que je lui avais trop manqué et hop, ses lèvres étaient sur les miennes.

– Il a mis la langue j'espère, je réplique en préparant mes affaires pour le lendemain.

– Sandre ! s'offusque la coincée.

– Ben quoi ?

– C'était juste un petit baiser, mais la prochaine fois ça sera mieux.

Ouais c'est ça ! À ce rythme-là, ils auront atteint la quarantaine bien sonnée quand un petit coincé junior débarquera enfin.

Phil m'a proposé un poste d'assistante dans son entreprise jusqu'à la fin de l'été. J'ai accepté, parce que je n'en pouvais plus de tourner en rond avec l'intello et que je ne vais pas bosser avec lui, mais avec une autre photographe nommée Paula. Une fille bien, pas une emmerdeuse qui passe son temps à jacasser et à donner des ordres. Dans la boîte, c'est elle qui gère les mariages et on peut dire qu'elle a du boulot en cette période de l'année. Et en plus, elle est vraiment douée, surtout pour amadouer tout le monde. Franchement, je n'imaginais pas que dans ce job il fallait faire autant de social : rassurer la mariée, convaincre le père du marié d'apparaître sur les photos, calmer les jeunes demoiselles d'honneur surexcitées… Moi, je m'occupe du matériel et j'adore découvrir les nouveaux modèles de reflex aux fonctions hallucinantes qui permettent des trucs de dingues. J'essaie de repérer comment Paula utilise ses effets surréalistes et quand j'ai le temps, je prends quelques clichés. Pas des images officielles, non, juste des photos volées, à l'abri des regards, des clichés comme j'aime tant en faire. Et parfois, il arrive que mon travail plaise et je dois bien admettre que j'en suis flattée.

Au bout d'un mois, j'en ai vraiment ma claque des mariages et des romances à l'eau de rose. Il est temps que ça s'arrête ou je vais foutre mon poing sur la gueule d'une de ces godiches qui pensent vraiment que c'est pour le meilleur et pour le pire. Ils veulent tous que je fasse une overdose de mielleux ? Le plus beau jour de la vie des autres, sept jours sur sept, ce n'est vraiment pas mon trip.

CHAPITRE 5

Josh

Quinze jours en famille à Hawaï, quinze jours où ma mère a passé son temps à me regarder de travers. L'enfer ! Je ne pouvais pas poser les yeux sur une fille sans sentir le reproche dans les siens. Si elle savait qu'en réalité je suis incapable de penser à une autre qu'à Sandre !

Toutes ces femmes à moitié nues ne me font aucun effet, alors qu'elles devraient me rendre fou. L'année dernière, j'avais passé l'été à planquer mon entrejambe au garde-à-vous, alors que cette année c'est le calme plat, sauf quand Sandre vient me l'astiquer en rêve.

– Ta mère a l'air vachement sévère !

Une heure que je m'emmerde à surveiller Colin qui s'éclate dans la piscine, pendant que nos parents sirotent des cocktails au bar, et je n'avais même pas remarqué la pouffe qui s'approche. D'habitude, j'aime profiter des vacances pour jouer avec mon petit frère, mais là je n'arrive pas à m'amuser. Tout ce qui s'est passé ses dernières semaines me rend encore malade. Marcy, Sandre, le bal… ma vie est partie en vrille en si peu de temps.

La bimbo s'installe à côté de moi, sans remarquer mon air agacé. Elle a des seins impressionnants – à se demander s'ils sont vrais – et un cul à se damner. Je devrais être aux anges, et pourtant rien. Sa fine bouche n'a rien d'appétissant et ses iris presque turquoise sont trop petits et trop maquillés pour faire l'effet qu'ils devraient.

Mais quel abruti ! Je ne lui trouve que des défauts, alors que je devrais me contenter d'apprécier ses qualités. Et quelles qualités ! Elle sourit en voyant que je lorgne dans son décolleté. Il faut dire qu'elle me les a franchement mis sous le nez en s'asseyant au bord de la piscine. Elle balance ses longues jambes dans l'eau, avant d'ajouter en me tendant la main :

– Moi, c'est Daisy.

Sans aucune fierté, je manque m'étouffer de rire : le même prénom et la même voix nasillarde que la fiancée de Donald Duck !

– Josh, je réplique avec un semblant de sérieux.

– Et tu viens d'où, Josh ?

– Du Connecticut.

– C'est dingue, moi aussi !

C'est bien ma veine. Je n'ose plus la regarder de peur de loucher encore là où je ne devrais pas. Elle va se faire des idées et je ne pourrais plus m'en débarrasser. Je cherche un truc pour qu'elle me fiche la paix et comme par magie, Colin, qui nage vers moi, règle le problème en moins de temps qu'il ne faut pour le dire.

– Laisse tomber, mon frère est puni. Maman ne veut plus qu'il baise.

Daisy le fixe, un brin surprise, un brin choquée, et je hausse les épaules en retenant un second fou rire.

– La vérité sort de la bouche des enfants.

Après ça, Daisy m'a dévisagé de loin tout le reste du séjour. Décidément, je suis vraiment doué pour attirer les foudres des femmes.

Je croyais en avoir fini avec la torture en retrouvant Winsted. Mais à peine la dernière valise a-t-elle quitté le coffre de la voiture familiale que Marcy débarque, toute papillonnante et très en beauté, avec un teint délicatement hâlé. Elle a choisi une de ses robes vaporeuses qui m'ont toujours fait de l'effet et je pensais que mon cœur et ma queue allaient disjoncter, mais ils se comportent mieux que raisonnablement. Maintenant, ils le savent, sous cette bombe se cache une sainte qui n'est pas faite pour moi.

Je m'accoude au chambranle de la porte en attendant qu'elle me dise ce qu'elle fait là et, visiblement déçue que je ne l'invite pas à entrer, elle demande :

– J'avais envie d'aller au ciné, ça te dit ?

Elle ne comprendra donc jamais ! Comment peut-elle ne pas saisir ? Je suis un connard en manque, et elle ne connaîtra jamais l'enfer du désir. Plus incompatibles, tu meurs !

– On vient de rentrer, je suis crevé, je déclare en poussant la porte pour que ma mère ne nous entende pas.

Elle y serait pour quelque chose dans l'apparition de Marcy que ça ne m'étonnerait pas.

– Alors, demain ?

Et elle insiste en plus. Comment vais-je pouvoir lui dire ça ? Je descends les marches du perron comme si je m'apprêtais à partir et précise sans la regarder :

– Marcy… je ne crois pas que toi et moi puissions avoir un avenir.

– Bien sûr que si, nous sommes faits pour être ensemble et tu …

– Marcy, je la coupe en me tournant dans sa direction, je rêve de désirs, de peaux nues qui se cherchent, et tu souhaites un mariage chaste et une petite vie bien rangée.

J'ai pris le temps de choisir chaque mot, mais à la tête qu'elle tire, mes propos étaient encore trop choquants. Pourtant, elle me sourit en s'approchant de moi. Sa main glisse sur mes hanches et frôle mon entrejambe qui en est limite traumatisé.

– Je pourrais te donner ce que tu veux, susurre-t-elle, en effleurant la naissance de mon cou du bout des lèvres.

Je la dévisage, horrifié, en déglutissant bruyamment. Qui est cette fille qui joue les chaudasses ?

– Marcy, arrête ! Ce n'est pas toi, ça ! je réplique en priant pour qu'elle retrouve ses esprits.

Qu'est-ce qui lui prend ?

Elle s'écarte brusquement comme si elle venait de se réveiller d'un terrible cauchemar.

– Tu apprécies que d'autres filles que moi te touchent de la sorte, mais quand c'est ta petite amie, tu trouves son geste déplacé, s'offusque-t-elle, tremblante de la colère qu'elle contient.

Comment lui avouer que je n'oublierai jamais ce qui s'est passé lors de notre première fois, que j'en suis encore complètement perturbé et que je ne souhaite surtout pas revivre ça ?

– Nous ne sommes plus ensemble, Marcy. C'est vrai, j'ai souvent désiré, attendu ces gestes de ta part, mais nous aurions certainement regretté tous les deux que tu t'écartes de tes valeurs. Tu dois arrêter de te perdre pour essayer de me trouver, je souffle en ajoutant de la distance entre nous.

Je croyais y avoir été en douceur, mais à la fureur que je lis dans ses yeux, ça ne doit pas être le cas.

– J'ai laissé une autre te dépuceler sans rien dire, je t'ai pardonné sans discuter, t'ai offert ma virginité, mon corps, et c'est comme ça que tu me remercies ? s'emporte-t-elle soudain.

Que répondre à ça, sinon que je ne suis qu'un pauvre idiot qui l'a laissée espérer, alors que notre avenir était déjà largement compromis.

Je la regarde s'éloigner folle de rage, me sentant toujours aussi coupable d'avoir fait vivre tant de souffrances à la fille avec qui j'imaginais partager ma vie, à celle que je voulais protéger plus que tout.

Je sors la Mustang du garage pour rendre une petite visite à Rita. Elle ne part jamais, elle ne prend même jamais le moindre jour de congé, comme si elle était irremplaçable à son travail. Parfois, je me demande si elle ne redoute pas ce qu'elle pourrait vivre en quittant sa routine. Comme si un démon rôdait dans l'ombre, menaçant de lui voler son si fragile équilibre.

– Toujours tourmenté par tes amours, se moque-t-elle, tandis que je remplis son frigo des quelques emplettes que j'ai faites pour elle avant de venir.

– Certaines sensations sont tenaces, je commente alors qu'elle pique une banane dans l'un des sacs en papier sur la table.

– À qui le dis-tu ! Je devrais être dégoûtée par les relations amoureuses depuis le temps et, pourtant, je replonge toujours.

– Tu as rencontré quelqu'un ? je l'interroge, pas vraiment emballé par cette nouvelle.

Rita ne fréquente que des losers qui, trop souvent, lui font plus de mal que de bien.

– C'est encore trop tôt pour que je t'en parle, chantonne-t-elle gaiement, mais cette fois-ci je suis sûre qu'il te plaira.

Une fois de plus, elle s'est contentée de grignoter avant de partir bosser, et je déteste ça. Mais ce n'est pas à moi de m'occuper d'elle, il serait peut-être temps qu'elle se prenne en main.

Une fois dans la rue, elle m'enlace et quand je me retourne, je sursaute en découvrant Marcy adossée à la Mustang.

– Moi qui croyais qu'il n'y en avait eu qu'une, crache-t-elle, mais non, tu fréquentes aussi les… prostituées.

À ces mots, hurlés plus qu'exprimés, Rita fait demi-tour. La suite risque d'être… terrifiante ! Pourquoi faut-il toujours que les gonzesses se fassent des films qui n'ont rien à voir avec la réalité ?

– C'est l'ex-petite amie ? me demande Rita en détaillant Marcy de la tête aux pieds. Effectivement, elle a plutôt l'air coincée.

Marcy sursaute à cette remarque et Rita se tourne vers elle, un brin amusée :

– Mon Joshy ne côtoie pas les putes, Chérie ! C'est un brave garçon et si tu étais moins… grenouille de bénitier, tu saurais certainement que ce n'est pas sa mère qui l'a mise au monde. Et pour être honnête, ces douze heures-là de ma vie, je ne risque pas de les oublier.

C'est la première fois que j'entends Rita évoquer ma naissance, et ça me fait bizarre. D'habitude, nous n'abordons jamais le lien qui nous lie. Je crois que ni elle ni moi ne tenons à ressasser cette période plutôt sombre de notre existence.

Rita s'éloigne sans attendre la réponse et je me retrouve seul face à une Marcy estomaquée.

– J'ai… je n'aime pas en parler, je bafouille, gêné. Je n'aime pas me sentir différent de vous. Je n'ai qu'une mère, et c'est Martha.

Si elle savait que Sandre est au courant !

– Mais cette femme fait partie de ta vie et tu ne l'as jamais évoquée. Je ne t'ai rien caché, même mes secrets les plus honteux, et toi, tu fais toujours comme si tu n'avais jamais de problèmes.

Elle a raison. Mais comment lui faire comprendre que, quand on a vécu le pire, on ne préfère voir que le meilleur ?

Me revient le souvenir de la première fois qu'elle s'est approchée de moi sous le préau de l'école. La veille, je la consolais sur le trottoir devant sa maison et là, c'était elle qui faisait le premier pas. Je ricanais avec Steve et lui aussi avait retenu sa respiration. Je crois qu'il l'avait déjà repérée depuis longtemps, mais il ne l'avait même pas saluée à ce moment-là. Lorsqu'elle s'était éloignée après m'avoir proposé de réviser ensemble à la bibliothèque, Steve avait commenté : « Les filles comme elle ne s'intéressent pas aux gars comme nous, quand elle s'en apercevra, tu sortiras de son monde. » Et j'avais tout fait pour qu'elle ne le remarque jamais.

– Tu es tellement intelligente, tellement gentille, tellement parfaite, je voulais être le gars que tu mérites d'avoir. Je me rends compte aujourd'hui que j'avais tort, je n'ai fait que t'éloigner de moi, que me perdre.

Mais mes mots ne semblent pas l'apaiser. Une fois de plus, je l'ai mise hors d'elle.

– J'aurais pu comprendre, j'aurais pu être là pour toi, s'emporte-t-elle.

– Je sais, je n'ai aucune excuse.

À peine rentré et mon sac vidé, ma mère annonce toute guillerette qu'elle a invité les Donnell. La journée n'était-elle pas suffisamment éprouvante ? Ma mère ne pouvait pas attendre un peu ? Comme si on ne les voyait pas assez souvent. Je ne peux pas voir Sandre, Marcy m'a mis sur les nerfs, la rebelle me rend dingue et je suis en manque.

Et puis, notre confrontation au bord du lac me hante toujours. Je n'arrête pas de penser à ce que j'ai ressenti, à ce que Steve a dit sur elle, sur eux. Elle me voulait, je n'ai pas rêvé, mais elle était avec lui au bal et à la soirée chez Boby.

Ma mère m'observe comme si elle attendait que je m'excuse, que je lui promette de ne plus la toucher. Comment pourrions-nous nous côtoyer alors que nous n'avons rien réglé ? Je n'ai plus envie d'essayer, nous sommes incapables de nous entendre et jamais je ne supporterai de connaître les détails de sa relation avec Steve.

– La dernière fois que tu m'as demandé de faire un effort, au final tu m'as ridiculisé. Ce soir, démerde-toi, je ne suis pas là !

C'est dit ! J'ai fini de jouer les gentils garçons, elle va devoir s'y faire, Josh Riley Anderson n'est pas le fils idéal. J'ai grandi et je ne redoute plus d'être rejeté ou abandonné. Je veux juste être moi.

CHAPITRE 6

Sandre

Phil m'a fait un briefing de malade. Pas de grossièretés, hors de question que je hausse le ton, si je ne suis pas d'accord, je me tais, et il ajoute un ultimatum : je dois régler le problème avec Josh et il ne veut surtout pas en connaître les détails.

J'ai promis de faire des efforts, mais pour être honnête, ça me soûle. Oublier qu'il m'a trahie, dénoncée et humiliée, ce n'est vraiment pas mon genre.

Pourtant, lorsque nous débarquons chez les Anderson le samedi soir, je suis tout sourires dans ma robe à pois de jeune fille sage et ma coiffure tressée qui dégage ma nuque. Je ne tique même pas quand la mère Anderson m'embrasse trop chaleureusement à mon goût et déclare :

– Mon Dieu, Sandra, tu es magnifique… et tu t'es épanouie durant l'été. Je ne suis pas certaine que je t'aurais reconnue si je t'avais croisée dans la rue.

Mais bien sûr ! C'est quoi ça ? Une façon de dire : « On oublie le quiproquo du pique-nique » ?

Quelle faux cul, cette bonne femme ! Et en plus, elle m'a appelée Sandra. Je la hais, putain !

J'essaie de ne pas paraître trop crispée quand je salue son mari et le petit Colin. Je suis sûre que ça se voit, alors je tente un sourire, mais ça doit ressembler à une grimace, car Phil m'empoigne par le bras et me pousse derrière lui, comme pour dissimuler celle qui lui fait tellement honte. Pour le satisfaire, je réplique d'une voix doucereuse :

– Josh n'est pas là ?

– Oh !... Il se repose dans sa chambre... Il ne se sentait pas très bien.

Elle baisse les yeux comme si elle voulait camoufler un horrible mensonge. Cette femme joue la sainte, c'est écœurant. Je me demande si c'est elle qui l'a consigné dans sa piaule ou si c'est lui qui a choisi de m'éviter. J'insiste à contrecœur :

– Je peux monter le voir ?

J'ai réfléchi toute la semaine à ce que je pourrais lui dire, mais la vérité, c'est que j'ignore ce qu'il souhaiterait entendre. Il m'a déjà proposé de faire table rase du passé et je me suis emportée. Je me demande ce qu'il a avoué à sa mère, mais à en juger par son air ravi, certainement pas la réalité.

– Bien sûr... Colin va te montrer sa chambre, répond-elle, toute mielleuse.

Si elle savait que j'y ai déjà mis les pieds, que je l'y ai retrouvé plus d'une fois, si elle savait tout ce que nous y avions fait. Comme c'était bon ! Sandre, ne pense plus à ça ! Ce mec est un salaud et sa mère donne envie de vomir. Je lui souris comme je peux et Phil me presse discrètement le bras comme pour me rappeler mon engagement.

Je suis Colin, en me convainquant que je peux rester calme. Oui, je peux le faire, je peux le faire ! Le petit me montre la porte au bout du couloir et disparaît dans la première pièce que nous croisons. Il ne m'a pas dit un mot. Est-ce qu'il se souvient de ma première visite ici ? De ma fureur à l'égard de son frère ? Est-ce que je l'avais effrayé à l'époque ? Ou lui a-t-on demandé de se méfier de moi ?

Je frappe et attends, mais personne ne répond. Je retente, mais toujours rien. Se doute-t-il que je vais venir faire mon mea-culpa ? Est-il fâché à ce point ? En même temps, moi je le suis. C'est juste que je n'ai pas vraiment le choix. Si seulement les Donnell et les Anderson n'étaient pas amis, j'aurais pu l'éviter le reste de ma vie et il en aurait certainement fait tout autant.

Après un instant, je n'en peux plus et j'entre. J'aurais bien laissé tomber, mais je ne peux pas redescendre bredouille après la promesse que j'ai faite à Phil. Je m'attendais à le trouver sur son lit ou à son bureau, mais il n'y a personne. Mon cœur s'emballe en réalisant que je viens de pénétrer dans son univers. Quelle erreur !

La simplicité des lieux me frappe. Je ne m'y étais jamais attardée lors de mes petites visites nocturnes. Il n'y a pas de posters partout, de coupes qui trônent fièrement ou de photos sur les murs, juste une banderole d'USA Rugby et une des Red

Sox sur une peinture vert sombre qui rétrécit la pièce. Je ne savais pas qu'il aimait le base-ball.

Je m'avance, indécise. La chambre est simplement éclairée par une lampe de chevet, et de la lumière s'échappe d'une porte dans le fond de la pièce. J'hésite avant que ma curiosité l'emporte.

C'est une salle de bains dont émane un bruit d'eau qui gicle sur les murs en faïence. Je m'engouffre à l'intérieur. Le rideau le camoufle, mais je sais que c'est lui sous la douche. Quand le ruissellement s'arrête, j'empoigne une serviette et la lui tends, alors qu'il apparaît en se frottant la tête pour évacuer l'eau de ses cheveux châtains.

– Bon Dieu, Sandre ! hurle-t-il en bondissant en arrière.

– Chut ! Ta mère va encore croire qu'on s'engueule, je souffle, à deux doigts de me moquer, alors qu'il se contorsionne pour dissimuler son corps nu.

Je l'ai déjà vu à poil, mais ça me fait un choc de le revoir, j'avais oublié qu'il était si bien membré. Je détourne les yeux et chasse les trop bons souvenirs qui tentent de s'imposer à moi.

– Qu'est-ce que tu fous là ? s'emporte-t-il soudain en m'arrachant la serviette des mains et en la glissant autour de sa taille.

– Tu ne devines pas ? je hasarde, pas pressée pour deux sous d'entrer dans le vif du sujet.

– C'est ma mère qui t'envoie ?

Alors, c'est bien lui qui a préféré s'enfermer ici plutôt que de me dévisager toute la soirée, une fois de plus. Il ne peut plus supporter ma présence ?

Il en a sans doute marre que ses couilles prennent le contrôle chaque fois qu'il s'approche trop près. Mais je dois bien avouer que ça me plaît assez de savoir que j'ai ce pouvoir sur une infime partie de lui. Je jouerais bien avec le feu, si mon corps n'était pas aussi incontrôlable que le sien.

Il quitte la pièce, alors que je cherche un truc gentil à dire.

– Tu t'es réconcilié avec Marcy ?

– C'est ce qu'on raconte ?

Il enfile un boxer et retire sa serviette. Son dos est encore ruisselant et je sursaute au son de sa voix, car mes pensées se sont déjà perdues dans la contemplation de ses muscles bien dessinés.

– Ben, tu sais les ragots, ce n'est pas forcément la vérité.

Je suis là, plantée comme une imbécile au milieu de sa chambre trop bien rangée. Je ne me suis jamais sentie aussi mal à l'aise en sa présence, comme si la robe de petite fille sage avait une influence sur moi. Et de nouveau, je frémis au timbre chaud de sa voix.

– On s'est séparés avant les vacances.

C'était vrai ? Mais que s'est-il passé au bal ? A-t-elle su qu'on s'était retrouvés en douce ? Je voudrais poser la question, mais je sais qu'elle ne sera pas bien accueillie, alors je me contente de commenter, rassurante :

– Mais ça s'arrangera à la rentrée.

– Tu peux arrêter de faire ta gentille, ça me gonfle !

Donc, il n'aime pas la Sandre parfaite. Tu m'étonnes, moi aussi, elle me soûle ! Je suis sûre que je ne lui fais plus aucun effet dans ce rôle-là. Je souhaiterais m'approcher pour vérifier, mais il est toujours à moitié nu et moi, il me fait de l'effet.

– Phil veut que j'arrange les choses.

– Ouais, ben, ce n'est plus possible, réplique-t-il sur un ton glacial que je ne lui connaissais pas.

Je lutte pour que mon assurance habituelle ne se fasse pas la malle. Je suis sûre que je serais bien plus convaincante avec mes yeux charbonneux et mes chemises trop larges. Et je m'entends répondre, avec une voix de petite fille apeurée qui me donne la nausée :

– Pourtant, c'est bien ce que tu souhaitais la dernière fois ?

– La dernière fois, je voulais faire plaisir à ma mère.

Il a l'air furieux, tout près d'exploser. Pourtant, c'est moi qui devrais être comme ça ! Cet enfoiré a bien plus profité de la situation que moi, lui n'a pas tout perdu. Il n'est pas obligé de se cacher sous un déguisement ridicule pour satisfaire tout le monde. Je tente d'oublier son corps trop beau, alors qu'il enfile un jean qui moule parfaitement son joli petit cul. Je voudrais le haïr, je voudrais lui balancer sa bêtise à la figure, mais il se radoucit comme s'il avait perçu ma colère.

– Y a un truc entre nous, peut-être que toi, tu ne le sens pas, mais moi oui, et ça me gêne.

Ça te gêne, espèce de salaud ? Parce que moi, tu crois que ça ne me fait rien ? Alors que je suis prête à cracher mon venin, je me rappelle où nous sommes, pourquoi je suis là avec lui, et je me contente d'ajouter, les dents serrées, pour contenir ma rage :

– Putain, pourtant il faudra bien qu'on fasse quelque chose…

– Tu sais quoi ? La prochaine fois, ce sera ton tour d'inventer une excuse pour que je n'aie pas à supporter ta présence, me coupe-t-il en me foudroyant de ses beaux yeux bleu électrique.

Il est furax et moi aussi. Ce mec est un gros con, un point c'est tout. Et les familles parfaites et leur monde parfait, il va falloir qu'ils s'y fassent : Josh et moi, on n'est pas faits pour se fréquenter.

Je m'apprête à quitter la pièce, et puis je me ravise. Trois jours que je rabâche ce truc débile, il faut que ça sorte, même si je sais qu'il n'en a rien à battre et que c'est vraiment stupide.

– Le père Richard m'a obligée à aller au bal avec Steve, parce que j'ai foutu en l'air sa vie sociale avec mes photos sur la page du lycée. Et je suis rentrée avec les deux coincés à une heure franchement trop raisonnable.

Je suis énervée et je ne sais pas pourquoi !

Je quitte la pièce et le laisse seul, une expression indéchiffrable sur le visage. Je n'ai pas saisi pourquoi, mais je l'ai scotché. Je souffle un bon coup, remets en place ma robe et ma coiffure comme si elles avaient besoin de l'être et regagne le salon en reprenant le sourire de mademoiselle parfaite. Quelle imposture !

CHAPITRE 7

Sandre

Les familles parfaites se sont déjà mises à table et elles plaisantent en sirotant un vin à la jolie teinte rosée qui pétille au fond de leur verre. Le silence s'installe, et tout le monde m'observe tandis que je m'assieds à côté de Phil sans vraiment savoir s'il s'agit bien de ma place.

– Il était fatigué, je me contente de souffler en saisissant le verre en face de moi.

À en juger par la couleur, il doit être rempli de jus d'orange. Phil m'adresse un regard noir, puis il relance la conversation et, enfin, on arrête de me dévisager comme si j'étais un monstre en puissance. Le sujet tourne autour de nos vacances en Californie et de celles des Anderson à Hawaï. Ça va être long et douloureux ! J'essaie de m'intéresser à ce qu'ils disent, mais ça me gonfle vraiment. Tout est trop rose dans leur petit monde.

Soudain, Josh fait son apparition. Il va saluer Élise, Phil et Will, puis embrasse sa mère qui minaude comme si elle était en chaleur.

– Tu vas mieux mon chéri ? demande-t-elle, déjà rassurée, en me jetant un regard inquiet.

Elle croit quoi ? Que je lui ai fait passer son mal de tête en le baisant ? Phil me frôle de son coude et me lance un petit sourire complice. S'il savait que je n'y suis pour rien. Et pour couronner le tout, Josh s'installe à côté de moi. Il me dévisage d'un air étrange qui me laisse pantoise.

Qu'est-ce que j'ai raté ? Aux dernières nouvelles, on était censés se fuir comme la peste jusqu'à la fin de nos jours. Il se glisse dans la conversation, et je recommence à m'emmerder. Par moments, il me scrute d'un œil et je détourne la tête. À quoi joue-t-il ? Il voulait qu'on s'évite et il est là à jacasser comme si de rien n'était.

Je ne lève pas le nez de mon assiette qui déborde. Sa mère a eu la main lourde sur la quantité. Elle croit que je mourais de faim avant et que j'ai besoin qu'on me remplume ? Je dois bien reconnaître que son poulet à l'orange et ses pommes de terre sautées sont plutôt réussis, mais je n'en peux vraiment plus, son entrée m'aurait suffi. Et puis, je suis tellement contrariée que mon estomac refuse d'absorber ce que je lui impose. Je joue avec la nourriture dans mon assiette quand je sens des pieds contre les miens. Je me penche en arrière pour vérifier. Les pieds nus de Josh se frottent contre mes ballerines. C'est quoi ça ?

Je redresse la tête, interrogative, alors que je devrais le foudroyer du regard. Ce crétin ne sait pas ce qu'il veut. Mais il se contente de me sourire en me faisant signe d'échanger nos assiettes. J'observe les invités, sa mère s'est retirée dans la cuisine, tandis qu'Élise, Phil et Charlie sont en grande conversation sur le gouvernement Trump. Sans réfléchir, je pousse mon assiette dans sa direction, et il l'échange avec la sienne. En l'espace de quelques secondes, je n'ai plus rien à ingurgiter et Josh dévore comme s'il n'avait pas bouffé de la semaine. Je ne l'ai toujours pas lâché des yeux. Je ne comprends pas. Où est passé le mec furibard qui ne voulait plus jamais me voir ? Il est là, à me sourire avec sa splendide bouche irrésistible, en engloutissant mon poulet comme si de rien n'était.

Lorsque tout le monde a terminé, Phil et Charlie sortent fumer un cigare pendant qu'Élise et Martha se retranchent dans la cuisine pour la vaisselle. Aux regards en coin que s'échangent Will et Josh, je sais qu'il y a un truc qui cloche et que ce n'est pas bon pour moi. Je m'apprête à m'esquiver pour la corvée dite féminine, quand Josh me retient par le bras. Je le fusille du regard, mais me contente de me rasseoir docilement comme la gentille jeune fille que je suis devenue. Enfin presque !

Je me retourne vers Will pour tenter de comprendre ce qui se passe, mais il a déjà rejoint les hommes sur la terrasse et Josh ne m'a toujours pas lâchée.

– Ma mère a découvert que nous nous voyions en cachette, chuchote Josh en fixant l'endroit où l'intello ne se trouve plus. C'est elle qui a appelé les services sociaux, mais ne lui en veux pas, je t'en prie, elle pensait bien faire.

Je reste figée, incapable de dire quelque chose, même si je devrais, sans doute. J'ai envie de hurler. Je le savais, je savais que cette femme était une vraie garce sous ses airs de sainte-nitouche. Et pourquoi me dit-il ça ? Pourquoi maintenant ? Est-ce qu'il croit me devoir la vérité pour faire comme moi. J'imagine qu'il joue les gentils parce qu'il se sent redevable à cause d'elle, à cause de cette salope. Je ne bouge toujours pas, même quand il se rapproche de moi. Je retiens ma colère pour éviter d'exploser.

– Je n'ai parlé à personne de notre relation, ajoute-t-il toujours aussi bas. Moi aussi, j'ai été blessé par les horreurs qui ont été dites dans mon dos et encore plus parce que c'est Marcy qui a lâché le morceau… Et Steve a fini le boulot.

Ses yeux ont pris une intensité marine et ils plongent dans les miens comme s'il pouvait lire en moi. Je frémis en redoutant qu'il en soit capable. S'il savait à quel point il me rend faible, à quel point je ne peux le détester.

– Alors, c'est pardonné ? susurre-t-il en effleurant mes lèvres du bout des siennes.

Que sa bouche est tendre et chaude ! J'avais presque oublié à quel point son contact est agréable. Et comme pour me rappeler ces doux souvenirs qui veulent s'immiscer dans mon esprit, il m'embrasse à nouveau. Son baiser est intense, mais bref, il a sans doute peur de se faire surprendre. Ce grand imbécile me ferait presque oublier à quel point je suis en colère.

– On pourrait continuer cette conversation dans ma chambre ? murmure-t-il tout proche de ma bouche.

Il a un effet sur moi incroyable ! Pourquoi joue-t-il à ça avec moi, il est en manque ? Bien sûr qu'il est en manque. Les mecs et leurs couilles, je vous jure. Je tente de rassembler le peu de volonté qui me reste pour résister.

– Au cas où tu ne l'aurais pas remarqué, je suis une fille bien maintenant.

– J'avais remarqué, susurre-t-il en glissant sa main sur ma jambe déjà flageolante.

Et là, Martha et Élise déboulent avec les assiettes à dessert… Il s'écarte de moi, je me lève pour les aider, merde, je tremble ! J'inspire un grand coup et débarrasse Élise d'un plat de cupcakes trop encombrant. Je voudrais fuir, mais sa garce de mère m'invite à me rasseoir alors que les mâles et leur horrible odeur de tabac froid entrent en s'esclaffant bruyamment.

J'ai totalement oublié Josh et ses gestes tentants, je ne vois plus que la garce qui m'a dénoncée. Elle sourit comme si de rien n'était, elle joue la sainte femme avec son auréole, alors qu'elle a foutu ma vie en l'air sans scrupule. Qu'elle était bien, ma vie, avant qu'elle et son fils ne viennent tout saccager ! Je suis à deux doigts d'exploser, quand Josh murmure tout près de moi :

– Ne lui en veux pas, elle pensait bien faire.

De nouveau, ses doigts s'aventurent sur ma cuisse, alors qu'il se sert un gâteau de l'autre main. Ils savent vraiment faire semblant dans cette famille ! Je le déteste, mais une partie de moi, bien plus forte que le reste, le désire plus que tout. S'il veut jouer, moi aussi je peux jouer et je peux même gagner…

– Putain, tu n'as aucune chance à ce petit jeu, je chuchote, en insérant ma main entre ses jambes pour palper sa bite qui se love instantanément contre ma paume.

Il sursaute et recrache son morceau de gâteau en s'écartant vivement.

– Ça va, Chéri ? s'enquiert sa mère.

– Oui, j'ai juste failli m'étouffer, répond-il, presque cramoisi et très convaincant.

Il se rapproche et croque à nouveau dans son cupcake sans un regard pour moi. Il sait y faire, mais je n'ai pas l'intention de le laisser s'en tirer à si bon compte. Lentement, je glisse ma main sur sa cuisse et retrouve mon chemin jusqu'à ses couilles. Il toussote et suffoque, mais avec son excuse de gâteau en travers de la gorge, ça passe inaperçu. Il me sourit, malicieux, en se dandinant sur sa chaise et à son tour, il est entre mes jambes. Moi aussi, je sens le manque qui se réveille au fond de mon ventre.

J'essaie de me concentrer sur les conversations, mais j'ai du mal et Josh a un sacré avantage : il s'est faufilé sous ma culotte pour me caresser. La sensation est trop bonne, trop déstabilisante, mais je refuse de céder, alors je presse plus fort mes doigts en le frottant doucement. Je veux lui rendre la pareille. Nous sommes tous les deux en transe, mais je suis ravie de le laisser seul avec sa queue qui se dresse fièrement quand vient le moment de partir.

Dans la voiture, Phil et Élise me félicitent pour mon attitude exemplaire et je ne peux m'empêcher de sourire parce qu'ils ne le penseraient certainement pas s'ils savaient à quel point je suis excitée de ce que nous avons fait sous la table.

CHAPITRE 8

Josh

Je m'étais juré de ne plus l'approcher. Cette fille est dangereuse, elle ne m'apporte que des problèmes. Et pourtant, maintenant que je sais que Steve s'est foutu de ma gueule, qu'elle n'a jamais été avec lui, je ne désire qu'une chose, qu'elle soit enfin à moi. Je la veux, je la veux, et tout de suite.

Après avoir aidé ma mère à débarrasser la table, je monte directement dans ma chambre en prétextant un mal de tête. Je roule mon oreiller en boule sous mes couvertures pour faire illusion et me glisse par la fenêtre. C'est la première fois de ma vie que je fais le mur, et je m'en sens un peu honteux. Mes parents ne m'auraient certainement pas interdit de sortir, mais je ne veux pas inventer un mensonge de plus. D'autant plus que ma mère m'aurait capté au premier battement de cils.

Je manque terminer plus vite que prévu en bas et me rattrape de justesse à une branche qui, étonnamment, résiste à mon poids. Quand je pense que Sandre l'a fait si souvent au printemps. Que j'aimais qu'elle se glisse en douce sous mes draps ! Et comme je voudrais qu'elle recommence ! Je m'oblige à ne plus songer à elle, juste le temps de retrouver la terre ferme, et me faufile jusqu'à la rue en vérifiant que personne ne m'observe.

Il ne m'a pas fallu plus d'un quart d'heure pour débouler devant la baraque des Donnell. J'ai couru comme un dératé, je suis à bout de souffle. J'aurais pu prendre ma bagnole, mais je redoutais que ses vrombissements me trahissent. J'enjambe le portillon qu'ils ont fermé pour la nuit et me planque derrière les rares buissons en rejoignant l'arrière de la maison. Nous n'en avons jamais parlé, mais je suis prêt à parier qu'ils ont donné à Sandre la chambre d'amis. Enfin, il vaudrait mieux pour moi, parce que je n'ai pas envie de me retrouver nez à nez avec Philip ou Élise. D'en bas, j'observe la fenêtre du premier, elle est éclairée, mais contrairement à notre maison, il n'y a aucun lierre pour y accéder. J'examine les alentours, il n'y a rien à part un vieux saule qui penche comme pour faire le curieux, lui aussi.

Il me faut au moins cinq minutes pour atteindre la première branche. J'ai vraiment l'air d'un imbécile, pendu par un bras et les pieds dérapant sur le tronc. Et je ne parle même pas de la position dans laquelle je me retrouve une fois que je suis enfin à hauteur de la chambre. Je paniquerais presque en découvrant le sol à plusieurs mètres en dessous, mais mon cœur s'emballe à la vue qui s'offre à moi et me fait oublier toutes mes craintes : Sandre est là, dans cette magnifique robe à pois qu'elle portait tout à l'heure. Elle se cambre et glisse une main dans son dos pour atteindre la fermeture Éclair. Je déglutis bruyamment, ses longues jambes se dévoilent sous le tissu qui remonte doucement et sa poitrine se dresse, m'appelant. Je veux la voir nue, me souvenir de la beauté de sa peau, de ses formes harmonieuses.

Je ne bouge pas, dans l'attente de la suite, mais elle se débat avec le zip sans succès. À contrecœur, je casse un petit bout d'une branche pour le jeter contre la vitre. Elle sursaute au bruit sourd qu'a provoqué l'impact, mais se tourne vers la porte au lieu de regarder dans ma direction. Je retente l'expérience, mais une nouvelle fois ses yeux se dirigent dans la mauvaise direction. Elle va me rendre fou !

J'agrippe la branche au-dessus de ma tête et lentement, en vérifiant l'appui de chacun de mes pas, j'avance vers elle. Mon Dieu, qu'elle est belle ! Ses longs cheveux caressent ses épaules, quand elle se tourne comme si elle essayait de voir son dos.

– Je pourrais t'aider si tu me laissais entrer, j'articule, en priant pour qu'elle soit la seule à m'entendre.

De nouveau, elle sursaute et enfin m'aperçoit.

– Qu'est-ce que tu fous là ? s'étonne-t-elle, sans pour autant ouvrir la baie vitrée.

Je sens la branche fléchir sous mon poids, j'espère qu'elle va résister à la charge.

– Laisse-moi entrer, je ne vais pas tenir longtemps.

Elle entrouvre la fenêtre, ne semblant toujours pas décidée à me laisser le champ libre. Pire, elle a l'air furax ! Je ne pourrai jamais faire marche arrière, alors je m'avance davantage. Je sais qu'elle va céder, je sais qu'elle n'est pas insensible, enfin, je souhaite qu'elle ne le soit pas. La branche gémit sous l'effort et je la supplie du regard.

– Je ne joue plus au garagiste, trouve-toi quelqu'un d'autre pour faire tes vidanges.

Je ne peux m'empêcher de sourire. Ça, c'est vraiment elle ! Je devrais paniquer, je suis vraiment dans le pétrin, la branche ne tiendra plus longtemps et, pourtant, sa présence me rassure.

– Ah ! Toi, tu sais trouver les mots, je me moque. J'avais remarqué que tu avais laissé tomber ta chemise de…

J'allais faire allusion au vieux Bob, le seul mec à des kilomètres à la ronde qui sache s'occuper correctement d'une bagnole, certes à des prix exorbitants, mais la branche vient de lâcher sous mon poids. Sans réfléchir, je saute en avant et m'accroche à l'étroit interstice que Sandre a bien voulu m'accorder. Le choc du mur contre mon corps expulse l'air de mes poumons, et je peine à retrouver ma respiration.

– Bon sang, Sandre, laisse-moi entrer, je grogne en tentant de me hisser à la seule force de mes bras.

Je voudrais m'aider de mes pieds, mais mes baskets glissent sur le crépi trop lisse. Elle hésite un bref instant, jaugeant l'espace qui me sépare du sol, avant de se décider à m'empoigner par les avant-bras.

Avec son aide, je réussis à remonter à hauteur de la fenêtre. J'enjambe le chambranle et manque m'affaler en retrouvant enfin un sol stable. Mes jambes flageolent sous le poids de la pression qui retombe doucement. Sandre me retient et s'écarte aussi rapidement qu'elle s'est approchée. Je sais qu'elle redoute autant que moi notre proximité, et les éclairs qu'elle me lance n'annoncent rien de bon.

– Tu fais chier, Josh ! Tu comptes ressortir comment maintenant ?

Je préfère ignorer sa question et détaille la pièce où elle vit. Les murs sont nus, et seuls un fauteuil bleu et la housse de couette assortie donnent un peu de gaieté à l'ensemble.

– C'est aussi impersonnel que ton ancienne chambre, je commente, reportant mon attention sur elle.

– Tu peux parler ! Tu as vu la tienne ? riposte-t-elle en mettant encore de la distance entre nous.

Je suis surpris qu'elle ait trouvé ma chambre aussi froide que la sienne, j'ai ma banderole des Red Sox et…

– C'est parce que je viens d'enlever mes photos, je réalise soudain.

Je n'en pouvais plus des portraits de Marcy qui me reprochaient en permanence mes erreurs, et puis c'est Sandre que je voudrais maintenant contempler à chaque instant.

Elle me détaille, étonnée, comme si elle tentait d'imaginer le genre de clichés que j'aurais pu afficher. Mon esprit retourne dans la pièce bourrée de portraits de lycéens pris à leur insu. Ça m'a fait flipper quand je l'ai découverte. Quelle capacité impressionnante à capter les émotions, à mettre ses sujets à nu, je me demande si elle est aussi douée pour lire en moi ! Elle s'est rarement plantée à mon sujet, mais si elle pouvait réellement voir le fond de mes pensées, elle saurait à quel point je suis fou d'elle et pas seulement de sexe avec elle.

Finalement, elle ne m'interroge pas sur les photos dont je me suis débarrassé, comme si ça n'avait pas vraiment d'importance pour elle. J'aimerais que ça en ait, je veux qu'elle sache que Marcy ne compte plus.

– Pourquoi es-tu là ?

– Parce que tu m'as manqué, parce que je suis fatigué qu'on se batte et que j'ai envie d'être avec toi.

Je ne peux m'empêcher de sourire en repensant à nos caresses sous la table. Je croyais qu'elle avait compris, que les mots que je lui avais soufflés juste avant avaient tout changé, mais à voir sa tête, pas du tout.

– Je viens de te dire que je ne joue plus.

Son ton glacial me fait frémir, mais je n'en tiens pas compte. Je veux la sentir contre moi, je veux lui prouver que j'ai besoin d'elle. Je continue de m'approcher, mais elle s'éloigne encore.

– Pourtant, je sais que tu le désires autant que moi, je tente en tendant les mains dans sa direction.

– Et tu as vu où ça nous a menés… Tu comptes faire quoi ? Te glisser en douce jusqu'à ce qu'on se fasse surprendre par les Donnell ? Bordel, tu veux que je finisse à la rue, ça ne t'a pas suffi de me prendre ma tranquillité ?

Je comprends ses doutes, elle a payé le prix fort à cause de moi, mais si notre histoire devient officielle, ça change tout.

– Si j'étais ton petit copain, je pourrais t'inviter à venir chez moi et tu pourrais en faire autant. Philip n'aurait rien à dire si j'entrais par la porte, et ma mère non plus.

Elle m'observe comme si elle cherchait le piège qui se cache derrière ma proposition. Comment a-t-elle pu me dévoiler si facilement son intimité alors qu'elle s'obstine à me refuser l'accès à sa vie ?

– Non, je ne veux pas d'une histoire qui ne mène nulle part et qui ne peut m'attirer que des emmerdes.

– Tu n'en auras pas, je ne merderai pas cette fois-ci, je te le promets. Sandre, je désire vraiment être avec toi.

Je prie pour qu'elle saisisse enfin. Je la veux ! Je veux être celui à qui elle confiera ses problèmes, je veux que mes bras la rassurent, je veux être le seul responsable de ses sourires, le seul à pouvoir la calmer, le seul à pouvoir la comprendre. Je veux lui appartenir et qu'elle m'appartienne. Elle est à moi. Je ne supporterais pas de la voir avec un autre.

Elle a atteint le mur en face de la fenêtre. Je suis si proche que je peux sentir son souffle qui s'accélère et la tension qui monte entre nous.

– Tu parles ! Tu seras dans les bras de Marcy dès qu'elle clignera des paupières dans ta direction.

– Je parie, moi, que je peux lui résister bien plus qu'à toi, je susurre en frôlant la naissance de son cou du bout des lèvres.

– C'est parce qu'elle ne sait pas y faire.

Je sens sa volonté s'effriter et ne peux retenir un sourire en sachant qu'elle cédera bientôt.

– Et si j'avais enfin compris à quel point elle n'est pas faite pour moi, à quel point toi, tu es faite pour moi. Tu es la seule à me connaître vraiment.

Sa respiration est saccadée, comme si elle luttait contre des sentiments contraires. Je glisse une main derrière son dos et attends qu'elle me repousse. Je tremble presque, tellement j'appréhende qu'elle me rejette. Ma bouche dessine une ligne de baisers sur l'ovale de son visage et remonte le long de sa joue. Je frôle ses lèvres.

Elle n'a toujours pas bougé, mais je ne veux pas la presser. J'ai tout mon temps, je ne sais même pas si je pourrais me lasser d'elle un jour. Lentement, mes doigts caressent le tissu qui m'empêche de sentir sa peau si douce. Ils rencontrent la fermeture qui lui résistait tout à l'heure, et je la fais descendre délicatement pour retrouver la chaleur de son corps. Le vêtement s'étale comme par magie sur le sol, et je m'écarte légèrement pour contempler sa silhouette parfaite. Ça fait tellement longtemps que je ne l'ai pas vu nue que mon entrejambe réagit instantanément au bonheur de la redécouvrir enfin. Qu'elle est belle ! Elle a laissé tomber ses basiques noirs pour de splendides dessous en dentelle colorée.

– Hum, j'adore ça, je souffle, en frôlant la fine étoffe qui dissimule sa poitrine dressée pour moi.

Je la sens frémir au contact de ma bouche qui suit avec gourmandise le contour de ses seins. Et tandis que mes lèvres retrouvent enfin les siennes, elle répond à mon étreinte et glisse des doigts tremblant sous ma chemise. Oui, oui, OUI ! Je savais qu'elle céderait. Je souris contre sa bouche en profitant de ses caresses. Elle étouffe un gémissement quand ma main s'aventure entre ses jambes, frôlant la fine dentelle du bout des doigts, et lorqu'elle engouffre sa main sous la ceinture de mon jean, je grogne à mon tour.

– Tu m'as tellement manqué, je souffle sans la lâcher.

Je ne veux plus devoir m'éloigner d'elle. Son absence m'a rendu complètement dingue. Je n'aurais jamais imaginé que ça soit possible d'être accro à ce point et, bon sang oui, je suis accro.

Elle me pousse vers le lit, et je la soulève du sol pour l'avoir enfin à ma hauteur. Mon désir gonfle contre le sien et elle enroule ses jambes autour de moi pour mieux le sentir. Je la porte jusqu'au doux duvet qui m'appelle et, après avoir dégrafé son soutif, je la dépose délicatement sur les draps frais. Lentement, sans me presser, je fais courir mes lèvres sur sa peau nue. Je m'attarde sur son nombril avant de descendre le long de sa culotte. Elle m'oblige à rejoindre sa bouche et se soulève en tendant ses mains vers mon jean qu'elle pousse sur mes hanches. Je réalise soudain que j'ai oublié le principal.

– Tu as des capotes ? je souffle, déjà anéanti de frustration.

– Tu crois vraiment que c'est le genre de truc qui traîne dans le coin ? s'indigne-t-elle, comme si elle retrouvait brusquement ses esprits.

Ce n'est pas possible ! Je n'en peux plus, je suis en manque, un truc de dingue, et on va devoir reporter ça à plus tard ?

– Je prends la pilule, annonce-t-elle, comme si elle prenait pitié de moi.

– Alors, on peut ? je demande en m'écartant pour mieux déchiffrer ses grands yeux noirs.

Je n'en reviens pas. Elle me maintient à distance depuis l'horrible jour où les services sociaux ont débarqué chez elle, et soudain elle me fait suffisamment confiance pour me faire le plus incroyable des cadeaux. Je suis sur un petit nuage, mais, comme si ça ne suffisait pas, j'ai terriblement envie de poser la seule question qui me torture depuis qu'elle s'est offerte à moi.

– Parce que tu ne l'as jamais fait qu'avec moi, n'est-ce pas ?

Elle grimace, et mon cœur s'affole. Je croyais que Steve ne l'avait jamais touché, je suffoque, je perds pied, mais demande quand même :

– Steve ?

Elle sourit, moqueuse, et je recommence à respirer.

– Oliver, murmure-t-elle, et elle précise devant mon air interloqué : mon premier petit ami, ça n'est arrivé qu'une fois.

Je souffle, soulagé. On est quittes, chacun a eu son premier amour, sa première histoire, mais les vraies sensations, c'est ensemble qu'on les a vécues. Je souris et m'agrippe à ses hanches avec l'envie folle de la sentir enfin autour de moi, mais quand je croise ses yeux sombres, je sais qu'elle a déjà saisi ce que je n'ai pas encore dit.

– Tu l'as fait avec elle ? réplique-t-elle, sans tenter de dissimuler sa contrariété.

Je sais que je n'ai plus le choix, même si j'appréhende sa réaction. Si elle savait l'enfer que ça a été, combien j'aurais préféré que ça n'arrive jamais. Comme j'ai honte en y songeant ! Ça doit certainement être le pire des souvenirs de Marcy, alors pourquoi me tourne-t-elle encore autour ?

– Nous voulions le faire le soir du bal, mais nous n'avons pas été jusqu'au bout… et je n'ai pensé qu'à toi. Ça m'a rendu dingue. Je me suis trompé sur toute la ligne… Tu avais raison, on n'était vraiment pas sur la même longueur d'onde.

– Donc, elle ne veut plus le faire et toi, tu es en manque et prêt à tout pour vidanger la bête ? Rhabille-toi, m'ordonne-t-elle. Mon vieux, tu vas devoir attendre de rentrer chez toi pour t'astiquer tout seul comme un grand.

Elle me repousse violemment et s'extirpe du lit. Sans me regarder, elle récupère un jean et une de ses chemises immenses dans son placard et les enfile. J'attrape son bras et la force à se retourner pour me faire face.

– Sandre, non ! Écoute-moi, je t'en prie ! Je peux me passer de sexe avec toi. Je te l'ai dit, je veux davantage. On pourrait discuter. J'aimerais savoir comment tu vas, ce que tu ressens. Je me suis emballé parce que tu me fais un effet de dingue, mais… Sandre, parle-moi ! Laisse-moi une chance de te prouver que je ne suis pas un enfoiré.

J'attends, mais elle ne répond pas. Elle m'empoigne par le bras et me pousse vers la porte, alors je continue, je débite tout ce qui me passe par la tête.

– J'ai envie d'être avec toi. Je sais que je ne suis qu'un abruti, que je m'en rends compte trop tard… Je suis long à la détente comme la plupart des mecs… Sandre !

Ma voix ressemble à une plainte ridicule et je m'acharne pour rien. C'est trop tard, elle ne m'écoute plus. Elle plaque sa main sur ma bouche pour m'obliger à me taire et glisse un regard par l'entrebâillement de la porte, puis, ouvrant la porte en grand, elle m'entraîne dans le couloir sombre. En un rien de temps, je suis dehors sans qu'elle m'ait dit un mot.

J'ai encore tout foiré ! Mon cœur est à l'agonie et ma queue s'est recroquevillée dans un coin, elle sait qu'elle a intérêt à ne pas bouger, c'est à cause d'elle si je suis dans le pétrin. Je ne fais que des erreurs à cause de cette libido de merde qui me torture ! Pourquoi a-t-il fallu que j'essaie de la baiser à tout prix ? Pourquoi ne lui ai-je pas dit à quel point je suis fou d'elle, à quel point je suis accro ?

Je ne peux pas repartir comme ça. Je contourne la baraque et sors mon portable. Je sais qu'elle ne me répondra pas, mais je veux qu'elle sache :

Parle-moi, insulte-moi, mais ne reste pas silencieuse, je veux savoir ce que tu penses. J'ai besoin de toi. Je suis sous ta fenêtre et je ne bougerai pas de là.

Après un court instant, son visage apparaît, contrarié. Je la supplie du regard, mais elle tire les rideaux, me laissant seul avec mon désespoir et comme un imbécile, j'insiste :

Je n'ai jamais désiré autant être avec quelqu'un, je n'ai jamais été aussi sûr de moi. Sandre, laisse-moi juste une chance de m'expliquer. Je sais que j'ai merdé, mais je peux mieux faire. Je te jure, j'arrêterai de me conduire comme un con.

CHAPITRE 9

Sandre

Ce salaud continue de croire qu'il peut m'utiliser sans vergogne. Et dire que j'étais à deux doigts de me laisser faire ! Pourquoi suis-je incapable de le voir tel qu'il est ? Parce que ses caresses sont d'une incroyable tendresse et parce qu'il sait écouter mes désirs, je crois naïvement qu'il n'est pas un obsédé qui me manipule ? Je suis vraiment la pire des cruches. La vérité, c'est que j'ignore totalement qui est Josh. Je ne connais qu'une infime partie de lui : sa queue. Et sa queue est fourbe et sans pitié, elle se moque de me mentir, de m'utiliser, du moment que je lui donne ce qu'elle désire. Qu'il aille se faire foutre ! Je n'espère qu'une chose : qu'il souffre encore longtemps de manque. Oui, je veux que sa queue le fasse souffrir !

Il est hors de question qu'il m'approche à nouveau. J'aurais mieux fait de ne pas m'occuper de ses couilles et de ses hormones incontrôlables. J'en ai fait un accro, prêt à tout pour une partie de jambes en l'air. Quand je pense qu'il a réussi à se faire Marcy la sainte-nitouche ! Elle doit être folle d'avoir cédé si facilement, d'avoir gâché sa pureté pour un gros obsédé comme lui. Je suis sûre qu'elle se voit déjà rôtir en enfer, la godiche.

Et je n'en peux plus des préparatifs de mariage, du bonheur des autres. La famille Wilden, leur jardin fleuri, leur pièce montée, leur tulle à profusion, c'est écœurant, ça pue la naïveté. Je ne desserre pas les dents, de peur de sortir des horreurs. Paula a bien vu que quelque chose n'allait pas, mais elle ne dit rien et je l'en remercie. Je me déteste parce que la soirée chez les Anderson n'aurait rien dû changer et je déteste encore plus mon esprit qui se joue de moi. Pas un instant ne passe sans qu'il ne me torture avec des visions de Josh : son corps musclé, son sourire séducteur, son regard si déstabilisant qui me détaille avec gourmandise… Et les nuits sont pires, car il y a le son : sa voix douce et chaude qui me susurre des mots tendres, qui gémit de plaisir sous mes caresses… Je veux qu'il sorte de ma tête !

Vendredi soir, c'est mon dernier jour. Finalement je ne ferai pas le mariage prévu, parce que Boby Storman nous a invités à sa soirée de rentrée. Pourtant, quand j'ai reçu le SMS : Salut c'est Boby ! Samedi soir grande teuf chez moi avant le début des cours, je n'ai rien dit. Je savais que ça venait de Josh, ça ne pouvait être que de lui. Il est le seul avec Phil à avoir mon numéro. Je n'aurais jamais parlé de l'invitation si Will n'en avait pas reçu une aussi. Ce salaud a pensé à tout ! L'intello et la coincée sont surexcités. Du coup, Phil a décrété que ma socialisation était plus importante que mon job provisoire d'assistante. Il n'en a strictement rien à foutre que je ne veuille pas y mettre les pieds. Je n'en peux plus de leur obstination à vouloir changer ma vie. Pourquoi personne ne peut comprendre qu'elle était très bien comme elle était avant ?

– Qu'est-ce qui ne va pas ? me demande Phil, me tirant de mes pensées.

Je cligne des yeux comme si j'avais oublié où j'étais. Tout le beau monde de la prospère entreprise que Phil a créée discute joyeusement, mais je n'ai pas la tête à ça.

– Rien, je souffle, alors que je sais pertinemment que je ne le tromperai pas aussi facilement.

– Je ne sais pas grand-chose du différend qui vous oppose, Josh et toi, mais je sens bien qu'il y a quelque chose d'important, de profond entre vous.

Profond ? Tu parles, c'est surtout sa queue qu'il m'a mise bien profond. Il ne voit pas qu'il me soûle avec ses âneries ? Je n'en ai rien à faire de ses pensées trop naïves. J'aimerais lui dire que tout n'est pas beau et rose, mais bêtement, je ne veux pas détruire ses illusions, même si c'est un grand garçon. Et il poursuit sur sa lancée :

– Sandre, je comprends que tu éprouves le besoin de te protéger, mais regarde-toi, tu en souffres tellement.

– Tu as raison, tu ne sais rien.

J'ai conscience que mes mots sont trop durs et que Phil ne mérite pas que je le traite de cette façon, mais je veux qu'il réalise enfin qu'il ne pourra jamais tout connaître de moi.

– Josh est un brave garçon, il n'a pas l'intention de te faire du mal, précise-t-il en s'éloignant.

Et comme si ça n'avait pas été déjà assez pénible de se farcir un pot au boulot, il faut remettre ça samedi soir. Et je dois me battre avec Will et Prude pour ne pas débarquer à huit heures tapantes.

– Il n'y a que les coincés qui se pointent aussi tôt à une fête, je proteste.

Ils cèdent, même s'ils me soupçonnent de repousser l'échéance. Et comme si leur excitation ne suffisait pas à m'exaspérer, Élise exige que je choisisse une tenue plus appropriée à une sortie de lycée. Elle trouve que mon vieux jean et le maillot de l'équipe de rugby, ce n'est pas assez classe. C'est la première sortie de la lycéenne Sandra Donnell, et elle redoute que je sois déjà cataloguée. Si elle savait à quel point je m'en fous. Je me demande encore pourquoi je cède à ses exigences vestimentaires. Si en fait, je sais, j'en ai ma claque de ses leçons de morale pour me rappeler que les services sociaux sont toujours sur mon dos. Bientôt elle va me préparer mes habits la veille comme le font les parents surprotecteurs. Je tremble rien que d'y penser !

Et voilà comment je me retrouve à une fête d'adolescents en rut, avec un jean archi-moulant et un dos nu qui dévoile mes épaules pas assez musclées. Le prochain qui me reluque le cul, il finit avec la marque de mes doigts sur la figure.

Will et Prude semblent à leur aise, alors que moi, pas du tout. Je leur ai conseillé de ne boire que du Coca et de laisser tomber s'il avait un goût bizarre. Deux coincés dans une fête de ce genre, ça peut vite se retourner contre eux. Mais ils s'en moquent, ils dansent en se tenant les mains, ils s'aiment comme deux enfants qui ignorent tout des sentiments destructeurs qui les habitent.

En arrivant, je croise Josh et pars dans la direction opposée quand il s'avance pour nous saluer. Il retente le coup une seconde fois, mais j'esquive encore. Hors de question qu'il s'approche de moi ce soir, je ne sais que trop bien ce qui se passe dès que la distance entre nous se réduit. En plus, il est magnifique, son jean sombre moule parfaitement son joli petit cul et sa chemise entrouverte dévoile bien trop de sa poitrine musclée. Sandre, ne le regarde pas !

Pourtant, quand je vois Marcy le coller, je ne peux m'empêcher de vérifier le résultat. Elle lui sourit comme une cruche et se trémousse en faisant balancer sa robe vaporeuse un peu trop courte. Depuis quand joue-t-elle les allumeuses ? Il la détaille en lui parlant et alors que je crois qu'il va poser la main sur elle pour la peloter, il la remonte dans ses cheveux coupés court en redressant la tête. Nos regards se croisent brièvement, et je détourne les yeux en m'éloignant. Je me retrouve nez à nez avec la coincée qui me tend un jus d'orange.

– Tu devrais aller lui parler, susurre-t-elle en le dévorant des yeux, pas discrète pour deux sous.

J'avais oublié qu'il est impossible de ne pas se faire remarquer avec Prude dans les parages, et elle insiste comme si ce n'était pas suffisant :

– Il paraît qu'il a menacé d'envoyer à l'hosto tous ceux qui oseraient te draguer ce soir.

Comment cette fille se débrouille-t-elle pour connaître les derniers potins ?

– Et tu sors ça d'où ?

– William a un copain dans l'équipe de réserve. Tu vas aller le voir ? s'acharne-t-elle.

– Non ! je réplique froidement.

Et comme toujours avec la coincée, je culpabilise dès que mon regard rencontre le sien visiblement déçu. Je change de sujet pour rattraper le coup :

– Alors, tu aimes les orgies étudiantes ?

– Oui, j'adore, c'est la première fois que je suis invitée, me répond-elle en sautillant.

– Et t'attends quoi pour entraîner Will à l'étage et le peloter ?

– Je n'oserais jamais, s'empourpre-t-elle, gênée.

Est-ce qu'un jour cette fille va se décoincer ? Je ne m'attends pas à un miracle, mais là quand même, c'est grave !

– Ça sert aussi à ça, ce genre de soirée !

Elle me fixe, étonnée, comme si elle tentait de déceler la vérité entre mes deux yeux.

– Va faire un tour en haut, tu verras si je raconte n'importe quoi, je la défie avec un sourire taquin.

– Je … je …

– Allez, propose la visite à Will ! je la pousse, en joignant le geste à la parole.

– Et toi, ça va aller ? s'inquiète-t-elle en se dirigeant vers l'intello.

– J'ai l'air d'avoir besoin d'une baby-sitter ?

Je la regarde s'éloigner, discuter quelques minutes avec Will, et ils disparaissent de mon champ de vision.

Je ne me suis jamais sentie moins à ma place que ce soir. Pourtant, j'ai déjà mis les pieds dans ces soirées, mais avant je savais m'amuser. Je me laissais même tripoter par Oliver dans les coins sombres. Mais aujourd'hui, tout m'indispose, ces corps en sueur qui me frôlent, cette odeur d'alcool et de tabac, tous ces abrutis qui chahutent en ricanant. Qu'est-ce que je fous ici, déjà ?

Je croyais avoir mis de la distance entre nous, mais Josh est là de nouveau et je fais un pas en arrière. Il est accoudé au bar de la cuisine, un verre à la main, et affiche un air pitoyable qui me transperce le cœur. Marcy a disparu, et je l'imagine responsable de sa tronche de chien battu.

Il me fait signe de le rejoindre et je recule encore. Je le vois prendre son portable dans sa poche et faire glisser ses doigts sur l'écran. Quelques secondes plus tard, le mien vibre sur mes fesses. Je le sors, sachant très bien que c'est lui et un pavé impressionnant s'affiche :

Je t'en prie, arrête de me fuir. Parle-moi, dis-moi ce que tu veux, même des horreurs comme tu sais si bien le faire. Tout ce que tu veux, mais ne reste pas silencieuse, sinon je vais péter un câble et tout le monde ici saura à quel point je suis dingue de toi.

Il n'a toujours pas compris ? J'en ai assez de me faire avoir comme une cruche. Il ne me touchera plus, il ne se servira plus de moi.

Je réponds :

Tu peux dire à tes couilles que c'est fini de se foutre de ma gueule, je n'ai plus pitié d'elles.

Je me redresse pour vérifier sa réaction et il sourit quand son écran s'allume. Et en plus, ça le fait rire ! Moi, je ne trouve pas ça drôle. Je n'ai pas le temps de me demander ce qui l'amuse, que sa réponse apparaît :

Je leur ai déjà fait la morale. Elles ont tout gâché entre nous. Je peux te garantir que maintenant, elles ne feront plus les malignes, tu n'es pas près de les revoir.

Je lui parle de ses couilles et il les utilise encore pour me proposer une relation platonique. Il peut toujours courir, je n'y crois pas. Un mec est incapable d'oublier qu'il a une queue. Je le dévisage, et il pointe son index dans ma direction avant de se désigner lui-même, en articulant en silence « toi et moi ».

Mais bien sûr ! Arrête de me prendre pour une gourde. Je ne suis pas ton genre. Marcy et moi sommes le jour et la nuit, et c'est elle que tu veux.

Avant qu'il n'ose s'approcher et jouer avec mon corps qui ne peut rien lui refuser, je mets de la distance entre nous. Mon portable vibre encore sur mon cul, mais je l'ignore.

Sans vraiment savoir comment j'ai atterri là, je me retrouve dehors à observer les couples en rut qui se bécotent dans les recoins mal éclairés. Si les filles savaient que les mots doux que les mecs leur susurrent ont pour seul but de satisfaire leur queue. S'ils avaient un détecteur de mensonges sur leur bite, il biperait en permanence.

– Il a vraiment des sentiments pour toi.

Je sursaute à cette voix rauque et basse qui me sort de mes pensées. Je me retourne et dois redresser la tête pour voir qui vient de m'interpeller. Je crois bien ne l'avoir jamais vu d'aussi près. Boby est impressionnant. Sa carrure massive et ses muscles saillants doivent vraiment faire trembler tous les adversaires qui croisent son chemin. Je ne réponds pas et il ajoute :

– Je ne l'ai jamais vu aussi mal, même lors de ses nombreuses ruptures avec Marcy.

– Et c'est sans doute encore Marcy qui le met dans tous ses états, je réplique sans le lâcher des yeux.

– Tu sais très bien que c'est faux. Ça fait longtemps que ce n'est plus elle le problème.

C'est incroyable, la douceur qui émane d'un mec aussi baraqué, comme s'il y avait un fossé entre ce qu'il est vraiment et ce qu'il paraît être. Je me demande s'il souffre de ce décalage qui doit fausser le jugement de bien des gens.

– J'ai toujours été un sacré problème pour mon entourage, je réponds, tentant de comprendre ce qu'il essaie de dire.

– Josh m'a dit que tu avais un humour particulier.

Comment ça, Josh lui parle de moi ? J'aimerais bien savoir ce qu'il lui a révélé d'autre, mais je n'oserais jamais lui poser la question. Je reporte mon attention sur un couple qui titube à côté de nous en se pelotant de manière totalement indécente, et il m'explique enfin la raison de sa présence.

– Je ne voudrais pas te déranger dans… ton observation de la jeunesse décadente, mais Josh est en train de se mettre minable, et à part toi, je ne vois vraiment pas qui pourrait le convaincre d'être plus raisonnable.

Je ne suis pas persuadée d'avoir une telle influence sur lui. Je le dévisage et il précise avec un étrange sourire malicieux :

– C'est un service que je demande à la jeune fille dont la famille est très proche des Anderson et qui connaît suffisamment Madame pour savoir qu'elle pourrait ne pas apprécier la suite des événements.

Et il est doué en plus, cet imbécile ! Les sportifs de son genre passent généralement pour des idiots, mais lui, il a oublié de l'être. Je le détaille en scrutant le fond de ses yeux clairs, étonnamment tendres. Est-ce qu'il va m'y conduire de force si je refuse ? Je l'imagine me jeter sur son épaule sans effort et me coller dans les bras de la dernière personne que je désire approcher ce soir.

– Je te demande juste de lui retirer son verre des mains et de l'envoyer se coucher dans ma chambre, précise-t-il, comme si ce qu'il attendait de moi était un jeu d'enfant.

Je grimace et le suis à contrecœur, parce que je ne veux pas attirer l'attention, s'il devait mettre à exécution le plan qui m'a traversé l'esprit. Josh bourré et en manque, ça ne peut que mal finir.

CHAPITRE 10

Sandre

Je passe la porte de la cuisine avec Boby sur les talons. Josh est affalé sur le bar, il contemple le verre dans sa main comme s'il pouvait y lire son avenir. Il fait peine à voir !

Alors que je n'ai toujours pas bougé, une main me pousse en avant. Je dévisage Boby et m'avance, parce que ce gars me fait quand même un peu flipper. Je m'installe sur le tabouret en face de Josh, mais il ne me calcule pas, hypnotisé par le liquide sombre qui roule dans le fond de son verre. Je hasarde un nouveau regard vers le colosse, il est encore là, accoudé au chambranle et déterminé à jouer les gardes du corps. Ça, c'est un pote !

Josh lève son gobelet, l'approche de ses lèvres en penchant la tête en arrière, mais je le saisis avant qu'il n'atteigne sa bouche.

– Eh ! grogne-t-il avec une lenteur impressionnante.

Le revoir ainsi me rappelle la soirée où j'avais ramené sa bagnole et fini dans son lit. Notre première fois entre ses draps. De doux souvenirs qui ont un goût amer dans ma bouche. Je le sens mal !

– Celui-là, il est pour moi, je réplique en grimaçant à l'odeur âpre du whisky.

Je n'ai jamais touché à l'alcool, trop peur de me perdre dans des travers malsains. À une époque, les bouteilles de mes vieux m'avaient fait de l'œil et je m'étais débarrassée de tout avant de découvrir l'enfer du manque.

– Tu trinques à quoi ? me demande-t-il avec un étrange sourire que je ne lui connaissais pas.

– Je n'ai pas besoin d'alcool pour régler mes problèmes.

– C'est vrai, toi tu es quelqu'un de fort, riposte-t-il, limite aigri… Tu sais que j'admire ta force. Tu as tout géré seule pendant des mois et, aujourd'hui, tu acceptes qu'on bouleverse ton univers pour t'imposer une vie totalement différente.

J'observe le fond de ses iris à la recherche du piège, mais il est trop imbibé pour que je puisse y lire quoi que ce soit. Alors, je le provoque :

– Parce que toi, tu ne connais pas tout ça ?

– Et je suis très bien placé pour savoir que ce n'est pas facile à gérer.

Il commence à me gonfler avec ses remarques destinées à flatter mon ego. Je n'ai pas envie de l'entendre me dire des âneries qu'il ne pense pas. J'aimerais me tirer de là et vite, avant qu'il ne m'attendrisse, mais en jetant un œil vers Boby, je remarque qu'il n'a toujours pas bougé. Il ne me laissera jamais partir !

– Tu veux bien me faire une faveur, je tente en priant pour qu'il monte sans discuter.

Tant pis si ce n'est pas réglo, une fois que je serai parvenue à l'enfermer dans la chambre de son pote, je le planterai là, je n'en peux plus de sentir mon cœur se détraquer en sa présence.

– Si tu acceptes de me laisser une nouvelle chance.

Bien sûr, ça ne pouvait pas être aussi simple, il va vouloir négocier, mais je ne suis pas prête à céder sur quoi que ce soit.

– Tu ne crois pas que ma vie est assez compliquée comme ça ?

– Mais je ne veux pas te la compliquer.

Sa voix déraille comme les lamentations d'un condamné. Et en plus, il a l'air sincère, mais je sais qu'il ne désire rien de plus que retrouver nos petits jeux sensuels.

– Pas de sentiments, pas d'attaches, juste du sexe. C'était simple oui, mais je ne suis plus intéressée.

Parce que mon cœur n'a pas dû bien comprendre les règles, il s'emballe pour un pauvre idiot qui a du mal à se tenir assis correctement.

– Tu sais très bien que ce n'est pas ce que je souhaite, proteste-t-il dans une plainte désespérée.

– C'est ce que veut ta queue, quelle différence ?

– Sandre, tu commences à m'emmerder avec ma bite. Je veux bien admettre qu'elle avait le contrôle quand j'étais encore puceau, mais ça fait bien longtemps qu'elle ne décide plus pour moi.

– Tu crois vraiment à cette connerie ?

Il ment, il me manipule, enfin je veux m'en convaincre et je prie pour qu'il cesse de s'obstiner.

– Tu veux une preuve ? s'acharne-t-il.

Il se redresse, titube en écartant les bras pour retrouver son équilibre. Après un bref regard autour de lui en se balançant d'avant en arrière, il se dirige vers le salon. Qu'est-ce qu'il va inventer comme stupidité ? Boby me dévisage, interrogatif, et je hausse les épaules. Josh se plante derrière la sublime Lucy Romy, l'ex de Steve. Elle se trémousse sous les yeux insistants d'une bande de mâles en chaleur. Elle est célibataire depuis que j'ai dévoilé les photos indécentes de son mec, et à voir sa tenue et la façon dont elle se dandine, elle a l'intention d'en profiter.

– Je suis à toi, grogne Josh dans son dos. Fais de moi ce que tu désires.

Il la contourne et tandis qu'elle pose les mains sur sa poitrine, il plante son regard trouble dans le mien. Les doigts de Lucy parcourent habilement son corps, dessinent ses formes musculeuses. Je sens la jalousie pointer le bout de son nez, mais je l'ignore. J'aurais voulu être la seule à pouvoir le toucher ainsi. Je vois la main de Lucy descendre entre ses jambes, il la laisse faire, son regard toujours planté sur moi. J'aperçois Marcy qui observe la scène, au bord du malaise. Aux éclairs qu'elle lance à sa copine, la suite risque d'être intéressante.

– Il ne sait plus ce qu'il fait et tu le laisses déconner à ce point ? proteste Boby dans mon dos.

Je ne lui réponds pas, je suis scotchée par le spectacle qui me retourne le cœur. Lucy est entreprenante, un truc de malade, à se demander si elle est encore à jeun. Elle s'est dressée sur la pointe des pieds pour atteindre sa bouche, mais elle ne parvient qu'à lécher son menton. Josh la détaille un instant et alors qu'elle s'apprête à glisser ses doigts dans son jean, il l'arrête d'une main en déclarant :

– Bon, ça va comme ça.

Il s'écarte d'elle, recule d'un pas et titube jusqu'à moi. Il manque s'affaler, et alors que je crois le retenir, il me coince contre le bar. Son regard s'embrase en plongeant dans le mien et ses bras m'encadrent sans me toucher. Je suffoque sous le poids de cette proximité qui me déstabilise toujours autant.

– Elle n'a réussi qu'à me donner envie de toi, mais je ne te supplierai pas, parce que tu te trompes, Sandre, je ne suis pas en manque de sexe, je suis en manque de toi.

Ses mots me vrillent le cœur, mais je ne le laisserai pas m'avoir si facilement. Il veut me prouver qu'il a raison, mais il a tort.

– C'est vraiment à ça qu'on joue ? je demande en le dévisageant, alors que je ne pense qu'à me tirer.

– Je ne joue pas, Sandre.

– Mais moi si, et je sais que je vais gagner. Je gagne toujours avec toi.

Je glisse ma main entre nous, descends sur sa cuisse avant de remonter entre ses jambes.

Il sursaute quand j'atteins sa bite déjà gonflée. Il retient un gémissement et je suce son cou en me moquant d'y laisser des marques.

– Je ne te laisserai plus gagner, bredouille-t-il haletant. Ton corps ne me suffit plus, je veux aussi ton cœur.

– Tu n'as aucune chance. Il est verrouillé depuis longtemps et j'ai bien caché la clé, je souffle dans son cou, pendant que ma main déboutonne son jean et s'engouffre à l'intérieur.

Il grogne, les mâchoires serrées, immobiles. Sa poitrine se soulève anarchiquement sous la pression de ma bouche qui savoure sa peau. Je veux qu'il cède, je veux lui prouver qu'il se trompe, je veux le laisser pantelant pour qu'il souffre comme je souffre, mais il a de la volonté, même dans cet état.

Sans lui répondre, je prends son bras et le glisse sur mon épaule. Il me suit sans protester dans les escaliers qui conduisent à l'étage. Je sais qu'il va craquer. Quand je sens son corps instable qui se plaque contre moi pour ne pas chuter, je suis convaincue qu'il est à ma merci. Je marche lentement en vérifiant chaque pièce.

– C'est la chambre de Boby que tu cherches, me demande-t-il en désignant une porte entrouverte au bout du couloir.

Je hasarde un œil et, comme je m'en doutais, elle est déjà occupée. Un couple presque nu se tripote, installé sur le bord du lit. Je dépose Josh contre le mur extérieur et m'annonce en avançant prudemment :

– Allez, on déguerpit ! La chambre a été réservée pour la nuit.

Ils sursautent et, alors que la demoiselle se couvre les nichons, le gars attrape son sweat derrière lui. Et en moins de temps qu'il ne faut pour le dire, ils ont filé la tête basse. Je devrais avoir honte, mais je suis fière de moi. J'espère que j'ai refroidi leurs ardeurs.

Je reprends Josh par le bras et il me sourit comme un imbécile. Il est mûr ! Je vais lui montrer que j'ai raison, puis je l'abandonnerai avec la queue en l'air. Je ferme la porte à clé derrière nous et l'aide à s'asseoir sur le lit.

– Où en étions-nous ? je l'interroge alors que je connais très bien la raison pour laquelle nous sommes là et ce que j'ai l'intention de faire.

– Tu essayais de me prouver que je ne suis qu'un putain d'obsédé.

Il affiche toujours son sourire de séducteur, mais son regard trouble m'observe avec un mélange de déception et d'envie. S'il croit m'avoir si facilement, il se trompe. Je m'éloigne et lui tourne le dos. J'écarte mes cheveux que j'ai tressés et défais le lien qui retient mon dos nu sur ma nuque. Je me retourne vers lui et finis de retirer mon haut.

– Tu comptes me refaire le coup de notre première fois ? demande Josh sans me quitter des yeux.

– Tu remarqueras que j'ai débuté par le haut cette fois-ci, je réponds, en ôtant mon jean.

Je ne suis plus qu'en culotte et il n'a toujours pas bougé. En quelques pas, je suis sur lui et le chevauche. Il s'écarte et s'appuie sur les coudes. Je me frotte contre son entrejambe en me penchant sur lui. Mes lèvres rencontrent les siennes, je le sens frémir en se crispant sous mon baiser. Je descends dans son cou et suce sa peau le long de sa chemise entrouverte pour accentuer les marques que j'ai déjà faites. Il arrête ma main, lorsque le premier bouton cède sous mes doigts.

– Je ne t'ai pas donné l'autorisation de me déshabiller, grogne-t-il en repoussant mon bras.

– Mais tu me laisses te toucher ? je le provoque alors que ma main est de retour sur son ventre.

– Je ne veux pas te faire fuir, je veux te convaincre que je suis capable de te résister.

– Pourtant, il me semble que ta queue est déjà prête à l'action, j'insiste, en me trémoussant sur lui.

Il gémit avant de riposter :

– Je peux contrôler mes pulsions, pas mes sentiments.

– Tu appelles ça des sentiments ? je demande, en indiquant la bosse qui déforme son jean.

Un bruit de gorge s'échappe de ses lèvres coincées entre ses dents, je descends du lit et m'agenouille sur le sol. Il ne veut pas que je retire ses vêtements, mais même s'il est emprisonné sous le coton épais, je peux encore avoir le dessus. Rien n'est plus sensible que les couilles d'un mec. Je fais glisser mes lèvres sur le renflement, ouvre la bouche et aspire sa queue à travers le tissu, la mordille, la titille jusqu'à ce qu'il grogne en s'écroulant sur le matelas.

– Bon sang, pourquoi refuses-tu de comprendre ? gémit-il sous mes caresses. Sandre, tu es belle, intelligente. J'admire ton courage, ta volonté. Je veux faire partie de ta vie, je veux t'aimer, et toi tu me tortures comme si j'étais un salaud qui ne te mérite pas.

Ses mots s'échappent comme des hurlements de douleur. Il semble souffrir, mais je n'arrête pas. Je ne sais même plus pourquoi je fais ça, mais je continue. Il va craquer, je le sais. Je vais gagner, parce que sa queue m'appartient. C'est la seule chose qui m'appartienne chez lui et je ne souhaite pas savoir combien de temps il faudra au reste de son corps pour se lasser de moi. Je ne veux pas être à lui, parce qu'il ne sera jamais complètement à moi. Je ne suis pas pour lui, je le sais, je le sens ! Il nous imagine semblables, alors que tout nous oppose. Lui a tout fait pour aplanir ses différences, tandis que je fais tout pour garder les miennes.

Ses bras puissants me soulèvent du sol, alors que je m'acharne toujours sur sa bite. Je crie de stupeur quand Josh me plaque sur le lit en immobilisant mes bras au-dessus de ma tête. Il dessoûle vite !

– Qu'est-ce que je dois faire pour te convaincre ?

Sa question reste en suspens. Son visage est à quelques centimètres du mien, j'imagine déjà sa bouche sur moi. Il est trop faible pour lutter. C'est stupide, mais je souhaite qu'il le fasse, j'en ai tellement envie, même si je sais que ma victoire sera douloureuse. Je vais remporter le gros lot et savourer son amertume, j'aurais tellement préféré avoir tort pour une fois. J'attends ses lèvres, j'attends son corps, mais il ne bouge toujours pas.

– Rien, je souffle, d'une voix tremblante. C'est trop tard.

Son cœur tressaute dans sa poitrine et son regard s'embrume, alors qu'il se redresse pour me libérer. Sa tête se penche lentement en avant et il la maintient entre ses mains crispées. Un soubresaut le parcourt, et tout l'alcool qu'il a ingurgité se déverse sur le sol dans un bruit sourd et écœurant.

Je quitte la pièce et referme la porte derrière moi, sans prendre la peine de me retourner. J'ignore pourquoi, mais mon cœur proteste violemment, je pourrais presque percevoir ses insultes.

En bas, la fête a pris une tout autre tournure, Lucy et Marcy se hurlent des horreurs, encouragées par une foule hystérique qui parie sur l'issue finale. J'entends Lucy reprocher des visites récentes de Steve. Ce crétin pense vraiment avoir une chance ? Je détourne la tête du carnage et suis soulagée en apercevant enfin ma coincée et son intello qui me sourient en me découvrant tout proche d'eux.

CHAPITRE 11

Josh

Je grogne, et même ce son me transperce le crâne. J'étais raisonnable avant de connaître Sandre. Elle veut ma mort, bon sang ! Je déteste avoir le sentiment de reproduire les mêmes erreurs que Rita, je ne veux pas être comme elle.

Le goût de gerbe dans ma bouche me donnerait presque envie de vomir encore. Je ne sais pas ce qui s'est passé la veille et ne souhaite pas le savoir. La dernière chose dont je me souviens, c'est de Sandre m'évitant. Je me tourne en priant pour que la douleur cesse, mais ça empire.

– Toujours en vie ? m'interroge une voix moqueuse.

Je sursaute en découvrant que je ne suis pas seul : Boby me scrute, les bras au-dessus de la tête, allongé sur un matelas à même le sol. Je devais vraiment être dans un sale état pour qu'il ait cru bon de me veiller. Sa baraque est immense et, d'habitude, il opte pour une chambre d'amis.

– J'ai vraiment merdé, je râle d'une voix pâteuse.

– Parce que tu t'en souviens ? réplique-t-il, visiblement surpris.

Je tente une brève exploration de mon cerveau qui se venge en me torturant, et entrouvre un œil pour vérifier la tête que fait Boby. Ses lèvres esquissent un sourire moqueur, mais son regard semble réellement inquiet. Qu'est-ce que j'ai bien pu faire comme bourde ?

– Dis-moi que je n'ai pas tout foiré ?

– Si tu parles de Sandre, je ne vous ai pas suivis partout, mais il est possible que tu aies tiré ton coup avant de crépir ma piaule.

Tout, sauf ça ! Mon instrument n'aurait pas pu rester à sa place pour une fois. Si on l'a vraiment fait, comment vais-je pouvoir rattraper ça ?

– En tout cas, elle a marqué son territoire, se moque-t-il en désignant mon cou et ma poitrine.

J'ai vraiment dû charger hier. Ma chemise est toujours là, même si elle est largement plus ouverte que la veille. J'approche ma main des ronds bruns qui en sillonnent l'ouverture. Je frémis en imaginant ce que ces suçons signifient pour elle. Boby me sort de ma contemplation et ajoute comme si ce détail avait son importance :

– Il se pourrait aussi que tu aies un léger différend avec Steve.

Franchement, ça, je n'en ai rien à faire. Il s'est foutu de ma gueule en essayant de me piquer Sandre. Qu'il aille se faire voir ! Mais il n'était pas là hier, alors je grogne :

– Quoi ?

– Tu pourrais me dire ce qui t'a pris d'allumer Lucy ?

J'ai fait ça moi ? Pourquoi j'aurais fait un truc pareil, elle n'est pas du tout mon genre ? Un flash me cloue au lit alors que je tente de m'asseoir. Je revois Lucy me tripotant sur la piste de danse, tandis que je dévore Sandre des yeux. Elle était vraiment magnifique hier ! J'ai forcément craqué avec tout ce que j'ai ingurgité. C'est la dernière fois que je bois ! Je déteste les souvenirs de mon enfance que cet état me renvoie.

Lundi matin, je n'ai toujours pas digéré ma beuverie de samedi soir. Surtout qu'aucun souvenir supplémentaire ne m'est revenu. Boby m'a expliqué qu'il avait demandé à Sandre d'arrêter le massacre, qu'elle m'avait provoqué, que j'avais alors dragué Lucy avant de me jeter sur elle. Il ne sait rien de plus. Elle est partie après que j'ai tout régurgité.

Je croise Steve en arrivant au lycée, mais il m'évite. Il paraît qu'il s'est rapproché de Marcy, qu'elle a beaucoup changé, mais je m'en moque. Je ne désire qu'une chose : revoir Sandre, me justifier et me faire pardonner si ça s'avère nécessaire.

Je la découvre près des casiers. Elle porte un T-shirt presque transparent, une jupe en cuir et ses vieilles rangers. Je sais qu'elle a choisi cette tenue pour se rassurer, même si elle ne ressemble plus vraiment à la Sandre qui terrifiait tout le monde l'année dernière. Maintenant, elle est plus que désirable, et j'ai envie de foutre mon poing dans la gueule de tous ceux qui osent la reluquer en bavant. Je me dirige vers elle quand une main m'en empêche.

– Je ne la connais pas très bien, mais je sais que ce n'est pas comme ça qu'on pêche ce genre de poisson, réplique Boby, alors que je le dévisage, furieux.

Marcy en profite pour accoster Sandre. D'où je suis, je n'entends rien de ce qu'elle lui dit, mais je peux en deviner la teneur : « Josh est à moi, tu ne signifies rien pour lui, tu n'es rien d'autre qu'une passade. Il va me revenir, en attendant ne t'en approche pas. » Si elle savait à quel point je suis accro ! Je ne suis pas près de me lasser de ma rebelle et je me moque de devoir me battre pour l'avoir. Je l'aurai !

Au sourire que lui lance Sandre, je sais qu'elle ne va pas tarder à lui faire regretter d'avoir osé la défier. Elle a beau avoir changé en apparence, à l'intérieur, elle est toujours la même : celle qui me plaît et me rend dingue. J'ignore ce que Sandre réplique, mais quand elle me désigne avec cette expression de défi que je lui connais si bien, j'imagine un truc du genre « vas-y, récupère-le ». Marcy reste silencieuse, mais à la tête qu'elle tire, ça ne devait pas être beau à entendre. Sandre ajoute quelque chose avant de s'approcher de moi.

En un rien de temps, elle est sur moi, me pousse contre le mur et tire sur mon sweat pour que je me penche en plaquant ses lèvres contre les miennes. Son baiser est sauvage, passionné. Même si je sais qu'il n'est destiné qu'à imposer son respect, je réponds à son étreinte. J'en ai trop envie, j'en ai trop besoin. Je glisse ma langue dans sa bouche et savoure sa chaleur humide, la douceur de ses lèvres. Je grogne, et elle s'écarte comme si je venais de la ramener à la réalité. Avant de s'éloigner, elle susurre dans mon cou :

– Ne rêve pas, c'était juste pour emmerder miss sainte nitouche.

Je souris contre sa joue en profitant du contact de sa peau douce qui va bientôt être remplacée par la douleur de son absence.

– Et tu remarqueras que je t'ai laissée faire.

Elle me dévisage, comme si je venais de dire la pire des horreurs et je prie intérieurement pour qu'elle comprenne enfin que Marcy ne compte plus, que je me moque de ce que pensent les autres. Je la veux, et rien ni personne ne m'en empêchera.

Il faut que je lui parle, que je sache où nous en sommes, mais elle m'évite toujours soigneusement. Pourquoi s'obstine-t-elle à se tenir loin de moi ? À midi, je crois avoir une ouverture quand je la découvre seule au fond du réfectoire, mais alors qu'elle n'est plus qu'à quelques mètres, Marcy se glisse entre nous.

– On a un peu fait n'importe quoi ces derniers temps tous les deux… mais je n'ai pas envie de t'en vouloir… On partage les mêmes amis, les mêmes fréquentations, on devrait pouvoir s'entendre, bafouille-t-elle en se triturant les ongles.

Je ne m'attendais pas à ça. Je scrute ses grands yeux clairs pour voir si elle est sincère, si elle ne cherche pas encore un éventuel rapprochement que je ne souhaite plus. Marcy est une fille bien, elle ne mérite pas d'être traitée comme je le fais, mais c'est plus fort que moi, ce n'est pas le bon moment, je veux Sandre. Je me penche pour vérifier si elle est toujours là et Marcy intercepte mon regard, retrouvant soudain toute son assurance :

– Tu ne vois pas que cette fille se moque de toi ? Elle t'utilise, elle joue avec tes émotions.

Oui, elle titille mes sens. C'est peut-être cruel, mais j'en redemande et je déteste que Marcy la juge sans savoir.

– Tu n'en sais rien, Marcy. Tu ne la connais même pas.

– Je sais qu'elle n'a pas cessé de faire du mal à tout le monde autour de nous.

Ils racontent tous que quelque chose est arrivé durant ces vacances, et que Marcy n'est plus la même, pourtant je ne vois pas la différence. Elle ne comprend toujours pas que la vie en malmène certains plus que d'autres, et même si sa famille a ses problèmes, elle est loin d'être à plaindre. Mais je ne veux pas avoir cette conversation avec elle, alors je demande, pour changer de sujet et aussi un peu par curiosité :

– Et c'est ce que tu lui as dit tout à l'heure ?

Elle sourit comme si ma question pouvait avoir quelque chose de drôle.

– Je lui ai dit que peut-être tu méritais de souffrir après le mal que tu m'avais fait, mais que si elle continuait à blesser les personnes que j'apprécie, je pourrais moi aussi le lui faire regretter. Elle m'a répondu que je manquais de crédibilité, précise-t-elle, amusée.

– Les autres ont raison, l'été t'a changée, j'annonce, réellement surpris qu'elle soit désormais capable d'un peu de dérision.

– Mais tu ne veux toujours pas de moi.

Bon, elle n'a peut-être pas changé tant que ça finalement !

– Désolé, mais je suis sûr que je ne suis pas fait pour toi.

Elle fait une moue étrange, qui semble vouloir dire que ce n'est pas grave, et pose une main compatissante sur mon avant-bras, mais j'esquisse un mouvement de recul. Je ne souhaite pas que Sandre puisse mal interpréter cet échange, mais lorsque Marcy s'éloigne, Sandre n'est déjà plus là. Je crois pouvoir la choper à la fin des cours, mais à l'évidence, je l'ai ratée. Les étudiants ont déserté les alentours, aucune trace d'elle. Elle pense vraiment pouvoir m'éviter encore longtemps ? Elle me prend pour qui ? Elle s'imagine que je vais laisser tomber si facilement ?

Je récupère ma Mustang et, cinq minutes plus tard, je suis devant chez elle. Élise m'ouvre avec un grand sourire qui me rassure. C'est peut-être ridicule, mais j'avais peur de ne pas être le bienvenu.

– Euh… Je suis passé voir Sandre… je bafouille, ne sachant pas vraiment comment je suis censé l'appeler, maintenant qu'elle est devenue officiellement Sandra Donnell.

– Entre, je vais la prévenir, mais je ne suis pas certaine qu'elle accepte de te voir. Son comportement a changé depuis que nous avons dîné chez vous.

Je manque m'étrangler quand elle évoque cette soirée où je me suis glissé en douce dans sa chambre. J'ai vraiment été nul ce soir-là. Élise m'accueillerait-elle à bras ouverts si elle savait ce que j'ai failli faire sous son toit ?

Je la suis le long du couloir, alors que je sais pertinemment que j'aurais dû attendre dans l'entrée. Je ne suis pas stupide, Sandre va refuser de me laisser entrer, mais je compte bien lui balancer ce que je suis venu dire, même s'il y a une porte entre nous, même si Élise doit l'entendre.

– Josh est venu te rendre visite, annonce-t-elle, en passant la tête par la porte entrouverte.

Élise n'attend pas sa réponse et s'efface pour me laisser passer. Cette femme est formidable, si seulement ma mère pouvait être aussi compréhensive.

– Je ne veux pas le voir, gronde-t-elle, alors que j'ai déjà refermé derrière moi.

Assise en tailleur sur son lit, elle me fusille du regard. Je me demande ce qu'elle faisait avant que je débarque. Elle devait réfléchir. Est-ce qu'elle pensait à moi, à nous ? Est-ce qu'elle me déteste ?

Je m'adosse contre la porte pour être sûr qu'elle ne m'échappe pas.

– Dégage ! proteste-t-elle en se redressant d'un bond.

– Tu veux vraiment vérifier si tu es assez forte pour me virer de chez toi ? je l'interroge, sûr de moi, même si elle l'a déjà fait par le passé.

Sandre a une force mentale impressionnante, mais son physique ne fait pas le poids face au mien, et elle le sait très bien. Elle retombe sur le lit, vaincue.

– J'ai vraiment déconné samedi soir ?

Elle sourit comme si ma question pouvait avoir quelque chose de comique.

– En fait, tu t'en es sorti comme un pro, ironise-t-elle.

Mais j'ignore si ça signifie qu'elle a apprécié nos ébats ou si j'ai réussi à lui prouver à quel point elle compte pour moi.

– Et les suçons ?

– J'étais d'humeur joueuse, me provoque-t-elle.

À quoi d'autre s'est-elle amusée au juste ? Alors qu'elle se délecte de la situation, je m'emporte :

– Tu vas enfin me dire ce qui s'est passé ?

Je voudrais savoir où nous en sommes, ce que j'ai bien pu dire, ce que j'ai bien pu foirer, mais elle ne semble pas prête à m'avouer quoi que ce soit.

– J'aime assez te regarder patauger.

– Tu aimes me torturer ?

– Ça ne me déplaît pas.

Lentement, elle se redresse, et à son sourire je sais qu'elle est à nouveau d'humeur joueuse, mais pas moi.

– Si je te laisse faire, tu vas encore t'imaginer que je ne m'intéresse qu'à ce que tu peux me faire ?

– C'est possible.

Elle s'avance vers moi et glisse ses doigts dans la ceinture de mon jean pour me rapprocher d'elle. J'enfonce mes mains dans mes poches pour résister à l'envie de la toucher. Elle frôle mon visage de ses lèvres et je réprime un gémissement. Comment me suis-je retrouvé dans une situation pareille, alors qu'à la base, elle ne voulait pas me voir ? J'essaie d'oublier sa bouche qui joue avec mon cou, tandis que ses mains ne sont plus vraiment raisonnables. Pourquoi s'acharne-t-elle à refuser de m'écouter ? Je plonge mon regard dans ses iris trop sombres et elle tente un assaut jusqu'à mes lèvres. Je sors mes mains de mes poches pour bloquer ses doigts baladeurs et ajouter un peu de distance entre nous.

– Sandre, je suis venu pour parler.

– Vraiment ? Et tu es sûr de ne pas vouloir plus ? insiste-t-elle en tendant son corps vers moi.

– Je veux ton cœur.

– C'est dommage, je n'ai pas ça en magasin !

Elle s'obstine, refuse d'entendre que je souhaite être avec elle, refuse d'admettre que je la connais bien mieux qu'elle ne le pense.

– Si tu ne crains pas d'être blessée, tu crois vraiment qu'il est nécessaire de te protéger derrière des vêtements trop grands et des phrases cinglantes ? J'ignore pourquoi tu as tenu à me sortir de l'imposture dans laquelle je m'étais enfermé, mais tu l'as fait. Tu ne m'as pas juste dépucelé, Sandre, tu m'as ouvert les yeux. Tu m'as montré qui je suis vraiment. Pas un mec parfait, pas un sale obsédé non plus, juste un gars qui a dû grandir trop vite et qui s'est retrouvé piégé dans une réalité qu'il ne maîtrisait pas. J'ai été ce mec-là, parce que je pensais que je devais forcément faire ce qu'on attendait de moi pour être aimé. Je n'avais pas compris que ça puisse être à ce point libérateur d'être soi-même. Plus jamais, je ne risquerai de me noyer dans mes propres mensonges, j'ai trop longtemps suffoqué. Tu ne le sais pas, mais tu m'as rendu mon oxygène, Sandre, et maintenant, c'est mon tour d'être ta bouteille de survie. On a traversé des épreuves similaires tous les deux, on a choisi des voies radicalement opposées, mais le résultat est le même. On ne peut pas être aimé de tous ni rejeter la terre entière. Le bonheur se situe juste entre les deux. Peut-être que tu ne t'es pas perdue en chemin comme moi, mais tu ne t'es pas trouvée non plus. Regarde-moi, Sandre.

Je la supplie, en prenant son visage dans mes mains. Je scrute le fond de ses yeux qui ont viré au noir. Ils brillent d'une intensité nouvelle qui me retourne le cœur. Je sais que j'ai réussi à la toucher. Je ne souhaite pas briser sa carapace, je ne souhaite pas la blesser, mais je continue, car rien ne peut plus m'arrêter. Il faut que ça sorte !

– Lorsque je suis avec toi, je me sens vivant, je me sens complètement moi. Et, bon sang, j'aime ta façon de te battre, de te révolter, de ne jamais chercher à être comme il faut. Tu mérites de connaître enfin la paix, le bonheur et quelqu'un sur qui compter. Je veux être ce quelqu'un et j'en serais malade si ça ne devait pas être moi, parce que, Sandre, je suis complètement dingue de toi.

Je sens ses mains trembler dans les miennes, et ses yeux se remplissent de larmes. Je meurs d'envie de l'embrasser, mais je préfère qu'elle fasse le premier pas. J'attends, mais elle est figée sur place. Peut-être que je n'en ai pas encore assez dit, peut-être qu'il faut que je continue. Je m'apprête à ajouter que je l'aime quand Philip frappe et entre sans y être invité. Elle s'écarte vivement et je le salue, gêné.

– Josh, ça fait plaisir de te voir ici, me rassure-t-il en enlaçant sa fille.

C'est étrange de les découvrir ensemble, mais je suis heureux de savoir qu'il se soucie d'elle. Pourtant, elle ne semble pas à son aise dans cette position. J'aimerais tellement qu'elle puisse compter sur moi, qu'elle puisse évacuer ses émotions, ses doutes et son stress dans mes bras. Je veux être l'ancre à laquelle elle puisse s'arrimer en cas de tempête.

CHAPITRE 12

Sandre

Phil a invité Josh à se joindre à nous pour le dîner. J'aurais voulu protester, mais je suis sûre que tous ces gens parfaits l'auraient mal pris. C'est ridicule, mais je suis paniquée à l'idée qu'on se retrouve aussi nombreux à table et mon cœur flippe comme un malade en se repassant en boucle la déclaration de Josh.

Prude passe la moitié de son temps ici depuis qu'ils se sont rapprochés avec Will. Je ne sais pas s'ils sont vraiment ensemble, mais maintenant Will ferme la porte de sa chambre, preuve qu'ils n'y font pas que des choses innocentes. La coincée jacasse toujours autant, Josh et Phil semblent avoir plein de trucs à se dire, la pièce est remplie d'un joyeux brouhaha, mais j'ai du mal à les entendre. Mon cerveau est bloqué sur les mots de Josh qui défilent dans ma tête. J'avais déjà du mal avec ceux qu'il a sortis sous l'emprise de l'alcool, mais là c'est trop.

Et le baiser de ce matin ! Putain, ce baiser m'a torturée toute la journée. Il avait quelque chose de différent, quelque chose de mieux, comme si ça n'était pas suffisamment bien avant. Je suis perdue. Il me veut ? Il me veut, moi ? Comment est-ce possible ? Comment pourrait-il me préférer à Marcy ? Ça fait si longtemps que je me convaincs qu'il ne sera jamais à moi que j'ai du mal à accepter.

Je me force à manger tout ce qu'Élise met dans mon assiette. Heureusement, elle cuisine léger le soir. Je sens la main de Josh qui cherche la mienne sous la table, mais je ne fais rien pour l'aider et il n'insiste pas. Je n'écoute toujours rien. Alors que le repas se termine enfin, j'entends qu'on prononce mon prénom à plusieurs reprises. Je redresse la tête pour vérifier. C'est Phil qui m'interroge.

– Quelque chose ne va pas, Sandre ?

Je voudrais esquiver, mais je sais qu'il n'en démordra pas, alors je réponds sans réfléchir.

– J'en ai marre de vous tous, tellement parfaits, alors que moi je ne fais rien comme il faut.

Ils me dévisagent, comme si je venais de proférer la pire des insultes, et je quitte la table, incapable de les supporter une seconde de plus. Je sens Phil qui se précipite derrière moi. Je voudrais m'enfermer dans la chambre d'amis, mais il ne m'en laisse pas le temps. Je pose le front sur la vitre comme si je pouvais m'évader par le jardin juste en le contemplant, mais je le sens dans mon dos.

– Sandre, tu ne le vois peut-être pas, mais tu es quelqu'un de bien et nous t'aimons. Ce n'est pas parce que tu es ma fille, parce que nous partageons le même sang, non, il y a plus. Tu as du talent, du caractère, tu es forte et combative. Je suis fier de toi et de la façon dont tu as traversé toutes ces épreuves. J'en serais malade si je devais te perdre à nouveau.

Je me tourne vers lui et le fixe comme si c'était la première fois que je le voyais. En réalité, c'est la première fois que je le vois comme mon père. Je sais ce qu'il a fait pour moi, mais j'ignorais ce qu'il était pour moi. Et pourtant, comme pour Josh, j'ai du mal à assimiler ses mots.

– Je suis désolée de te compliquer la vie.

Ça fait si longtemps que je voulais le dire et ça me semble tellement ridicule maintenant que c'est fait.

– Tu ne me la compliques pas, tu la rends juste plus vivante et je ne suis pas le seul à le penser. Regarde William, il se contentait d'observer avant que tu l'incites à faire partie du monde. Et Josh, il se battait pour être ce qu'on attendait de lui et tu lui as montré qu'il n'avait pas à craindre d'être lui-même.

Il me serre dans ses bras et, pour une fois, je réponds à son étreinte. Je sais que j'ai du mal à l'admettre, mais j'ai besoin de son amour. Au moment où je voudrais m'écarter, il souffle contre mon oreille :

– Je sais que tu te protèges, mais ça peut faire mal aussi de repousser sans cesse les autres. Josh est fou amoureux de toi, parce que tu es belle et tellement différente des autres. Ne le rejette pas parce que tu es incapable de te voir telle que tu es.

Je devrais peut-être dire quelque chose, mais rien ne sort, alors je me contente de me blottir contre lui en écoutant son cœur qui bat à un rythme rassurant.

J'entends du bruit dans le hall et je sais que Josh et Prude s'apprêtent à partir. C'est la règle, plus de copains après le dîner. En parfait gentleman, l'intello va raccompagner la coincée jusque chez elle. À peine dix minutes à pied, et il a une demi-heure pour rentrer. Les règles d'Élise sont strictes. Parfois, je me dis qu'elle est un peu dure. Elle a peur de quoi ? Qu'il se transforme en junky si elle lâche un peu de lest ? Franchement, c'est Will !

Phil insiste une dernière fois, avant de quitter la pièce :

– Josh attend que tu viennes le saluer.

Je sais au ton de sa voix que je n'ai pas le choix. Les Donnell ne plaisantent pas avec la politesse. Ils patientent dans l'entrée, et je rougirais presque en découvrant tous les regards braqués sur moi. Josh aussi semble gêné quand il m'embrasse sur la joue en chuchotant si bas que j'ai failli ne pas l'entendre :

– Je t'attendrai.

Ses mots passent et repassent dans ma tête, alors que je devrais dormir. Même s'il l'a dit, je sais qu'il n'attendra pas si longtemps que ça, c'est un mec après tout. Et il est à moi sans que je sache vraiment comment j'ai réussi à l'attraper. « Par les couilles, semble me souffler ma mère, comme si elle se moquait de moi. Il te veut parce qu'il aime baiser avec toi. »

Un mec, ça ne se résume vraiment qu'à ça ?

CHAPITRE 13

Josh

Je suis rentré chez moi dans un état second. Je ne suis pas certain d'avoir réussi à la convaincre. J'ignore toujours ce qui s'est passé samedi soir et je n'ai pas compris pourquoi Sandre était dans un tel état.

J'avais prévenu ma mère que je mangeais chez les Donnell, mais elle m'attend comme si elle doutait de ma sincérité. Elle ne me fait plus confiance depuis ma relation avec Sandre, et je suis persuadé qu'elle n'approuvera pas si nous finissons ensemble. Je peux comprendre, je l'ai déçue, mais dorénavant son opinion ne guidera plus mes choix. Elle nous a sauvés, Colin et moi, c'est vrai, mais ça ne lui donne pas tous les droits sur nous.

– Je croyais que William et toi n'étiez pas très proches ? me demande-t-elle, alors que je me sers un verre de Coca et qu'elle récure la cuisine qui n'en a pas besoin.

– Je suis passé voir Sandre.

À la tête qu'elle tire, je sais qu'elle n'apprécie toujours pas que je m'intéresse à elle.

– Quand comprendras-tu que cette fille n'est pas la bonne pour toi ?

– Et toi, quand réaliseras-tu que je ne suis pas aussi parfait que tu le penses ?

J'ai haussé le ton, alors que je sais pertinemment qu'elle déteste ça et elle réplique d'une voix cassante qui me donne des frissons dans le dos :

– Je crois que tu me l'as suffisamment prouvé ces derniers temps.

– Maman, elle compte vraiment pour moi ! je riposte en espérant qu'elle comprenne enfin qu'il ne s'agit pas juste d'une passade.

Elle inspire profondément, abandonne son éponge dans l'évier et se tourne vers moi avant de déclarer :

– Lorsque nous t'avons accueilli à la maison, j'étais surprise par tout ce que tu savais déjà faire à ton âge. Je ne sais pas si tu t'en souviens, mais je te répétais sans arrêt que c'était mon travail, que tu devais apprendre à te reposer sur moi. Tu refusais systématiquement, pour toi ça semblait tellement nécessaire, comme si tu avais besoin de nous prouver que tu étais important. J'ai fini par te laisser faire, j'étais si fière d'avoir un petit garçon si gentil, si serviable, mais je t'aurais aimé même sans tout ça.

Je la prends dans mes bras sans lui laisser le temps de finir. Est-ce qu'elle a deviné que c'est exactement ce que j'avais besoin d'entendre ? Ma mère devine toujours tout, et elle ne s'arrête pas là, parce qu'elle sait que ce n'est pas suffisant :

– C'est vrai, j'ai apprécié de ne pas avoir à traverser les tourments de l'adolescence, mais je l'aurais fait avec bonheur si ça avait été le cas. Je ne dis pas que je n'aurais pas été sévère comme je le suis, je veux juste que tu saches que je t'aimerai, quel que soit l'homme que tu deviendras. Et, bien sûr, comme je déteste qu'on fasse souffrir mon petit garçon, et même si tu ne m'écoutes pas, je me sens obligée de te dire ce que j'en pense. Sandre n'est pas encore prête à briser sa carapace.

La dernière phrase était-elle vraiment utile ? Mon cœur proteste violemment. Non, elle se trompe ! Sandre va s'ouvrir à moi, elle ne peut pas me repousser indéfiniment. Je m'oblige à respirer normalement, je ne veux pas qu'elle sache à quel point ses mots me font mal et j'ajoute en la berçant contre moi :

– Maman, tu es la femme la plus importante de ma vie, je n'oublierai jamais tout ce que tu as fait pour moi, mais je dois aussi faire mes propres erreurs pour avancer.

Et Sandre m'a évité le reste de la semaine, comme pour me prouver que ma mère a toujours raison, mais je n'ai pas lâché. Je me suis assis à côté d'elle pendant les deux seuls cours que nous partageons et me suis contenté de banalités sur les profs et le sujet du jour. Je veux lui laisser le temps de réfléchir, mais je veux aussi qu'elle sache que je n'ai pas l'intention de renoncer. Je sais qu'il y a quelque chose de fort entre nous et qu'elle finira par le comprendre.

À la cantine, j'ai choisi de m'installer à sa table, avec William et sa copine hyperbavarde. Il faut dire qu'avec elle, au moins, on évite les silences gênants. Je lui ai proposé plusieurs fois d'aller boire un verre après les cours, mais elle décline systématiquement. Sandre ne semble plus vraiment en colère contre moi, elle se contente de ne rien dire.

Je l'ai aussi invitée à la prochaine soirée chez Boby, mais elle s'est obstinée à refuser. Il y a foule et de « la chair fraîche », comme dirait Steve. Quelques premières années m'accostent, mais je coupe court à la conversation. Je n'y aurais même pas foutu les pieds, si je n'avais pas eu l'espoir de l'y retrouver. Je me suis vraiment fait des films ! Comment William pourrait-il parvenir à la convaincre de venir ? Alors que je suis perdu dans mes pensées, je vois Steve s'approcher, tout sourires. C'est bizarre, je croyais qu'on ne se parlait plus. Qu'est-ce que j'ai encore raté ? Peut-être qu'il a trouvé de quoi fourrer sa bite et qu'il est passé à autre chose. Steve a plein de défauts, mais il n'est pas rancunier. Moi, en revanche, j'ai du mal ! Cet enfoiré a raconté des salades pour se donner le beau rôle. Je lui aurais volontiers mis mon poing dans la gueule si je ne le connaissais pas depuis mon arrivée à Winsted. À l'époque, il était déjà très doué pour manipuler son entourage et je dois avouer que j'adorais faire les quatre cents coups avec lui.

Il me tend un whisky, mais je lui montre mon verre déjà plein.

– Je croyais que les ex c'était chasse gardée ? commence-t-il, alors qu'un étrange sourire étire ses lèvres.

Zut, je me suis trompé ! Il veut régler ses comptes.

– Alors, on est quittes.

Il ne pensait quand même pas que j'allais m'excuser !

– On le sera quand j'aurai eu Marcy.

Ce mec est vraiment un salaud. Je me serais déjà jeté sur lui si nous n'étions pas chez notre pote Boby, qui déteste qu'on foute le bazar dans ses soirées.

– Tu n'as aucune chance, je riposte les dents serrées.

– Je ne te demande pas ce que tu en penses, je veux juste être sûr que tu es passé à autre chose et qu'on ne va pas se fâcher pour ça.

Alors là ! Je ne m'attendais pas à ça ! Steve aurait-il un brin de moralité finalement ?

– Si je la trouve en pleurs devant ma porte, tu auras affaire à moi.

Ravi, il me tend la main, que je serre, encore secoué par cette conversation surréaliste.

– T'inquiète, je vais gérer, déclare-t-il avec un sourire jusqu'aux oreilles. J'espère qu'on pourra à nouveau un peu déconner ensemble, maintenant que tu t'es enfin libéré de tes chaînes.

– Il me semble que tu viens de proposer de prendre cette place, je me moque en buvant une gorgée de Coca.

Je ne l'avouerai jamais, mais nos séances de déblocage me manquent. Avant que je fréquente Marcy, on pouvait passer des heures au parc à reluquer les nanas et à se foutre de leurs comportements de midinette.

– Elle n'est pas née, celle qui me castrera, mais tu vas voir, avec moi Marcy va adorer se dévergonder.

– Je croyais qu'on avait dit pas de drame ?

Je redoute déjà le mal qu'il pourrait lui faire, j'ai suffisamment merdé avec elle.

– Il semblerait que la femme de tes rêves vienne de faire une entrée remarquée, commente-t-il pour détourner la conversation.

Je ne sais pas pourquoi, je pense qu'il parle de Marcy, et mon cœur s'affole quand je découvre Sandre en jean ultra-moulant et débardeur ample. Steve s'éloigne déjà. Je m'approche pour la saluer et, pour une fois, elle ne s'enfuit pas.

– Je te préviens, je ne te ramènerai pas cette fois, et hors de question de te border même si tu n'es plus en état de marcher, menace-t-elle, avec ce regard malicieux dont elle seule a le secret.

Je frémis en imaginant qu'elle puisse faire allusion au week-end dernier, mais ce qu'elle dit n'a pas vraiment d'importance, parce qu'enfin elle me reparle. On progresse ! Je n'aurais jamais pensé que ça me rende aussi heureux d'entendre à nouveau le son de sa voix.

– J'ai décidé de bien me tenir, je réplique, en indiquant mon verre plein.

Elle me le prend des mains et le goûte, sceptique.

– Du Coca ! s'étonne-t-elle.

Nous sommes toujours dans l'entrée, et la faune hystérique et imbibée n'hésite pas à nous bousculer en se précipitant vers le bar ou le salon pour danser. Je l'entraîne vers le couloir en prenant soin de ne pas toucher la peau dénudée de ses épaules. Pourtant, j'en ai terriblement envie. Je la vois détourner la tête, alors qu'elle me rend mon verre. Je suis son regard qui vient de découvrir Marcy et Steve se trémoussant collé-serré.

– Douloureux ? me demande-t-elle en grimaçant.

Je mentirais en disant que je m'en fous complètement, mais je ne pense pas que je doive m'inquiéter pour Marcy. Si Steve veut vraiment être avec elle, il va devoir mettre ses couilles en berne, parce que j'ai du mal à croire qu'elle puisse refaire la même erreur. C'est stupide, mais je ne peux pas m'empêcher de sourire en l'imaginant suivant Marcy comme un gentil petit toutou, la queue en ébullition.

– Pas autant que lorsque tu es loin de moi.

Je sens que ma réplique la perturbe. Elle se détourne pour fuir mon regard qui espère une réaction, et se dirige vers le bar. Je la suis sans la quitter des yeux. Elle se sert un jus d'orange et je demande, l'air de rien :

– Ça se passe bien chez les Donnell ?

– Ça se passe.

– Tu aurais pu tomber sur pire.

– J'aurais pu.

– Est-ce que tu comptes éviter toutes mes questions ?

Ses grands yeux noirs se posent enfin sur moi, et elle réplique en esquissant un sourire :

– Je n'ai pas l'habitude de raconter ma vie.

Je sais qu'elle ne m'a pas vraiment cru l'autre jour, je sais qu'elle pense que je vais me lasser, mais je veux lui prouver qu'elle a tort. Elle est là, et j'ai bien l'intention d'en profiter.

– Tu serais plus bavarde, si je te demandais pourquoi tu as balancé les photos compromettantes de Steve sur Internet ?

– Il a essayé de me peloter, annonce-t-elle, comme si ce détail n'avait aucune importance.

Pourtant, je vois rouge. Tout mon corps se tend et elle ajoute, un brin taquine :

– Tu ne vas pas me faire croire que tu es du genre jaloux.

– Je ne partage pas, je siffle entre les dents.

Je n'arrive pas à réaliser que cette enflure se soit jetée sur elle après avoir appris notre histoire. Moi qui pensais revoir ma position après notre conversation de tout à l'heure. Qu'il aille se faire foutre !

– Même tes plans cul ? me provoque-t-elle.

La surprise me fait sursauter, je ne m'attendais pas à ce qu'elle dise une chose pareille. Bon sang, elle n'a rien écouté l'autre jour ! Je m'approche d'elle et redresse sa tête du bout des doigts pour être certain qu'elle ne regarde que moi.

– Tu sais très bien que tu n'as jamais été qu'un plan cul.

J'ai terriblement envie de l'embrasser, mais je me retiens. Si je le fais, je risque de tout gâcher.

– Menteur, insiste-t-elle en plongeant ses yeux noirs dans les miens.

C'est plus fort qu'elle, il faut toujours qu'elle joue avec le feu. Ça peut paraître dingue, mais j'adore ça.

– Je suis sûr que je n'aurais pas beaucoup d'efforts à fournir pour obtenir ce que je veux de n'importe laquelle de ces filles, je riposte en indiquant les pouffes éméchées qui se trémoussent dans le salon de Boby. Alors, dis-moi, pourquoi je m'acharne avec toi ?

– Parce que tu es persuadé qu'aucune d'elles ne peut te procurer autant de plaisir que moi.

Ce n'est pas possible, il faut toujours qu'elle ait réponse à tout !

– Si je ne tenais pas à toi, j'irais vérifier s'il existe plus douée que toi. Mais je n'en ai pas envie. Dis-moi ce que je dois faire pour te prouver que tu es la seule qui compte. Tu veux que je te montre que je peux me passer de sexe ?

Elle esquisse un sourire malicieux. Elle croit encore que je la provoque !

– Tu penses vraiment pouvoir t'en passer ? Même si je te cherche ?

– Même si tu me cherches, je réplique, la mâchoire crispée pour maintenir la rage qu'elle fait monter en moi.

– Même si je te fais boire ?

Elle sourit toujours, provocante. Je sais qu'elle parle du week-end dernier. J'ai dû déconner, vraiment déconner, et je sais qu'elle serait capable de jouer de mes faiblesses pour me prouver que j'ai tort.

– J'ai arrêté de boire.

Mon visage est tout proche du sien et elle me fixe sans ciller, un sourire de défi aux lèvres. Que j'ai envie d'elle !

– Donc, tu es sûr de toi ?

Elle glisse ses doigts sous mon sweat et les remonte le long de mon dos. Sa bouche dessine la courbe de mon cou et je me penche pour lui faciliter l'accès à mes lèvres. Mais elle se contente de les frôler, sans jamais les atteindre. Elle joue avec mes sens et je suis en transe. Je lutte pour ne pas la toucher, pour ne pas la plaquer contre le mur ou l'entraîner dans la chambre de Boby. Ses mains chaudes se glissent sous la ceinture de mon jean. Je me crispe tandis que mon cœur s'affole. Elle se frotte contre moi et je réprime un grognement. Si elle continue, je vais jouir dans mon jean.

J'entends quelques curieux s'étonner de nous voir ensemble, mais je m'en fous, ils peuvent bien dire ce qu'ils veulent.

– Je crois que nous devrions trouver un coin plus tranquille, murmure-t-elle contre ma bouche.

– Moi, je suis très bien où je suis, je réplique en fourrant mes mains dans mes poches pour être certain de ne commettre aucune imprudence.

Je sais que si nous nous retrouvons seuls, elle ira plus loin et si elle souhaite connaître mes limites, moi non. Je veux qu'elle sache qu'elle se trompe.

– Tu ne veux pas savoir tout ce que je pourrais te faire loin des regards indiscrets ?

Je désire surtout qu'elle saisisse enfin. Qu'est-ce qu'il faut que je fasse pour qu'elle voie que je lui appartiens ?

– Réponds à mes questions et je te suis où tu veux, je hasarde, en sachant que je prends de gros risques.

– Que souhaites-tu savoir ?

– Comment vis-tu l'arrivée d'un nouveau père ? Et ton changement de nom ? Est-ce que tu regrettes ta maison, nos rencontres nocturnes, tes chemises trop grandes ?

Je ne la lâche pas des yeux et tremble presque sous ses caresses insistantes. Ses doigts jouent avec ma poitrine, mon bas-ventre, mon entrejambe, et sa bouche titille le lobe de mon oreille, alors qu'elle raconte :

– Phil est cool et attentionné, on pourrait dire que j'ai de la chance, mais j'ai du mal à devoir obéir à quelqu'un à nouveau. Je crois que mes problèmes relationnels avec toi et… Steve le perturbent.

– Tu lui as dit ? je m'étonne, limite paniqué.

– Je ne veux pas lui mentir… Eh ! Déstresse, j'y ai mis les formes. Et… Ah oui, mon nom !

Franchement, ça me fait chier, c'est comme si on m'avait volé mon identité… Oui, je regrette ma baraque, ma solitude. Ça me gonfle de toujours devoir faire ce qu'il faut, j'ai vraiment l'impression d'être incapable de faire ce qu'on attend de moi.

Elle poursuit la découverte de mon corps, s'engouffre sous mon boxer pour me palper le cul, et il me faut toute la volonté du monde pour comprendre ce qu'elle m'avoue. Elle continue, plus collée à moi que jamais :

– Je mentirais si je disais que je n'ai pas envie de me glisser en douce sous tes draps, même si c'est juste pour dormir avec toi. J'ai l'impression que tu me tortures exprès.

– Si tu savais comme tu me tortures aussi. Je n'ai pas passé une seule nuit reposante depuis que je t'ai perdue.

Je suffoque en essayant d'oublier son corps si proche du mien. J'ai une trique de malade !

– Et ma garde-robe de petite fille parfaite, je crois que c'est le pire de tout. Je ne suis plus moi-même. Je n'impressionne plus personne. J'ai le sentiment qu'ils souhaitent me changer.

– Moi, je sais qui tu es et je te veux comme tu es. J'aime ton côté rebelle, ta force impressionnante et ta façon de vouloir tout contrôler.

Ses iris noirs me fixent avec une intensité désarmante, sa lèvre inférieure tremble légèrement avant d'esquisser un nouveau sourire.

– Et toi, dis-moi comment tu vis ta relation avec tes parents ? Et Rita ? Comment ta mère réagit-elle au temps que tu passes avec elle ? Est-ce que Colin sait qui elle est ?

Je n'en reviens pas qu'elle me retourne les questions, c'est comme si elle m'offrait enfin la possibilité de toucher plus que son corps. Je ne vais pas me faire prier, même si se concentrer, avec ses mains sur moi, est un véritable calvaire.

– J'aime mes parents, je les aime plus que tout... Ce qu'ils m'ont offert, alors que je me débattais avec des responsabilités d'adulte, est inestimable. Ils m'ont permis de retrouver un peu d'innocence... et Colin peut espérer une enfance normale grâce à eux.

Je suffoque entre souvenirs douloureux et sensations enivrantes. Sandre ne lâche rien, ses doigts pressent mon entrejambe, tandis que sa bouche mordille ma lèvre inférieure. Si je m'écoutais, je prendrais le contrôle de la situation et chaque parcelle de ma peau aurait retrouvé la sienne. Mais ce n'est pas le moment de craquer, alors je continue :

– Rita est une éternelle ado, incapable de voir qu'elle a raté l'essentiel dans sa vie. Je sais que je suis parfois trop sérieux, parce que j'ai peur d'être comme elle. J'essaie de me raisonner, j'ai le droit d'être jeune, je suis jeune. Quant à Martha, elle préfère ignorer que Rita fait aussi partie de ma vie, même si elle ne sera jamais ma mère.

J'ai du mal à reconnaître ma voix tellement elle est éraillée, mais Sandre semble apprécier que tout mon corps vibre sous ses caresses. Ses yeux n'ont pas quitté les miens et la lueur qui y brille m'incite à poursuivre.

– Personne n'ose parler à Colin parce que Rita a développé une rancœur inexplicable envers lui, mais parfois, j'ai le sentiment qu'il a déjà tout compris.

Un gémissement s'échappe de sa bouche et je jubile en pensant qu'elle aussi est à deux doigts de craquer, alors que c'est elle qui tire les ficelles.

– Maintenant que nous avons éclairci la situation, tu viens avec moi, m'ordonne-t-elle.

Elle m'entraîne dans les escaliers, et je commence à paniquer. Nous avons parlé, c'est vrai, mais nous n'avons encore rien réglé et j'ignore si elle joue encore avec mes sens et si je suis censé résister. Elle va me provoquer comme jamais, jusqu'à ce que je cède, jusqu'à ce que je n'en puisse vraiment plus. Je suis foutu, je vais lui donner raison, je ne pourrai jamais lutter et elle pensera que je ne m'intéresse qu'à ses fesses. Alors, quand William débarque pour lui dire qu'il souhaite partir, je crois que je pourrais lui sauter au cou. Je ne lui ai pas cédé, mais je ne veux pas qu'elle s'en aille pour autant.

– Je te raccompagne ? je propose, en espérant prolonger ce moment.

– Je suis une grande fille, je n'ai pas besoin qu'on me raccompagne, réplique-t-elle vivement en s'éloignant avec Will et sa copine.

Et elle me laisse là, sans me donner le moindre indice sur l'état de notre relation. Décidément, elle aime vraiment me torturer.

Le lendemain, nous mangeons chez les Donnell. C'est dimanche et, pour une fois, je n'ai ni la tête dans le cul ni la gueule de bois. Après le départ de Sandre, je n'ai pas eu le cœur de rester observer Steve draguer Marcy. Je ne veux pas les laisser penser que je puisse être jaloux, alors que je m'en moque, enfin… pas tout à fait. Avec Steve, difficile de ne pas s'inquiéter pour Marcy.

Philip et Élise semblent ravis de me voir, surtout que Sandre a l'air moins sur la défensive. Elle aide Élise à servir à boire, à installer le couvert et à débarrasser la table. Qui croirait qu'elle a débarqué dans la famille il y a seulement quelques mois ? Un inconnu n'y verrait que du feu, mais moi je sais qu'elle ne se sent pas vraiment à sa place. J'entremêle mes doigts aux siens sous la table et les serre fort pour qu'elle comprenne que je suis avec elle. Je ne quitte pas sa main du repas, même si ce n'est pas évident de manger de la main gauche, et elle ne me lâche pas non plus. Je croyais qu'elle allait encore chercher mes limites, mais elle n'en fait rien. Peut-être qu'elle a enfin saisi ? J'aimerais passer, ne serait-ce que cinq minutes seul avec elle pour savoir où nous en sommes, mais jamais l'occasion ne se présente.

Quand nous partons, j'ai presque envie de faire marche arrière pour aller frapper à sa fenêtre, mais j'ai peur qu'elle interprète mal mon geste. Je suis enfin sur la bonne voie, je ne veux pas précipiter les choses. Je fixe mon portable en cherchant ce que je pourrais lui envoyer, mais rien ne me vient. La patience n'a jamais été mon fort !

CHAPITRE 14

Sandre

En marchant dans la rue déserte ce lundi matin, je me sens libre à nouveau. J'ai enfin réussi à convaincre Phil que je pouvais me rendre au lycée à pied sans que ça fasse de lui un père indigne. Depuis la rentrée, je n'ai pas pu me glisser en douce jusqu'à mon perchoir dans les travées du stade, et ça me manque. Phil a un peu grimacé en me voyant partir à l'aube avec mon appareil photo, mais il n'a pas commenté.

J'observe les premiers étudiants s'installer dans le parc. Un petit nouveau aux allures de bad boy semble attendre quelqu'un, appuyé contre le vieil arbre. Je zoome pour mieux détailler son visage, il a un truc, c'est sûr. Puis je comprends à son regard, à sa bouche, aux poches imposantes de son blazer, qu'il dissimule quelque chose, j'en suis convaincue. Lewis Brakman débarque quelques instants après, et ils échangent enveloppe contre sachet. Donc, le nouveau venu est un dealer ! Je prends quelques clichés en faisant des gros plans de leurs mains. Y a pas à dire, le nouvel objectif que m'a offert

Phil fait toute la différence, on pourrait même avoir un aperçu de la qualité de l'herbe d'ici. Bon OK, j'exagère !

Mais ce n'est pas la seule raison qui explique ce sentiment de liberté, j'ai enfin pris ma décision, c'est juste que je refuse d'y penser. La foule s'est densifiée, et les brouhahas joyeux parviennent jusqu'à moi. Je vois Will rejoindre la coincée, et j'en profite pour capturer un discret baiser et leurs mains qui se cherchent. J'ai évité jusqu'à présent le coin des branchés, mais je n'y tiens plus, pourtant ce n'est pas comme si je n'avais pas vu Josh du week-end.

Steve s'y trouve déjà. Je crois que depuis la rentrée, il a renoncé à ses planques où tripoter les plus naïves et à ses groupies en chaleur, son visage a quelque chose de changé, mais j'ignore quoi. Mon cœur s'affole lorsque Josh le rejoint, et je le gronde silencieusement. Je déteste le trouver si beau, je déteste être incapable de lui résister. Je zoome sur ses splendides yeux azur et sursaute en découvrant qu'il me regarde. Ce n'est pas possible, il ne peut pas me voir d'où il est. Je baisse l'appareil pour vérifier, il est bien tourné dans ma direction, pourtant c'est impossible, il ne connaît pas ma cachette.

J'en suis tellement troublée que je préfère ranger mon matériel et retrouver la foule oppressante. J'évite la gonzesse avec qui j'ai partagé mon livre de maths la semaine dernière et qui me fait de grands signes, ainsi que Prude qui semble vouloir me parler. Je ne suis pas d'humeur à jouer les gentilles filles. J'ai encore du mal à digérer mon week-end déstabilisant et ma nuit agitée. Je sens toujours la main de Josh dans la mienne et son sourire victorieux me hante, alors qu'il a résisté à mes avances samedi soir.

Dans mes rêves, il n'était plus question de sexe entre nous. Pour une fois nous étions habillés, il me suppliait de l'aimer, de ne plus le rejeter, et le mari de ma mère se pointait en me faisant la morale sur mon attitude de dévergondée. J'avais l'impression de les torturer, et leur douleur me broyait le cœur.

Je sais que tous les mots qu'il a prononcés ne sortent pas de mon imagination, et c'est le pire. Josh ne va pas renoncer, j'ai lu la détermination dans ses yeux. Je souhaite trop y croire pour être capable de continuer à le repousser. Ma décision ne ressemble en rien à celle de la femme forte et indépendante que je désire devenir. Je devrais être ravie de savoir enfin ce que je veux, mais mon esprit est contrarié de ce que mon cœur lui impose.

Je plonge droit sur mon casier m'y pensant à l'abri, mais une voix familière m'interroge joyeusement :

– Comment va la plus belle aujourd'hui ?

– Ne m'appelle pas comme ça, je riposte sur un ton sec en le dévisageant.

Mais ses beaux yeux bleus ont toujours le même effet sur moi et je suis complètement déstabilisée quand j'y découvre l'incompréhension de mon humeur. Pour ne plus me laisser manipuler par l'éclat trop intense de ses iris, mon regard descend sur son corps, à quelques centimètres de moi. Il porte un sweat noir qui souligne un peu trop ses biceps. Il ne pourrait pas être un peu moins sexy, par hasard ?

– Tu ne vois pas à quel point tout le monde reluque ton joli petit cul ? insiste Josh en retrouvant son sourire.

Je vérifie son affirmation, sceptique. C'est vrai que tout le monde nous regarde, mais je ne pense pas que mon jean pastel de petite fille sage en soit la raison.

– Ne joue pas les dragueurs avec moi, ça ne marche pas.

– Donc tu préfères quand c'est toi qui joues et moi qui suis à ta merci ?

Il a l'air si sûr de lui que c'en est déroutant. C'est clair qu'il a raison, j'aime avoir le contrôle et pas être contrôlée.

– Exactement, je m'exclame en lui rendant son sourire, quoique le mien soit un peu crispé.

– OK, mais comment je fais quand tu n'as pas envie de jouer ?

Il semblerait qu'il ait changé de stratégie ce matin, et je dois bien admettre que ça ne me déplaît pas.

– C'est toute la difficulté du jeu, je raille.

Il se rapproche davantage, juste au moment où Marcy passe devant nous. Je croise brièvement son regard furibard et je reviens sur Josh, surprise qu'il ne l'ait même pas remarquée.

– On déjeune ensemble, me souffle-t-il, sa bouche à seulement quelques millimètres de la mienne.

– Tu es devenu accro aux grandes conversations de la coincée ?

– Je suis prêt à tout supporter pour toi.

– J'ai dit : pas de drague.

– Alors, raconte-moi ce que tu as découvert d'intéressant de ta cachette, susurre-t-il, malicieux.

Je n'en reviens pas qu'il sache, qu'il ait démasqué ma planque sans que je m'en aperçoive, personne n'est au courant. Et en plus, il insiste :

– On dirait que je te connais mieux que tu ne le penses !

Il s'intéresse vraiment à moi. Et il est si proche, il respire si bruyamment que c'en est déstabilisant. Pendant un instant qui me semble une éternité, il se tait et ne bouge pas. Seule sa poitrine qui monte et descend à un rythme soutenu trahit les sentiments qui l'animent. J'ai envie qu'il franchisse les quelques millimètres qui séparent nos lèvres, j'ai envie de sentir sa chaleur contre la mienne, et quand il rompt le silence, je suis presque déçue que ce moment se termine déjà.

– Je veux être avec toi, mais j'attendrai que tu fasses le premier pas, chuchote-t-il en inspirant profondément.

C'est stupide, mais ces mots résonnent en moi comme une invitation à la provocation. J'attrape son visage entre mes mains, et le front collé au sien, je réplique :

– Dommage, tu vas devoir patienter encore.

Et je m'éloigne, alors que la sonnerie qui annonce le début des cours me fait sursauter. J'en avais vraiment envie, peut-être même plus que lui, mais c'est plus fort que moi, il faut toujours que je cherche les limites.

Ses beaux yeux bleus et son sourire de dragueur ne me quittent pas de la matinée. Ce mec va me rendre folle. Si bien que lorsque midi arrive, je cours presque pour le rejoindre à la cantine. Je n'ai pas besoin de le chercher, il dépasse la moitié des élèves d'une bonne tête, et sa nuque rasée, avec ses mèches en bataille qui lui tombent sur les yeux, est facile à identifier. Il ne m'a même pas encore remarquée lorsque je l'empoigne par le bras et le pousse derrière la première porte qui s'ouvre. Je le plaque contre le mur du fond qui s'avère plus près que prévu. Il m'écarte brusquement quand je m'apprête à plonger sur lui pour l'embrasser. Je vois son sourire s'illuminer en réalisant que je suis la harpie qui a osé l'agresser.

– Tu as vraiment envie de jouer avec mes sens dans le placard à balais ? me demande-t-il, visiblement surpris.

– En fait, je pensais passer aux choses sérieuses, je déclare en glissant mes mains sous le sweat qui a perturbé mes pensées toute la matinée.

– Ce qui veut dire que je ne suis pas en train de subir un de ces tests visant à prouver que je ne suis qu'un sale pervers ?

– Non.

– Vraiment ? Je croyais que tu n'avais pas encore fini de me torturer, souffle-t-il en me soulevant pour me presser contre son corps brûlant.

Je retrouve ses lèvres, plus douces que dans mon souvenir, sa langue plus pressante que jamais. Il m'a tellement manqué ! Je le voudrais en moi maintenant, tout de suite, mais je veux aussi le faire patienter un peu. Je m'écarte de lui, et sa bouche chaude descend le long de mon cou.

– On va réviser à la bibliothèque après les cours ? dis-je en enfouissant la clé de mon ancienne maison dans sa poche.

Il redresse la tête, surpris, et pose la main sur l'avant de son jean pour vérifier ce que j'y ai glissé. À son sourire coquin, je sais qu'il a compris que je faisais allusion à nos révisions un peu particulières, quand sa mère lui avait interdit de me revoir.

– Tu ne crois pas qu'on devrait prendre notre temps ?

Je n'en reviens pas qu'il ait dit ça. Ce n'est pas comme si nous ne l'avions jamais fait, comme si nous n'en mourions pas d'envie tous les deux.

– Et tu penses tenir combien de temps ? je demande, un brin moqueuse, alors que mes mains remontent sous son sweat, caressent sa peau et que les siennes y répondent, réveillant mon désir.

– Eh bien… si tu es sage, peut-être un mois ou deux.

– Mais tu sais très bien que je ne suis pas ce genre de fille.

– OK, on vérifiera ça à… « la bibliothèque » ? conclut-il en m'embrassant de nouveau.

Lorsque nous quittons notre planque, la cantine est pleine à craquer. C'est un peu étrange de débarquer avec lui, mais, alors que je redoutais d'être le centre de toute l'attention, personne ne semble s'intéresser à nous. Seule Prude nous sourit, ravie, comme si elle avait déjà tout compris. Je m'attends à une remarque de sa part quand nous prenons place à la table où l'a déjà rejointe Will, mais elle ne relève pas. Serait-elle capable d'être discrète ?

Je sursaute lorsque Josh attrape ma chaise pour me rapprocher de lui. Il enlace mes épaules d'un bras et m'embrasse le front en susurrant :

– Bon appétit !

Will ouvre de grands yeux, tandis que Boby et Paul viennent s'installer avec nous comme si ça n'avait rien de surprenant.

– Pas de jeu pervers, aujourd'hui ? me demande Boby avec un clin d'œil complice.

– La journée n'est pas encore finie, je riposte.

Josh toussote à côté de moi et lance un regard amusé à son pote.

– Cette fille va te rendre fou, se moque Boby.

– Je le suis déjà, commente Josh en entremêlant ses doigts aux miens sous la table.

Je ne peux pas m'empêcher de lui sourire bêtement, et Prude propose, toute guillerette :

– On pourrait se faire un bowling vendredi ?

Tous les yeux se tournent dans ma direction, comme s'ils savaient pertinemment que j'allais l'envoyer bouler, et je réponds, juste pour leur prouver qu'ils se trompent :

– Pourquoi pas !

La nouvelle Sandre est en train de voir le jour. Et si je l'appréciais, celle-là ? Après les cours, je retrouve Josh qui m'attend dehors. J'imaginais qu'il serait gêné de s'afficher avec moi, mais sans hésiter, il me prend la main et m'embrasse tendrement.

– Tu n'as pas peur des moqueries ? je demande, en redoutant sa réponse.

– Tu rigoles ? Une semaine à peine, et je me farcis déjà la nouvelle au joli petit cul. Je suis le gars le plus cool du lycée, raille-t-il avec un sourire malicieux totalement irrésistible.

Putain, j'ai un copain ! J'ai du mal à y croire !

Moi qui me croyais incapable de jouer les midinettes énamourées, je me retrouve à bécoter un bel abruti à tout bout de champ, et en plus j'adore ça. Et surtout, j'aime qu'il ne me lâche jamais la main. Quand nous arrivons enfin devant mon ancienne maison, nous sommes tous les deux plus que prêts à passer à la vitesse supérieure. Nous avons ici tellement de souvenirs, de bons souvenirs. Je crois même que ce sont les seuls instants vraiment agréables que j'ai vécus dans cette bâtisse. Je pensais que ça ne me ferait rien de retrouver la clarté froide du lieu où j'ai grandi, mais en réalité je ne m'y sens plus vraiment à ma place. Et comme en écho à mes pensées, Josh demande :

– Ça va ?

Je me contente de lui sourire en soulevant son sweat noir. Je ne veux pas qu'il sache que ça me touche, je ne suis quand même pas sensible à ce point ! Si nous sommes là, c'est parce que je le veux, lui, je veux voir son ventre musclé, son corps qui ne désire que moi et je prie pour que plus jamais il ne me fasse souffrir. Il lève les bras au-dessus de sa tête pour m'aider à retirer son haut. Ses mains retombent sur mon blazer en satin gris qui finit sur le carrelage blanc. Mon T-shirt ne tarde pas à le rejoindre et nos peaux affamées se retrouvent enfin.

– J'ai toujours adoré ta façon de réviser, me souffle-t-il, les lèvres sur ma bouche entrouverte.

Ses doigts frôlent ma poitrine, encore dissimulée sous la fine dentelle perle. Il a l'air d'apprécier mes nouveaux dessous. Pour ça, Élise a bon goût, c'est sûr. Je me demande si elle approuverait si elle savait que Josh en profite et que je le laisse me les retirer.

Je le pousse vers la cuisine, alors que ses mains courent dans mon dos et que sa bouche est sur la mienne.

– On ne va pas dans ta chambre ? m'interroge-t-il comme s'il redoutait soudain que je joue de nouveau avec ses désirs.

– Je pensais qu'on pourrait profiter des beaux jours, je lui réponds en empoignant le plaid du canapé.

Je sens son sourire contre mes lèvres, et il me soulève en m'entraînant dehors. Quelques instants plus tard, nous sommes allongés sur la couverture rouge qui détonne avec l'herbe grillée par la chaleur de l'été. L'air chaud caresse nos peaux nues et je me sens libre, libre d'être avec lui. Maintenant, je n'ai plus peur qu'il me fasse souffrir. Je dessine le contour des taches brunes que j'ai faites sur sa peau et qui n'ont pas encore complètement disparu.

– Pourquoi m'as-tu fait tous ces suçons ?

– Si une autre avait osé te toucher, je voulais qu'elle sache que ce corps m'appartient.

– Tu penses vraiment que j'aurais pu laisser une autre fille m'approcher, alors que tu accapares mes pensées ?

– Dans l'état où tu étais…

Il frémit, quand j'évoque la soirée dont je sais qu'il n'a aucun souvenir.

– Et j'ai fait quoi au juste, à part demander à Lucy de me tripoter sous tes yeux ? m'interroge-t-il en grimaçant.

Je pourrais presque sentir la peur s'insinuer dans son cœur à chaque mot qu'il prononce. Je me demande s'il culpabilise pour ce qu'il n'a pas fait.

– Tu m'as prouvé que, même bourré, tu pouvais maîtriser ta queue.

– Je t'ai résisté ?

– Tu en doutes ?

– Un peu.

Il a l'air tellement soulagé que je ne peux pas m'empêcher de le provoquer.

– Tu veux retenter l'expérience ? je raille en provoquant des frissons sur sa peau nue.

– Une autre fois peut-être.

Son corps pèse de tout son poids sur le mien, mais il ne me paraît pas encore suffisamment prêt. Le peu de vêtements présents entre nous semble de trop. Je glisse mes doigts tremblants de désir entre nos deux corps et cherche la fermeture de son jean qui me résiste. Il se soulève pour libérer mes mouvements et s'attaque à ma braguette. Nous sommes si pressés que nos gestes sont maladroits.

Enfin, je retrouve sa peau entièrement nue contre la mienne. C'est tellement agréable que j'ai l'impression de respirer de nouveau librement, et je crois que Josh éprouve la même chose. Il plaque ses hanches contre les miennes et je le sens si intensément que j'ai le sentiment que ça serait indécent d'attendre plus longtemps. J'écarte les jambes, et il glisse sa main entre nous pour guider son sexe jusqu'à ce petit orifice qui ne désire que lui.

– Je n'ai pas de capotes, annonce-t-il avec une grimace malicieuse, mais ta proposition tient toujours, n'est-ce pas ?

Je hoche la tête et me cambre pour lui faciliter la tâche.

– C'est trop tentant, je suffoque, alors qu'il s'introduit en moi.

Un râle s'échappe de nos gorges à l'unisson, mais un rire moqueur nous stoppe dans notre élan. Nous redressons tous les deux la tête en scrutant autour de nous, pétrifiés sur place.

– On dirait que nous ne sommes pas les seuls à profiter du grand air, chuchote Josh en remuant lentement en moi.

Je frémis en imaginant les voisins si proches de nous, bien que la haie nous dissimule. Et puis, le plaisir l'emporte sur la crainte, et je plaque mes mains sur ses fesses pour le contraindre à s'enfoncer davantage. C'est si bon que j'en veux plus et tout de suite. Josh exauce mes souhaits, et nous unissons nos lèvres pour retenir les gémissements qui menacent de nous faire repérer.

– Je suis fou de toi, souffle-t-il en accélérant la cadence.

– C'est réciproque, je bafouille, en répondant à ses va-et-vient saccadés.

– Dis-le, suffoque-t-il en maintenant ma tête entre ses mains pour m'obliger à le regarder.

– Tu me rends complètement dingue, je réplique, mon sombre regard plongeant dans ses yeux trop clairs.

Que c'est bon de lui appartenir !

CHAPITRE 15

Josh

La journée d'hier a été inoubliable et même l'air renfrogné de ma mère, quand je me suis pointé à la bourre pour dîner, n'a pas réussi à ôter le sourire débile que j'affichais. Mais ce matin, j'ai repris mes esprits et je flippe à l'idée qu'elle ait changé d'avis. En arrivant au lycée, j'hésite à rejoindre mes potes à l'abri des grands arbres, j'ai peur que Sandre refuse de m'y retrouver, j'ai peur qu'elle m'ignore.

J'esquive Paul qui me fait de grands signes, mais Steve ne me rate pas. Il me donne une bonne claque dans le dos en me traînant vers les autres.

– Alors, on raconte que la rebelle et toi êtes passés à la vitesse supérieure ?

– Et que tu passes tes soirées avec Marcy ? je riposte, en priant pour qu'il n'insiste pas.

– Non, sérieux Josh ! Cette gonzesse n'est pas faite pour toi, s'entête-t-il en ignorant ma question.

– Tu peux parler ! je tente, prêt à m'éclipser.

Je ne veux pas que Sandre me trouve ici et qu'elle entende les horreurs que Steve ne peut s'empêcher de débiter.

– Elle te tient par les couilles, ricane-t-il en me donnant une nouvelle claque sur l'épaule.

– C'est sûr que ça ne risque pas de t'arriver avec Marcy, raille une voix féminine dans mon dos.

Je frémis en sentant sa main se glisser sous mon T-shirt et sa tête se nicher dans le creux de mon épaule ; je ne peux retenir un soupir de soulagement. Elle est là ! Je lui souris et embrasse furtivement ses cheveux, alors que Steve réplique :

– Ah chérie, si tu savais tout ce que j'aurais pu te faire !

– Comment dit-on déjà ?… C'est ceux qui en disent le plus qui en font le moins !

J'éloigne Sandre avant que la rencontre ne tourne à la confrontation et entends Steve rire dans mon dos.

– Ne l'écoute pas, il faut toujours qu'il se fasse remarquer, je souffle en prenant son beau visage entre mes mains.

Elle se dresse, et je me penche pour savourer sa bouche qui m'appelle. Elle me met dans un état de dingue ! J'aurais presque envie de lui proposer de zapper la journée de cours pour filer direct chez elle, mais je sais que les services sociaux la surveillent. Je la presse plus fort contre moi, et elle susurre contre mes lèvres.

– Il n'a pas tort, on est loin d'être assortis tous les deux.

Je sens la panique m'envahir comme si elle s'apprêtait à mettre fin à notre relation qui vient à peine de débuter, je resserre mon étreinte et pose mon front contre le sien.

– Je suis bien plus pour toi que n'importe lequel de ces connards et tu es bien plus pour moi que toutes ces pimbêches. Tu te souviens, on est pareils, ceux qui pensent le contraire ne savent rien de nous.

Je suffoque en articulant ces mots. Je refuse qu'elle écourte notre histoire. Elle me sourit, et je suis rassuré.

– Tu vas me prouver ça tout de suite ! réplique-t-elle en me poussant à l'intérieur.

Elle m'entraîne par la main dans les couloirs du lycée et j'en profite pour reluquer son charmant postérieur moulé dans une jupe en jean. Elle ouvre une porte et la referme derrière nous avant de me coller contre le bureau d'un prof. Sa bouche se presse contre la mienne et je la soulève du sol pour qu'elle enroule ses jambes autour de moi. Sa jupe remonte, et je grogne en sentant ses cuisses nues sur mon ventre.

– On est où ? je suffoque après avoir savouré sa langue plus longtemps que nécessaire.

– Labo de chimie. Il n'y a pas de cours le mardi.

Je souris comme un imbécile, en faisant courir mes lèvres le long de son cou. Je m'aventure entre ses seins, tandis que ses mains glissent sur ma ceinture.

– Et tu as prévu quel genre d'expérience ?

Elle sourit en atteignant enfin mon entrejambe et j'écarte sa culotte pour sentir son désir contre le mien.

– Juste quelques révisions, gémit-elle, en se soulevant pour m'introduire en elle.

J'adore qu'il n'y ait plus rien entre nous, j'adore qu'elle me fasse confiance et mes sensations sont décuplées par la crainte de nous faire surprendre. Je me retourne pour la déposer délicatement sur le bord du bureau. Elle se penche en arrière, et je savoure son cou qui m'appelle tandis que je m'active en elle. C'est merveilleux ! Je suis le plus heureux des mecs et je suis sûr que même Steve n'a jamais éprouvé autant de plaisir dans l'une de ses planques préférées.

Je suis à deux doigts d'exploser, mais je m'interromps un instant pour m'assurer qu'on est bien sur la même longueur d'onde. En découvrant son regard trouble et ses mains qui me pressent contre elle, je sais qu'elle n'attend que ça. Je plaque mes lèvres sur les siennes pour retenir mes gémissements et elle râle dans ma bouche en jouissant autour de ma queue.

Quand nous quittons notre cachette, les couloirs se sont vidés et je dois me séparer d'elle à contrecœur. Nous ne partageons aucun cours le mardi, mais je suis incapable de penser à autre chose qu'à elle. Je n'arrive pas à croire qu'elle ait cédé, qu'elle soit enfin à moi. Je ferai tout pour la garder, je ferai tout pour que ça marche.

Nous nous retrouvons enfin au réfectoire. Elle s'est déjà installée à une immense table avec Boby et les potes. Même William et Prudence sont là. Je suis surpris de constater qu'elle s'est mêlée à la bande. Boby se pousse pour me laisser une place et j'embrasse furtivement Sandre en me collant à elle.

– Il paraît qu'on va au bowling vendredi ? demande Steve.

J'observe les autres, étonné. C'est la coincée qui a proposé ça. Depuis quand les gars souhaitent-ils traîner avec les losers ?

– Désolé, c'est moi qui en ai parlé, s'excuse Paul.

– Ça t'embête si je viens avec Marcy ? insiste Steve.

Comment lui dire que je me fous qu'elle soit là, qu'ils soient ensemble, mais que je serai quand même gêné de tripoter Sandre sous les yeux de Marcy ?

– Comme tu veux, je bafouille à contrecœur.

J'aurais pu me prendre la tête avec cette histoire, mais Sandre est douée pour me faire tout oublier et c'est tellement bon de retrouver nos instants d'intimité comme au printemps.

J'ai beaucoup mieux dormi cette nuit. Parce que je commence à croire que ça peut marcher, qu'elle ne va plus me rejeter et, surtout, parce qu'elle est apparue dans la pénombre de ma chambre.

– Un cauchemar ? je demande, amusé.

– Ouais, souffle-t-elle en se lovant dans le creux de mon épaule.

– C'est juste un prétexte ou il y a vraiment quelque chose qui te hante ?

Je n'y avais jamais pensé. Avant c'était différent, nous n'étions pas ensemble, nous ne pouvions pas nous voir chaque fois que nous le désirions. Je n'avais pas imaginé qu'elle puisse avoir réellement besoin de moi dans ces moments-là.

– Je n'ai pas envie d'en parler, chuchote-t-elle, alors que je la serre plus fort.

– Sandre, je m'indigne en tentant d'apercevoir son regard sombre.

J'aimerais pouvoir allumer, pouvoir plonger mes yeux dans les siens et y lire ce qu'elle ressent, mais je ne veux pas attirer l'attention de mes parents. Puis elle finit par avouer :

– J'ai peur que Phil me rejette, que toi, tu me rejettes. C'est plus facile quand on n'a rien à perdre.

Sa voix tremble et je flippe à nouveau, parce que c'est sa carapace qui s'effrite, ce sont les remparts qu'elle a érigés qui sont en train de tomber.

– J'ai trop bataillé pour t'avoir, aucune chance que je te laisse partir.

Je sens son sourire dans mon cou et je la berce doucement en caressant sa joue du bout des doigts. Il a fallu qu'elle débarque dans ma vie pour que j'apprenne enfin ce qu'est vraiment l'amour.

CHAPITRE 16

Sandre

Il n'y a pas un endroit où je sois mieux que dans les bras de Josh. J'ai l'impression qu'il guérit mon cœur blessé, j'ai l'impression de n'avoir jamais souffert. Il m'arrive parfois encore de sentir la douleur de ce que mes parents m'ont fait, mais c'est tellement moins pénible maintenant. Pourtant, Josh aussi me fait mal. Il détruit ma force et mon indépendance, il me rend vulnérable et fragile. Mais je suis bien, incroyablement bien dans ses bras.

Un réveil sonne, et du disco envahit la pièce. Je ne mets jamais la musique si forte, je n'écoute pas ce genre-là ! Je cligne des yeux et comprends que je ne suis pas du tout là où je devrais être.

– Putain !

Je me lève et enfile mon legging et ma vieille chemise.

– Quoi ? grogne Josh, en se redressant. Merde ! réplique-t-il en comprenant.

Il quitte son lit d'un bond, me serre dans ses bras et ouvre la fenêtre en grand pour me faciliter l'accès. J'essaie d'ignorer qu'il ne porte qu'un boxer.

– On se voit au lycée, ajoute-t-il en m'embrassant, alors que j'ai déjà enjambé le rebord.

Il est toujours à la fenêtre lorsque j'atteins enfin le sol. Je lui lance un baiser et me précipite dans la rue en évitant la baie vitrée qui donne sur son salon et quand j'arrive en face de mon ancienne maison, je découvre Phil qui descend de la Toyota. Nos regards se croisent, et je frémis en apercevant la colère dans ses yeux. Je redoute la suite, le moment où il avouera en avoir marre de moi et de mes sautes d'humeur. Je m'avance, hésitante.

– Où étais-tu ? hurle-t-il. Je croyais que tu commençais enfin à t'adapter !

Et puis, son regard se tourne vers la rue d'où je viens. On distingue à peine la maison des Anderson, mais je sais qu'il a compris.

– Tu étais avec Josh ?

Je hoche la tête, un peu gênée, et je sursaute quand il me serre dans ses bras.

– Je suis heureux que tu puisses compter sur lui, même si je ne peux pas cautionner que tu le retrouves en douce. Tu imagines, Martha serait folle si elle l'apprenait… Laisse-moi juste un message quand tu pars.

Il n'a rien dit de plus, ne m'a pas punie et m'a reconduite chez nous pour que je puisse prendre une douche et me changer avant d'aller au lycée.

Dans l'après-midi, Josh a eu droit à un cours particulier d'histoire comme il les aime tant.

Je pensais continuer la leçon dans mon ancienne maison, mais il a insisté pour me ramener chez Phil directement après les cours. Il a peur que nos parents nous grillent si on passe toutes nos soirées chez moi. Heureusement, je ne lui ai pas dit que Phil m'a surprise ce matin, il aurait paniqué !

Je ferme à clé la porte de ma chambre et il grimace en découvrant mon sourire salace.

– Je ne ferai rien sous le toit de Philip, proteste-t-il.

– Il me semble que ce n'était pas ce que tu disais quand tu as réglé son compte à la branche du vieux saule, je souffle en le poussant vers le lit.

– Philip sait que c'est moi qui l'ai cassée ? m'interroge-t-il en glissant ses doigts sous mon T-shirt.

– Je lui ai dit que j'avais voulu faire le mur, je précise en m'agenouillant sur lui.

– Du coup, c'est mort pour que je me pointe de nouveau en douce.

Il suffoque sous mes caresses et j'adore ça.

Ses mains hésitent sur le contour de mon soutif, et je devine qu'il se retient de me le retirer.

– Donc, s'il ne sait pas que tu es là, ça ne te dérange pas ? j'insiste en déboutonnant la fermeture de son jean.

– Exactement ! réplique-t-il en me soulevant pour s'allonger sur moi.

La poignée s'anime, et j'entends Phil de l'autre côté :

– Sandre, tu t'es enfermée ?

Je saute du lit et me précipite pour déverrouiller pendant que Josh réajuste ses fringues.

– Bien sûr que non, c'est la porte qui coince parfois, dis-je en l'ouvrant pour lui.

– Ah, Josh ! C'est gentil de venir rendre visite à Sandre, déclare Phil avec un sourire qui prouve bien qu'il a tout compris. Tu restes dîner avec nous ? J'appelle tes parents pour les prévenir, ajoute-t-il en lui serrant la main.

Phil m'enlace brièvement et chuchote avant de me lâcher :

– Je n'avouerai jamais que je trouve la situation dérangeante, mais je suis quand même perturbé.

– Alors, évite ma chambre quand la porte est fermée.

Vendredi, Josh vient me chercher après le dîner. Il est sublime dans un jean brut et une chemise bordeaux entrouverte. Je lui ai dit que je pouvais le retrouver au bowling avec Will et Prude, mais il a insisté. Phil en a profité pour lui faire la morale et, à la tête que tire Josh, ça devait être vraiment gênant.

– Qu'est-ce qu'il t'a dit ?

– Qu'il sait ce que nous faisons tous les deux et qu'il a beau m'adorer, s'il devient grand-père avant l'heure ou si je te fais du mal, il me réglera mon compte.

– Ça ne va tout de même pas refroidir tes ardeurs ? je réplique en le plaquant contre sa Mustang.

Il saisit mon visage entre ses mains et colle ses lèvres aux miennes, en introduisant sa langue dans ma bouche avec une fougue impressionnante. Je proteste d'un râle quand il écourte notre étreinte.

– Tu sais l'effet que tu me fais, mais je n'en ferai pas plus devant chez toi, précise-t-il, en me prenant la main pour me conduire du côté passager.

Je souris en pensant que c'est la première fois que nous sortons ensemble, même si nous ne serons pas vraiment seuls.

Une fois devant le bowling, je suis bien moins à l'aise. Et pire encore quand je découvre la moitié des membres de l'équipe de rugby déjà en train de jouer, et Marcy et Steve qui discutent dans un coin. Josh presse ma main dans la sienne comme s'il pouvait comprendre. À moins que lui aussi en ait besoin. J'observe les joueurs qui s'animent dans un joyeux vacarme.

La dernière fois que j'ai mis les pieds dans un bowling, ce bowling, je devais avoir six ans et j'ai fini oubliée près du bar pendant que mes parents s'éclataient comme deux ados. J'ai toujours eu peur qu'ils m'abandonnent dans ce genre d'endroit.

Nous passons près de Marcy et Steve, et une sensation étrange me comprime le cœur.

– Tu regrettes ? je souffle, en observant Marcy, aussi gênée que nous.

Il s'arrête un instant et me regarde fixement, comme si mes mots l'avaient blessé.

– Comment pourrais-je regretter, alors qu'elle est incapable de me faire éprouver ce que toi tu me fais ressentir ?

Il m'embrasse brièvement, mais la sensation de ses lèvres sur les miennes s'estompe trop vite. Marcy vient d'ériger un mur entre nous sans le savoir. Cette godiche est encore capable de le tenir en laisse sans lui avoir jamais rien fait. Je la hais !

Josh nous conduit vers Prude et Will en serrant quelques mains, mais sans lâcher la mienne. Je m'installe à côté de la coincée qui me saute au cou, tout excitée. Elle adore sa notoriété toute neuve, alors que moi je m'en serais bien passée. Josh me propose un verre, je hoche la tête et il s'éloigne déjà avec l'intello et Paul.

– Tu es nouvelle, c'est ça ? m'interroge la copine de Paul. Moi, c'est Betty.

Je lui souris et Marcy précise, de la table d'à côté :

– Elle n'est pas nouvelle, elle veut juste faire croire à tout le monde qu'elle est une fille bien, alors qu'elle n'est rien de tout ça.

Je dévisage Marcy. J'aimerais lui faire passer l'envie d'ouvrir sa petite bouche en ma présence, mais je me retiens. Josh détesterait ça ! Je la fixe en lui souriant comme si elle était capable d'un peu d'humour, mais elle est trop cruche pour comprendre que c'est un avertissement.

– Le sexe, c'est l'option de facilité pour attraper les garçons, mais ça n'a jamais été la solution pour les garder, précise-t-elle, sûre de son jugement.

Les leçons de morale de Marcy ont toujours été hallucinantes, mais là, hors de question de laisser passer. En mode jubilatoire, je me redresse et monte sur la table, négligeant que je suis en jupe et que j'offre une vue imprenable.

– Eh, les gars ! je m'écrie. Marcy pense que le nombre de fois où vous fourrez votre bite n'est pas important dans une relation durable.

De partout dans le bowling bondé, des voix de mâles en rut me répondent : « Fais-moi l'amour, Bébé, et je t'épouse sur-le-champ », « T'es trop bonne, tu peux t'installer chez moi quand tu veux », « Si je peux te la fourrer trois fois par jour, je veux bien me mettre à genoux »… et des horreurs encore plus crues.

Marcy est rouge comme une tomate et si elle avait pu se glisser dans un trou de souris, je pense qu'elle l'aurait fait.

– Tu vois, j'insiste sans quitter mon perchoir. La prochaine fois que tu auras envie de m'emmerder, tu repenseras à cet instant mémorable où tous les mecs ont déclaré leur amour éternel à ma chatte.

Son visage blêmit, elle vient de passer par toutes les couleurs de l'arc-en-ciel et je ne peux retenir un rire en imaginant ses prochaines confessions au pasteur. Prude tire sur ma jupe et je redresse la tête pour apercevoir Josh qui fonce dans ma direction, fou de rage.

– Sandre, tu fais quoi ? hurle-t-il en se faufilant parmi la foule de curieux qui s'est amassée autour de moi.

Mon cœur se comprime quand je comprends qu'il va prendre la défense de Marcy, mais je n'ai pas dit mon dernier mot.

– Josh chéri, je minaude, un petit tour dans les vestiaires, ça te tente ?

Et tous les gars en rut autour de nous se mettent à gueuler leurs regrets de ne pas être à sa place. Josh m'attrape par les jambes et me fait quitter la table de force.

– Pourquoi tu te donnes en spectacle ? me questionne-t-il, plus calme.

Ses bras enserrent ma taille pour m'empêcher de me dérober.

– Tu savais que ta pimbêche pense que tu préfères avoir les bourses pleines, je précise, en désignant l'intéressée pâle comme un linge.

– Et c'est une raison pour la ridiculiser ? s'énerve-t-il.

– Tu attends quoi ? Elle ne demande que ça ! Je suis sûre qu'elle non plus n'aurait rien contre un petit tour dans les vestiaires.

Josh s'apprête à riposter, mais Steve est plus rapide :

– Enfin, Chérie, quand il s'agit de sexe, c'est à moi qu'il faut demander. Viens, Bébé, je vais te dévoiler l'étendue de mon savoir, annonce-t-il en entraînant Marcy vers le fond du bowling.

Nous restons tous un instant bouche bée en découvrant que miss sainte nitouche le suit sans protester. Josh me pousse vers la sortie.

– Je crois qu'il préfère s'envoyer en l'air dans sa bagnole, je commente, pour distraire les curieux qui nous observent.

– Sandre, arrête ça ! me gronde-t-il, à peine avons-nous passé la porte.

– Pourquoi ? Parce que tu ne supportes pas que je puisse la traumatiser ? Vas-y, va la consoler, elle n'attend que toi, je riposte sèchement.

Ça y est, la rebelle a refait surface et je m'en veux presque de la laisser reprendre le dessus, mais je bous de jalousie. Je viens de renouer avec ma rage d'antan.

CHAPITRE 17

Josh

Je n'en reviens pas que Sandre réagisse de cette façon. Elle n'a peur de rien, et pourtant, elle croit toujours que je vais me remettre avec Marcy dès qu'elle aura le dos tourné. Comment lui faire comprendre que ce n'est pas parce que je culpabilise de lui avoir pris sa virginité que Marcy peut tout obtenir de moi ? Je cherche les mots, mais aucun ne me vient. Tout ce que je pourrais dire risque de se retourner contre moi. Et puis, je souris en pensant au ridicule de la situation.

J'attrape sa taille et glisse mes mains dans le creux de ses reins en chuchotant, mon front collé contre le sien :

– C'est notre première dispute ! Tu sais ce que font les couples pour se réconcilier ? Et tu sais ce que je vais faire maintenant ? Je vais me jeter à tes pieds, te baiser avec ma bouche et tu me rendras la pareille si bien que lorsqu'on refoutra les pieds dans ce bowling, tout le monde saura à mon sourire niais que je suis complètement dingue de toi. C'est ce que tu veux, n'est-ce pas ?

Elle hoche la tête et esquisse une grimace moqueuse en ajoutant :

– Depuis quand tu dis des cochonneries ?

– Depuis que j'ai une petite amie qui ne peut pas s'empêcher de jouer les rebelles.

Nous atteignons la porte de la réserve et je la soulève du sol pour entrer. J'ai bossé ici il y a deux ans et je connais le bâtiment par cœur. Je la conduis au fond de la pièce dans le bruit sourd des boules de bowling qui résonne jusque-là. Contre un mur dissimulé derrière une pile de cartons, je m'agenouille devant elle comme je viens de le lui promettre. Elle porte une jupe en cuir, la même que celle de la rentrée.

– Est-ce que tu réalises le spectacle que tu as offert, debout sur cette table, à cette bande de mecs en manque, je susurre en faisant coulisser sa culotte le long de ses jambes.

Son sourire me défie.

– Tu penses vraiment que c'est le genre de détail qui me retient, me provoque-t-elle en écartant les cuisses.

Je frôle son sexe avec ma langue et l'observe entre mes cils.

– Mais tu devrais savoir que je suis horriblement jaloux et que je pourrais avoir envie de me venger ! je précise, avant de m'acharner sur son intimité.

Elle frémit légèrement et un râle s'échappe du fond de sa gorge. Je dessine de petits cercles autour de son clitoris et glisse un doigt en elle.

Elle engouffre ses mains dans mes cheveux et les tire, alors que je m'anime pour elle.

– Tu sais que tu es doué, gémit-elle, en tentant de retenir le tremblement de ses longues jambes.

– J'ai été à bonne école, je réplique en accélérant la cadence du mouvement de mes doigts en elle.

– Josh, je vais… je vais…

– Vas-y, Bébé ! je l'encourage.

– Tu m'appelles Bébé, maintenant ? halète-t-elle.

Je ne lui réponds pas et plonge mon visage entre ses jambes pour savourer le plaisir de la sentir jouir dans ma bouche. Elle se cambre, et je la retiens de justesse avant qu'elle ne s'écroule sur moi. Je me redresse et l'enlace tendrement, profitant des palpitations de son cœur qui me susurrent tout ce qu'elle n'osera jamais me dire.

– Je n'ai aucune envie d'aller voir ailleurs ni de rassurer ou de consoler une autre fille, je chuchote mes lèvres contre les siennes. Je t'ai, toi, et je ne veux personne d'autre.

Je sens son sourire frôler ma bouche, et elle réajuste sa culotte en se laissant descendre le long de mon corps. J'adore quand elle se frotte à moi et encore plus lorsque ses doigts enserrent mon sexe.

– Donc si j'ai bien compris, Monsieur aimerait une belle gueule d'après baise pour épater les copains ?

Je flippe soudain en réalisant que je viens de relancer l'un de ses petits jeux préférés, et je ne souhaite plus qu'elle s'amuse à mes dépens.

– J'ai dit ça comme ça, je n'en ai pas besoin pour te pardonner. Je veux juste que tu arrêtes de douter de moi, je suffoque alors que ses doigts s'agitent autour de mon instrument.

– Il semblerait que ta bite ne soit pas totalement d'accord avec toi, riposte-t-elle, en me léchant le gland.

Je grogne malgré moi et glisse mes mains sous ses bras pour tenter de la relever. La force me manque quand le désir croît dans mon ventre.

– Sandre, je n'en ai pas besoin, je supplie.

Elle redresse la tête, et son regard noir me transperce le cœur. Elle passe la langue une nouvelle fois autour de ma queue et me sourit, malicieuse.

– Tu crois encore que j'essaie de te torturer ? J'ai compris, Josh ! Je sais qu'il y a quelque chose de fort entre nous et que le sexe est comme un ciment. Je pense juste qu'il est temps de consolider les fondations, déclare-t-elle en introduisant ma bite dans sa bouche.

Je gémis en sentant la pression de sa langue et de son palais autour de moi. Elle a raison, c'est exactement ça et je n'ai jamais rien connu de meilleur. Elle sait comment me prendre et à quelle allure.

– Je … je n'en peux plus, je suffoque.

– Je devrais pouvoir gérer, annonce-t-elle, avant d'accélérer ses va-et-vient.

– Tu … tu es sûre ? je bafouille, déjà prêt à me déverser en elle.

Ses doigts attrapent mes couilles et je libère la pression en grognant.

Nous restons un long moment, enlacés dans les bras l'un de l'autre, plaqués contre le mur, savourant le bonheur d'être ensemble. Et quand nous retournons à l'intérieur, le cri viril qui nous accueille fait sourire Sandre, alors que n'importe quelle autre fille aurait rougi de honte. J'embrasse ses doigts noués aux miens. Lucas l'interpelle en me donnant une tape sur l'épaule :

– Quand tu en auras marre de ce petit con, pense à moi, chérie !

– Ose la toucher, et tu sauras ce que ça fait d'avoir les couilles broyées, je le menace en l'éloignant de ma copine.

Nous ne nous sommes pas vus du week-end, parce que Philip l'a emmenée dans le New Jersey pour lui présenter ses parents. Sandre n'a jamais eu de grands-parents et je flippe un peu en sachant la façon dont elle peut se comporter. Elle m'a envoyé plusieurs textos salaces et d'autres pour me rassurer sur son intégration dans sa nouvelle famille.

Lundi matin, en la découvrant dans un jean ciré ultra-moulant, mon cœur a eu des ratés et a même complètement disjoncté quand elle m'a entraîné dans une salle de maths inoccupée. Mes bonnes résolutions du week-end ont failli voler en éclats. Je voulais lui prouver qu'on pouvait passer un moment sans finir l'un dans l'autre, mais Sandre aime jouer avec mes sens. Finalement, c'est elle qui a cédé et je crois qu'elle a apprécié que l'on se contente de s'embrasser et de s'enlacer. Mais elle ne s'est pas gênée pour se moquer du bambou dressé dans mon pantalon.

J'ai regretté mon initiative en arrivant à l'entraînement de rugby après les cours. Est-ce que vous saviez qu'un mec est bien plus efficace les couilles vides ? Et quand, en plus, il a une fille dans la tête, c'est la cata, or Sandre accapare toutes mes pensées. À un point tel que je suis incapable de me concentrer.

J'ai fini à terre un nombre incalculable de fois, et le coach m'en a foutu plein la tronche. Je l'ai tellement contrarié que je me retrouve à faire des tours de terrain, alors que les potes sont déjà sous la douche.

Quand je débarque dans le vestiaire, ils sont tous à moitié à poil ou prêts à partir.

– Ta nouvelle copine t'épuise, se moque Boby.

– Je voudrais bien être épuisé, se lamente Paul.

Je ne réponds pas et file sous les jets fumants, alors que les vestiaires se vident. Je ne rêve que d'une chose, sentir la peau moite de Sandre, entendre ses gémissements dans mon cou et l'avoir elle, toujours elle ! Je pourrais presque sentir ses mains sur moi.

– B… bordel ! je grogne, en sursautant et en me camouflant par habitude.

Sandre est là ! Elle est nue et me sourit, malicieuse.

– Ils sont tous partis, susurre-t-elle en glissant ses mains sur ma poitrine. Je me suis dit que tu avais besoin d'un remontant. Ils n'y ont pas été de main morte avec toi. Pauvre chou !

Ses caresses accélèrent mon rythme cardiaque et font monter le désir le long de ma colonne vertébrale.

– Parce que tu m'espionnes maintenant ? je la questionne, en enfouissant mon visage entre ses seins magnifiques.

Sandre a une poitrine exceptionnelle, de celles qui pourraient faire des ravages à un concours de T-shirts mouillés, et j'adore la dorloter.

– Tu sais que j'aime les clichés de sportifs en pleine action, précise-t-elle en retenant un gémissement, alors que je suce amoureusement l'un de ses seins.

– Et tu comptes me faire chanter avec mes exploits de cet après-midi ? je hasarde en la soulevant du sol.

Elle croise ses jambes autour de mes reins et je grogne en sentant la moiteur de son désir. Je la plaque contre la faïence fraîche et l'embrasse fougueusement. Mon corps est collé au sien et chaque parcelle de ma peau brûle de désir pour elle. Je suis complètement dingue de cette fille et je ferai tout ce qu'elle me demandera.

– Je n'avais pas pensé à ça, se moque-t-elle en glissant une main entre nous pour m'aider à atteindre son sexe.

Nous râlons tous les deux lorsque je m'introduis en elle. Je resserre mon étreinte pour soutenir son poids, et elle joue avec les muscles de ses cuisses pour éveiller nos sens par de petits mouvements qui me clouent sur place.

– Bon Dieu, c'est trop bon ! je halète contre son oreille.

Je la plaque au mur et donne de profonds coups de reins en collant ma bouche à la sienne pour retenir le cri qui menace.

À l'instant où ma jouissance se répand en elle, une voix dans mon dos étouffe notre plaisir dans l'œuf.

– Josh ? Tu … Putain de merde !

Je repose Sandre sur le sol et tente de dissimuler son corps nu, tandis que le coach nous détaille, ahuri.

– Les vestiaires pour hommes ne sont pas faits pour se peloter, finit-il par bafouiller. Je vous veux présentables dans cinq minutes devant cette porte et nous irons discuter de tout ça avec le proviseur.

CHAPITRE 18

Sandre

Josh n'a pas dit un mot depuis que le coach nous a surpris en tenue d'Adam et Ève et il continue de se taire alors que nous attendons, seuls tous les deux, dans le bureau du dirlo. Ses cheveux sont encore mouillés de la douche et quelques gouttes sur son T-shirt un peu trop moulant révèlent son empressement à se rhabiller. Il est irrésistible ainsi, mais je ne pense pas qu'il apprécierait que je lui fasse remarquer maintenant.

Je flippe. Pas parce que Phil et Martha vont bientôt se pointer, non, je flippe parce que j'ai peur de le perdre, j'ai peur qu'il réalise que je ne vaux pas les risques encourus. Je rapproche ma chaise et glisse ma main dans la sienne.

– Je suis désolée, je souffle.

Il me sourit timidement et se penche pour m'embrasser à l'instant même où le vieux Richard, Martha, Phil et le coach font leur entrée. Josh s'écarte en toussotant et ses doigts abandonnent les miens. Je grimace en découvrant ses joues rougies, alors que sa mère le dévisage, furibonde. Elle va tout gâcher une fois de plus. Je sens la colère monter en moi et je serre les dents pour la retenir.

– Je n'aurais jamais imaginé devoir subir pareille humiliation, commente Martha en s'installant à côté de Josh.

– Il me semble pourtant que c'est moi qui subis, réplique-t-il à mi-voix.

Le vieux Richard se racle la gorge en nous faisant face.

– Monsieur Anderson, Mademoiselle Donnell, il me paraît utile de vous rappeler que l'exhibitionnisme est interdit dans l'enceinte du lycée et…

Il n'en faut pas plus pour que je devienne incontrôlable, et le proviseur vient de me tendre une perche monumentale.

– Parce que maintenant il est interdit de prendre une douche à poil ? je m'emporte, en me redressant d'un bond. Si vous voulez punir quelqu'un, punissez-moi pour m'être douchée dans le vestiaire des mecs et foutez la paix à Josh.

J'en suis malade rien que de penser qu'ils puissent s'en prendre à lui et je ne supporte pas l'idée qu'ils nous volent notre intimité. Je ne redoute pas les yeux furieux du vieux Richard et encore moins ceux horrifiés de la mère Anderson.

– Mademoiselle Donnell, n'aggravez pas votre cas, me réprimande le dirlo, irrité. J'imaginais que vous auriez retenu la leçon après l'histoire avec Monsieur Marchal.

– Vous ignorez ce qu'est l'indépendance, découvrir ses avantages et ses inconvénients et en être privée du jour au lendemain ? Avant, je n'avais personne pour me dicter ma conduite. Maintenant, vous êtes tous sur mon dos en permanence, comme si je n'étais plus capable de savoir ce qui est bon pour moi. Vous n'avez jamais été jeunes, bor…

Josh se plaque contre ma colonne vertébrale, je sens sa respiration dans mon cou.

– Calme-toi Sandre, me souffle-t-il.

Je halète, pire qu'après un sprint, heureusement Josh pose une main rassurante sur mon ventre. Il est près de moi et je ne connais rien de plus réconfortant. Il se moque de tous les regards braqués sur nous, il sait que j'ai besoin de lui et il est là.

Ils sont scotchés, et je profite de cet instant d'accalmie avant que la tempête ne se déchaîne à nouveau. Phil vient se poster à côté de moi et je frémis en l'imaginant me tirer par les cheveux hors de la pièce. Au lieu de quoi, il demande :

– Pourrions-nous discuter avec nos enfants quelques minutes ?

Le vieux Richard hoche la tête et quitte le bureau, suivi de près par le coach. Phil se tourne vers nous et inspire un grand coup avant de déclarer :

– Nous avons été jeunes, nous aussi…

– Philip ! l'interrompt la mère de Josh, en se levant à son tour. Tu ne vas pas prendre leur défense, ce n'est pas ce genre de discours dont ils ont besoin.

– Ils n'ont pas inondé les toilettes des filles ou mis le feu à la statue devant le lycée, réplique Phil d'une voix incroyablement calme.

Martha rougit comme s'il faisait allusion à des événements de son passé, et je me mords la lèvre inférieure pour me retenir de rire. Difficile d'imaginer l'avocate austère en rebelle engagée.

– Oui, il est difficile en tant que parent d'admettre que nos enfants aient une sexualité, mais nous avons eu leur âge et nous savons ce que c'est, n'est-ce pas Martha ?

– Tu ne peux tout de même pas cautionner une telle relation. C'est malsain, s'emporte-t-elle.

– Tu ne vois pas qu'il l'aide à retrouver une vie normale et équilibrée et qu'elle lui montre qu'il n'a pas à craindre d'être lui-même ? Tu ne vois pas qu'ils ont besoin l'un de l'autre et qu'ils s'aiment ?

En entendant les mots de Phil, je frémis, Josh et moi n'avons jamais parlé d'amour ! Mais il resserre son étreinte autour de ma taille, comme s'il redoutait que je prenne la fuite.

– Est-ce que nous sommes vraiment obligés d'assister à cette conversation ? je hasarde.

Martha nous détaille comme si elle était capable de déceler en nous quelque chose que même moi je ne perçois pas. Josh prend soudain la parole :

– Je l'aime, Maman !

Et puis, juste pour moi :

– Je ne te l'ai pas dit parce que je ne voulais pas t'effrayer, mais je le pense vraiment.

Ses bras m'emprisonnent, parce qu'il sait que c'est le genre de truc qui me fait flipper. Effectivement, je suis complètement paniquée à l'idée qu'il puisse avoir des sentiments aussi forts pour moi. Mon cœur s'emballe et l'oxygène me manque, j'empoigne l'avant-bras de Josh en priant pour qu'il ne me lâche pas. Je veux être avec lui, je veux qu'il me montre comment l'aimer, je veux arrêter d'avoir peur de ce que je ressens.

– Tu sais que je comprends, je te comprends, Josh... mais vous n'échapperez pas à la punition, déclare sa mère sur un ton qui me glace le sang.

J'ai fini par accepter d'écouter le sermon du dirlo sans discuter, mais j'ai quand même insisté pour être la seule punie. J'irai en colle pendant les entraînements de rugby et le coach sera rassuré de ne pas m'y retrouver. Josh m'a pris la main et ne l'a pas lâchée, même quand nous marchions jusqu'au parking et que sa mère a ordonné qu'il rentre avec elle. Il m'a embrassée en ajoutant simplement :

– On se voit demain.

Je n'ai pas dit un seul mot dans la voiture de Phil. Je suis un peu déboussolée par la déclaration de Josh. Ça fait tellement longtemps que je me refuse à écouter mon cœur que c'est comme si on venait de le réveiller brutalement. Il s'agite, proteste et prend lentement ses marques.

– C'est une situation gênante, commente Phil pour rompre le silence.

– Ça t'est déjà arrivé ?

– Dans le garde-manger, j'étais bénévole à la cantine et la serveuse était vraiment canon. Le...

– Je préférerais ne pas connaître les détails, je le coupe, en m'extirpant de la bagnole.

– Tu comprends donc pourquoi Martha et moi souhaiterions que ça ne se reproduise pas.

– Je ne suis pas sadomaso, je réplique, esquissant un sourire avant d'ajouter : Merci d'être aussi compréhensif !

Je n'ai pas cessé de penser à Josh, à la peur que j'ai ressentie en redoutant qu'il mette fin à notre relation et à celle, pire encore, lorsqu'il a prononcé ces quelques mots : « je l'aime ». C'est doux et douloureux à la fois.

CHAPITRE 19

Josh

Ma mère n'a pas dit un seul mot de tout le trajet. Je la suis en silence en regagnant la maison, je sais que ça va être ma fête. Elle pense me torturer par son mutisme, elle ignore que quoi qu'elle dise, la seule chose qui m'inquiète, c'est d'avoir déstabilisé Sandre et pris le risque de la perdre.

– Tu ne vois pas qu'elle est perturbée ? Tu as beau l'aimer, elle en est incapable, crache-t-elle en me fixant, furieuse.

Mon cœur se glace en entendant ces mots. Non, elle se trompe ! Je tente de dissimuler mon trouble et me sers un verre de Coca. Ma mère insiste, alors que je garde le silence :

– Tu étais un garçon plus convenable avant de rencontrer Sandre. Tu as de la chance que Monsieur Richard s'en souvienne, moi, je n'aurais pas été aussi clémente…

– Et je recommencerai, si tu décides de m'interdire de la voir, je la coupe en quittant la pièce.

Je l'entends s'énerver derrière moi, mais je ne l'écoute plus. Je ne me laisserai pas punir sans rien dire cette fois-ci. Lorsque mon père rentrera, il saura la raisonner, il est plus compréhensif, lui.

– Je t'aime, Josh, hurle-t-elle alors que j'atteins ma chambre.

Ma mère n'a pas l'habitude de ce genre de situation, et je vois bien que je viens d'ébranler son rôle d'adulte autoritaire. Mais j'apprécie qu'elle ait toujours besoin de me prouver que rien ne peut modifier le lien qu'il y a entre nous, même si je ne suis pas la chair de sa chair.

Après avoir joué et rejoué en boucle ma prochaine conversation avec Sandre, sans réussir à trouver le sommeil, je décide d'avancer cette inévitable confrontation. Je m'éclipse dans le silence de la nuit. Je sais que ma mère n'apprécierait pas, mais je m'en moque. Au dîner, elle n'a pas dit un seul mot, trop contrariée par l'attitude laxiste de mon père. Si elle oublie souvent qu'elle a mené la vie dure à mes grands-parents, lui ne se gêne jamais pour le lui rappeler. Ma mère avait allumé un feu autour de la statue du fondateur de l'établissement qui souhaitait une école sélective au résultat probant. Elle jugeait son attitude révoltante et avait écopé d'un mois d'exclusion pour ce geste. À l'époque, je crois même qu'elle m'aurait encouragé au nom de la liberté.

Quand j'arrive devant la maison des Donnell, tout est éteint et j'hésite à retenter l'ascension du saule. Finalement, j'opte pour un texto :

Je suis sous le grand saule. Tu sors ?

Elle apparaît peu de temps après, avec une de ses anciennes tenues qui la dissimulent presque entièrement dans l'obscurité. Son regard est inexpressif, et mon cœur s'affole. Je tends les bras et elle s'y réfugie en emportant tous mes doutes.

– Je n'arrivais pas à dormir, je murmure en prenant son visage entre mes mains. Dis-moi que ça n'a rien changé entre nous.

– Ça n'a rien changé, souffle-t-elle, en glissant ses doigts sous mon sweat.

Ses caresses embrasent mon corps, mais ce ne sont pas elles qui ont retiré mon poids de l'estomac, ce sont ses mots, il m'en faut plus :

– Est-ce que tu préférerais que j'attende avant de te le redire ?

– J'aimerais autant.

– Est-ce que… est-ce que c'est réciproque ? je bafouille en pensant à la réplique cinglante de ma mère.

Je n'aurais pas dû poser cette question, je sais que je vais le regretter, mais j'ai besoin de savoir.

– Oui, ça l'est, susurre-t-elle, gênée.

Je plaque mes lèvres sur les siennes et l'embrasse passionnément. J'ai besoin d'elle, j'ai besoin de lui appartenir, qu'elle m'appartienne, et elle vient de dissiper toutes mes craintes.

– On va être sages pendant quelques jours, je précise, sans éloigner sa bouche de la mienne.

Et j'ai tenu ma promesse. Nous n'avons rien fait pendant plusieurs jours. Pourtant, je vois bien que d'une certaine façon, ça inquiète Sandre. Comme si elle pensait qu'il y avait forcément besoin de sexe entre nous pour que ça fonctionne. Ma mère est toujours contrariée, mais je crois qu'elle va s'habituer. De toute façon, elle n'a pas le choix, je ne renoncerai pas à Sandre pour la satisfaire.

Ce soir, il y a une fête chez Boby et je suis allé chercher Sandre. En arrivant, je lui ouvre la portière et l'enlace pour la conduire à l'intérieur. Sans un mot, je l'entraîne directement à l'étage. Je lis la surprise dans ses yeux sombres, mais elle se contente de sourire. Je déverrouille la porte de la chambre de Boby, et son sourire s'élargit jusqu'à ses yeux.

– Tu joues les romantiques, maintenant ? demande-t-elle, laissant son regard errer sur les bougies qui ont envahi la pièce rien que pour elle.

– Tu as été très sage cette semaine, tu as bien mérité une récompense.

Puisque je ne peux pas lui dire à quel point je l'aime, je veux lui montrer. Je prends ses mains et la pousse délicatement au milieu des petites flammes qui scintillent pour elle. Elle est si belle sous leur lumière chaleureuse. Elle a opté pour un jean et un dos nu échancré, et j'adore ça.

– Je vais si bien m'occuper de toi que tu en redemanderas, j'ajoute en lui retirant ses vêtements.

À genoux devant elle, je fais glisser le bas de son pantalon sur ses chevilles. Mes doigts remontent sur ses cuisses et je savoure du bout des lèvres chaque parcelle de sa peau. Elle gémit quand ma bouche atteint la fine dentelle de sa culotte.

– Tu aimes ça ? je l'interroge, laissant tomber sa culotte sur le sol et m'attardant entre ses jambes.

– J'adore ça, souffle-t-elle en m'observant, les yeux mi-clos.

Je soulève son top et lèche son bas-ventre. Je remonte lentement le long de son ventre en m'éternisant sur ses seins. Elle n'a pas mis de soutif, et je bande rien que d'imaginer sa poitrine se mouvoir librement sous son haut. Mon T-shirt s'envole dans ses mains habiles, et elle me pousse contre le lit.

– Tu ne penses quand même pas que je vais te laisser tout faire, annonce-t-elle en déboutonnant mon jean.

– C'est un peu ce que j'avais espéré, je suffoque alors que ses doigts font coulisser l'épaisse toile du jean sur mes hanches.

– Tu rêves, déclare-t-elle, malicieuse, en m'entraînant sur le matelas.

Elle est sur moi et finit de retirer mon jean. Je frémis lorsque ses mains caressent mon sexe érigé pour elle, et je l'attrape par l'épaule pour reprendre le dessus.

– Tu veux te battre, ricane-t-elle en tentant d'immobiliser mes mains avec les siennes.

– Je veux te faire l'amour.

Je plaque mes lèvres aux siennes pour qu'elle n'ait pas le temps de riposter. Mes doigts courent sur sa peau à la découverte de ses zones érogènes, tandis que les mains de Sandre me rendent fou à explorer chaque parcelle de mon corps. Nous gémissons ensemble en nous frottant l'un à l'autre. Elle se cambre et glisse une main le long de mes cuisses. Je soupire quand elle atteint ma queue et grogne davantage lorsque je la sens m'introduire en elle. Les sentiments que j'éprouve pour elle sont si forts que je pourrais jouir là tout de suite. Je l'aime à un point tel que je voudrais passer ma vie entre ses jambes. Je m'enfonce lentement et m'immobilise une fois entièrement en elle. Son regard est si intense qu'il me coupe le souffle.

– Je ne le dirai pas, mais je le pense, je le pense vraiment, chuchote-t-elle, la voix tremblante, me prenant de court.

– Je peux le dire pour toi ?

Elle hoche la tête et je me penche sur ses lèvres pour préciser, dans un murmure chargé d'émotion :

– Je t'aime, Sandre. Je t'aime comme un fou, plus que personne ne pourra jamais t'aimer.

CHAPITRE 20

Josh

6 ans plus tard

C'était le premier jour des vacances d'été, je venais de vivre avec elle neuf mois merveilleux, magiques. Dans quelques jours, je devais m'envoler pour le Mexique avec Colin et mes parents et, parce que nous allions être loin de l'autre pendant plusieurs semaines, je voulais profiter d'elle. Nous étions allongés sur la pelouse à l'arrière de son ancienne maison, et j'admirais son corps magnifiquement nu. Elle avait changé ma vie, je me sentais libre avec elle. Mais, à la rentrée, nous allions mettre de la distance entre nous. Elle partirait étudier à New York et moi à Boston. Trois heures de route, ce n'était pas si terrible, mais ça semblait la perturber, à moins qu'il ne s'agisse d'autre chose. Elle était bizarre depuis quelques jours.

– Tu comptes rater toutes les fêtes de fraternité pour passer quelques heures avec moi ? avait-elle fini par m'interroger, sans oser me regarder.

Mon cœur avait cessé de battre.

– Je suis prêt à tout pour toi.

– L'université, c'est qu'une seule fois dans une vie, tu dois en profiter ! avait-elle insisté.

Et voilà comment tout était parti en vrille, et à cet instant, tout mon être avait protesté violemment.

– Alors, tu viendras me voir ? j'avais tenté en priant pour me tromper.

– Comment pourrais-tu vraiment en profiter avec une petite copine dans les pattes ?

– Ne fais pas ça, Sandre ! je l'avais implorée, redoutant l'inévitable. Je t'aime, je t'aime plus que tout et je ne désire personne d'autre.

Ses lèvres s'étaient étirées en un sourire étrange qui m'aurait fait flipper si je n'avais pas déjà été dans un état second. Elle ne pouvait pas me faire ça, pas nous faire ça.

– On verra si c'est toujours ce que tu penses quand tu seras devenu un adulte sérieux avec un job et une vie stable.

– Non, Sandre !

Ma bouche s'était plaquée sur la sienne, mes mains s'étaient glissées dans son dos pour la presser contre moi et je l'avais suppliée silencieusement comme s'il était encore possible de la convaincre qu'elle se trompait.

– Rien ne changera et je te le prouverai ! j'avais murmuré sur ses lèvres.

Je n'oublierai jamais le jour où je l'ai revue après cet interminable été sans elle. Elle m'était apparue au milieu d'un brouillard alcoolisé, alors que je jouais à un jeu débile où tout le monde finit complètement bourré. J'avais aussitôt repoussé la pouffe qui se frottait à moi, et Sandre avait souri. Grillé !

J'avais l'impression de vivre un rêve après des mois d'agonie cauchemardesque. L'été avait été un enfer de solitude et la rentrée pire encore. Vous savez ce qui m'était le plus douloureux ? Ne plus me souvenir de la sensation de ses doigts sur ma peau, de ses lèvres sur les miennes, oublier le son délicieux de son rire et sa façon de me provoquer. J'avais essayé de retrouver ces émotions dans les bras d'une autre, mais l'expérience s'était révélée désastreuse. Elle m'avait brisé, je n'étais plus moi-même. Je n'étais plus moi, sans elle.

Je crois que je me suis approché le premier, mais je ne suis plus vraiment sûr. Elle portait un dos nu à damner un saint et un slim pastel qui rehaussait ses formes parfaites.

– Tu as l'air d'en profiter ? m'avait-elle taquiné.

Mon cœur s'était emballé en retrouvant le doux son de sa voix et cette électricité entre nous.

– Tu t'es perdue ? j'avais répliqué en ignorant sa question.

Et de nouveau, mon palpitant avait fait des siennes. Nos universités respectives étaient à plus de trois cents kilomètres l'une de l'autre, elle ne pouvait pas être ici par hasard. J'imaginais qu'elle aussi souffrait de ne plus me voir, de ne plus me toucher, et je sentis les morceaux de mon cœur qui se recollaient en perturbant ma respiration.

– Je dirais plutôt égarée, avait-elle précisé.

– Avoue, je te manquais ?

– Je n'avouerai jamais une chose pareille, avait-elle riposté en me prenant mon verre des mains et en y plongeant le nez. Vodka, est-ce bien raisonnable ?

– Je n'ai aucune raison d'être raisonnable quand tu n'es pas là !

Elle avait détourné le regard lorsque mes yeux retrouvèrent enfin les siens, si sombres. Elle avait regardé la foule un peu trop bruyante et avait souri en apercevant Boby un peu plus loin. Nous avions obtenu une bourse sportive dans la même université et partagions une chambre à la fraternité. Puis elle s'était attardée sur la jolie blonde, aux vêtements courts et flashy, qui me faisait des avances quelques instants plus tôt.

– Tu avais l'intention de conclure ? avait-elle fini par demander.

– Ça t'aurait dérangée ? j'avais soufflé en glissant une main dans le creux de ses reins.

Si j'avais été à jeun, je n'aurais jamais osé la toucher. Je remerciais l'amie vodka qui avait annihilé la barrière entre mes actes et mes pensées. Mon autre main caressait sa joue, et elle répondit d'une voix chevrotante qui me rendait dingue :

– Tu en profites, c'est normal !

– Mais pas sous tes yeux, j'avais insisté en collant mon front au sien.

– Je n'aurais pas dû être là.

Je jubilais en constatant l'effet que j'avais toujours sur elle. Elle se décomposait entre mes doigts et mon cœur s'affolait, parce qu'il n'y avait que moi qui puisse faire perdre ses moyens à la rebelle.

– Et donc, que fais-tu là ? je m'étais entêté.

– Un moment de faiblesse.

Mon sourire s'était étiré, elle avait craqué, elle était revenue me chercher. Je plaquai mes lèvres sur les siennes en la pressant contre mon corps en manque. Sans quitter sa bouche, je l'entraînai dans un endroit plus tranquille. Elle me laissa la guider jusqu'à ma chambre. Ma langue savourait la sienne, alors que ses mains s'aventuraient sous mon sweat. Je grognai en redécouvrant enfin le plaisir de la sentir contre moi. Elle souleva mon haut et je l'aidai à le retirer. Je la vis sourire en retrouvant ma poitrine. Elle dessina le contour de mes biceps, de mes pectoraux, et sa bouche les lécha en descendant sur mes abdos. Je gémis quand elle déboutonna mon jean et le poussa sur mes cuisses.

– Viens là ! j'avais déclaré en la portant jusqu'à mon lit étroit, réalisant que j'y étais peut-être allé un peu fort sur la vodka.

Son rire avait un effet incroyable sur ma queue, et je me redressai en commençant à la dévêtir. Comme toujours lorsqu'elle portait un dos nu, aucun soutif ne dissimulait ses seins magnifiques et je râlai, satisfait, en les embrassant tendrement.

– Ils m'ont manqué ces deux-là, j'avais commenté en les suçotant amoureusement.

Je m'attardai sur son nombril avant de m'attaquer à son slim. Ce genre de truc n'était vraiment pas pratique à retirer.

– Laisse-moi faire, avait-elle dit en me poussant sur le matelas. Les lundis sont comment, après des week-ends pareils ?

– Horribles ! Mais c'est surtout parce qu'il n'y a que l'alcool qui me permet de t'oublier quelques instants, j'avais avoué en la regardant dévoiler sa peau nue sous mes yeux.

Même dans mes souvenirs, elle était loin d'être aussi belle.

– Tu voudrais que j'aie pitié ? m'avait-elle questionné en m'ôtant mon jean et mon boxer.

– Tu devrais, c'est à cause de toi si je suis dans cet état !

Elle détailla mon entrejambe qui bandait pour elle et je compris qu'elle allait mal interpréter mes propos. J'aurais pu être bien plus convaincant si je n'avais pas trop bu, mais on ne pouvait pas tout avoir.

– Avec toutes les belles blondes qui traînent dans le coin, comment peux-tu ne pas en trouver une pour t'arranger ça ? avait-elle demandé en indiquant ma queue qui se dressait pour elle.

– Parce que je ne désire que toi, j'avais suffoqué, alors que sa langue sur mon gland m'arrachait un grognement. Le problème... ce n'est pas que d'autres... ne savent pas faire aussi bien, le

problème... c'est que tu es la seule à me faire cet effet-là... je balbutiais, tandis que sa bouche s'acharnait délicieusement sur ma bite.

Mes membres tremblaient du bien-être qu'elle me procurait, et il me fallut toute la volonté du monde pour ramener ses lèvres aux miennes.

– C'est entre tes jambes que je veux jouir, j'avais susurré en me retournant sur elle.

Je guidai ma queue jusqu'à cette cavité étroite qui m'attirait irrésistiblement et, le plus lentement possible, je m'introduisis en elle. J'étais trop imbibé pour me demander si nous aurions besoin d'un préservatif et elle ne releva pas. Elle m'appartenait toujours, il n'y avait qu'elle et il n'y aurait jamais personne d'autre. Ses gémissements étaient un appel à la torture et je lui répondis en plaquant ma bouche contre la sienne, si douce.

– Dis-moi que tu m'aimes, que plus jamais tu ne me quitteras, je l'avais suppliée en m'animant en elle. Dis-moi que tu as besoin de moi, que je suis le seul à te faire cet effet-là. Je t'en prie, je veux savoir que tu souffres loin de moi.

Ses bras s'enroulèrent autour de ma taille pour sceller mon corps au sien. Ce geste était la réponse que je n'aurais jamais.

– Moi, je t'aime, j'ai besoin de toi et je suis incomplet quand tu n'es pas là, j'avais soufflé en jouissant.

Je n'avais jamais aussi bien dormi que cette nuit-là. Habituellement lorsque je buvais, le matelas tanguait et des cauchemars débiles me donnaient l'impression de me contenter de somnoler. Mais là, c'était différent, Sandre était avec moi et sa chaleur réconfortait mon cœur et mon âme.

Je me tournai quand, soudain, la fraîcheur des draps m'arracha un frisson. Je me redressai d'un bond, soulevai la couette et jurai en découvrant qu'elle n'était plus là. Boby protesta dans le petit lit à côté du mien :

– C'est possible de dormir ?

– Où est-elle ? je m'étais écrié, paniqué.

– Depuis quand tu t'inquiètes des gonzesses qui disparaissent en pleine nuit ?

– Depuis que c'est Sandre ! je m'étais emporté en cherchant mon portable dans les poches de mon pantalon.

– Quand vas-tu comprendre qu'elle n'est pas prête à s'engager ?

Je quittai la pièce, juste vêtu de mon jean, je n'étais pas d'humeur à écouter Boby qui se la jouait voix de la raison. Sur la terrasse, des filles sifflèrent en m'apercevant, mais je les ignorai. J'attendais que Sandre me réponde en serrant frénétiquement l'appareil contre mon oreille.

Bien sûr, elle ne décrocha pas et je gueulai à sa messagerie : « Putain Sandre ! On ne t'a jamais dit que ça ne se faisait pas de se tirer en douce ? Ne me dis pas que tu as changé d'avis ou que tu as paniqué, ou plutôt si, dis-le-moi. Je refuse de croire que tu as fait plus de trois cents bornes, juste pour t'envoyer en l'air. Tu ne peux pas me faire ça, après tout ce que nous avons vécu. Tu m'entends

Sandre ! Tu n'as pas le droit ! Bordel, mais réponds ! Parle-moi !... »

Et j'aurais pu continuer comme ça indéfiniment, si le bip qui annonçait la fin du message ne s'était foutu de ma gueule. Je m'étais défoulé sur les textos, avais retenté la messagerie, jusqu'à m'en rendre dingue, mais elle n'avait jamais décroché, n'avait jamais rappelé.

Le révérend Clark n'arrête pas de m'observer en coin, et ça me met terriblement mal à l'aise. Je rajuste ma cravate en maudissant ma mère de m'avoir obligé à la porter. L'église est pleine, et certains regards sont braqués dans ma direction, c'est perturbant. Une musique retentit et je la découvre au bout de l'allée, incroyablement belle comme toujours. Mon esprit s'emballe, je voudrais lui dire tant de choses, lui en faire beaucoup d'autres. Je ne me suis jamais senti aussi stressé même après avoir ressassé nos souvenirs communs pour tenter de m'apaiser.

CHAPITRE 21

Sandre

J'avais beau avoir mis de la distance entre nous, Josh me rendait toujours aussi faible. Je remerciais chaque jour les centaines de kilomètres qui nous séparaient, je n'aurais jamais tenu sans cet éloignement.

Tout en s'enfilant un shot de plus, mon copain Jordan se moquait de moi. Le bar universitaire était devenu notre fief du samedi soir, parce que je ne supportais plus les soirées où s'agglutinaient les pouffes populaires. Je ne sais pas pourquoi, mais ça me rappelait trop Josh et les fêtes chez Boby.

– Quand m'avoueras-tu ce qui s'est passé entre toi et le beau brun pour qui nous avons fait trois heures de route le week-end dernier ?

Jordan avait réussi à m'apprivoiser, alors que d'autres ne toléraient déjà plus mon sale caractère. C'était peut-être parce que lui et moi, nous nous ressemblions, du moins nous avions tous les deux une déchirure familiale.

– C'est toujours plaisant de s'envoyer en l'air avec son amour de jeunesse, j'avais éludé, en me reprochant encore ce moment de faiblesse.

La musique un peu trop forte distrayait mon esprit qui revenait inlassablement à cette nuit où je l'avais revu. Qu'il était beau, les cheveux décoiffés par la fatigue et le regard troublé par l'alcool ! Comme j'avais eu mal de le voir au bras d'une autre. Stop, les souvenirs ne me valent rien !

– C'est affreux comme tu as vieilli, s'était moqué Jordan, refusant sans le savoir de me laisser chasser Josh de mes pensées.

Je voulais oublier, mais je me contentais de le regarder boire. Les effets de l'alcool m'avaient toujours fait flipper. Moi je redoutais de perdre le contrôle. Je n'aurais pas supporté de me transformer en lavette dépressive ou pire en chatte en chaleur. Jordan avait éclaté de rire et je l'avais observé, surprise, alors qu'il précisait :

– Je ne t'avais pas dit que le beau gosse serait contrarié que tu te tires en douce ?

J'avais suivi son regard qui fixait l'entrée. Josh s'avançait vers nous, un jean délavé tombant bas sur ses hanches et un T-shirt bleu moulant son torse athlétique. Il avait fait couper ses cheveux plus court et j'adorais ça. J'en bavais presque avant de découvrir l'expression terrifiante qui durcissait ses traits.

– C'est pour lui que tu m'as planté ? avait-il craché en posant ses deux mains sur la table devant moi.

Je n'avais jamais vu Josh aussi irrité. Son regard lançait des éclairs et j'avais redouté un instant qu'il ne s'en prenne à mon pote. Il s'était penché vers moi avant d'ajouter en désignant Jordan :

– On va discuter dehors ou tu préfères que je fasse un scandale devant le petit con.

Outch ! Ça s'annonçait mal !

– Chéri, je ne vais rien dire parce que je comprends ta colère, mais la prochaine fois que tu me traiteras de con, tes couilles s'en souviendront, je le jure, avait menacé mon ami en se redressant pour se mettre à sa hauteur.

– Il y a un peu trop de testostérone dans cette pièce !

Je m'étais glissée entre eux et avais poussé Josh vers la sortie. Ses muscles s'étaient crispés à mon contact.

– On n'est plus ensemble. Tu n'as pas à jouer les petits copains jaloux, avais-je précisé, furieuse, une fois dehors.

Ses iris azur semblaient comme possédés. Je n'aurais su dire ce qu'il éprouvait, mais j'étais certaine que ça devait être terrifiant.

– Ah oui ? Je pensais justement être redevenu ce mec-là, la semaine dernière.

Le ton de sa voix m'avait fait frémir. Je savais que j'étais ridicule, mais à cet instant précis, les mots de Josh sonnaient comme une provocation et le sourire de défi qui se dessinait au coin de mes lèvres lui avait arraché une grimace.

– Parce que tu m'aurais résisté si tu avais su que je ne resterais pas ? avais-je demandé, en posant une main sur son ventre et laissant descendre mes doigts.

– Tu jouais avec moi ? C'est ça ? m'avait-il interrogée, surpris. On reprend tout depuis le début, je dois encore te prouver que tu n'es pas qu'un coup d'un soir, que je peux te résister ?

Il avait paru déçu, déboussolé et mon cœur souffrait pour lui.

– Je connais ta volonté, Josh ! Je te propose juste de t'amuser un peu, d'être ta roue de secours quand tes hormones te travaillent. Aucun engagement, juste du plaisir quand tu en as besoin.

Son regard s'était assombri et il s'était figé un instant. C'était effrayant comme il me rendait faible, comme j'étais prête à tous les stratagèmes pour le garder encore un peu ! Il était resté silencieux pendant un temps qui m'avait semblé durer une éternité, puis il avait pressé sa bouche contre la mienne, ses longs bras s'étaient enroulés autour de ma taille, m'obligeant à me rapprocher jusqu'à ce que chacune des parcelles de nos corps se touche.

– Je n'ai pas l'intention de te laisser l'occasion de m'oublier, tu vas souffrir autant que moi, m'avait-il soufflé sans quitter mes lèvres.

Les souvenirs avec Josh ont toujours eu le mérite de m'apaiser, pourtant c'était il y a six ans déjà. Depuis, tout a changé ou plutôt rien, nous jouons toujours avec le feu, cherchant les limites de notre relation. Je n'ai pas envie de retrouver l'instant présent, mais la main rassurante de Phil fait s'évaporer le doux rêve qui était censé m'empêcher de paniquer.

Je râle en lissant le satin épais et trop pâle qui recouvre mes jambes. Comment ai-je pu les laisser m'accoutrer de la sorte ? J'ai l'air ridicule dans cette robe ivoire qui me compresse la poitrine et le cul. Les épingles qui maintiennent mes cheveux en chignon me broient le crâne. Et en plus, ils m'ont affublée d'un énorme bouquet, comme si je ne savais pas quoi faire de mes doigts. Sans compter que, pour l'occasion, l'église est remplie de fleurs blanches au parfum un peu trop envahissant.

Phil me pousse à l'intérieur, et je sursaute en découvrant les regards qui me dévorent comme si je pouvais avoir quelque chose d'appétissant. Ils n'ont pas bouffé avant de venir ? Pourtant Phil sait que je déteste tous ces trucs religieux ! Je sens sa main dans mon dos qui m'oblige à avancer. Je n'ai plus le choix, il faut que j'y aille. Je fais un pas en avant quand une mélodie lente et glauque résonne. J'en ai la chair de poule ! Pourquoi c'est moi qui dois passer la première, déjà ?

J'ignore la mère Shepard qui me fixe, les yeux pleins de larmes, comme si on assistait à mon enterrement et je ne parle même pas de Marcy, juste à côté de sa mère, qui me dévisage presque amicalement. Martha Anderson, la mère de Josh, m'observe, comme si je m'apprêtais à faire une connerie monumentale.

Je découvre Josh au bout de l'allée, dans un magnifique costume anthracite qui met en valeur sa carrure massive de rugbyman, et il n'y a plus que lui. Même Will à côté n'existe plus. Je déteste toujours autant l'effet qu'il a sur moi. Je pensais que ça passerait, mais ce sentiment me hante comme un mauvais cauchemar. Jamais Josh ne quitte mes pensées, jamais il ne me laisse une nuit de repos. Et cet enfoiré me sourit, triomphant, comme pour me dire que la lune de miel sera bien plus excitante pour lui que pour l'intello.

Malgré une horrible impression de ralenti, je suis enfin arrivée à destination. Je trouve ça vraiment ridicule, toute cette mise en scène pour s'assurer que chacun a bien compris ce qu'il fout là.

Dans un état second, je ne vois pas le cortège qui me suit, je n'entends pas le pasteur qui parle certainement du bon Dieu, il n'y a plus que Josh. Ça fait trop longtemps qu'on ne s'est pas vus, que je n'ai pas craqué, et je suis en manque, un truc de dingue ! Comment peut-on être en manque de quelqu'un à ce point ? Je veux que ses bras m'enlacent, que ses mains me touchent, que son souffle chaud dans mon cou efface mes doutes et que ses mots me rassurent. Je le veux ! Je n'ai jamais cessé de le désirer. Je pourrais l'embarquer dans un coin, là maintenant, en ignorant tous les curieux. Je pourrais, parce que je me moque de ce qu'ils pensent, tous, et que je suis sûre qu'il me suivrait, mais je n'en fais rien. Je suis devenue une jeune femme bien sous tous rapports. La fille que Phil rêvait d'avoir. C'est pour lui que j'évite les scandales, que je ne réponds plus aux provocations, que je reste aimable et digne.

Je suis une grande photographe de mode new-yorkaise, qui se demande tous les jours comment elle fait pour supporter les caprices de mannequins égocentriques. Je sais, c'est difficile à croire, mais j'aime ma vie, mon boulot horripilant et ma famille trop parfaite. Moi, Sandre River, ou plus officiellement Sandra Donnell, je suis celle que je n'aurais jamais pensé être. Enfin presque !

Je suis tellement perturbée que je n'ai rien suivi de la cérémonie. Je crois bien que Prude a dit oui et que Will a confirmé. Ils affichent tous les deux des sourires niais et tout le monde applaudit, donc je suppose que c'est le cas.

Ils ignorent qu'ils finiront par ne plus se supporter. Elle détestera ses vêtements sales qui traîneront partout, ses pieds sur la table basse et son ventre qui ne cessera de prendre de l'ampleur à cause de la bière. Lui n'en pourra plus de ses petites maniaqueries, de ses migraines au moment des câlins et de ses fesses qui enfleront à vue d'œil. Pour finir, ils se chamailleront la garde des enfants, même s'ils en font des petits êtres malheureux. Heureusement, à ce moment-là, il y aura tatie rebelle, qui saura leur montrer que la vie ce n'est pas que ce qu'ils imaginent. Enfin, on n'en est pas encore là ! Pour l'instant, on n'a pas encore passé le stade du « ils vécurent heureux... ».

J'essaie de participer à l'euphorie du moment, mais j'ai du mal. Ces grandes manifestations de bonheur, ça n'a jamais été mon truc. Certains voient l'église comme un avant-goût du paradis, pour moi ça ressemble à l'enfer : une prison froide et humide, des règles strictes et sans fondement, un patron tout-puissant qui refuse de vous laisser souffrir librement. Je n'ai jamais été aussi soulagée de quitter un endroit et j'ignore comment j'atterris dans cette immense salle de réception pleine de joie et d'amour écœurants. Et comme si ce n'était pas suffisant, là aussi, des fleurs surchargent l'atmosphère d'une odeur nauséabonde.

Je me tiens le plus possible éloignée de Josh, parce que je sais que je finirai par lui sauter dessus comme la godiche que je deviens dès qu'il est dans les parages. Sans compter que cela fait des semaines que je résiste à la tentation de me rendre à Boston. Il m'a donné ses clés cet été, alors que je passais quelques jours chez Phil et Élise et qu'il rendait visite à ses parents. C'est plus fort que moi, il faut toujours que je finisse dans son lit lorsque sa fenêtre reste ouverte. Et comme une cruche, je lui ai aussi filé mes clés. Celles de la maison de mes parents à Winsted, ça ne suffisait pas ? Je les aurais bien récupérées, mais je suis sûre qu'il refusera, alors je me contente d'ignorer que c'est une possibilité.

Vous savez ce que ça fait d'être accro à quelque chose, de ressentir l'envie d'y goûter, alors même que vous vous en êtes sevré ? C'est l'effet que Josh a sur moi, et il ne se gêne pas pour en profiter. Il ne m'a pas quittée des yeux, parce qu'il sait que je céderai bientôt. Il discute avec le révérend Clark, et moi je hoche la tête chaque fois que la mère de Prude cesse son laïus. Elle parle autant que sa fille ! Mon Dieu, je n'ai rien fait pour le mériter, mais sauvez-moi !

Quand Prude débarque avec sa robe de mariée très épurée, je crois presque que le Tout-Puissant m'a entendue. Enfin, remplacer une torture par une autre, excusez-moi mon Dieu, mais je n'appelle pas ça un sauvetage !

– Maman, va t'occuper de mamie au lieu d'embêter ma ravissante belle-sœur, s'enthousiasme la coincée.

Bon, c'est vrai que ce petit surnom ne lui va plus aussi bien qu'avant, mais je l'aime bien. Elle a pris de l'assurance depuis qu'elle est devenue assistante sociale. Et puis, elle a laissé tomber ses horribles lunettes et n'achète plus aucun vêtement sans me demander mon avis. Je suis ravie qu'elle ait choisi une robe de mariée sans chichis ni froufrous, comme je le lui avais conseillé.

– Pourquoi évites-tu Josh ? m'interroge Prude en me tendant une coupe de champagne. Aux dernières nouvelles, vous étiez amis.

J'en recracherais presque la gorgée que je viens d'ingurgiter. Je déteste qu'elle ne me craigne pas. Elle est timide comme pas deux et, pourtant, je ne l'ai jamais impressionnée. Il est où le problème ?

– Je ne l'évite pas.

– Si, tu l'évites !

Elle me gonfle toujours autant ! Quelle idée j'ai eue de la présenter à mon frère. Enfin, nous ne partageons pas le même sang, mais je crois que Phil aurait de la peine si je ne le considérais pas comme tel.

J'allais proférer des horreurs, quand une de ses tantes je crois, enfin quelqu'un de sa famille, vient s'immiscer entre nous pour la féliciter. J'en profite pour disparaître. Merci, mon Dieu ! Putain, je n'ai jamais autant parlé de Dieu qu'aujourd'hui ! Il faut que j'arrête.

Je tente de m'éclipser discrètement par le jardin, pour ne plus subir d'assauts enjoués, quand une main puissante m'entraîne dans une petite pièce obscure que je n'avais même pas remarquée. Ça y est, je suis foutue.

– Comment va mademoiselle Donnell ? susurre Josh, en me pressant contre son corps qui s'est magnifiquement étoffé depuis qu'il est passé pro au rugby.

Que j'aime ça ! Comment lui résister alors qu'il transpire le mâle dans toute sa splendeur ?

– Comme une cruche de demoiselle d'honneur qui s'apprête à se faire baiser par l'un des témoins du marié.

Il se colle contre moi et je perçois son sourire dans mon cou. Je voudrais ne pas céder pour une fois, je n'en peux plus de me faire avoir, mais même à travers le tissu épais de ma robe, sentir son désir si proche me rend dingue.

– On va se faire prendre, j'ajoute sans conviction, mais il l'ignore et cherche ma bouche dans la pénombre.

– On ne baise pas, on fait l'amour, rectifie Josh en laissant glisser ses lèvres le long de mon cou.

Mon cœur s'emballe et ma respiration s'affole quand il trouve enfin le chemin jusqu'à ma bouche. Sa langue vient caresser la mienne et il me presse contre lui avec une force qui finit de déstabiliser mes sens. Josh a toujours été doué pour embrasser. Il y met une passion impressionnante. Je n'ai plus aucune volonté entre ses bras. Mes mains s'aventurent sous sa veste pour sortir sa chemise de son pantalon et retrouver ces sensations qui m'ont tellement manqué.

– C'est quoi la différence ? j'insiste, alors qu'il me laisse enfin reprendre mon souffle.

Ses doigts se faufilent sous ma robe et remontent jusqu'à mon entrejambe.

– Nos sentiments l'un pour l'autre font toute la différence, suffoque-t-il en enfouissant son beau visage dans mon décolleté.

Josh sait si bien dire ce qu'il faut, quand il faut, enfin surtout quand ses hormones prennent le contrôle. Je sais, c'est ridicule, mais après des années d'auto-thérapie anti-Josh, j'ai réussi à me convaincre qu'il ne pense pas vraiment ce qu'il dit et que j'ai le droit d'en profiter et d'en jouer.

– De quels sentiments parles-tu ? je riposte, alors que j'ai trouvé le chemin jusqu'à sa queue qui se love dans le creux de ma main.

Il grogne et fait coulisser lentement ma culotte sur mes cuisses en m'interrogeant du regard. Josh est devenu un gentleman, il ne fait jamais rien sans mon accord. Je hoche la tête, et il précise avec son incroyable sourire de séducteur :

– Je parle de mon cœur qui palpite pour toi, pour tes formes magnifiques et de toutes ces heures où tu m'as rendu dingue parce que tu n'étais pas là.

Alors que ses mots bouleversent mes sens, la fine dentelle qui recouvrait mon intimité tombe sur le sol et je me retrouve les jambes enroulées autour de lui, cherchant, tremblante et avide, à l'introduire en moi.

– Tu confonds encore ton cœur et ta queue, je me moque alors que je la sens qui me torture doucement.

Il sourit en plaquant ses lèvres aux miennes. Il adore jouer à ce petit jeu. Nous n'avons jamais cessé de jouer, même après que je l'ai plaqué à la fin du lycée, même quand il a eu d'autres petites amies. Je sais qu'il aurait voulu qu'on continue. Il n'a jamais reconnu que j'avais raison, que les orgies universitaires, ça se traverse en célibataire. Il prétend que toutes les conneries qu'il a faites à l'époque, il les a faites à cause de moi. Tu parles ! Il est bien content de les avoir vécues.

– Mais tu es la seule capable de perturber les deux, suffoque-t-il en s'introduisant avec une lenteur insoutenable.

Josh adore me torturer. Et c'est trop bon ! Pourquoi je ne réalise à quel point j'aime ce qu'il me fait que lorsque je suis avec lui ? Je retiens mes gémissements pour qu'il l'ignore. J'ai perdu le fil de notre petite conversation tellement ses va-et-vient langoureux me déstabilisent. J'enroule mes bras autour de lui, engouffre mes doigts dans ses cheveux et resserre l'étreinte de mes jambes pour l'obliger à s'insinuer en moi plus profondément.

– Tu parles ! Je suis surtout la seule à céder si facilement, je murmure en sentant la jouissance approcher.

Il s'interrompt un instant, plaque son front contre le mien, et ses magnifiques yeux bleus plongent dans les miens.

– Tu oublies que je suis une star du rugby, siffle-t-il en reprenant doucement sa danse enivrante.

Je sais qu'il y en a d'autres, mais c'est une chose à laquelle je refuse de penser. C'est con, mais ça fait trop mal !

– Tu oublies que je suis la déesse du sexe.

– C'est pour ça que je veux t'épouser.

– C'est pour ça que je ne t'épouserai pas.

– Dis oui, gémit-il, au bord de l'explosion.

– Non !

Josh dit n'importe quoi quand son esprit est perturbé par l'adrénaline du plaisir. Il souhaite que je vienne vivre avec lui, que je sois à lui, que je l'épouse, que je ne le quitte plus jamais. C'est stupide, mais j'adore ça !

– Dis non.

– OUI, je hurle en sentant la jouissance m'envahir, alors qu'il me presse contre lui, tremblant de désir.

CHAPITRE 22

Josh

Je l'aide à remettre sa culotte, tandis qu'elle m'observe, malicieuse. Ce n'est pas vraiment ce que j'avais prévu, mais Sandre est tellement craquante dans sa robe de demoiselle d'honneur que je n'ai pas pu résister. Ça me rappelle quand elle avait débarqué au bras de Steve, dans sa tenue de bal. C'est ce jour-là que j'ai vraiment compris qu'il y avait beaucoup plus que du sexe entre nous. Je voudrais que Sandre l'accepte aussi !

Après avoir rajusté mon costume, je lui prends la main et l'entraîne dans le jardin. Personne n'en profite, pourtant l'extérieur est magnifique et la fraîcheur de ce début de mois de septembre fait un bien fou. Éclairé juste ce qu'il faut, romantique à souhait, je ne pouvais pas rêver mieux. Lorsque nous sommes suffisamment loin des regards indiscrets, j'attrape le menton de Sandre et l'oblige à me regarder.

– Tu as dit oui.

– Ça ne voulait rien dire, répond-elle avec un sourire étrange.

Mon cœur s'emballe de ce que je m'apprête à faire. Je prends ses mains dans les miennes et pose un genou à terre.

– Ne fais pas ça, chuchote-t-elle.

– Je dois le faire. Je ne supporte plus cette situation.

Sandre se trompe en pensant qu'une relation purement sexuelle me convient. Je veux plus et j'ai toujours voulu plus. J'ai cédé lorsqu'on était étudiants, parce que je savais qu'elle avait besoin de temps et que je flippais à l'idée de la perdre vraiment. Mais maintenant, je ne peux plus mettre ma vie entre parenthèses pour elle, alors je demande :

– Sandre Donnell, veux-tu m'épouser ?

Je sors de ma poche un anneau serti de petits diamants.

– Non, Josh, relève-toi, range ça, tu ne peux pas me demander une chose pareille.

Sa voix tremble et ses yeux, encore plus sombres, semblent paniqués.

– Réfléchis-y, je la supplie en me relevant et en reprenant ma place : mon front contre le sien.

– Je n'ai pas besoin d'y réfléchir. Ma vie me convient comme elle est. On en profite quand on se voit et…

Je sens mon cœur se briser une fois de plus. Si elle savait à quel point elle l'esquinte, est-ce qu'elle arrêterait de me torturer ? J'ai mal et je refuse d'en supporter davantage. Et avant qu'elle ne me donne le coup de grâce, je continue :

– Pourquoi refuses-tu de voir ce qu'il y a entre nous ? J'ai été patient Sandre, j'ai attendu que tu le comprennes, je t'ai laissé du temps, j'ai été celui que tu voulais quand tu le voulais. L'ami quand tu avais besoin de réconfort, l'amant lorsque ton corps me réclamait, mais je ne peux pas passer ma vie ainsi… Juste, choisis-moi, choisis-nous !

Ma voix tremble et je ravale mes larmes, parce que je sens que c'est fini, que c'est trop tard, qu'elle ne changera pas d'avis. Ses doigts caressent mes joues et elle susurre simplement :

– Je serai là, jusqu'à ce que tu rencontres la bonne.

Et elle m'a invité à danser, comme si son corps collé serré contre le mien pouvait faire passer la pilule. Elle s'est aussi glissée en douce dans ma chambre d'hôtel et m'a fait l'amour comme jamais, comme si elle avait quelque chose à se faire pardonner. Si je ne m'étais pas retenu, je crois que j'aurais chialé toutes les larmes de mon corps dans ses bras. Je savais qu'elle dirait non, mais l'entendre est bien pire que je ne le pensais. Sandre l'ignore, mais ce week-end, c'était notre dernière chance. Je n'en peux plus d'espérer, de laisser ma vie en stand-by pour elle. Je veux que quelqu'un m'attende tous les soirs, je veux une famille, des enfants… tout ce qu'elle refuse de me donner. Elle ne le comprendra sans doute jamais, mais cette stabilité est vitale pour moi. J'ai besoin de savoir que les gènes de Rita ne m'affectent pas, j'ai besoin de maintenir à distance le chaos de mon enfance.

En ouvrant la porte de mon appartement, je n'ai envie que d'une chose, m'écrouler sur mon lit, dormir et surtout oublier. Oublier qu'elle et moi, c'est fini, que c'était la dernière fois, que plus jamais je ne toucherai sa peau nue, que plus jamais je ne ressentirai ce bien-être intense quand je la serre contre moi. Bon sang, Josh, arrête !

Je veux être seul pour déprimer, dormir et ne plus penser. Mais soudain, des bras fins et délicats me tirent à l'intérieur et un rire amusé me projette violemment dans la réalité. Une magnifique blonde aux grands yeux verts m'enlace, à moitié dénudée. J'avais complètement oublié que Mélanie serait là ! Comment ai-je pu imaginer que j'aimerais être câliné par une autre ce soir ?

Une odeur alléchante s'échappe de la cuisine, elle a dû nous préparer un festin. Mélanie cuisine divinement bien. C'est la femme parfaite, simple, belle, discrète… idéale quoi. Seul mon cœur s'obstine à ignorer l'évidence ; cet idiot préfère cent fois les imperfections et le sale caractère de Sandre.

Les mains de Mel se faufilent sous mon sweat tandis que sa bouche se balade sur mon épaule. À contrecœur, je la prends dans mes bras et m'approche de ses lèvres. Ce n'est pas de cette façon que je souhaitais me sortir Sandre de la tête. Je sens encore ses doigts sur ma peau, son doux parfum dans mon cou et, sans le savoir, Mélanie m'arrache le peu qui me reste d'elle.

Sa nuisette en dentelle descend sur le sol sans que je l'aie vue en retirer les bretelles. Je suis complètement à l'ouest, pourtant j'enlève mon haut et déboutonne mon jean. Je préfère ça, plutôt qu'elle comprenne que quelque chose ne va pas.

C'est plus facile de faire semblant quand on n'a pas besoin de parler. Ce n'est pas la première fois que Mel efface les écorchures causées par ma rebelle. Ça va faire deux ans qu'on se voit régulièrement. Je lui ai dit que je ne voulais pas de relation exclusive, mais ça ne l'a pas fait fuir. Pourtant, Mélanie est une fille sérieuse, je n'aurais jamais pensé qu'elle accepte ce genre de liaison. Je crois qu'au fond, elle s'imagine que je redoute juste de m'engager et pense qu'il n'y a personne d'autre. Je ne peux pas le lui reprocher, jamais elle ne m'a vu draguer ou reluquer d'autres nanas et elle ignore tout de Sandre. Ce soir, je veux qu'elle sache que j'ai vraiment déconné toutes ces années, mais qu'elle compte pour moi.

Je suis tellement déboussolé que je n'ai pas conscience de l'avoir fait. Nous sommes allongés nus sur le lit, elle est blottie contre moi et je tente de me donner du courage. Fais-le, Josh ! Tu n'auras jamais ce que tu désires vraiment, alors vas-y ! Si tu ne le fais pas maintenant, tu ne le feras jamais. Donne-toi une bonne raison de l'oublier. C'est la seule solution !

Je tends le bras vers la table de chevet. J'ouvre le tiroir et en sors une petite boîte qui moisit là depuis des mois. Mélanie se redresse, étonnée, en apercevant l'écrin de velours rouge.

– Je pense qu'il est temps de passer aux choses sérieuses, je lui déclare en tentant d'esquisser un sourire.

Je pose le boîtier entrouvert sur mon ventre, et parce que je me suis déjà fait refouler ce week-end, je lui demande, limite paniqué :

– Tu veux bien m'épouser ?

Ses magnifiques yeux verts font des va-et-vient incessants entre moi et le petit diamant serti sur une fine bague en or blanc, et un immense sourire s'affiche sur son doux visage. Je suis rassuré. Je tente d'ignorer mon esprit qui s'offusque d'avoir osé demander en mariage deux femmes en seulement quelques heures. Il fallait que je le fasse.

– Tu n'as pas l'impression de brûler les étapes ? m'interroge enfin Mélanie, me ramenant ainsi brutalement à la réalité.

Je l'ai fait, je l'ai vraiment fait ? Je suis terrifié. Je voudrais que quelqu'un m'assure que j'ai eu raison, qu'il était temps que je renonce à Sandre, mais je n'en ai parlé à personne. Qui pourrait comprendre ? Boby me bassine depuis des années pour que j'arrête de me torturer avec des femmes qui ne sont pas pour moi ; entre Marcy et Sandre, je suis passé d'un extrême à l'autre et, selon lui, je n'ai plus qu'à trouver le juste milieu. Tu parles, plus facile à dire qu'à faire. Je me demande ce qu'il pensera de Mel. Il faut être honnête, c'est une Marcy sans le côté trop prude. C'est sans doute complètement ridicule, mais c'est ce qui m'a séduit chez elle, comme si j'étais déjà en territoire connu, comme si je ne prenais aucun risque.

– J'ai besoin de savoir que nous voulons vraiment la même chose, j'ai besoin que tu t'engages sérieusement, je souffle, en tentant de contenir mon cœur qui s'emballe.

On pourrait croire que c'est l'émotion qui me met dans un état pareil, alors que ce sont le doute et l'appréhension. Elle n'a toujours pas arrêté de sourire et je sais qu'elle va dire oui. Je plaque ma main sur sa bouche pour l'empêcher de répondre.

– Avant, je veux que tu saches qu'il y avait quelqu'un d'autre.

Son sourire s'évanouit. C'est ridicule, mais je redoute de la perdre. Elle est parfaite, elle n'a aucun défaut et je n'ai pas envie de savoir si je peux trouver mieux.

– Et tu lui as demandé à elle aussi ? frissonne-t-elle, comme si elle avait soudain froid.

Je remonte la couette sur ses épaules avant de préciser.

– Non, c'est toi qui es faite pour moi.

OK, je ne suis pas honnête, mais je ne peux quand même pas lui dire que je suis fou amoureux d'une rebelle asociale depuis des années et que je suis convaincu qu'aucune femme n'aura jamais plus d'importance pour moi. Mel, c'est juste la meilleure option, le choix de la raison. Je me déteste de voir les choses de cette façon, mais je refuse de me mentir. C'est la putain de vérité et je me hais de le penser !

– C'est pour ça que tu ne souhaites pas qu'on évoque nos anciennes relations ? insiste-t-elle.

Les femmes et leur curiosité, je vous jure, elles aiment vraiment se torturer.

– C'est juste que ça n'a pas d'importance, je réplique sur le ton le plus détaché possible.

– Pour moi, c'est important. Si tu veux vraiment qu'on se jure fidélité, je préfère savoir qui tu es vraiment, qui a compté pour toi, qui a été la première, si tu étais un chaud lapin à l'université et si tu as profité de ta notoriété.

Mon Dieu, je vous en prie, dites-moi que le mariage ce n'est pas ça, dites-moi que je n'aurai pas à me justifier en permanence, dites-moi que je pourrai garder quelques secrets. J'inspire profondément avant de répondre.

– À six ans, j'ai embrassé Suzie Pearce dans les toilettes. Deux jours plus tard, la maîtresse nous a surpris et a averti nos parents. Suzie m'en a voulu à mort et elle ne m'a plus jamais adressé la parole. Je crois même qu'elle m'en veut encore. À quinze ans, je suis tombé fou amoureux de Marcy Shepard. Il m'a fallu deux ans pour comprendre qu'on n'avait rien en commun. Ma première fois, c'était avec Sandre River, j'avais dix-sept ans, c'est elle qui me l'a proposé, on était juste amis. À l'université, je n'ai pas eu de relation sérieuse. Je crois qu'on peut dire que j'en ai bien profité, c'est juste que les trois quarts du temps, j'étais trop bourré pour m'en souvenir. Ça te va ?

Seigneur, faites que cet interrogatoire ne se poursuive pas !

– Ta première fois, c'était avec une copine ? Et vous n'êtes pas devenus plus ?

J'hallucine ! Sur tout ce que je lui ai dit, il a fallu qu'elle tique là-dessus.

– Non, je mens en espérant être convaincant.

Si Mélanie devient ma femme, elle sera amenée à croiser Sandre souvent et il est hors de question qu'elle connaisse toute l'histoire. Je n'ai pas envie que chacune de leurs rencontres se finisse en crêpage de chignon. D'autant plus que Sandre risque de ne pas lui faire de cadeaux.

– Et vous êtes resté amis ?

– On était d'accord sur les enjeux de cette relation.

– Vraiment ? Waouh, c'est dingue ! Et vous êtes toujours amis ?

– Oui, nos parents passent beaucoup de temps ensemble, tu devrais la croiser assez souvent si tu acceptes de m'épouser.

– Sérieux ? Vous avez grandi très proches l'un de l'autre et vous avez décidé de faire quelques petites expériences en toute amitié, comme quand on joue au docteur en maternelle ?

– Mel ! C'est du passé ! Est-ce qu'on ne pourrait pas plutôt parler de nous ? Dis-moi que tu veux m'épouser ? je râle en tentant de contenir la colère qui monte en moi.

– Tu ne penses pas qu'on devrait essayer de vivre ensemble avant ? On pourrait se trouver un nouvel appart ou bien je pourrais emménager chez toi si tu préfères. Je te présenterai ma famille et mes amis et tu en feras autant et peut-être que dans un an, si tout va bien, tu pourrais me reposer la question.

En deux ans, Mélanie n'a jamais été chiante. Elle a soigneusement évité certains sujets, n'insistait pas sur les autres, elle ne s'est jamais montrée envahissante ou collante, la femme parfaite quoi. Et voilà qu'elle commence à jouer les emmerdeuses.

– Tu veux que je te sois fidèle ?

Elle hoche la tête et je poursuis :

– Alors, j'ai besoin d'avoir la bague au doigt, de le jurer devant Dieu, sinon je serai incapable de tenir cette promesse.

Un frisson la parcourt, je vois bien qu'elle est déstabilisée. Mel ne m'a jamais imaginé m'envoyant en l'air à droite ou à gauche, c'est comme si elle me voyait pour la première fois, et je redoute un instant qu'elle ne s'enfuie en courant. Si elle savait que je veux l'épouser pour m'éloigner de Sandre, je présume qu'elle l'aurait déjà fait. Elle inspire un grand coup et déclare :

– Je suis tombée amoureuse de toi dès que j'ai posé les yeux sur ton corps magnifique et j'ai tellement souffert de ne pas retrouver mes sentiments dans ton regard. Je suppose que je devrais te dire non, parce que franchement, ce n'est pas raisonnable de faire une chose pareille, mais je crois que j'ai envie de faire quelque chose de stupide pour une fois.

Bon sang, les femmes ! Elles ne peuvent pas se contenter de dire juste « oui » ? Et puis sa déclaration est vraiment déstabilisante, je suis un salaud, je devrais lui dire que je ne pourrai jamais l'aimer comme elle m'aime, que j'en suis incapable, alors je la serre dans mes bras, tandis qu'elle murmure dans mon cou :

– Josh… Je t'aime !

J'emprisonne sa taille entre mes mains et l'embrasse aussi passionnément que je peux. Je sais que je devrais lui répondre que je l'aime aussi. Je pensais qu'elle allait me le demander, que je devrais lui mentir. Je le ferai, mais maintenant je ne suis pas encore prêt.

– Il faut que je l'annonce à Diego, ajoute-t-elle en s'écartant de moi, toute guillerette, et en enfilant mon sweat.

– Ça ne peut pas attendre ?

– C'est mon meilleur ami, je veux qu'il soit le premier au courant.

Je n'en reviens pas qu'elle l'appelle maintenant. Est-ce qu'elle lui raconte aussi nos ébats ? Je grimace en imaginant la scène. Diego est un coureur de jupons qui n'ignore rien du sexe, il doit bien rire de mes exploits. Je chasse ces pensées désagréables et attrape mon portable tandis qu'elle quitte la pièce.

Boby grogne à l'autre bout du fil et je m'empresse de déclarer avant qu'il ne proteste, parce que je l'ai certainement réveillé :

– J'ai demandé Mélanie en mariage et elle a dit oui.

– Je croyais que ce n'était pas sérieux entre vous ? m'interroge-t-il, soudain parfaitement réveillé.

– Ça l'est maintenant.

– Mon vieux, t'as vraiment dû rater pas mal de cours sur les relations amoureuses, se moque-t-il. On n'épouse pas une femme pour s'en sortir une autre de la tête.

Avec ce qu'il vient de traverser, il est mal placé pour me juger, mais je ne veux pas qu'on se chamaille à ce sujet, pas ce soir. Et puis, c'est plutôt rassurant de voir que même Boby fait n'importe quoi quand son cœur s'emballe.

– Tu as une meilleure option ? Parce que si c'est le cas, franchement, je suis preneur, je riposte, irrité qu'il comprenne si bien la situation et qu'il ne se montre pas plus clément envers moi.

Boby passe son temps à me rabâcher que Sandre ne sera jamais prête, qu'il faut que je l'oublie, que j'aille voir ailleurs et il continue de m'enfoncer quand je suis enfin ses conseils.

– Tu seras malheureux, finit-il par dire après un long silence.

– Je le suis déjà, ça ne pourra pas être pire.

– Alors je te souhaite tous mes vœux de… bonheur, répond-il, résigné.

CHAPITRE 23

Sandre

Il me faut toujours quelques jours pour me remettre de mes retrouvailles avec Josh, et cette fois plus que jamais. Je n'en reviens pas qu'il m'ait demandé de l'épouser. Pourquoi ? Qu'est-ce qu'il lui a pris ? Je croyais qu'il avait compris. S'il savait que j'ai failli craquer, que j'ai failli lui dire oui. S'il savait ! J'ai tellement eu peur de le perdre que j'aurais pu faire n'importe quoi, juste pour le garder encore un peu. J'ai vraiment un grain parfois ! Et puis, il a été si tendre dans la pénombre de sa chambre d'hôtel que mes doutes se sont envolés, car je sais maintenant qu'une partie de son cœur sera toujours à moi, même si je n'en veux pas. Ça me rappelle une nuit, une nuit un peu spéciale. J'aime ce souvenir plus que n'importe quel autre, parce que celui-ci n'est rien qu'à moi.

J'aimais tant quand on se retrouvait chaque week-end. J'aimais l'idée qu'il m'appartienne même si nous n'étions pas ensemble. Et puis, j'ai réalisé que je me trompais, dire que ce n'était pas sérieux, alors que ça l'était, était tout simplement ridicule. Il fallait que j'arrête, que je garde mes distances. Le problème, c'était que la droguée en moi avait repris ses mauvaises habitudes et que le sevrage s'avérait pire que le précédent. Parce que j'avais cru naïvement que ça pouvait fonctionner de cette façon. Quelle cruche ! Impossible de stopper une accro du jour au lendemain !

J'avais tenu deux mois avant de craquer subitement et de faire la route très tard un vendredi soir, réveillée par une soudaine envie de Josh. Arrivée à la fraternité, il n'y avait que des cadavres alcoolisés. J'avais découvert Josh seul dans sa chambre, aussi imbibé que les autres. Il ne portait qu'un boxer, le pied ! Je m'étais dévêtue pour sentir son corps doux et chaud contre le mien, et sa réaction avait été immédiate :

– Mmh, Sandre ! Je croyais que tu ne reviendrais plus.

– Je suis là, j'avais soufflé en faisant courir mes doigts sur sa peau musclée.

Il s'était retourné pour m'embrasser passionnément et me serrer dans ses bras. Sa langue avait un goût de vodka et de whisky, j'étais sûre que je ne repartirais pas à jeun tellement il puait l'alcool.

– J'aime quand tu accapares mes rêves, j'aime quand l'ivresse les rend plus réels. Je deviendrais alcoolique juste pour pouvoir te toucher encore, avait-il murmuré, alors que ses mains parcouraient mon corps.

– Et qu'est-ce que je te raconte dans tes rêves ?

Son excitation s'était dressée instantanément tandis que sa bouche me suçotait le cou.

– Tu me dis que je t'appartiens, que tu deviens dingue quand je ne suis plus là... Tu m'avoues que tu m'aimes et que plus jamais tu ne t'éloigneras...

Il avait retiré son boxer en poursuivant l'énumération de ses souhaits les plus fous. Je n'avais pas pu retenir un gémissement quand il s'était allongé sur moi en se déhanchant, sans jamais cesser de parler.

– Et tu me proposes de venir vivre avec toi après l'université... tu me dis que nous pourrions être heureux et que tu accepteras de m'épouser et de me faire plein de bébés...

Ces pensées m'avaient fait mal, parce que je savais que ça n'arriverait jamais. Mais je lui avais répété chaque mot comme si tout ça avait pu être réel et j'avais gémi alors que chacun de ses coups de reins rendait l'instant plus vivant.

– Tu sais que je ne suis qu'à toi et que personne d'autre ne t'enlèvera ça, parce que je suis complètement dingue de toi, Josh. Oui, je t'aime, je t'aime comme une folle et un jour on vivra ensemble et on se mariera...

Plus je lui murmurais des mots doux, plus ses baisers s'enflammaient et plus son corps se faisait tendre. Cet amour que je sentais en lui me faisait un effet incroyable, j'étais au septième ciel et j'avais joui comme jamais alors qu'il grognait dans mon cou :

– Je t'aime, Sandre.

On me parle, mais je m'en moque, je ne veux pas retrouver l'instant présent, je ne suis pas encore remise de sa demande en mariage. Jordan appelle ça « l'effet Josh ». Dans ces moments-là, je suis plus insupportable que jamais et il sait qu'il vaut mieux se taire.

Jordan et moi travaillons ensemble depuis toujours. Nous nous sommes rencontrés à l'université et nous ne nous sommes jamais quittés. Il est le seul qui sache tout de moi ou presque, il partage avec Josh cette faculté de me calmer quand je disjoncte. C'est lui aussi qui supporte à ma place les pin-up trop arrogantes avec lesquelles nous bossons. Et aujourd'hui, je n'en peux plus d'attendre le spécimen exceptionnel qui me nargue avec sa moue boudeuse. Je ne veux que Josh, j'en ferais presque un caprice moi aussi, mais je me contente de la regarder protester.

Pour la première fois de sa carrière, Ashley Moore vient de signer un contrat international avec l'un des plus grands couturiers français et mademoiselle fait la grimace, car elle déteste avoir les cheveux relevés.

– Ma chérie, je ne voudrais pas te brusquer, mais ta remplaçante ne va pas tarder à débarquer si tu ne te décides pas à coopérer, annonce Jordan en rajustant sa tenue un peu trop dénudée.

– C'est vrai ? s'étonne-t-elle.

La pimbêche se lève et s'installe enfin devant le fond vert. Jordan sait parler aux femmes. Je ne connais pas d'homme plus doué que lui pour amadouer ces godiches sans cervelle. C'est sans doute parce qu'il tient plus que tout à développer son côté féminin. Il est plus gay que n'importe quel gay que je connaisse et le revendique haut et fort de ses yeux incroyablement verts ourlés de noir et ses cheveux méchés impeccablement brushés.

Je prends quelques clichés, mais la bimbo ne se décide toujours pas à jouer le jeu.

– Dis-lui d'arrêter de faire la tronche, si elle ne veut pas que ces photos soient les dernières de sa carrière, je râle en modifiant les réglages de mon appareil.

Jordan s'avance vers l'insupportable Barbie, avec une démarche à tomber. Ce mec a un cul que toutes les femmes rêveraient d'avoir et il adore le mouler dans des jeans bien trop étroits. Je passe mon temps à lui seriner qu'il finira stérile s'il ne laisse pas respirer ses couilles, mais il me répond en riant que là où il les met, il n'a aucune chance de procréer. C'est choquant, mais Jordan a cette incroyable qualité de ne s'offusquer de rien. C'est le genre d'ami à qui on peut tout dire.

– Allez, ma chérie, souris ! Tu vas voir, Sandre va te rendre magnifique et tu auras la planète à tes pieds… Oui, c'est mieux. Remonte ta jambe, tourne un poil sur la gauche. La gauche, c'est de l'autre côté, Chérie… Oh mon Dieu, tu es splendide !

Jordan la mitraille à son tour, tout en revenant près de moi et sans jamais cesser de flatter son ego.

– Tu n'as pas oublié ton rendez-vous chez la gynéco, mon ange ? me souffle-t-il, alors que miss Blondasse se lâche enfin.

– Putain de merde, ne me dis pas que je suis déjà en retard !

– Mon cœur, ne jure pas en présence d'enfants, se moque-t-il. Tu le seras dans une demi-heure, mais je pense que nous avons ce qu'il nous faut.

– Cinq minutes de pause, je hurle en faisant défiler les clichés sur l'écran. Je vote pour celle-ci avec un léger recadrage à droite et un poil de contraste en plus. Et gomme-moi ces cernes, cette gonzesse a des poches hallucinantes, tu crois que ça lui arrive de dormir ?

Il n'y a pas à dire, mon matériel a considérablement évolué depuis mes expériences ratées dans ma petite salle de bains du rez-de-chaussée, mais je n'apprécie même plus l'évolution extraordinaire de mon équipement. Pourtant au début, j'étais comme une gosse avec un nouveau jouet. Parfois, j'aimerais retrouver l'enthousiasme de mes débuts.

– Mon ange, tu n'es jamais contente, elle est superbe et…

– Je te laisse gérer, je file, je le coupe en ignorant l'air agacé qu'il prend toujours quand je n'écoute pas ses interminables plaidoiries.

– Appelle-moi quand tu sors, tu sais que j'adore tes expériences gynécologiques, raille-t-il en m'embrassant sur la bouche au passage.

J'attrape le sac que j'ai négligemment posé dans un coin du studio et me précipite dans l'ascenseur qui, par chance, était resté à notre étage. Je profite de ce moment de répit pour vérifier mon apparence. Mon maquillage discret n'a pas bougé et quelques mèches se sont échappées de ma queue-de-cheval, mais ça devrait faire l'affaire. Je rajuste mon haut un peu trop décolleté et remonte mon jean taille basse avant de remplacer mes escarpins rouges par les ballerines que je garde toujours dans mon sac, en cas de besoin. C'est plus facile quand il faut faire un sprint de dernière minute.

Une fois dans la rue, je hèle un taxi comme la parfaite New-Yorkaise que je suis devenue.

– Madison Square, j'ordonne en m'engouffrant à l'intérieur.

Le chauffeur se glisse dans la circulation encore dense pour l'heure tardive et je récupère mon portable dans la poche de ma veste. J'ai un message de Phil :

Les Anderson déjeunent à la maison dimanche. Dis-moi que tu seras des nôtres, on ne s'est pas vus depuis 15 jours, tu me manques. Je t'aime, papa.

Je ne peux m'empêcher de sourire. Après toutes ces années, Phil est toujours aussi attentionné, comme si j'étais une petite chose fragile, comme si j'avais besoin d'être rassurée en permanence.

Je m'apprête à ranger mon portable lorsque la sonnerie me fait sursauter. Putain, c'est Josh ! D'habitude, on ne s'appelle jamais, et ça fait pourtant plusieurs jours que j'ai des appels en absence de sa part. Il ne sait pas que je ne réponds qu'à Phil ? Je déteste ce truc, j'ignore pourquoi, mais je déteste parler à quelqu'un sans pouvoir déceler ses réactions, et avec Josh c'est encore pire.

À peine deux minutes plus tard, il vibre pour me signaler un nouveau texto. Josh a toujours été très perspicace.

Il faut qu'on parle, c'est important. Pour une fois, rappelle-moi ou décroche, putain !

Josh écrit des grossièretés ? Qu'est-ce qui lui prend ? Quoi qu'il en soit, il peut trouver mieux que moi pour régler ses petits problèmes.

J'ignore son message et éteins l'appareil en quittant le taxi. Je me précipite vers l'immeuble moderne où se situent les bureaux de ma nouvelle gynéco. C'est la deuxième fois que j'y mets les pieds. Le docteur Jinger est la meilleure dans son domaine, et ses consultations coûtent un bras. Mais pour se faire poser un trident à cet endroit, il vaut mieux être sûre d'avoir quelqu'un de compétent. C'est elle qui m'a conseillé le stérilet, vu que j'ai un gros problème avec les heures fixes auxquelles il faut ingurgiter le petit comprimé rose.

Je n'ai jamais été aussi heureuse de me pointer avec cinq minutes de retard, surtout en découvrant que la mère Jinger sort de son bureau à l'instant même où je déboule dans l'entrée. Pas besoin de patienter au milieu des ballons de baudruche. Je crois que la salle d'attente d'un gynéco est le pire endroit au monde, même si le sien est particulièrement cosy. Rien ne me fait plus flipper que d'imaginer ce qui se dissimule sous ces ventres énormes.

CHAPITRE 24

Josh

Je sens les doigts de Mélanie trembler entre les miens, alors que nous pénétrons dans la maison de mes parents. Cette rencontre l'a stressée toute la semaine. J'ai eu beau lui rabâcher qu'ils allaient l'adorer, impossible de la rassurer. Elle a testé une dizaine de tenues pour finir par acheter un truc de bonne sœur immonde. J'ai tout fait pour qu'elle porte autre chose, mais elle n'en a pas démordu. En même temps, je suis sûr que ma mère va adorer sa robe. Et effectivement, elle est plus que ravie quand elle déboule de la cuisine.

– Mon Dieu, que vous êtes belle, s'enthousiasme Martha. Je ne comprends pas pourquoi Josh vous a cachée si longtemps !

Tu parles, elle le sait très bien ! Ma mère doit être aux anges que je renonce enfin à Sandre. Surtout que Mel est exactement le genre de femme qu'elle rêvait de me voir épouser. Et son sourire lorsque Mélanie a précisé qu'elle travaille dans un cabinet d'avocats ! Depuis que je leur ai annoncé que j'allais me marier, mes parents sont euphoriques. Ça en devient flippant ! Comme s'ils redoutaient que ça ne se produise jamais. Ma mère parle cérémonie, préparatifs, invitations… et je vois bien que Mel est gênée. Pour elle, tout ça va trop vite, mais comme moi, elle n'osera jamais l'avouer.

Mardi soir, nous avons dîné chez ses parents, et je crois qu'on peut dire que c'était encore pire. Son père est un grand fan de rugby, il a même été entraîneur pendant de nombreuses années. Il me souriait bêtement comme si Madonna venait de s'inviter chez lui et sa mère gloussait comme une collégienne. J'en ai encore des frissons !

Et cet après-midi, nous étions chez Rita. J'aurais préféré éviter cette rencontre, mais je ne veux pas reproduire les mêmes erreurs qu'avec Marcy. Et puis, Mélanie n'a pas semblé perturbée par mon passé. Comme si ça la rassurait de me savoir égratigné.

Si elle avait connu Rita il y a quelques années, elle aurait paniqué à l'idée que je partage les mêmes gènes. Aujourd'hui, ma génitrice sait mieux se tenir, enfin surtout depuis qu'elle fréquente un médecin respectable. Harry est vraiment un gars génial et, parfois, je me demande pourquoi il perd son temps avec les enfantillages d'une femme comme elle. Il pourrait sûrement trouver mieux, mais je ne vais pas m'en plaindre puisqu'il canalise très bien ses humeurs et ses idées farfelues. Rita a fait des progrès considérables à son contact, elle a même réussi à tenir sa langue devant Mel. Pourtant, je voyais bien qu'elle mourait d'envie de faire des petits sous-entendus. Il faut dire qu'après dix coups de fil de recommandations, j'étais sûr d'avoir fait le tour de toutes les boulettes qu'elle risquait de lui servir. J'aurais peut-être dû téléphoner aussi à ma mère. Elle nous a cuisiné un festin et tout se passe à merveille, jusqu'à ce qu'elle l'évoque, comme si elle ne pouvait pas éviter le sujet plus longtemps.

– J'espère que tu en as parlé à Sandra ?

Elle est la seule qui l'appelle ainsi et, Sandre déteste ça.

– Maman, je râle en priant pour qu'elle n'insiste pas.

– Mon chéri, je pense qu'il est important que Mélanie sache que ton amie peut se montrer très dure avec les inconnus. Elle a eu une enfance difficile, il ne faut pas lui en vouloir.

– MAMAN !

Si Sandre était là, elle l'étriperait. Elle a horreur qu'on la considère comme une personne à plaindre. Elle abuse ! Merde, je sais qu'il faut que je le dise à Mel, c'est juste que lui parler d'elle, c'est un peu comme tout lui avouer, j'ai du mal. J'ai peur de perdre un peu de nous en l'évoquant, j'aimerais garder encore un peu le souvenir de Sandre, ma Sandre, nos souvenirs.

Et je souris en imaginant ce que je pourrais dire à Mélanie : « Chérie, tu sais la fille avec qui j'ai couché la première fois et qui est une amie de la famille, c'est une peau de vache qui risque de t'en foutre plein la tronche, ça t'ennuierait de me passer le sel ? »

Mel m'observe, étonnée, mais elle ne fait aucun commentaire et ma mère se décide enfin à revenir au mariage. La suite du repas est plus détendue, mais au moment de débarrasser la table, Colin, mon petit frère, croit judicieux de préciser :

– Sandre va la détester !

Moi qui pensais qu'à bientôt douze ans il était capable de tenir sa langue, il semblerait que non ! Nous le dévisageons tous, et il ajoute en riant :

– Je vais apprendre mon histoire pour lundi.

Parfois, et je me hais de penser ça, sa franchise désarmante me rappelle étonnamment Rita.

Je sors récupérer nos sacs dans la voiture, pendant que Mel aide ma mère à ranger la vaisselle. Une fois seuls dans ma chambre, je l'enlace en essayant de trouver ce que je pourrais dire de convaincant, mais Mélanie ouvre la bouche la première :

– Pourquoi pensent-ils que ton amie d'enfance va me détester ?

Je m'étire en ramenant mes mains derrière ma nuque, il faut que je mette de la distance entre nous et, machinalement, je me dirige vers la fenêtre pour l'ouvrir. Comme si ce n'était pas suffisant, le souvenir de la rencontre entre Sandre et Emily vient aussi me perturber.

J'avais fini par accepter une fois de plus que ça n'irait pas plus loin. C'était trop tôt, nous étions trop jeunes et Boby m'avait convaincu de passer à autre chose. J'avais rencontré Emily à la bibliothèque, elle n'arrêtait pas de me regarder en douce.

On était devenus amis et j'avais pris mon temps avant de l'embrasser. Pour une fois, je voulais faire les choses bien. Emily était belle et gentille, elle semblait parfaite pour moi. Elle étudiait les maths, et c'était plutôt sérieux entre nous. Et puis, Sandre s'est pointée à la fête de printemps de la fraternité. Je ne l'avais pas revue depuis Noël et la retrouver, c'était comme de découvrir que j'avais une tumeur incurable et qu'il fallait m'opérer d'urgence : la terre cède sous vos pieds. Et en plus, elle portait une jupe en cuir et un top archimoulant qui ne demandait qu'à être retiré. Le sourire de défi qu'elle m'a lancé quand elle m'a aperçu avec Emily et sa provocation envers cette dernière me donnent encore des sueurs froides.

– Il baise bien, n'est-ce pas ?

Emily n'était pas le genre de personne qui débite des grossièretés et, pour être honnête, nous n'avions encore rien fait. Je voulais y aller doucement. Elle avait rougi et j'avais répliqué en la serrant fort contre moi :

– Ne commence pas, Sandre ! C'est toi qui m'as jeté, je te rappelle !

– Tu ne disais pas ça la dernière fois.

Jordan il me semble, son copain gay, s'était rapproché d'elle, avait glissé une main sous son top et lui avait sucé le lobe de l'oreille en me dévisageant. C'est quoi, le problème de ce type ?

– Lâche-la, je lui avais ordonné, à deux doigts de lui foutre mon poing dans la gueule.

– Viens m'en empêcher, m'avait-il défié, en remontant sa main sur sa poitrine.

Je m'étais jeté sur lui et Sandre s'était interposée. Sans réfléchir, je l'avais entraînée dans ma chambre en gueulant :

– Tu ne donnes plus de nouvelles dès que ça devient trop sérieux et tu oses débarquer avec cet abruti pour me narguer ! T'es avec lui ?

– Et toi, t'es avec elle ?

– Qu'est-ce que ça peut bien te foutre ? j'avais répliqué, plus contrarié que jamais.

– C'est justement ce que j'allais dire, avait-elle riposté avec un sourire horripilant.

Et parce que Sandre me rend complètement dingue et incontrôlable, je m'étais précipité sur sa bouche pour m'imprégner de son goût et retrouver la douceur de sa langue. Combien de temps avais-je avant de la perdre à nouveau, avant qu'elle ne disparaisse ? Ses doigts s'étaient engouffrés sous mon T-shirt et l'avaient retiré sans me demander mon avis. Je m'étais empressé de lui rendre la pareille, grognant en redécouvrant la sensation de ma peau contre la sienne. Elle m'avait poussé vers le lit et j'avais répondu avec autant de brutalité. C'est à cet instant qu'Emily était apparue, inquiète comme la trop gentille fille qu'elle était. La douleur que j'avais lue dans ses yeux m'avait vrillé l'estomac, détestant soudain plus que tout ce que Sandre faisait de moi. Pourtant, lorsqu'Emily avait quitté la pièce, bouleversée, je ne m'étais pas précipité derrière elle comme l'aurait fait le mec bien que je souhaitais être. J'étais toujours figé en direction de la porte quand Sandre m'avait sorti de mes pensées en déclarant d'une voix mal assurée :

– Si tu veux aller la retrouver, je comprendrai.

La panique que j'avais découverte dans son regard avait affolé mon cœur plus qu'il n'aurait dû l'être. C'était comme si elle venait de m'avouer tous les sentiments qu'elle éprouvait pour moi, et j'avais replongé.

– Tu seras toujours la plus importante à mes yeux.

Si ça se passe comme ça avec Mélanie, ça va être l'enfer. Elle va en prendre plein la gueule, et pourtant, je suis incapable de lui dire la vérité.

– Sandre déteste tout le monde. Elle est comme ça, elle se sent obligée de protéger tous ceux qui l'entourent comme une louve avec ses petits, je mens.

– Mais je ne veux que ton bonheur, proteste-t-elle en se blottissant contre mon dos.

– Et quand elle s'en apercevra, je suis sûr qu'elle t'adorera.

Aucune chance, mais bon, l'espoir fait vivre ! Et puis, on ne devrait pas avoir à se croiser trop souvent avant que Mel ne réalise que ma rebelle ne l'appréciera jamais.

Je me retourne et glisse une main dans ses cheveux en pressant mes lèvres contre les siennes. Mes doigts s'aventurent le long de sa colonne vertébrale et je dégrafe le dos de sa robe hideuse.

Un frisson la parcourt et elle maintient le tissu en se collant contre moi.

– Pourquoi as-tu ouvert la fenêtre ?

Merde, il va falloir que cette sale habitude me passe. J'aurais l'air de quoi si Sandre débarquait, alors qu'il y en a déjà une autre dans mon lit ?

Je profite de la douche de Mel pour sortir savourer la fraîcheur nocturne. J'en ai vraiment besoin après la journée que je viens de passer. Je me rassure en pensant qu'une fois mariés, installés, les choses se tasseront. Le moindre bruit de la rue me perturbe, je ne peux pas m'empêcher d'imaginer Sandre se faufiler entre les arbustes du jardin. Si elle débarquait, nous pourrions parler et je pourrais éviter le pire demain. Mon cœur s'emballe, car ce n'est pas la seule raison pour laquelle je désire la voir.

– Tu es sûr d'avoir fait le bon choix ?

Je sursaute en découvrant mon père sous la pergola. C'est mort, il n'y a plus aucune chance que Sandre se montre maintenant !

– Je ne lui aurais pas demandé de m'épouser si je n'étais pas sûr de moi, je réplique sans oser le regarder.

– Tu penses vraiment pouvoir mentir à ton père ? insiste-t-il. Je sais que tu n'as toujours pas oublié Sandre.

– Elle ne veut pas de moi.

Mon père s'avance avec un sourire sur les lèvres et pose une main compatissante sur mon épaule.

– Je suis heureux que tu aies enfin trouvé quelqu'un… mais je ne crois pas que ce soit la bonne manière de passer à autre chose.

Il a toujours été doué pour dire ce qu'il faut et j'aimerais qu'il ait raison, qu'il y ait une autre solution, mais on ne sèvre pas un drogué en lui agitant un fix sous le nez. Si je dresse un rempart entre nous, bien sûr, j'en aurai encore envie, mais je ne pourrai plus y toucher. Le mariage est ce rempart. Je ne réponds pas, alors il ajoute :

– Il faut beaucoup d'amour pour affronter l'usure du quotidien. Je préférerais avoir tort, mais je ne pense pas qu'un mariage comme celui que tu as choisi résiste au temps. Réfléchis-y, fiston !

Il me serre dans ses bras avant de me laisser seul avec mes doutes et cet horrible espoir d'apercevoir Sandre.

CHAPITRE 25

Sandre

Phil était ravi de me voir débarquer hier en fin d'après-midi. Pourtant, je n'avais pas prévu de venir, parce que ça fait à peine quinze jours que j'ai vu Josh et que je déteste l'avoir sur la peau toute la semaine qui suit. Mais c'est plus fort que moi. Il faut que je sache si le fait qu'il m'ait demandée en mariage a changé quelque chose entre nous, si ses appels incessants annoncent le pire. J'ai besoin qu'il me rassure. Je ne veux pas m'engager, mais je refuse de le perdre.

Hier soir, je me suis retrouvée sous sa fenêtre, alors que je m'étais juré de ne pas y mettre les pieds. Elle était fermée, pourtant des ombres trahissaient sa présence. Ça n'était encore jamais arrivé, même quand il gelait à vous transformer en glaçon, même quand on s'était engueulés. J'ai passé la nuit à me torturer en pensant qu'il m'en voulait de l'avoir repoussé, de ne pas l'avoir rappelé ou à chercher d'autres raisons qui m'auraient échappé. Mais, quoi que j'aie imaginé, j'étais encore très loin de la vérité.

Elle est là, à me dévisager comme si j'étais la femme à barbe d'un cirque itinérant. C'est une grande blonde aux allures de Marcy avec une tête de première de la classe et des fringues impeccables.

C'est impossible que cette coincée le baise mieux que moi ! Je ne la connais pas, pourtant je la déteste. C'est la première fois qu'on se voit sans se retrouver en douce. La journée n'est pas terminée que j'ai déjà les boules. Comment ose-t-elle me le piquer ? Est-ce qu'il a réellement fait une croix sur moi ?

Durant tout le repas, elle me reluque en coin comme si j'étais une aberration de la nature. Est-ce que Josh lui a parlé de nous ? Est-ce qu'elle sait quelle menace je pourrais représenter pour elle ?

Comme d'habitude, Josh est à côté de moi. Il est terriblement sexy dans son jean ajusté et sa chemise grise. Chaque fois qu'il me touche par inadvertance, je crois que mon cœur va s'arrêter. Je voudrais poser ma main sur sa cuisse et remonter mes doigts le long de son entrejambe pour voir s'il me désire encore, mais je sais qu'il le prendra mal à cause de la pimbêche de l'autre côté de la table.

Il n'a pas levé les yeux sur moi une seule fois depuis qu'ils ont débarqué chez Élise et Phil. Sa demande, c'était vraiment un ultimatum ?

Quand il me passe le plat de pommes de terre, je l'interroge à mi-voix :

– Pourquoi ta grognasse me mate comme ça ?

– Tu pourrais l'appeler autrement, riposte-t-il d'une voix étouffée.
– Réponds-moi, j'insiste, sans tenir compte de sa protestation.
– Ma mère lui a parlé de ton sale caractère.
– Et c'est tout ? Même Prude n'est pas coincée à ce point.
– Elle sait que tu comptes pour moi, souffle-t-il.
Je le dévisage, ahurie. Qui accepterait une vraie relation avec présentation aux parents et amis en sachant ça ? Et il précise comme si ce n'était pas déjà suffisant :
– Il est possible que j'aie évoqué ma première fois.
– Sérieux, tu as fait ça ? je m'offusque un peu trop fort.
Non ! Je croyais qu'un mec ne racontait jamais ce genre de truc. Ça veut dire qu'elle compte pour lui, ça veut dire qu'il a vraiment décidé de se caser. Il ne peut pas faire ça, pas avec une femme comme elle !
Sa mère me dévisage un bref instant et pour détourner l'attention, je demande à sa pouffe :
– Comment vous êtes-vous rencontrés ?
Phil me sourit, satisfait. J'aurais préféré lui faire passer l'envie de débarquer dans mon univers, mais je ne peux pas faire ça à Phil. Je suis une fille bien, maintenant.
– Mon meilleur ami est dans la même équipe que Josh, explique-t-elle avec un sourire écœurant qui me donnerait presque la nausée et le prétexte pour disparaître. Josh m'a dit que tu étais photographe…

Comment fait-elle pour parler sans cesser de sourire ? Elle n'a pas mal aux mâchoires ? Je la fixe, incapable de répondre à cette simple question. Arrête de penser, Sandre ! Oublie-la !

Cela faisait trois ans que j'avais renoncé à lui, et c'était le traditionnel pique-nique de début d'été au lac Crystal. Josh avait attendu que je me baigne pour se rapprocher. Je ne connais rien de plus grisant que le contraste entre la chaleur d'un corps ferme et musclé et la douce fraîcheur de l'eau. Je crois que j'avais frissonné en le sentant contre moi et il avait souri, victorieux.

– Je viens de signer avec l'équipe de Boston, je me suis déniché un appart en ville et j'aurais besoin d'une copine très franche pour me dire ce qu'elle en pense.

– Tu n'as pas ça à Boston ?

– Difficile de trouver mieux que toi, j'ai besoin de tes lumières pour juger de l'aménagement de la cuisine, de la taille de la salle de bains et je ...

– Tu veux me faire tester le lit ? je l'avais coupé, en le défiant du regard.

– Il y a une deuxième chambre, et un magazine important cherche justement un photographe, avait-il insisté en posant ses mains sur mes hanches et en plongeant ses yeux trop clairs dans les miens.

Mon cœur s'était emballé. Il avait terminé l'université, venait de décrocher un job et souhaitait me retrouver pour commencer sa vie d'adulte. C'est ce que je lui avais promis, mais je n'imaginais pas que ça arriverait si rapidement et qu'il le désirerait toujours. Mon cœur me hurlait d'accepter : « Fais-le, tu en meurs d'envie. Il te rendra heureuse. Allez ! Tu le souhaites autant que lui. » Et puis, j'avais pensé à Melinda et Ryan, si amoureux, si torturés, s'aimant et se détestant sous mes yeux, et j'avais envisagé la fuite. Josh avait ajouté, les lèvres contre mon oreille, ces mots qu'il m'avait déjà murmurés dans le passé :

– Je t'attendrai.

Il m'avait attendue trois ans et il venait de décider que c'était suffisant.

Lorsque le rôti circule, j'ajoute provocatrice :

– Et Rita, elle en pense quoi ?

Il n'aime pas qu'on évoque sa véritable mère, il n'aime pas reconnaître que son opinion compte, même si je sais que c'est le cas. Et je jubile en sachant qu'elle déteste autant que moi ce genre de sainte-nitouche.

– Elle la trouve charmante.

Mon cœur s'arrête, et j'ai le sentiment qu'il s'est gorgé de sang jusqu'à devenir un poids mort, insoutenable pour ma cage thoracique.

Il ne lui a rien caché de son passé, pas même elle ! Bien sûr, maintenant sa génitrice n'est plus un secret pour personne, enfin surtout depuis que Marcy a largement diffusé l'information, mais Josh, lui, n'en parle pratiquement jamais. Et cette garce la connaît, et Rita n'a pas sorti les griffes, alors que moi, je voudrais l'étriper.

– Tu la lui as présentée et elle est encore là ? je murmure.

Je suffoque, je perds pied, qu'est-ce que j'ai raté ? C'est plus fort que moi, il faut que je sache :

– Franchement, elle baise bien ?

Il me dévisage comme si je venais de l'insulter ou pire de le blesser, et puis il réplique d'une voix presque inaudible :

– Sandre, grandis, il y a des trucs bien plus importants dans la vie.

– Comme quoi ? Le boulot, la belle bagnole, la grande villa, les gosses qui courent partout en hurlant ? Dans dix ans, tu auras tout ça et tu donneras n'importe quoi pour une bonne baise plutôt qu'un lit froid et des boules Quies.

Je sais que j'ai été trop loin, que je l'ai choqué, mais ça me rend malade de le voir avec une nouvelle Marcy en version Prude. Il ne pouvait pas choisir pire. Je vois la colère envahir ses beaux yeux bleus, et il se met soudain à hurler :

– Putain ! Merde ! Sandre, tu fais chier !

Et il disparaît sur la terrasse, alors que tous me fixent comme si la survie du monde dépendait de moi. Je vois dans le regard de Phil qu'il va falloir que j'arrange le coup, et vite.

– OK, j'y vais, je grogne en sortant à mon tour.

L'air s'est rafraîchi en cette fin d'été et la robe qui dénude mes épaules est un peu trop légère pour cette journée nuageuse. J'ai choisi cette tenue pour lui, c'est un savant mélange de tout ce qu'il aime, avec de la lingerie ultra-sexy dissimulée dessous.

Il ne me regarde pas, il contemple la piscine que Phil vient de vider pour l'hivernage. J'en profite pour admirer sa silhouette élancée et ses larges épaules. Lui aussi est très élégant aujourd'hui.

– Je suis désolée, je bafouille, gênée. C'est juste… c'est juste que tu n'es pas fait pour être avec une femme comme elle.

Je veux lui dire les bons mots, parce que je ne supporterais pas de le voir souffrir à cause de moi.

– Parce que tu penses que quelqu'un dans ton genre me conviendrait mieux ?

Son ton est glacial, il ne me regarde toujours pas. Sa réplique me blesse, plus qu'elle ne le devrait. Il faut être honnête, il m'a proposé de construire ma vie avec lui et je l'ai rejeté, je n'ai pas le droit de critiquer ses choix. Mais quand même, je suis persuadée qu'il ne sera jamais heureux avec elle.

– Peut-être, oui, je suffoque, hésitante.

Je ne désire que son bonheur, et lui s'obstine dans la mauvaise direction. Il a déjà testé les pimbêches coincées et ce n'est pas pour lui, alors qu'est-ce qu'elle fait là ? Il souhaite me rendre jalouse ? Son regard furibard se plante dans le mien et j'y découvre l'étendue de sa colère :

– Je t'ai demandé de m'épouser et tu m'as repoussé !

– Et tu te jettes dans les bras de la première venue ? je riposte, en faisant un pas vers lui.

Je veux qu'il me regarde, qu'il réalise qu'il est en train de commettre une grosse erreur. Ses yeux bleus me lancent des éclairs, je n'ai fait qu'attiser la flamme.

– Mélanie n'est pas la première venue !

Cette information fait tressaillir mon cœur. Il la connaît depuis longtemps ? Depuis quand hésite-t-il entre elle et moi ? Je continue en retenant la rage qui monte en moi :

– Mais il faut toujours que tu finisses dans les bras de filles comme elle !

– Il se trouve que c'est bien plus confortable que les tiens.

Un tremblement me parcourt. Je n'ai jamais entendu de mots plus douloureux, mais je refuse de me laisser envahir par la souffrance. Josh est ma faiblesse, il m'empêche d'être forte. Je détourne la tête pour tenter de dissimuler mon trouble, mais il est trop près pour que ma diversion soit efficace.

– Je … je ne voulais pas dire ça… bafouille-t-il, en prenant mon visage entre ses mains pour m'obliger à le regarder.

Si proches l'un de l'autre, je sens l'attraction puissante qui nous unit. Nous sommes immobiles, nos regards s'appellent et ses doigts brûlent ma peau. À la manière dont il suffoque, je sens qu'il éprouve la même chose que moi : ce sentiment intense qui tente de prendre le contrôle de nos corps et que je suis incapable de maîtriser. Je ne désire plus qu'une chose, sentir ses lèvres sur les miennes et je sais que j'obtiendrai bientôt ce que je souhaite tant.

C'est à cet instant que Phil débarque.

– Je croyais que tu devais arranger les choses, et on vous entend hurler du salon, annonce-t-il, alors que nous nous écartons vivement l'un de l'autre.

Il nous dévisage tour à tour, comme s'il venait de réaliser que c'est le mauvais moment.

– Quand allez-vous enfin comprendre que vous êtes faits pour être ensemble ? insiste Phil sans nous lâcher des yeux.

Mais Josh a repris ses esprits, il paraît de nouveau plus contrarié que jamais.

– C'est trop tard de toute façon… J'ai demandé Mélanie en mariage.

Phil et moi restons figés sous le choc de sa révélation. Seul Josh semble avoir retrouvé son calme quand il se dirige vers la porte, fier de lui parce qu'il m'a scotchée. Phil me prend par les épaules pour me reconduire à l'intérieur et alors que je m'apprête à ouvrir la baie vitrée, il m'oblige à le regarder.

– Sandre, ne laisse pas Josh commettre une erreur qu'il regrettera toute sa vie, juste parce que tu es trop fière pour admettre que tu as besoin de lui.

J'ignore ce qu'il dit, les mots ont perdu tout sens. Je ne sais plus si je suis encore capable de marcher et pourtant j'avance, je reprends ma place. On me dévisage avec étonnement, mais je ne vois plus rien. Mon monde est en train de s'écrouler et je serai bientôt terrassée sous ses débris. Je voudrais supplier Josh de me sortir de là, parce que je sais qu'il est le seul à pouvoir me sauver, mais il l'a dit « c'est trop tard ». Je l'ai perdu.

Le repas s'éternise, mais je m'en fous, je ne suis plus avec eux. J'ai rejoint le paradis, ce monde merveilleux où Josh n'est qu'à moi, où je suis la seule à pouvoir lui donner du plaisir, où il n'y a pas de pouffiasses coincées et parfaites qui peuvent me le piquer. Et dans ce monde, je suis très loin de la folie dévorante et passionnelle qui a détruit ma mère et notre famille.

Je crois bien que les Anderson sont enfin partis, je pense même que je leur ai dit au revoir. Je suis dans ma chambre et j'enfile un jean et une de mes vieilles chemises sans trop savoir pourquoi. Élise entre dans la pièce. Sans hésiter un seul instant, elle s'avance vers moi et me serre dans ses bras. J'ai pris l'habitude de ne pas la repousser, alors je la laisse faire, mais je ne veux pas de sa tendresse. Je suis suffisamment forte pour traverser ça.

– Sandre, ma chérie, arrête de penser que tu n'es pas digne de l'amour qu'on te porte, tu le mérites amplement. Tu m'entends, tu mérites Josh et tu peux être avec lui si tu le souhaites.

Elle est plus petite que moi, mais elle me tient fermement la tête pour m'obliger à la regarder. Comment lui faire comprendre qu'aimer n'est pas un problème pour moi, que c'est juste trop aimer qui me terrifie ? Et Josh, je l'aime déjà beaucoup trop ! Je dépose un baiser sur son front et réplique pour la rassurer, alors que je sens la douleur apparaître enfin :

– Je vais essayer.

Puis je quitte la pièce sans vraiment savoir où je vais.

CHAPITRE 26

Josh

Ça s'est plutôt bien passé, enfin je pense. Sandre n'a pas dit grand-chose, elle était même incroyablement calme après notre petite altercation. On pourrait presque croire qu'elle s'est décidée à grandir.

Installée à mon bureau, Mélanie consulte ses mails avec un sérieux impressionnant. J'aimerais savoir ce qu'elle a pensé de cette rencontre, mais je n'ose l'interroger. Elle n'a pas prononcé un seul mot depuis que nous sommes rentrés. Je suis allongé sur le lit et j'essaie de ne pas repenser à la réaction de Sandre. Je croyais qu'elle serait folle de rage, j'imaginais qu'elle essaierait de me prouver que je ne suis pas prêt à m'engager. Elle n'a absolument rien tenté, et c'est stupide, mais je suis presque déçu.

– Est-ce que tu comptes m'expliquer ce qui s'est passé ou est-ce que je dois te le demander ?

Je sursaute en découvrant Mélanie assise à côté de moi, je ne l'ai même pas vue arriver. Et je suis rouge écarlate à la simple idée qu'elle puisse deviner mes pensées.

– Elle trouve que tu n'es pas faite pour moi, mais c'était prévisible, je dis en esquissant un sourire forcé.

– Elle n'a pas été aussi méchante que vous le redoutiez tous, c'est plutôt bon signe, non ? hasarde-t-elle, en glissant ses doigts sous ma chemise.

– Oui… peut-être.

– On pourrait l'inviter quelques jours à l'appartement, pour qu'on apprenne à mieux se connaître toutes les deux, me propose-t-elle.

Ma salive fait une erreur de parcours et je me retrouve à tousser comme un imbécile. Bon sang ! Bordel ! Non, elle ne peut pas faire ça ! Sandre serait capable d'accepter et la suite… je ne veux même pas l'imaginer. Josh, chasse ces images de ta tête tout de suite ! TOUT DE SUITE ! Pitié !

– Je ne suis pas convaincu que ce soit une bonne idée, Sandre a du mal à vivre en communauté, je tente sur le ton le plus calme possible.

– Comme tu veux, mais j'aimerais faire quelque chose pour qu'elle m'apprécie.

Je ne relève pas, je suis incapable de répondre. Je préférerais qu'elle laisse tomber, tout simplement. Elle s'éloigne et disparaît dans la salle de bains. Merci mon Dieu ! Mon portable vibre, alors que je me dirige machinalement vers la fenêtre pour l'ouvrir. Il faut qu'on parle. Dans 5 minutes à la maison. Sans réfléchir, j'enfile un jogging et un T-shirt et crie depuis la porte :

– Je vais courir.

Je dévale les escaliers et quitte la maison avant que ma mère ne me surprenne. En quelques foulées, je traverse la rue, tourne à l'angle et ralentis devant l'ancienne baraque de Sandre. J'entre sans frapper : une habitude. On s'est si souvent retrouvés là, même après qu'elle a emménagé chez les Donnell. Le juge a obligé ses parents à lui céder la maison, et Sandre y revient à chacun de ses passages. Pourtant, je ne suis pas certain qu'elle apprécie cet endroit chargé autant de nos bons souvenirs que de mauvais avec eux.

Rien n'a changé depuis toutes ces années, tout est encore parfaitement blanc et propre, comme si elle venait y faire régulièrement le ménage. Elle est assise sur l'escalier qui conduit à l'étage, vêtue d'une de ses vieilles chemises. Je sais que ça veut dire : quelque chose ne va pas. Elle ne les revêt que pour se cacher du monde, comme si l'épais tissu pouvait la protéger de toutes les souffrances extérieures. Pourquoi refuse-t-elle de me laisser la protéger ?

– Je suis désolée pour tout à l'heure, souffle-t-elle, comme si elle craignait de réveiller un enfant qui dort.

– J'aurais aimé te l'annoncer autrement, mais tu ne réponds jamais à mes appels.

Je suis figé sur le pas de la porte. Je ne m'attendais pas à ce qu'elle s'excuse, ce n'est pas son genre, et j'appréhende la suite.

– Pourquoi tu ne m'as pas dit que tu voyais quelqu'un ? demande-t-elle en se redressant doucement.

– Parce que je ne voulais pas te perdre. Tu comptes plus que tout pour moi.

Malgré moi, je respire bruyamment et mon cœur s'emballe. Cet aveu signifie beaucoup à mes yeux. Elle s'est relevée et ses pas glissent en silence sur le sol.

– J'aurais préféré avoir une chance de te dire adieu, susurre-t-elle, maintenant toute proche de moi.

– On devrait continuer à se voir assez souvent.

L'air est chargé d'électricité, comme un soir d'orage où le soleil a trop cogné, et je voudrais détendre l'atmosphère. Mais mes mots n'ont aucun effet. Je sais à quoi elle joue.

– Je ne pourrai plus toucher ta peau, là…

Sa main s'aventure sous mon T-shirt, remonte le long de ma colonne avant de redescendre lentement. J'aimerais résister, j'ai fait une promesse à Mélanie et même si je n'ai pas encore juré fidélité, je me suis engagé.

– Et je ne pourrai plus faire ça…

Je me concentre pour la repousser, mais j'en suis incapable. Ses doigts s'engouffrent sous la ceinture de mon boxer et je grogne malgré moi.

– Et mes lèvres n'auront plus jamais le droit de goûter les tiennes…

Elle se dresse sur la pointe des pieds et atteint ma bouche qui ne demande qu'elle, pourtant je proteste :

– Sandre, je te l’ai dit, c’est trop tard, je résiste en déglutissant bruyamment.

– Laisse-moi parcourir une dernière fois ton corps, je veux mémoriser chaque parcelle de ta peau, je veux des souvenirs que je ne pourrai jamais oublier, je veux regretter chaque jour de ne pas avoir su te garder. Fais-moi regretter Josh !

Six ans que j’attends des mots qui m’emportent comme ceux-là, et il faut qu’elle les sorte aujourd’hui. Je plonge sur sa bouche, et ma langue retrouve enfin la sienne. Si elle me le demandait, j’annulerais le mariage, je laisserais tomber Mel pour elle, mais je sais que ce n’est pas ce qu’elle désire, pourtant, je l’interroge quand même :

– Pourquoi tiens-tu tellement à souffrir ? Pourquoi refuses-tu qu’on soit heureux tous les deux ?

– C’est aussi douloureux pour moi d’être avec toi que de ne pas l’être.

Elle presse ses lèvres contre les miennes et je sens le goût de ses larmes entre nous. J’ignore ce qui la fait tant souffrir, ce qui l’empêche d’avoir une relation normale, mais ce soir, je la veux rien qu’à moi. Je la soulève et elle enroule ses jambes autour de mes hanches. Sans lâcher sa bouche et son corps que j’aime par-dessus tout, je grimpe les escaliers pour retrouver son ancienne chambre qui n’a pas changé depuis nos premiers ébats.

Je la pose délicatement sur le lit. J’arrache les boutons de sa chemise et elle rit. J’aime son rire, j’aime quand elle est nue et insouciante. Je l’aime, bon sang !

– Je suis tout à toi. Torture-moi, fais-moi regretter d'avoir osé m'engager, je souffle en léchant la peau de son cou.

Elle esquisse un de ses sourires malicieux qui me font fondre et me pousse sur le matelas. Sans me laisser le temps de réagir, elle saisit mon jogging et me le retire. Mon boxer ne tarde pas à voler lui aussi, et je sens ses lèvres s'aventurer entre mes jambes.

– Est-ce que tu réalises que tu ne ressentiras plus jamais ça ? me provoque-t-elle, alors que sa langue titille le bout de mon sexe.

Nom d'une pipe ! Elle sait y faire ! Je n'en connais pas de plus douée qu'elle. Je suffoque tandis qu'elle m'avale et me presse plus fort. La douceur de ses lèvres et l'humidité de sa langue déclenchent des vagues de plaisir qui me font basculer les hanches pour la sentir davantage.

– Bon Dieu, oui, je vais regretter ça, je grogne en me figeant pour retenir la jouissance.

Sandre stoppe instantanément et ses seins glissent le long de mon corps, alors qu'elle remonte jusqu'à ma bouche. Elle me connaît si bien qu'elle sait exactement comment faire durer le plaisir et m'envoyer au septième ciel.

Je caresse sa peau si douce et dégrafe son jean. Et avant qu'elle ne s'en doute, je l'attrape par les hanches et la couche sur le dos.

– Et tu sais ce que tu pourrais avoir tous les jours, si tu me disais oui, je riposte, en retirant sa culotte en dentelle.

J'embrasse son nombril, goûte le bas de son ventre, avant de descendre entre ses jambes. Elle est passée à la version épilation intégrale depuis quelque temps, et j'adore ça. Elle gémit alors que je suce son clitoris, tout en glissant un doigt en elle.

– Alors, tu n'as toujours pas changé d'avis, je la provoque en stoppant au moment où je sens les parois de son sexe palpiter entre mes doigts.

– Tu peux faire mieux, me taquine-t-elle en m'obligeant à remonter à sa hauteur.

Et je l'embrasse sauvagement, avec toute la passion qu'elle m'inspire, parce que je sais que c'est la dernière fois, que ça n'arrivera plus jamais. Elle glisse sa main et m'introduit lentement en elle.

Nous ne mettons plus de préservatifs depuis longtemps, depuis que nous avons été un couple. Je ne l'ai jamais fait sans capote qu'avec elle. Et même l'autre jour, quand Mélanie m'a proposé de nous en passer, j'ai prétexté ne pas avoir fait de dépistage récemment. Je sais, c'est nul, j'ai décidé de m'engager et je ne suis même pas capable d'enlever la seule chose qui me sépare de ma future femme.

Sandre bascule les hanches pour m'enfoncer plus profondément et je râle en jouissant tellement c'est bon d'être en elle. Je suis fou d'elle, je suis complètement fou d'elle. J'ignore comment je vais réussir à m'en passer.

Je la serre plus fort contre moi, je ne veux plus jamais la lâcher, je veux passer le reste de ma vie dans ses bras, je veux qu'elle m'appartienne.

Je savoure ce court instant de bonheur avant… et déjà, je sens son corps qui se crispe.

– Tu devrais partir, déclare-t-elle, froidement.

Mon cœur se comprime violemment. J'aimerais protester, mais je sais qu'elle a raison. Elle désirait une dernière fois, elle l'a eue et maintenant c'est fini. Mélanie m'attend. J'effleure ses lèvres et me rhabille sans un mot, tandis qu'elle remonte le drap sur elle. Elle met de la distance entre nous, et je déteste ça. Je crois apercevoir une larme au coin de ses yeux, mais il fait trop sombre pour que je distingue l'expression de son visage. Je ne souhaite pas que ça se termine, je la veux, j'ai besoin d'elle, mais je ne peux pas l'obliger à être avec moi.

Lorsque je pénètre dans mon ancienne chambre, je suis plus à l'ouest que jamais. Mel est de nouveau devant l'ordi. Elle a les cheveux mouillés, a revêtu l'un de mes T-shirts et a mis ces drôles de lunettes qui lui donnent un air sévère. Je ne savais même pas qu'elle en portait, je ne l'ai découvert que la semaine dernière. Je croyais qu'on se connaissait, mais en fait, peut-être pas tant que ça.

– Je prends une douche, j'ai beaucoup transpiré, j'annonce en m'engouffrant dans la salle de bains.

CHAPITRE 27

Sandre

Je lui ai dit adieu. Je lui ai dit adieu et je n'aurais jamais imaginé que ça puisse être douloureux à ce point. Je n'ai jamais autant souffert de toute ma vie. Même la fois où je me suis cassé la clavicule en tombant de vélo et que ma mère n'a pas jugé bon de m'emmener chez le docteur avant plusieurs jours me semble anecdotique en comparaison. Même le jour où mes vieux sont partis comme les deux connards qu'ils sont pourrait passer pour un jour heureux à côté de ces derniers jours. J'ai mal et j'ignore comment faire disparaître cette douleur. Elle me comprime le cœur, m'empêche de respirer, de manger, de dormir, comme si mon corps était incapable de survivre sans lui. Je voudrais hurler, protester, me débattre, mais je suis déjà morte à l'intérieur. Comment peut-on se retrouver dans un état pareil ? Je ne croyais pas être aussi faible, merde !

Jordan n'a pas fait de commentaires sur mon humeur massacrante, comme s'il savait sans que j'aie besoin de parler. Il gère tout pour moi. J'ouvre la bouche au minimum, juste pour lui préciser ce que je souhaite et puis je flashe et je m'énerve quand ça ne me plaît pas. Je ne veux pas mettre de mots sur ma souffrance, je redoute qu'elle ne devienne plus réelle. Je n'ai aucune raison d'avoir mal, Josh n'a jamais été qu'une distraction. Ouais, c'est ça, une distraction ! Je devrais me contenter d'en trouver une autre, mais j'en suis incapable. J'ai peur d'oublier le contact de sa peau, la douceur de sa bouche. Je veux pouvoir les sentir encore chaque nuit sur moi. Je refuse qu'un autre vienne effacer sa trace. Il est mon garde-fou, il me comprend mieux que personne et sait si bien canaliser la rage qui m'habite, j'ai besoin de lui, un point c'est tout. Après une semaine d'agonie, je m'oblige à sortir faire du shopping. Je pensais que ça me changerait les idées, mais c'est pire. Quand je vois une tenue, je ne peux pas m'empêcher de me demander si Josh aimerait. Et pourquoi aller au rayon lingerie ? Quel intérêt d'en acheter si je n'ai personne à qui la montrer ? Je finis par rentrer avec la ferme intention de me morfondre, dissimulée sous ma couette, mais quelqu'un patiente devant chez moi.

– Qu'est-ce que tu fous là ? je grogne en ouvrant la porte.

– Toujours aussi aimable, se moque-t-il, en me suivant dans l'appartement sans attendre d'y être invité. Il est toujours aussi impressionnant, sinon plus, mais je tente de l'ignorer. Son vieux sweat de l'équipe de Winsted lui moule les épaules et le torse, et je me demande où il trouve des fringues à sa taille. Ses cheveux sont pratiquement rasés maintenant et cette coupe fait ressortir son regard noisette, un peu trop sûr de lui. J'ai entendu dire qu'il n'habite pas très loin de chez moi, mais je ne l'ai jamais croisé. Il paraît qu'il a rejoint l'équipe de New York…

Je pénètre dans la cuisine ouverte sur le salon, moderne et colorée et surtout très différente de celle de mes parents. Je ne souhaite plus penser à eux et j'ai tout fait pour qu'ici rien ne me les rappelle. Après avoir posé mes sacs sur l'îlot central, je commence à ranger le peu que je viens d'acheter, mais je n'ai jamais été douée pour remplir le frigo.

– Comme tu as un problème avec le téléphone, je pensais que, peut-être, tu répondrais si je frappais à ta porte, annonce Boby, en s'installant sur un tabouret du bar.

– Tu ne m'as pas appelée.

– Donc, tu regardes quand même tes messages ?

Je ne relève pas, mais il insiste.

– Tu as remarqué que Josh essayait de te joindre.

– Je n'ai rien à lui dire.

Je voudrais qu'il s'en aille. De quoi se mêle-t-il, lui, et quel est le problème de Josh ? Il a choisi, il préfère se caser avec une coincée plutôt que de s'éclater avec moi, alors qu'il me fiche la paix.

– C'est dur de le voir avec une autre ? me demande-t-il, sans tenir compte de mon regard assassin.

– Tu veux un café ?

J'aimerais qu'il dégage, mais c'est plus fort que moi, je joue les maîtresses de maison. Je n'aurais jamais dû me laisser amadouer par Élise. Il a fallu qu'elle m'apprenne les bonnes manières…

Il hoche la tête, et je sors deux tasses en activant la machine à café.

– Tu sais qu'il n'est jamais trop tard, s'entête-t-il, alors que je l'ignore toujours. Mais ne lui fais pas ça Sandre, il mérite d'être heureux.

Il est vraiment venu pour me débiter ce genre de conneries, il me prend pour qui ?

– Je lui ai promis de ne plus le toucher et j'ai l'habitude de tenir mes promesses, je commente en ajoutant un doigt de vodka dans son café.

– Hé ! Je ne t'ai pas demandé de me soûler, proteste-t-il, alors que je pose la tasse devant lui.

– Tu m'emmerdes ! J'essaie juste de t'amadouer.

Il rit et en boit une gorgée.

– Je crois que j'apprécie ton sale caractère, finalement.

– Tu comptes t'éterniser ? je le questionne, quand je le vois remuer son café qu'il boit bien trop lentement à mon goût.

Il sourit à nouveau et je sais à son regard que je n'ai aucune chance de me débarrasser de lui si facilement. Boby a toujours été très doué pour s'imposer.

– Le week-end prochain, Josh et Mélanie seront à New York avec un ami à elle. Ils souhaiteraient qu'on dîne tous ensemble samedi soir.

Le café me brûle la gorge et tente une fausse route avant que je ne le repousse dans une quinte de toux impressionnante. Ils délirent tous ! Josh s'imagine quoi ? Un plan à trois ? Franchement, j'ai l'air d'une pute ?

Mais Boby insiste :

– Disons que d'une certaine façon, Mélanie a compris que tu avais de l'importance pour Josh et elle tient vraiment à ce que tu l'apprécies. Elle souhaitait t'inviter à Boston pour le week-end, tu aurais préféré ?

Cette gonzesse est complètement tarée. Ne me dites pas que je vais devoir faire amie-amie avec cette cruche. Ayez pitié de moi ! Je ne veux pas me retrouver à parler robe de mariée, invitations et plan de table. Je n'ai pas mérité ça !

– Joue le jeu samedi soir, rassure-la, et ils te foutront la paix jusqu'au mariage.

– Le mariage ? Pourquoi le mariage ?

– Je parie qu'ils vont t'inviter, à moins qu'ils te demandent de faire leurs photos, se moque-t-il, en avalant une gorgée supplémentaire. Tu sais que ce n'est pas mauvais comme ça ?

Et machinalement, je rajoute un peu de vodka dans sa tasse. Je suis complètement à l'ouest. Je n'avais même pas pensé que j'allais devoir me farcir leur horreur mielleuse. Ils veulent ma mort avec leurs cérémonies ridicules ? Le mariage de la coincée et l'intello, ce n'était pas suffisant ?

– Allez, ça va bien se passer, me rassure Boby en me donnant une petite tape dans le dos.

Après quelques verres, Boby change de sujet et nous rions en nous remémorant nos années lycée. Cet enfoiré me rajoute de la vodka chaque fois que j'en mets dans sa tasse, il se divertit de mes propres jeux.

– Je n'oublierai jamais la fois où tu nous as offert une vue imprenable sur tes dessous, juste pour embarrasser Marcy, se moque-t-il, en évoquant cette fameuse soirée au bowling.

Je ne peux m'empêcher de sourire en me rappelant le regard fou de Josh, notre première dispute et cette manière si particulière de nous rabibocher. Je donnerais n'importe quoi pour revivre ces instants.

– Tu en redemandes ? je le taquine en grimpant sur le bar.

Il proteste, mais je ne l'écoute pas, de toute façon je suis en jean, alors il n'y a pas grand-chose à voir.

– Dites-moi, beau rugbyman, êtes-vous capable d'ignorer une emmerdeuse provocatrice qui ose vous faire des avances ?

– Tu ne me ferais pas ça ? s'inquiète soudain Boby, en s'écartant.

– Qui, mieux que toi, sait à quel point chaque parcelle de ce corps n'appartient qu'à Josh, je râle en reprenant ma place sur le tabouret en face de lui.

Je déteste lire la pitié dans les yeux des autres, et Boby n'échappe pas à la règle, mais je ne relève pas.

– Alors pourquoi n'es-tu pas avec lui ? demande-t-il, en m'observant remettre de la vodka dans son verre.

– On danse ? je propose en ignorant sa question.

Je me lève, le pousse vers le salon et me trémousse alors qu'il n'y a aucune musique. C'est la première fois de ma vie que je suis éméchée, et aussi étonnant que ce soit, je suis bien.

– Je ne t'aiderai pas à l'oublier, déclare Boby en me faisant tourner.

– Ça tombe bien, ce n'est pas ce que je souhaite, je riposte, tandis qu'il nous entraîne dans un rock endiablé.

Nous avons fini par nous endormir sur le canapé, mais à mon réveil, il n'était plus là. Un message trônait fièrement sur le frigo : « Samedi soir, 20 heures pile. Sois prête, je passe te prendre. »

Il ne me laissera jamais me défiler !

Cette semaine est pire encore. Je n'arrête pas de penser à cette grognasse qui voudrait être mon amie. Elle me hante jusque dans mes rêves. Je la vois avec Josh, ils se moquent de moi et il jouit pour elle en me dévisageant. Je la déteste, putain, je la déteste ! Comment vais-je réussir à jouer les gentilles, samedi ?

– Tu vas enfin me dire ce qui ne va pas ? m'interroge Jordan en me tendant mon reflex.

Je suis complètement à côté de la plaque, et la cruche adossée à une Harley est crispée à force de nous attendre.

– Josh se marie, je dis en flashant la pouffe qui n'a plus rien de naturel après une attente aussi longue.

– Ma chérie, les plans cul ça n'a jamais été fait pour durer, ou alors il faut les épouser.

– Est-ce qu'on pourrait arrêter de parler de ce qui se rapproche de près ou de loin du mariage ?

– Mon cœur, ça risque d'être difficile, nous avons une séance pour Pronuptia la semaine prochaine.

– Pitié, dis-moi que leurs robes sont noires ou rouges et qu'ils n'ont pas choisi des pimbêches blondes.

– Parce que maintenant tu as quelque chose contre les blondes ? Donc, elle est blonde. Cinq minutes de pause, hurle-t-il à l'intention de la cruche déguisée en bikeuse.

Il me retire mon appareil fétiche des mains, le pose sur une table, puis vient me prendre dans ses bras. Je ne l'avouerai jamais, mais j'apprécie son affection.

– Mon ange, ajoute-t-il en me redressant la tête avec son pouce, des milliers de filles rêvent d'être aimées comme Josh t'aime, tu n'as pas le droit d'être malheureuse alors que c'est toi qui rejettes cet amour.

– Mais je ne suis pas malheureuse, je proteste sans conviction.

– Mon cul ! Allez chérie, souris ! Tu t'es bien éclatée, ça a duré plus longtemps que je ne l'imaginais, mais maintenant tu dois le laisser faire sa vie.

Il a raison, et pour le satisfaire, j'esquisse une grimace qui est censée ressembler à un sourire.

– Ouais, je vais faire ça.

CHAPITRE 28

Josh

Nous sommes arrivés les premiers et je stresse à mort. Pourquoi Mel tient tant à ce que Sandre l'apprécie ? La raison de ce dîner me donne des sueurs froides. J'aurais vraiment aimé trouver une bonne excuse pour refuser, je flippe rien que de penser à la réaction de Sandre.

Mélanie presse ma main sous la table. Elle a rapproché sa chaise de la mienne. Diego, en face de nous, observe son amie en grimaçant étrangement.

– Elle l'a dépucelé, ce n'est pas pour ça qu'elle va te le piquer, déclare-t-il en goûtant le vin qu'on vient de nous servir.

Je tousse et compte mentalement pour ne pas paniquer : 1, 2, 3… Diego est d'une franchise désarmante, un peu comme Steve, en moins prise de tête. C'est un Mexicain au sang chaud qui sait faire passer l'envie à quiconque de le défier. Son regard noir détaille Mel qui a opté pour une petite robe terriblement décolletée, et ses coups d'œil insistants là où il ne faut pas me donneraient presque envie de m'emporter. Mais j'imagine que ce serait ridicule, tous les deux ont grandi ensemble et passent leur temps à s'appeler. Il est ailier droit dans l'équipe et c'est lui qui m'a présenté Mélanie. Je pense qu'elle ne m'aurait jamais tourné autour si longtemps s'il ne l'avait pas convaincue que je n'étais pas un coureur de jupons comme lui. S'il savait !

Sandre arrive, et j'oublie de respirer. Elle est sublime avec cette chemise légèrement transparente qui laisse entrevoir un soutien-gorge en dentelle et ce slim noir ciré qui accentue ses longues jambes rehaussées de talons aiguilles. Sandre n'a jamais été aussi belle, j'ai du mal à en avaler ma salive.

Je me lève pour les accueillir, et Mélanie me suit. Sandre sourit, un sourire faux et forcé, mais elle sourit, je n'en reviens pas. Boby a toujours été doué pour lui faire entendre raison. Pourquoi ne lui ai-je pas demandé de la convaincre de m'épouser ? Josh, ne pense pas à ça ! C'est trop tard, elle n'aurait jamais dit oui, elle est incapable de s'engager.

Nous nous installons. Diego et Boby font la conversation, à laquelle j'essaie de participer, mais j'ai du mal, pourtant ils parlent rugby, ça devrait être facile. Sandre est à côté de moi, mais elle s'est collée à Boby, comme s'ils avaient pu être en couple. Et Boby s'est mis sur son trente-et-un, je suis jaloux, terriblement jaloux. Même si je sais que c'est pour éviter de me toucher qu'elle se tient si loin et que j'apprécie cette attention, je ne peux m'empêcher de me sentir frustré.

Bon sang, si je veux arriver à avoir une petite vie tranquille, mieux vaut ne plus jamais la revoir. Quand elle est là, c'est plus fort que moi, j'ai envie de l'embarquer dans un coin et de lui ôter tous ses vêtements. Je veux retrouver son corps nu sur le mien, et même la main de Mel sur ma cuisse n'y change rien.

Rachel, la copine universitaire déjantée de Mélanie, débarque quelques instants plus tard. Elle est entièrement vêtue de noir ce qui contraste avec sa chevelure flamboyante, sa peau incroyablement pâle et son regard trop clair. Cette fille est complètement folle, mais je comprends pourquoi Mel l'adore. Elle est toujours de bonne humeur et elle sait combler les blancs à merveille. Quand elle est là, l'atmosphère est instantanément plus détendue.

Elle fait du rentre-dedans à Boby en agitant son dégradé rouge parfaitement lissé et je ne peux m'empêcher de me moquer. Elle est si petite qu'ils formeraient un couple surprenant. Et alors que le serveur distribue les entrées, elle se tourne vers Sandre qui n'a encore pas dit un mot et soudain, je redoute la suite.

– Et toi… Euh… Sandra… Qu'est-ce que tu fais dans la vie ?

– C'est Sandre, je rectifie, alors que je découvre le regard de ma rebelle prêt à la fusiller.

– Je suis photographe, déclare Sandre, en tentant de dissimuler l'irritation de sa voix.

– Oh, le rêve ! Passer ses journées à photographier de beaux mâles bien bâtis, s'enthousiasme Rachel.

Je n'avais jamais pensé à ça ! Sandre doit en ramener régulièrement dans son lit. Je n'ai peut-être même jamais compté pour elle. Mais quel idiot ! Comment ai-je pu imaginer qu'il n'y avait que moi ? Je lui en veux soudain terriblement et si je ne me retenais pas, je crois que je pourrais l'entraîner à l'écart pour lui demander une explication. Josh ! Reprends-toi !

– Et dès qu'ils ouvrent la bouche, le rêve s'envole, riposte Sandre avec un sourire à vous donner des sueurs froides.

Rachel se force à rire et se tourne vers Mel en changeant de sujet.

– Ma chérie, raconte-moi tout. Je veux la date du mariage, je veux savoir si tu as choisi ta robe… et dis-moi que tu veux bien d'une demoiselle d'honneur avec des cheveux rouges ?

– Eh bien… Nous souhaitions attendre le dessert pour vous faire la surprise, annonce fièrement Mel, mais puisque tu abordes le sujet…

Je sens que mon cœur va lâcher. Ma main se crispe sur son genou et je suis à deux doigts de la supplier de renoncer. Je hasarde un œil vers Sandre quand Mélanie ajoute :

– Nous aimerions que tous les quatre, vous soyez nos témoins.

Rachel pousse un petit cri de joie et Sandre qui vient de porter son verre à sa bouche l'asperge de tout le vin qui avait déjà franchi ses lèvres. Son visage pâlit et quand elle ouvre la bouche, je sais que des horreurs vont en sortir. Je grimace en imaginant la suite, mais elle la referme et quitte la table pour se diriger vers les toilettes.

– Tu crois qu'elle a apprécié ? me demande Mel en se précipitant vers Rachel pour l'aider à s'essuyer.

– Ce n'est pas gagné, commente Boby, alors que je me lève pour aller retrouver ma rebelle.

J'hésite devant l'entrée des toilettes pour dames. Après avoir vérifié que personne ne me voit, j'entrouvre la porte, m'assure qu'il n'y a personne et m'engouffre à l'intérieur. Le lieu est cosy et agréable, et la dizaine de cabines semble inoccupée à l'exception d'une dans le fond.

Un grognement m'indique que Sandre ne s'est pas contentée de recracher son vin. Je m'approche de la seule porte fermée et demande :

– Sandre, ça va ?

– Dégage, Josh !

Je pousse le battant qu'elle n'a pas verrouillé. Elle est par terre à côté de la cuvette, la tête entre les mains.

– Tu me connais vraiment mal, si tu penses encore qu'il suffit de me dire de partir pour que je le fasse.

Elle ne répond pas, alors j'insiste :

– J'ai du mal à comprendre que ça puisse te mettre dans un état pareil. Tu n'as pas voulu de moi…

– Je suis sûre que l'entrée était avariée, se contente-t-elle de répondre en s'essuyant la bouche.

Elle redresse la tête et ses grands yeux affolés me transpercent le cœur.

– Je suis incapable de te rendre heureux, déclare-t-elle la voix tremblante.

– Allez, viens !

Je me penche pour lui prendre la main et l'oblige à se relever.

– Ce n'est pas parce que tes parents n'ont pas réussi à trouver le bonheur avec toi que tu es incapable de rendre quelqu'un heureux, je souffle, en la serrant dans mes bras.

– Je croyais qu'on avait décidé de ne plus se toucher, raille-t-elle en esquissant un sourire.

– On est amis, on devrait parvenir à se prendre dans les bras sans que ça ne signifie plus.

– Tu es sûr que tes couilles pensent comme toi ?

– Sandre !

– Non, c'est juste qu'il me semble sentir quelque chose qui se dresse pour moi et qui apprécierait d'aller faire un tour entre mes jambes, me taquine-t-elle en se frottant contre moi.

– J'ai mes faiblesses comme tous les hommes.

– Je doute que tous les hommes bandent chaque fois qu'ils tiennent une femme dans leurs bras.

– Tu n'es pas n'importe quelle femme.

Ses doigts courent le long de ma colonne vertébrale et j'essaie d'orienter mes pensées dans une autre direction avant de faire une bêtise.

– Dis-moi que tu vas jouer le jeu, je la supplie en tentant de rester calme.

– Je n'ai pas vraiment le choix, grimace-t-elle sans me lâcher des yeux.

– Non, je souffle en déposant un petit baiser sur ses lèvres.

– Je crois que tu devrais éviter ce genre de choses, réplique-t-elle, alors qu'un sourire illumine son beau visage.

– Ce n'était qu'un baiser.

– Alors, recommence.

Je l'embrasse à nouveau, puis une troisième fois plus appuyée, et je m'écarte avant de ne plus pouvoir m'arrêter. Elle sourit, malicieuse, et son sourire me rend dingue. Je suis fou d'elle et si je ne me retenais pas, je pourrais la prendre, là dans les toilettes pour dames, avec Mel à quelques mètres de nous. Josh, arrête !

CHAPITRE 29

Sandre

Mercredi soir, Boby m'attend à la sortie du boulot. Il porte un jean archi-usé qui tombe bas sur ses hanches et un sweat un peu trop ajusté. Ce mec est hallucinant, pratiquement deux mètres de muscles et un charisme à tout obtenir. Même son énorme 4x4 a l'air ridicule à côté de lui ! Maintenant que nous sommes les témoins de Josh, il ne va plus me lâcher. Je n'arrive pas à croire que j'ai accepté, j'étais vraiment à l'ouest samedi soir. J'aurais dû tous les envoyer bouler, lui faire bien comprendre qu'il n'y avait aucune chance que j'apprécie sa grognasse. Pourquoi ai-je fermé ma gueule ? J'aurais dû lui montrer qui est Sandre River ; l'ennui, c'est que je ne suis plus vraiment elle.

– Mmm, tu t'es trouvé un mâle, un vrai ! commente Jordan en voyant Boby s'avancer.

Ils se sont croisés plusieurs fois à l'époque des fêtes de fraternité et Boby comme Josh ont toujours eu un problème avec mon ami.

– On s'est déjà rencontrés, mais au cas où tu l'aurais oublié : Jordan Sopra, se présente-t-il en tendant une main délicate vers le pote de Josh. Chéri, je suis tout à toi.

– Je suis hétéro, se contente de répondre Boby.

– Inutile de le préciser, mon cœur ! Ça se sent !

– Pourquoi ? Je pue ? réplique Boby, agacé.

– Tu sens le mâle surexcité à l'idée de palper ce joli petit cul, le provoque Jordan en me claquant le postérieur.

– Va plutôt t'occuper de tes fesses ! je riposte, en poussant Jordan pour qu'il nous laisse enfin.

Je ne lui ai rien dit pour l'histoire des témoins et je préfère qu'il l'ignore, sinon je vais devoir lui raconter tous les détails. Je ne sais pas ce qu'est censé faire un témoin et j'aime autant ne rien savoir, comme ça, si je rate un truc, je ferai genre « Désolée, je n'étais pas au courant ». Comment ai-je pu consentir à jouer un tel rôle ? Avoir été demoiselle d'honneur au mariage de Prude, c'était déjà suffisamment pénible.

– Avec plaisir, Bébé ! s'enthousiasme Jordan en s'éloignant. On se voit demain. Pense aux robes blanches, à la fine dentelle brodée de perles, tu vas adorer, mon ange !

Je frémis de dégoût en imaginant le shooting mariée du lendemain. Je ne vais jamais pouvoir supporter ça. Je retiens de justesse un haut-le-cœur en réalisant que la pouffe de Josh risque, elle aussi, de m'imposer ça. Pitié, non !

– Je te raccompagne, propose Boby, en me tirant de mes pensées.

Je hoche la tête à contrecœur. Personne n'a jamais vraiment le choix avec lui. Il m'ouvre la portière côté passager et je grimpe à l'intérieur.

– Remise de tes émotions ? me demande-t-il en s'installant au volant.

– Boby, je vais devoir me tenir derrière Josh alors qu'il jurera fidélité à cette… Non, mais franchement, c'est ridicule ! Je vais lui dire que ce n'est pas la place d'une ex… maîtresse.

Le prononcer à voix haute est bien pire que de le penser, mais Boby semble trouver la situation divertissante.

– Je suis ravi que tu en aies conscience. Ça sent le massacre assuré. Honnêtement, si Josh traverse ça sans aucun scandale, je lui ai promis de me prosterner devant lui et de lui baiser les pieds.

– C'est pour me dire ça que tu es venu me chercher ? je m'étonne, irritée.

Je veux arrêter de penser à toutes ces horreurs qui perturbent mes nuits, mon travail est toute ma vie. Et voir rire Boby à mes dépens me rend dingue. Il se tourne un instant vers moi. Des fossettes se dessinent sur ses joues avant qu'il ne reporte son attention sur la route.

– Je souhaitais être certain que tu gérais et que tu réalisais ce qui t'attend.

Ouais, c'est ça ! Boby qui s'inquiète pour moi, on aura tout vu.

– Rassuré ? je réplique en me forçant à sourire.

– Le moment venu, il faudra lui dire qu'il a fait le bon choix, que tu n'as jamais voulu de lui.

Ses incroyables yeux noisette plongent dans les miens alors qu'il se gare devant mon immeuble. Et il continue, comme si ces mots n'étaient pas déjà assez douloureux :

– Il ne pourra jamais le faire si tu ne mets pas les choses au clair.

– J'en suis incapable, je susurre en tentant de dissimuler la panique qui m'envahit.

– Alors, dis-lui de tout arrêter maintenant. Putain, Sandre ! De toutes les bêtises que je l'ai vu faire à cause de toi, celle-ci est la pire ! Pour une fois, arrête le carnage !

Boby me hurle presque dessus et une partie de moi est vraiment terrifiée, mais je n'ai jamais été du genre à me laisser intimider, alors je crie plus fort encore :

– Épouser une femme belle, gentille, intelligente, toi, tu trouves que c'est une connerie ? Pas moi ! Il rêve de se poser, d'avoir des enfants et elle est parfaite pour ça… Je ne veux pas d'enfants, Boby, et je n'en aurai jamais, parce que ces petites choses braillantes me font flipper, je suis incapable de m'en occuper, je … juste, je ne peux pas, OK ?

Je suis à bout de souffle et mon estomac est parcouru de spasmes, mais je l'ignore. Je ne l'avais jamais dit à personne et une partie de moi se sent plus légère, mais une autre proteste violemment, comme si ces mots venaient d'anéantir ma progéniture. J'ai vraiment un grain !

Je quitte l'habitacle trop petit pour nous deux et cours presque en direction des portes de mon immeuble sans me retourner. Je prie intérieurement pour qu'il ne me suive pas. Je ne veux pas qu'il insiste. Il a qu'à lui parler, lui ! Josh l'écoutera.

Une fois enfermée chez moi, je me précipite à la fenêtre pour vérifier si son 4x4 est encore dans la rue. Je respire à nouveau en découvrant qu'il n'y est plus. J'espère qu'il va me foutre la paix, que je ne le reverrai plus avant ce fichu mariage. Mon répit est de courte durée et je vois rouge en l'entendant frapper à ma porte.

– Je pensais avoir été…

Je ne finis pas ma phrase. Je crois que mon cœur ne bat plus. J'en suis sûre même, c'est l'arrêt cardiaque ! J'attends de m'écrouler, mais rien ! Et mon cœur reprend une course folle en retrouvant le son mielleux de sa voix.

– Comme tu as changé, comme tu es belle, ma chérie !

Elle, elle n'a pas changé, à part quelques rides au coin de ses beaux yeux verts. Ses longs cheveux ont disparu au profit d'une coupe courte, elle porte une tenue décontractée et colorée qui la rajeunit. Je rêve, j'hallucine ! Non, c'est pire, c'est un horrible cauchemar et je prie pour me réveiller. Sortez-moi de là ! Et mon cauchemar insiste comme s'il ne m'avait pas déjà achevée :

– Si tu savais comme je suis heureuse de te voir, tu m'as tellement manqué, je voulais…

Je lui claque la porte au nez sans avoir prononcé un seul mot. Qu'elle aille se faire foutre ! C'est bien la dernière personne que j'ai envie de voir.

J'ai passé toutes ces années à tout faire pour éviter de penser à elle, et elle débarque la bouche en cœur comme si de rien n'était.

Je vérifie deux fois que j'ai bien verrouillé la porte comme il faut. Je rajoute même une chaise contre la poignée au cas où elle aurait un double dans sa manche (on ne sait jamais) et je m'éloigne en fixant la porte comme si je pouvais encore l'apercevoir à travers. Je supplie en silence qu'elle parte et je sursaute quand elle frappe à nouveau.

– Ma chérie, je comprends que tu m'en veuilles, je m'en suis tellement voulu moi-même. Je n'aurais jamais dû sacrifier ton bonheur au mien, nous aurions dû t'emmener avec nous. Ma chérie ouvre la porte, il faut qu'on parle, j'ai tellement de choses à te dire.

– Casse-toi, dégage ! Je n'ai rien à te dire, moi ! Tu n'es personne, tu ne fais plus partie de ma vie ! je hurle en me bouchant les oreilles pour ne plus l'entendre.

Quand je comprends qu'elle ne va pas renoncer si facilement, je panique et mon estomac proteste à nouveau. Je me précipite dans la salle de bains et renvoie dans le lavabo le café que j'ai partagé avec Jordan avant de quitter le studio.

CHAPITRE 30

Josh

Je n'en reviens toujours pas que Sandre ait accepté d'être notre témoin sans faire de difficulté. Bon, à part le fait qu'elle en ait gerbé ! Est-ce que cette situation lui inspire vraiment du dégoût à ce point ? Moi en tout cas, je flippe grave en pensant que je vais devoir jurer fidélité à Mélanie avec Sandre à mes côtés. Si Mel savait ce qu'elle m'impose !

J'ai un peu plus de huit mois pour me mettre en condition. La date vient d'être fixée, ça sera le 26 juin. Ma mère a interrogé le révérend Clark, et Mélanie a validé. C'est dingue comme elles s'entendent bien ! Ça devrait me faire plaisir, mais en fait, pas du tout. Je ne sais pas pourquoi, mais cette complicité me contrarie, comme si elles étaient capables de comploter contre moi !

J'observe Mel se dévêtir, confortablement allongé sur son lit. Sa jupe portefeuille glisse sur ses fesses bien dessinées. Mélanie est magnifique et je devrais déjà bander, mais rien. Elle me sourit entre les mèches blondes qui tombent sur ses beaux yeux. Je ne sais pas pourquoi, mais ce week-end l'a rassurée sur son engagement. Peut-être que son amie Rachel a su la convaincre, à moins que l'attitude étrange de Sandre n'y soit pour quelque chose.

– Tu crois que Sandre aimerait venir avec moi pour choisir ma robe ?

Je sursaute en entendant son prénom, dans ces moments-là, je préférais éviter de penser à elle. Ces préparatifs, ça va être l'enfer si Sandre doit s'en mêler.

– Honnêtement, elle détestera !

– Mais je ne vais pas choisir la sienne à sa place, quand même ?

Ça aussi, elle détesterait, mais elle n'acceptera jamais de l'accompagner avec ma mère, celle de Mel et Rachel. Non, avec ma mère aucune chance !

– Fais une sélection et elle décidera à la dernière minute, je propose sans conviction.

– Je pourrais l'appeler pour lui demander ? s'entête-t-elle.

– Sandre a un problème avec les téléphones, elle n'appelle pas et ne répond jamais, mais si tu as envie d'essayer, je te donne son numéro, dis-je en désignant mon portable que j'ai négligemment jeté au bout du lit.

Et comme s'il tenait à me faire mentir, il vibre sur la couette et Mel se penche pour voir qui cherche à me joindre.

– Elle n'appelle jamais ? s'étonne-t-elle en me montrant le prénom qui s'affiche sur l'écran.

Je n'en reviens pas ! C'est elle ! Une partie de moi prie pour qu'elle ait enfin ouvert les yeux, pour qu'elle me dise qu'elle m'aime et qu'elle désire passer le reste de sa vie avec moi. Même si c'est complètement débile de souhaiter un truc pareil sous le regard aimant de Mélanie, mon cœur ne peut s'empêcher d'espérer.

– Elle n'appelle jamais, je répète en décrochant.

– Josh, s'il te plaît, fais-la taire ! Elle n'arrête pas de frapper, je veux qu'elle s'en aille ! Dis-lui de partir, s'il te plaît, dis-lui ! Je ne peux pas la voir.

Sa voix est affolée, et je peux entendre des larmes dans sa gorge. Sandre est forte d'habitude. Je ne la reconnais pas. Je l'imagine seule dans la nuit et le froid. Qui lui veut du mal ? Comment Sandre a-t-elle pu se retrouver dans une telle situation de faiblesse ?

– Sandre, calme-toi ! De qui parles-tu ? Qu'est-ce qui se passe ? Où es-tu ?

J'essaie de ne pas laisser paraître la panique dans mes questions, pourtant je suis à deux doigts de perdre la raison. Je me vois me précipiter dans ma bagnole, même si en la poussant à fond, je n'arriverai jamais à temps.

– MA MÈRE ! s'énerve-t-elle à l'autre bout du fil. Elle dit qu'elle regrette, qu'elle veut faire partie de ma vie. Il faut qu'elle parte, je ne peux plus supporter d'entendre ses conneries !

Je perçois la souffrance dans chacun de ses mots, j'en suis malade de ne pas pouvoir la serrer dans mes bras.

– Tu es chez toi ?

– Oui.

– J'arrive. Je te rappelle en chemin.

Je raccroche et saute du lit pour remettre mon jean et mon T-shirt.

– Qu'est-ce qu'il y a ? me demande Mel en m'attrapant par le bras.

J'avais presque oublié que j'étais avec elle, que j'étais chez elle. Elle a l'air perdue, comme si elle comprenait soudain à quel point Sandre est importante pour moi.

– Sa mère vient de refaire surface. Elle est complètement déboussolée. Elle a besoin de moi, je suffoque en me forçant à la serrer contre mon torse.

Elle ne proteste pas. Ma mère lui a expliqué l'essentiel à connaître sur Sandre, alors que j'en étais incapable.

Je me précipite dehors après l'avoir embrassée brièvement. Je ne peux penser à rien d'autre qu'à Sandre effrayée et seule.

Elle a besoin de moi.

Heureusement, il est tard et les routes sont désertes. Une fois sur l'autoroute, je la rappelle, mais elle ne décroche pas. Est-ce qu'elle a changé d'avis ? Est-ce qu'elle ne souhaite plus me parler ? Est-ce qu'elle ne veut plus me voir ? J'ai peur qu'elle soit si mal qu'elle ne puisse plus répondre. Je redoute ce qui pourrait se passer avec sa mère. Je ne sais rien de cette femme, j'ignore ce qu'elle pourrait lui faire. Son père était violent, mais elle ? J'accélère davantage.

Durant tout le trajet, je me suis torturé l'esprit, et c'est un sentiment de panique qui m'envahit en arrivant devant chez elle. En trois heures, il a pu s'en passer des choses. Je m'acharne comme un forcené sur le bouton de l'ascenseur et m'engouffre à l'intérieur dès que les portes s'entrouvrent. Les chiffres défilent au-dessus des battants et je perds patience. Quelle idée d'habiter au 42e étage !

Je frappe à sa porte comme un malade. Pas de réponse. Je n'insiste pas et sors le trousseau de ma poche à la recherche de la clé qu'elle m'a donnée quelques mois plus tôt dans un moment d'égarement. Sur le coup, j'avais espéré que ça signifiait quelque chose, qu'on avançait enfin. Un message quelques jours plus tard m'avait instantanément renvoyé la réalité en pleine tronche : Ne te fais pas d'illusion, c'est juste ton plan cul pour les urgences. J'avais hésité à en profiter, et puis je m'étais ravisé, ç'aurait été pire si je m'étais lancé là-dedans. Après avoir galéré comme un imbécile, je pousse la porte, mais quelque chose bloque l'ouverture. Avec difficulté, je parviens à introduire mon bras et sens le dossier d'une chaise coincé dans la poignée. Elle a donc foutu sa mère dehors ! Je suis soulagé de savoir qu'elle n'est plus avec elle. La chaise ne me résiste pas longtemps et je me précipite à l'intérieur en hurlant son prénom. Où est-elle ? Si elle est partie, je ne la retrouverai jamais. Elle ne répond pas à mes appels et je disjoncte. Je l'imagine se bourrer la gueule dans un bar minable et finir chez un gros enfoiré drogué et tatoué. Je n'avais jamais mis les pieds dans son appart et je suis étonné de le découvrir si coloré. C'est chaleureux et vivant, tout le contraire de la maison de ses parents.

Je la retrouve enfin, allongée sur le sol d'une salle de bains design, du vomi tapisse le fond du lavabo transparent. Des scénarios plus horribles les uns que les autres envahissent mon esprit. Et si elle avait pris des merdes ? Je me penche et redresse sa tête, mais elle ne réagit pas, sa peau et ses lèvres sont si pâles que j'en ai des sueurs froides. J'ai peur qu'elle ait fait une bêtise. Je glisse un bras sous ses jambes et la soulève du sol. Son souffle chaud dans mon cou me rassure instantanément.

– Sandre, je suis là, tu n'es plus seule, je susurre en la déposant délicatement sur le lit.

Elle grogne et se roule en boule.

– Sandre, ouvre les yeux, regarde-moi, je supplie, en emprisonnant son visage entre mes mains.

Des cernes marqués contrastent avec son incroyable pâleur, un cri inaudible s'échappe de ma gorge en découvrant un énorme hématome sur sa tempe. J'effleure la blessure du bout des doigts, parcours son doux visage si serein. Je voudrais qu'elle me regarde, mais elle n'a aucune réaction.

Enfin, elle ouvre les yeux alors que je fouille son placard à la recherche d'un vêtement chaud. Heureusement, les rangements sont limités sinon je n'aurais jamais su où chercher. Un mur entier est recouvert de baies vitrées avec une vue imprenable sur Manhattan et il y a une ribambelle de portraits au-dessus de son lit, mais je n'ai pas le temps de m'y attarder.

– Josh ? Qu'est-ce que tu fais dans mon placard ? s'étonne-t-elle d'une voix rauque.

Je me penche sur elle et commence à lui enfiler une grosse veste en laine.

– Je te conduis à l'hôpital.

Elle écarte mes bras qui l'habillent et me repousse vigoureusement.

– Je vais bien, Josh ! J'ai juste un peu flippé quand ma mère a déboulé.

Le ton de sa voix est irrité, mais son regard trouble me force à m'inquiéter.

– Je t'ai retrouvée par terre dans ta salle de bains, inconsciente, alors il va te falloir une bonne excuse pour que je ne te traîne pas par les cheveux jusqu'à l'hosto.

Je tente d'accrocher ses iris sombres, mais ils se perdent déjà dans le souvenir de ces instants douloureux.

– Je lui ai claqué la porte au nez et j'ai gerbé dans le lavabo… Elle a continué à frapper à ma porte et à dire des conneries. Je ne voulais plus l'entendre, je ne savais pas quoi faire, alors je t'ai appelé… Elle criait toujours, il me semble qu'elle s'est engueulée avec un voisin. Mon estomac a encore protesté, mais rien ne sortait et je me suis sentie mal, maintenant tu es là. Tu as été rapide !

– Ou tu es restée inconsciente très longtemps !

– Je crois que je me suis assoupie, réplique-t-elle, confuse.

Assoupie, mon œil ! Je ne connais personne qui s'endorme facilement après un accès de colère.

– Je t'emmène à l'hôpital, j'ordonne en la reprenant dans mes bras.

– Je peux marcher, s'indigne-t-elle.

Je la dépose par terre délicatement, mais la garde contre moi. Elle m'oblige à la lâcher et quand elle s'écarte, elle titube et je la rattrape juste avant qu'elle ne s'écroule à nouveau.

– Putain, j'ai un de ces maux de tête, grogne-t-elle en portant sa main à sa tempe contusionnée.

Je l'assieds sur le lit, lui boutonne sa veste et la reprends dans mes bras. Elle ne bronche pas quand on quitte son appartement. Elle a l'air encore sous le choc.

Une fois installés dans la voiture, j'ose enfin lui demander :

– Tu lui as parlé ? Qu'est-ce qu'elle voulait ?

– Je ne veux rien savoir de sa vie, elle n'existe plus, s'emporte-t-elle, en se tenant le visage entre les mains.

Elle souffre, je le sais, mais j'ignore si c'est physique ou mental. Elle semble désorientée et je suis certain que c'est plus dû à sa commotion cérébrale qu'à son altercation avec sa mère. Je n'ai jamais vu Sandre comme ça.

Je suis soulagé qu'elle n'ait pas perdu connaissance une seconde fois quand je m'arrête enfin devant les urgences. Je n'ai pas le temps de quitter mon véhicule qu'un infirmier vient me signifier, outré, que seules les ambulances ont le droit de stationner là. Je lui explique qu'elle se sent mal, que je l'ai trouvée inconsciente dans sa salle de bains et qu'elle y est sans doute restée plusieurs heures. Il déboule avec un fauteuil roulant, l'embarque et m'intime d'aller me garer plus loin. Je voudrais protester, il ne peut pas me la prendre. J'ai l'impression qu'on me l'arrache et que je ne la verrai plus jamais, pourtant je ne dis rien et la regarde s'éloigner. Un autre infirmier me fait signe de déguerpir, et je redémarre la bagnole alors qu'elle disparaît dans l'immense bâtiment. Putain, comment vais-je pouvoir la retrouver ?

Je mets des plombes à trouver une place et quand j'arrive enfin à la réception, on me refoule parce que je ne suis pas de la famille.

Je tourne en rond comme un lion en cage dans la salle d'attente. Je flippe en imaginant le pire. Et si elle perdait connaissance, et si elle finissait dans le coma. Si je la perdais, je ne le supporterais pas. Mélanie m'appelle et je décroche à contrecœur. Je lui raconte que je suis à l'hôpital, que j'attends des nouvelles de Sandre, puis je l'expédie plus froidement que je ne le devrais. Au bout d'une heure, une infirmière vient me chercher. Elle m'explique que ma rebelle va bien, qu'elle semble un peu confuse, mais que c'est simplement le coup. Le médecin pense qu'elle a fait un malaise et qu'elle est mal tombée. Ils doivent encore vérifier que ça ne cache rien de grave, mais ils sont confiants. L'infirmière finit par me conduire dans une petite salle où ils la garderont en observation pour la nuit. La pièce est entièrement blanche et mal éclairée, et la forte odeur de désinfectant me donne des sueurs froides.

Je suffoque davantage en découvrant un pansement sur son bras et un appareil qui relève ses constantes. Elle est toujours aussi pâle et sa tête est tournée du côté de l'unique fenêtre. Je m'installe sur le tabouret au pied de son lit et lui prends la main des deux miennes. Elle sursaute à mon contact, et un sourire timide se dessine sur ses lèvres quand son regard croise le mien. Ses iris sombres sont encore vitreux, mais elle semble avoir retrouvé ses esprits. J'aimerais tellement la blottir contre moi et ne plus jamais la lâcher.

– Je déteste me sentir aussi faible. Qu'est-ce qui m'arrive Josh ? Je ne me reconnais plus.

Moi non plus, je ne la reconnais pas et ça me fait flipper. Sa voix tremble et des larmes ont envahi ses yeux. J'aimerais tant la serrer dans mes bras, partager sa souffrance, mais je me retiens. Nous sommes juste amis. Juste amis, je me répète.

– Il se passe beaucoup de choses en ce moment dans ta vie. C'est humain de flancher quelquefois, je la rassure, avant de reprendre mon souffle pour tenter une énième approche. Tu sais que je pourrais être là pour toi tous les jours si tu voulais bien de moi.

– Et tu sais que je ne veux pas, susurre-t-elle avec un sourire triste, comme si elle regrettait de ne pas pouvoir me dire oui.

Je n'insiste pas, car je sens bien qu'elle est prête à craquer. Peut-être demain, j'essaie de me persuader, en lui caressant les cheveux.

– Dors, tu as besoin de te reposer.

– Tu vas rester ? m'interroge-t-elle, timidement.

Qu'est-ce qui arrive à ma rebelle, d'habitude si forte, si combative ? Je me demande si elle est malade, si c'est mon mariage qui la met dans un état pareil, si je ne devrais pas tout arrêter et me battre pour être avec elle.

– Je ne vais nulle part, je souffle en effleurant sa tempe endolorie du bout des lèvres. Dors.

Elle se blottit contre l'oreiller et ferme les yeux. J'en profite pour la contempler. Sa bouche a retrouvé sa douce teinte rosée, et ses longs cils caressent délicatement sa joue. J'aimerais avoir cette vision tous les matins au réveil. Je voudrais tellement qu'elle accepte qu'on vive ensemble, qu'elle comprenne que mon cœur est à elle.

Son souffle se fait plus profond, plus régulier, et je me penche pour goûter ses lèvres. Si elle savait comme je l'aime.

CHAPITRE 31

Sandre

Je sens un poids sur mon ventre et mon bras est engourdi. Je suis complètement désorientée lorsque j'ouvre les yeux sur une machine recouverte de chiffres rouges étranges. Bordel, je suis où ? Je me penche et découvre Josh qui dort, assis à côté de mon lit, son visage reposant en partie sur moi. Qu'est-ce qu'il fout là ?

Pourtant, je n'ai pas vraiment envie de savoir, je veux juste profiter de sa présence. Il est si beau quand il dort et ça m'est arrivé si rarement de me réveiller à ses côtés. D'une main tremblante et hésitante, je glisse mes doigts dans ses cheveux. Il les coupe plus court depuis quelque temps, mais ça me plaît, ils sont si doux. Mes doigts descendent sur son cou et dessinent son menton carré. Il n'a aucune réaction, il a dû tellement mal dormir dans cette position, mal assis et en partie sur moi. Mais qu'est-ce qu'on fait là ?

Et puis, je me souviens de l'avoir appelé, l'avoir supplié de me sauver. J'entends encore les mots de ma mère, je sens ma panique revenir. Mais qu'est-ce qui m'a pris ? J'aurais dû la virer, la raccompagner jusqu'à l'ascenseur et lui ordonner de ne plus jamais revenir. J'aurais dû lui montrer que je ne veux pas d'elle au lieu de me planquer dans ma salle de bains pour gerber. C'est quoi mon problème depuis quelque temps ? Je détaille à nouveau le magnifique visage assoupi de Josh et je sais : il va se marier. Il est ma seule faiblesse, il l'a toujours été et il est en train de me détruire.

Une flopée de médecins font leur apparition, et nous sursautons tous les deux. Josh se redresse d'un bond, comme si on venait de le surprendre en train de faire une grosse bêtise, et l'une des blouses blanches lui demande de sortir. Josh m'interroge du regard, comme s'il craignait qu'ils me fassent du mal, et je lui souris alors qu'il se dirige vers la porte.

– Comment vous sentez-vous, Mademoiselle Donnell ? me questionne l'un d'eux en tirant un calepin de sa poche.

Ils ont tous un air suffisant qui me donne froid dans le dos.

– Je suis en pleine forme et ça tombe bien, j'ai du travail qui m'attend, je déclare en commençant à débrancher à leur place les appareils devenus inutiles.

Un infirmier me vient en aide, comme s'il était hors de question que je touche à leur sale matériel, et celui qui a parlé le premier poursuit avec une grimace irritée :

– Nous pensons avoir découvert les raisons de votre malaise, Mademoiselle Donnell. Vous êtes enceinte, m'annonce-t-il fièrement.

– QUOI ? je hurle, horrifiée. C'est quoi cette mauvaise blague, vous délirez ? C'est impossible ! Oui, c'est ça… impossible, je porte un stérilet.

Je me lève, ignore ma tête qui tangue et entreprends de me rhabiller sans tenir compte de la bande de cons qui m'observent.

– Il arrive parfois que ce genre de contraception ne soit pas efficace, Mademoiselle. Dans tous les cas, vous devez consulter. Nous pouvons vous mettre en relation avec l'un des gynécologues de l'hôpital. Si vous ne désirez pas de cette grossesse, il n'est pas trop tard…

– Ouais, ça c'est sûr qu'elle va m'entendre, cette salope de gynéco, je déclare en me précipitant vers la porte.

– Mademoiselle Donnell, il faut vous calmer, vous avez besoin d'en discuter, et vous êtes encore faible, vous devez…

– J'ai l'air d'avoir envie de me calmer ? je m'écrie en embarquant Josh au passage et en le traînant vers la sortie.

Je pensais qu'ils allaient me suivre et m'obliger à consulter l'un de leurs médecins de merde, mais personne ne nous empêche de quitter le bâtiment. Pourtant, une fois à l'extérieur, c'est Josh qui m'arrête en m'attrapant par les épaules.

– Qu'est-ce qui se passe, Sandre ? Qu'est-ce qu'ils t'ont dit ?

– Où est ta bagnole ? je lui demande en ignorant son air affolé.

Ses iris azur sont fixés sur les miens et je redoute un instant qu'il soit capable d'y découvrir la vérité. Il n'a rien entendu, dites-moi qu'il n'a rien entendu !

– Ils veulent que je consulte un psy, je mens en priant pour qu'il me croie.

– Ils n'ont peut-être pas tort, annonce-t-il en me lâchant enfin.

Une lueur d'espoir traverse ses beaux yeux bleus, et j'imagine son esprit espérer que l'un de ces charlatans puisse me raisonner sur notre relation tordue. Je n'ai pas le droit de le laisser espérer. J'inspire un bon coup et j'ose enfin énoncer les mots qu'il avait besoin d'entendre depuis si longtemps :

– Une thérapie n'y changera rien, Josh. Je ne veux pas d'une famille avec un mari et des enfants. Ce n'est pas pour moi, ça ne me ressemble pas. Rentre chez toi, va retrouver ta jolie fiancée, serre-la dans tes bras et dis-lui que je vais bien. Je ne t'appellerai pas la prochaine fois, promis.

Je me dresse sur la pointe des pieds pour effleurer ses lèvres et me précipite dans la rue pour héler un taxi.

J'essaie d'ignorer la panique qui s'est emparée de moi depuis que cet abruti de docteur a prononcé les mots que je n'imaginais jamais entendre. Je distrais mon esprit terrorisé en pensant à la salope que je viens d'être pour Josh. Il a fait trois heures de route pour moi, il m'a conduite à l'hôpital, m'a veillée toute la nuit, et je viens de le planter comme une garce insensible. Il ne peut que me haïr après ça. Mon cœur s'affole, alors que le taxi s'éloigne. Je regarde par la vitre arrière, il est toujours là où je l'ai laissé. Il n'a pas bougé, il n'a pas protesté.

En arrivant chez ma gynéco, j'ai réussi à me persuader qu'il va enfin tourner la page et je ne ressens plus que de la colère. Ses enfoirés de l'hosto se sont forcément trompés et cette garce a intérêt à le confirmer.

Sans prendre la peine de m'annoncer, je passe devant la secrétaire, toujours impeccablement pomponnée, et me précipite vers le bureau, alors que la pin-up tente de m'intercepter sans succès. Quand j'ouvre la porte, une vieille peau en minijupe colorée est installée en face d'elle, mais il se trouve que je n'en ai rien à foutre de vider mon sac devant une inconnue.

– Votre job, c'est d'offrir des enfants à ceux qui en veulent et d'empêcher d'en avoir à celles qui n'en désirent pas. Vous êtes la meilleure dans votre domaine, alors pourquoi un connard de médecin vient-il de m'annoncer que je suis en cloque ? je m'écrie en m'avançant vers la salope qui a osé m'affirmer que le stérilet c'était sûr, putain !

– Mademoiselle… euh… bafouille-t-elle en sortant de derrière son imposant bureau.

– Nous en avions fini, je crois… Je vais vous laisser, s'empresse d'ajouter la vieille bique déguisée en gamine en pleine puberté.

Elles échangent quelques mots, et ma gynéco pose une main rassurante sur moi, alors que sa patiente s'éclipse discrètement. Je m'écarte d'elle comme si elle avait le pouvoir de me brûler, et elle précise sur un ton mielleux qui m'écœure déjà :

– Vous ne pouvez pas vous présenter à mon cabinet sans rendez-vous, vous…

– Je n'aurais aucune raison de le faire si vous aviez fait votre travail correctement, je la coupe en la fusillant du regard.

– Calmez-vous, Mademoiselle, vous devriez savoir qu'un contraceptif n'est jamais fiable à 100 %, mais d'autres possibilités s'offrent à vous aujourd'hui, vous avez encore le temps d'y réfléchir, je suppose. Si vous le voulez bien, nous allons fixer un rendez-vous avec ma secrétaire.

– Vous plaisantez, vous avez merdé et vous allez régler le problème immédiatement.

Elle inspire profondément, sans doute aussi profondément que je la gonfle, et elle précise sans le moindre signe de contrariété – waouh, le self-control ! – :

– Bien, nous allons regarder ça ! Retirez votre pantalon ainsi que votre culotte et installez-vous sur la table d'auscultation.

Je ne discute pas. Je suis trop impatiente de l'entendre me rassurer et me confirmer que ces crétins ont commis une grossière erreur.

Elle allume un moniteur et glisse une sonde en moi. Après un silence interminable à observer les taches grises sur l'écran, elle déclare :

– Effectivement ! C'est assez récent. Je dirais trois semaines, un mois peut-être.

Non ! Non, ce n'est pas possible ! Pas moi ! Je n'ai pas mérité ça. Je sens des larmes monter mais je les retiens. Josh a vraiment décidé de m'emmerder jusqu'au bout. Comment a-t-il pu me faire une chose pareille ?

Un pincement dans le bas-ventre me renvoie brutalement à la réalité, et la douleur du manque me vrille le cœur. Qu'est-ce qui me prend ? Je délire !

– Vous me l'avez retiré ? je bafouille, affolée.

– Votre stérilet n'a plus aucune utilité.

Je souffle, soulagée, comme si cette petite créature qui grandit déjà en moi pouvait avoir un quelconque intérêt, et elle ajoute en me faisant signe de me rhabiller :

– Vous allez rentrer chez vous, vous calmer, envisager toutes les options, peut-être en discuter avec le père, et nous en reparlons dans quinze jours.

Je suis sans voix, dans un état second. Pourquoi a-t-elle évoqué le père ? Comment peut-elle simplement imaginer que j'en parle à Josh ?

Je ne dis pas un mot quand elle me rassure sur les délais d'avortement, rien non plus lorsqu'elle me tend un Post-it avec la date de mon prochain rendez-vous. J'ignore la main que je suis censée lui serrer et je me défoule enfin sur le responsable, une fois seule dans l'ascenseur.

– Mais qu'est-ce que tu fous là, bordel ? je m'écrie, en regardant mon ventre toujours plat. Tu n'as pas compris que je ne voulais pas de toi ?

Je vais te pourrir la vie, tu vas me détester et tu m'en voudras pour l'enfance naze qui t'attend. Tu as le choix, tu peux encore choisir de ne pas exister.

Je pose une main sur ma bouche en réalisant ce que je viens de suggérer à ce pauvre têtard qui n'a rien demandé. Ça y est, je disjoncte ! Maintenant, je souhaite que ma crevette se suicide. Je me retiens de m'excuser, parce que cette conversation avec ce mini-Josh, qui j'en suis sûre n'a même pas d'oreilles, est complètement ridicule. Il est trop petit pour avoir un cerveau, il ne risque pas de m'entendre, il ne pense même pas, c'est certain. Pourtant, je ne peux pas m'empêcher de frémir en imaginant la boucherie d'un avortement.

J'envisage un instant d'aller travailler pour divertir mes pensées qui divaguent et puis je songe au blanc, à la soie, à la dentelle qui m'attendent et je me dis que j'aime autant me torturer l'esprit avec le parasite qui a envahi mon corps.

En quittant l'ascenseur, mon portable me rappelle à l'ordre. C'est un texto de Jordan, bien sûr :

Chérie, j'espère que tu as une très bonne raison pour me planter avec une bande de mariées en furie.

Je ne peux m'empêcher de sourire en imaginant toutes les pimbêches prétentieuses qui le harcèlent en s'impatientant.

Problème de famille. Mais tu n'as pas besoin de moi pour les amadouer !

J'agite la main devant le taxi qui passe à ma hauteur.

CHAPITRE 32

Sandre

J'ai tourné en rond toute la journée. Je ne veux pas de cette chose que je sens déjà grandir en moi, mais je n'arrive pas à me résoudre à me débarrasser d'elle. J'ai vraiment un grain ! Ça n'a rien de si terrible ! Et pourtant, ce garnement me hante déjà pour ce que je n'ai pas encore fait.

J'ai eu un coup de folie dans l'après-midi et je suis descendue acheter toutes les marques possibles de tests de grossesse. J'ai bu des litres et pissé sur tous ces drôles de stylos. J'ai lu et relu les notices, mais pas un seul n'a osé contredire cette garce de gynéco. Tout a fini à la poubelle, ça n'a réussi qu'à m'énerver davantage. Je tourne en rond, je deviens folle. Oui, c'est ça, je suis folle et je me suis imaginé cette situation cauchemardesque, un enfant de Josh, pour avoir le sentiment de ne pas le perdre complètement, c'est forcément une idée farfelue de mon cerveau pour tenter de me réconforter. J'observe la rue en contrebas pour tenter de me calmer et j'ai soudain le sentiment de ne plus être à ma place. La vie new-yorkaise, les connards toujours trop stressés, trop pressés, les cruches trop superficielles, je n'en peux plus, j'ai besoin d'autre chose. J'ai besoin de calme, de ceux qui m'aiment sans me juger. J'ai besoin de Phil. Je suis sûre que lorsque j'aurai retrouvé son sourire rassurant, ses bras chaleureux, la vie si tranquille à ses côtés, je saurai quoi faire et je me trouverai ridicule d'avoir paniqué.

Je prépare un sac et me précipite dans les sous-sols de l'immeuble pour sortir la petite berline rouge que Phil m'a offerte pour s'assurer que je puisse rentrer le plus souvent possible.

Quand j'arrive deux heures plus tard, la nuit est tombée depuis un moment et je suis certaine qu'Élise et Phil ont déjà dîné. Pourtant, en pénétrant dans cette maison où je me sens désormais chez moi, il y a du bruit dans la cuisine. Une conversation animée se joue dans cette pièce exiguë. Est-il possible qu'ils se disputent ? J'hésite à m'avancer davantage, je ne veux pas me mêler à leur intimité. Et puis, une troisième voix me parvient. Une partie de moi sait que je devrais fuir avant qu'ils ne me découvrent, mais je continue de m'approcher, comme hypnotisée.

Et je la vois. Comment a-t-elle osé venir ici ? Salir mon univers, corrompre ma famille parfaite. Je me jette sur elle et l'empoigne par l'épaule pour l'obliger à quitter la chaise et abandonner le verre qu'ils lui ont trop gentiment offert.

– Dégage ! On ne veut pas de toi ici ! Retourne où tu étais : loin de moi, loin de nous. Casse-toi !

Je hurle comme une hystérique. Je me moque de la blesser. Elle se relève, mais ne bouge pas, elle semble sous le choc. Au moment où elle cesse enfin de résister, Phil m'enveloppe de ses bras rassurants et m'oblige à la lâcher.

– Sandre, elle est venue pour prendre de tes nouvelles. Elle avait besoin de te retrouver, annonce-t-il avec ce calme impressionnant dont lui seul a le secret.

– Il fallait y penser il y a huit ans, lorsqu'elle m'a laissée me démerder toute seule, je m'offusque en arrêtant de me débattre à contrecœur.

J'aimerais que Phil me permette de la virer de chez lui, de chez nous, mais il est plus fort que moi et bien trop poli pour ça. Il m'oblige à m'asseoir et parle d'une voix monocorde qui doit se vouloir rassurante, mais au fond, je ne suis pas vraiment convaincue qu'il apprécie sa visite.

– Melinda nous avouait à quel point elle a culpabilisé chaque jour, à quel point elle s'est inquiétée pour toi. Elle…

– Foutaises ! je crache sans la quitter des yeux.

Je ne l'avais pas remarqué la veille, mais elle a vieilli depuis toutes ces années. Ses cheveux coupés court creusent ses joues amaigries et son regard clair est constellé de ridules. Elle n'a toujours pas dit un seul mot, elle semble triste et fatiguée, et des larmes entourent ses iris ternis par… peut-être des regrets. Rien à foutre qu'elle regrette, le mal est fait. Elle me détaille avec amour et fierté, et je retiens le haut-le-cœur qui menace de me trahir.

Ma mère est incapable de se faire une juste opinion de quelqu'un, de conseiller les autres sur leurs choix, mais en revanche, elle peut deviner si une femme attend un enfant en un regard. Et je vois dans ses yeux qu'elle sait. Putain, ce don est une malédiction ! Je ne veux pas qu'ils sachent.

– Mon Dieu, je vais être grand-mère, couine-t-elle en portant sa main à sa bouche.

– Tu ne vas rien du tout, tu délires ! Phil, dis-lui de partir, elle n'a rien à faire là, je l'implore.

Je tente de me relever, mais il me cloue sur la chaise en maintenant mes épaules. Je me tourne vers lui et le supplie :

– Papa !

Je n'ai encore jamais utilisé ce terme pour désigner Phil, et ce simple mot ébranle la pièce entière. Et s'il fait le bonheur de Phil, ma mère, elle, a du mal à digérer que son mari ait été remplacé. Bien fait !

Je vois les regards d'Élise et Phil se croiser brièvement et il annonce, en se rapprochant de Melinda :

– Nous allons peut-être laisser à Sandre le temps d'y réfléchir. Je te tiendrai au courant.

Ma mère ne proteste pas et je réplique, alors qu'ils disparaissent dans l'entrée :

– Je ne changerai pas d'avis, tu as fait ton choix il y a longtemps et j'ai aussi fait le mien.

– Sandre ! me réprimande gentiment Élise. Melinda est ta mère et, quoi qu'elle ait fait, elle le sera toujours.

– Tu te trompes, Élise. Une mère, c'est une femme qui est là chaque fois que tu as besoin d'elle, et dans ma vie, cette femme c'est toi.

À son tour, ses yeux se remplissent de larmes et elle m'emprisonne dans ses bras avant que je n'aie le temps de riposter. Quand Phil revient, il ne dit pas un seul mot et se contente de se joindre à ce câlin écœurant. Je me suis habituée à ces marques permanentes d'affection et si j'ai accouru, alors que ma vie part en vrille, c'est justement pour ça. Près d'eux, tout semble plus simple, plus facile. Et je regrette presque que ce soit fini lorsqu'Élise s'écarte.

– Elle reste celle qui t'a mise au monde et qui s'est occupée de toi pendant seize ans.

– Elle n'a rien fait comme il faut.

– Prends le temps de te calmer et d'envisager les choses sous des angles différents. Aujourd'hui, tu es une adulte forte et indépendante, tu n'as plus besoin d'elle, mais peut-être as-tu besoin de comprendre pourquoi ils ont pris leur distance avec leur passé ?

Les doigts de Phil effleurent ma joue et mon menton, et il relève ma tête pour m'obliger à le regarder.

– Je ne changerai pas d'avis, je déclare les dents serrées.

– C'est à cause d'elle que tu es rentrée à la maison ? demande-t-il, presque gêné.

C'est encore étrange parfois de l'entendre dire « la maison ».

– Je … je …

Je ne peux pas leur avouer la vérité. Ils ne doivent pas savoir. J'aimerais qu'ils me guident, qu'ils me disent quoi faire, mais je sais qu'ils ne peuvent pas, ils ne peuvent pas comprendre.

– Oui, je souffle en quittant la pièce pour qu'ils ne puissent pas insister. Je vais défaire mon sac, il est tard.

Mais il me suit dans le couloir et s'installe sur la chaise de mon bureau. Ma chambre, la chambre d'amis, n'a pas bougé, elle est toujours d'un bleu écœurant, mais j'ai appris à l'aimer et je ne voudrais pas qu'ils y changent quoi que ce soit.

– Je crois que nous devrions discuter de ce qui vient de se passer, s'entête Phil.

– Et moi, je ne pense pas, je déclare en attaquant le rangement de mon sac.

J'ai vraiment apporté n'importe quoi. Quel intérêt d'avoir une robe sexy pour traîner à Winsted ?

– Pourtant, je pense que c'est important que tu écoutes au moins ce qu'elle a à te dire.

Je me contente de le dévisager, et il ajoute :

– Tu es sûre qu'il n'y a rien d'autre qui te tracasse ?

Je hoche la tête, mais c'est Phil quand même, et même à demi-mot, il insiste :

– Melinda a toujours aimé se vanter de son don et je comprends que ça, bien plus que sa présence ici, puisse te déconcerter. Mais je suis là et Élise aussi, ainsi que William, Prudence, et même Josh. Nous serons toujours là pour toi.

Je frémis en entendant son prénom.

– Tu peux me dire pourquoi on parle de lui ? je m'énerve, alors qu'il m'embrasse sur le front.

– Je vais te laisser te reposer, finit-il par annoncer en quittant la pièce. Nous en reparlerons quand tu seras plus calme.

Ouais, c'est ça, plus calme. J'aurais vraiment voulu me calmer, mais ma nuit a été un enfer. J'ai revécu mon enfance avec un mini-Josh, l'imaginant en ado tyrannique, et je me suis détestée de ne pas parvenir à l'aimer. Le lendemain matin, je traîne au lit pour ne pas croiser Élise et Phil avant qu'ils partent au travail. Je tourne en rond sans réussir à avaler quoi que ce soit et finis par échouer sur la terrasse, contemplant le jardin en ignorant le froid. Ma colère s'est évaporée, ne laissant qu'un horrible vide, alors que je devrais me trouver… trop pleine. C'est étrange de se dire qu'il est là et que rien ne trahit sa présence. Je suis sûre qu'ils se sont trompés et que mes règles vont bientôt se pointer, c'est tout ce stress qui les a retardées, inutile de paniquer. Oui, c'est ça, elles vont arriver.

Phil débarque à midi, alors qu'il ne rentre jamais d'habitude. Il fait le tour de la maison avant de me découvrir dans le jardin.

– Tu te sens mieux ? m'interroge-t-il avant de me prendre dans ses bras.

J'aime le voir dans ses fringues impeccables et bien coupées quand il part travailler. Aujourd'hui, il a opté pour une chemise en satin gris et un jean noir ajusté. Je l'observe, mais je ne réponds pas, je suis à deux doigts de craquer, de m'effondrer. Je hais la faiblesse de mon état, mon impuissance face à cette situation. Phil me conduit à l'intérieur et nous prépare une salade et une omelette, alors que je lui ai affirmé ne pas avoir faim. Je mets la table et le regarde nous servir de bonnes portions.

– J'ai revu Melinda ce matin, finit-il par avouer. Je lui ai dit que tu avais besoin de temps. Elle rentre à Hawaï et aimerait revenir pour les fêtes, si tu es d'accord.

À Hawaï ? J'ignorais qu'ils vivaient là-bas, mais je m'en moque de toute façon. Je ne veux rien connaître de leur vie.

– J'ai vraiment besoin de répondre ?

– Je sais à quel point tu peux te montrer butée… mais n'as-tu jamais pensé que le jour où tu aurais un enfant, tu souhaiterais qu'il reste indulgent envers tes faiblesses ?

Bien sûr, il fallait qu'il remette ça sur le tapis ! Je riposte du tac au tac :

– Je n'aurai jamais d'enfant.

Mon estomac se retourne et je porte ma main à ma bouche en ravalant la bile qui menace, le têtard sait déjà se faire entendre. Quel petit con !

– Justement, peut-être que nous devrions évoquer… ce problème également ?

– Vous n'auriez jamais dû être au courant, je réplique froidement.

– Tu … tu ne désires pas le garder ?

– J'ai besoin de prendre l'air.

Il m'arrête devant la baie vitrée de la terrasse et me serre dans ses bras.

– J'attendrai que tu sois prête à en parler. Je veux que tu saches que je compte inviter Melinda à passer les fêtes avec nous et que j'aimerais que tu te montres plus respectueuse envers elle.

Phil m'emmerde, il m'emmerde vraiment, mais je suis incapable de protester.

J'ai passé les journées suivantes dans le froid et les courants d'air. Attendant, espérant que mon cauchemar cesse enfin ou qu'une grippe me terrasse et emporte le parasite au passage, mais rien n'est arrivé, à part Prude et son éternel sourire trop naïf.

Elle a débarqué le samedi soir, guillerette comme toujours. Elle ne porte plus ses affreuses lunettes et a renoncé à ses ridicules coiffures de petite fille sage. En fait, elle est plutôt jolie depuis qu'elle fait des efforts pour s'habiller. Elle porte une robe très simple en lin imprimé. Il n'y a pas à dire, elle et Will sont parfaitement assortis.

– Alors comme ça, tu rentres à Winsted et tu ne préviens même pas ta vieille copine ? raille-t-elle en me prenant dans ses bras, chargés d'un trop-plein d'amour écœurant.

– Je n'avais pas envie de ta bonne humeur, je riposte en écourtant son étreinte.

– Tu as tort, c'est un remède miracle.

– Je ne veux pas guérir !

Ou plutôt si, je voudrais, mais elle ignore pour le têtard et il est hors de question qu'elle l'apprenne. J'évite de la regarder pour être certaine qu'elle ne devine pas, on ne sait jamais, elle pourrait être comme ma mère. Je continue de contempler les arbres du voisin qui s'agitent dans la brise glaciale, alors qu'elle m'attrape par les épaules affectueusement.

– Parce que ne plus avoir mal, ça signifierait ne plus aimer Josh ?

– Tu ne pourrais pas faire semblant d'être un peu cruche parfois, je râle, alors qu'elle m'entraîne à l'intérieur où Élise prépare déjà la table du dîner.

– Je sais que tu ne m'écouteras pas mais, à ta place, je courrais lui parler avant qu'il ne soit trop tard. Vous avez assez joué à cache-cache tous les deux.

– C'était sympa, ta lune de miel ? je réplique pour changer de sujet.

CHAPITRE 33

Josh

Je n'arrive pas à me sortir de la tête la nuit que j'ai passée au chevet de Sandre. Je ne me suis jamais senti autant à ma place qu'en cet instant. C'est la première fois depuis qu'on se connaît qu'elle semblait vraiment avoir besoin de moi. Je pensais que ça changerait tout entre nous, alors quand elle m'a rejeté le lendemain matin, la douleur a été plus forte que jamais. Je n'ai pas compris ce qui s'est passé, je n'ai pas compris ce qui l'a énervée à ce point.

Mel est tellement à fond dans les préparatifs du mariage qu'elle ne remarque rien. Elle passe ses soirées au téléphone avec ma mère, parce que nous avons décidé de nous marier à Winsted et que c'est plus facile qu'elle gère tout de là-bas.

La semaine dernière, nous avons signé pour une villa à l'extérieur de la ville, dans un quartier calme et discret où courait joyeusement une ribambelle d'enfants. Et pour la première fois depuis que j'ai demandé Mel en mariage, je me suis souvenu que c'était vraiment ce que je désirais. C'est cette vie-là que je souhaite, c'est pour ça que j'ai choisi de l'épouser, elle. Ça m'a remis les idées en place. Je dois faire mes cartons, parce que Mel aimerait emménager avant mon anniversaire, je la soupçonne de vouloir organiser une grande fête pour l'occasion. Je suis motivé, pourtant je ne fais rien. Je contemple l'écran vide de ma télé, avachi dans le vieux canapé en cuir noir.

Hier, ma mère a annoncé à Mélanie que Sandre est retournée vivre chez les Donnell. Elle est retournée à Winsted après m'avoir planté devant l'hôpital. J'ai du mal à réaliser qu'elle s'est précipitée chez eux. Je la croyais plus forte. Il y a autre chose, j'en suis sûr !

Je viens de composer leur numéro, j'ai besoin d'avoir de ses nouvelles, il faut que je sache comment elle se sent. Mel va bientôt rentrer, je ne lui en ai pas encore parlé, mais je compte bien le faire. Il n'y a aucun mal à appeler sa témoin. C'est le doux timbre d'Élise qui me répond. Je lui demande si Sandre va bien, et elle me propose de patienter ; après un instant, la voix pleine de colère de Sandre rugit :

– Je n'ai pas besoin que tu t'inquiètes pour moi !

– Et pourtant, je m'inquiète !

Je l'entends souffler et j'ajoute avant qu'elle ne raccroche :

– Tu as revu ta mère ? C'est pour ça que tu t'es précipitée chez Philip et Élise ?

J'imagine qu'elle ne va pas répondre, et après un moment de silence, je perçois un long soupir.

– Elle doit revenir pour les fêtes.

– Tu as accepté de la voir ?

– Je ne sais pas. J'ai peur qu'il n'y ait pas d'autre façon de m'en débarrasser.

Phil l'a convaincue ? J'aimerais bien savoir comment il s'y est pris, elle est plutôt du genre buté. Peut-être devrais-je lui demander de plaider ma cause ? Mais n'importe quoi, je délire !

– Qu'est-ce qui ne va pas ? je hasarde sans réfléchir. Je n'aurais jamais pensé que le retour de ta mère puisse te bouleverser à ce point, et maintenant tu parles de la revoir ? Je croyais que tu ne voulais plus jamais entendre parler d'elle ?

Je sens son agacement. Soudain, la jalousie pointe le bout de son nez et je me mets à cracher dans le combiné :

– Tu t'acharnes à me rejeter alors que j'ai toujours été là pour toi ! Et il lui suffit de débarquer après toutes ces années sans donner de nouvelles pour que tu sois prête à tout lui pardonner.

Je sais que mon attitude est ridicule, que je vais en épouser une autre et que je ne devrais pas m'obstiner, mais c'est plus fort que moi, je ne peux m'empêcher d'espérer, chaque fois qu'une occasion se présente. Il faut que j'arrête.

– Je n'ai rien pardonné du tout et je n'ai pas l'intention de le faire, s'énerve-t-elle à l'autre bout du fil.

– C'est ta mère, tu as raison, je souffle en reprenant mes esprits.

Elle ne répond rien, alors je demande :

– Tu ne retournes pas à New York ?

– Je l'ignore ! J'en ai un peu marre des mannequins sans cervelle !

J'aimerais tellement que mon cœur cesse de se faire des films. Elle ne vient pas d'avouer qu'elle ne voulait plus de plan d'un soir, elle n'a pas dit qu'elle souhaitait enfin se caser.

– Après les sportifs amoureux, c'est les apollons bodybuildés que tu repousses !

Mel ouvre la porte joyeusement, et je sursaute comme si je venais d'être pris en flagrant délit d'adultère. Elle ne répond rien, alors j'écourte la conversation avant de dire une connerie que je regretterai par la suite.

– Ça m'a fait plaisir d'avoir de tes nouvelles, on se voit bientôt.

– Ouais, c'est ça, grogne-t-elle à l'autre bout du fil.

CHAPITRE 34

Sandre

J'ai fini par supplier Phil de me donner du boulot. N'importe quoi, plutôt que de penser à… à ce qui m'arrive.

J'ai enchaîné les shootings, les rencontres avec les petits commerces locaux, je lui ai dégoté de nouveaux clients, élargissant son réseau et accumulant les contrats. Je bosse plus que lorsque j'étais à New York. Jordan m'en veut un peu de l'avoir laissé tomber, mais il s'en remettra. Peut-être qu'après avoir pris ma décision, j'y retournerai, mais pour l'instant je ne peux pas. Et pour être honnête, dans la petite entreprise de Phil, j'ai enfin l'impression de retrouver le plaisir des belles images, du papier qui révèle son étrange mystère.

Je sais que je devrais consulter un gynéco, prendre rendez-vous à l'hôpital, faire quelque chose, mais je ne fais rien. J'espère que les nausées s'arrêteront comme par magie, m'annonçant que je suis guérie. La semaine dernière, j'ai eu une nouvelle crise « tests de grossesse ». J'ai maudit les fabricants de ces gadgets ridicules pour finir par me dire que c'était impossible et que mes règles allaient forcément débarquer. Mon ventre est toujours aussi plat, rien ne trahit sa présence, il n'est pas là, tout simplement.

Je suis en train de vérifier les clichés que je viens de prendre pour un verrier local. Les rayons de lumière qui entraient par les grandes baies vitrées de sa boutique ont donné des contrastes fabuleux, et je suis fière du résultat. Je sélectionne les images à retoucher en essayant d'ignorer les protestations de mon estomac incommodé par le café que j'ai ingurgité il y a quelques minutes. Et là, je sursaute en découvrant Élise devant moi, les bras croisés comme si elle s'apprêtait à me gronder. Elle doit sortir du travail, car elle porte un tailleur-pantalon très élégant. Élise bosse dans une banque, mais ne revêt ce genre de vêtement que lorsqu'elle a une réunion importante. Je suis sûre que c'est pour ça qu'elle affiche cet air agacé.

– Tu comptes attendre les premières contractions pour faire quelque chose ? m'interroge-t-elle, une pointe de sarcasme dans la voix.

En fait, non, son énervement vient de moi. Je me doutais que cette conversation finirait par arriver, j'espérais juste que ça soit le plus tard possible.

– J'attends que ce petit con comprenne tout seul que personne ne veut de lui.

Je sais, c'est ridicule et je n'y crois pas moi-même. J'ai pris ma décision à l'instant même où cet abruti de docteur a dit le mot « enceinte », c'est juste, c'est juste… que je ne peux pas. Comme un végétarien qui refuserait la viande, même si sa vie en dépendait.

– Seulement, il semblerait que « ce petit con » soit aussi buté que toi.

– Il ne peut pas être pire que moi, c'est quand même mes gènes à la base.

Elle sourit et j'espère que la discussion va s'arrêter là, mais c'est d'Élise dont on parle !

– Viens ! Je t'emmène voir à quoi ressemble ce petit entêté, annonce-t-elle en posant une main rassurante sur mon épaule.

C'est stupide, mais je suis soulagée qu'elle le propose. J'ai besoin d'elle, j'ai besoin qu'elle m'accompagne et je n'aurais jamais pu lui demander.

– À un têtard dans un aquarium, je commente en récupérant mon sac.

Si elle n'avait pas été là, je n'aurais même pas réussi à foutre un pied dans la salle d'attente. Il n'y a qu'une femme devant nous, mais elle est prête à éclater et je redoute qu'elle ne perde les eaux sous nos yeux. Je ne peux pas m'empêcher de la dévisager, j'ai du mal à imaginer qu'un truc pareil grandisse en moi, que je serai bientôt aussi déformée qu'elle. Je secoue la tête : non, je n'accepterai jamais de devenir comme ça !

Je sens qu'Élise me prend la main. J'oblige mon cerveau à ne pas penser, à ne pas s'affoler, quand je m'allonge sur la table d'auscultation. Cette nouvelle gynéco ne m'a pas demandé de me dévêtir, juste de relever mon T-shirt et juste pour ça, je crois que je l'apprécie déjà.

Après avoir étalé un gel frais sur mon ventre, elle presse un drôle d'instrument sur mon abdomen et je le vois. Il ne ressemble en rien à l'étrange poisson dans un bocal que je m'étais imaginé. C'est un bébé, avec une grosse tête et des doigts minuscules. Une petite chose fragile qui s'agite comme un ver pris au piège. J'entends son cœur qui tambourine et c'est comme s'il me criait déjà sa rage de vivre. Il a fallu qu'il tienne de moi ! Je me crispe pour ne pas exploser, je voudrais hurler, me débattre. Je voudrais lui expliquer, à ce petit con, que je ne saurai jamais m'occuper de lui. Mais au lieu de ça, je reste immobile, à contempler cette chose en moi qui s'anime avec une vitalité impressionnante.

Je sursaute quand l'écran devient noir et que la gynéco m'essuie le ventre. Elle retourne à son imposant bureau pendant que je rajuste ma tenue. Des feuilles sortent de l'imprimante et Élise et moi nous asseyons en face d'elle. Je n'avais pas réalisé que la pièce était aussi grande, il y a même un coin salon et un immense tableau derrière elle qui représente l'évolution d'un bébé dans le ventre de sa mère. Beurk ! Je sursaute quand elle prend la parole :

– Le fœtus est en parfaite santé, vous n'avez pas à vous inquiéter, me rassure la doctoresse.

Parce que j'ai l'air inquiète ? N'importe quoi ! Elle est complètement à côté de la plaque, je ne suis pas stressée ou angoissée ou je ne sais quoi d'autre, comme la plupart des futures mamans. Je suis à la limite de la crise d'hystérie et si je relâche ne serait-ce qu'un muscle, je suis sûre que c'est elle qui va tout prendre. Mais elle ne remarque rien, elle continue comme si tout ça était le plus naturel du monde.

– Je vous ai prescrit des vitamines et une prise de sang à faire assez rapidement. Nous nous reverrons le mois prochain. Votre date de terme est le 26 juin…

Et elle déblatère sur ce que je suis censée faire ou ne pas faire, sur le congé maternité et… et je ne l'écoute plus. J'ai bloqué sur la date et je ne peux m'empêcher de rire, de rire vraiment, parce que ce petit con a pensé à tout pour emmerder ses vieux jusqu'au bout. C'est sûr, quel meilleur jour pour naître que celui du mariage de son père ? Mon rire devient frénétique, il est le rempart à la panique qui s'apprête à s'emparer de moi. Et soudain, Élise l'interrompt :

– Sandre… Euh… Sandra ne sait pas si elle souhaite garder le bébé.

Je me crispe en entendant la réalité sortir de sa bouche. C'est ça, je ne veux pas de lui.

– Ah ! grogne la gynéco. Vous auriez dû me le dire… Il ne vous reste plus que deux semaines, nous devons programmer l'IVG maintenant.

Quoi ? Non ! Elle ne peut pas me demander de faire ça, je ne peux pas… je ne peux pas décider tout de suite.

– Je … je ne souhaite pas qu'il meure, je bafouille. Vous ne pouvez pas lui faire ça, il n'a rien demandé.

– Mademoiselle, ce n'est pas encore une personne. L'intervention n'a rien de meurtrier, m'explique-t-elle avec la voix qu'elle utiliserait pour parler à un attardé.

– Qu'est-ce que vous en savez ? Vous les avez interrogés sur ce que ça leur faisait avant de leur régler leur compte ? je m'emporte, en quittant mon fauteuil et en me dirigeant vers la porte.

J'entends Élise s'excuser pour moi avant de l'abandonner dans le cabinet. Mais elle ne met pas longtemps à me rejoindre dans la rue.

– Sandre, attends ! s'époumone-t-elle.

Mais je continue d'avancer, je bous de colère et j'ignore pourquoi. Elle m'oblige à m'arrêter, à la regarder.Elle est plus petite que moi, mais elle sait se montrer impressionnante. Ses mains se posent sur mon visage et je frémis à son contact.

– Est-ce que ça veut dire que tu souhaites le garder ?

– Non, je ne peux pas, je ne veux pas, je souffle en retenant mes larmes.

– Tu préfères… tu préfères le faire adopter ? bredouille-t-elle à contrecœur.

Je sais que c'est dur pour elle d'envisager ce genre d'option et je souris parce que je sens bien qu'elle me soutiendrait, quoi que je décide.

– Oui, j'aimerais qu'il ait une bonne famille, mais tu crois qu'il pourrait m'en vouloir de ne pas m'être battue pour le garder auprès de moi ? je dis en pensant à ce que m'ont fait vivre mes vieux.

– Je n'en sais rien ! Peut-être, oui. Comment l'aurais-tu vécu si tes parents avaient choisi de te confier à quelqu'un d'autre ? insiste-t-elle.

Je vois très bien où elle veut en venir. Bien sûr que je leur en aurais voulu et que je les aurais détestés tout autant. Dans tous les cas, ils ont merdé.

– Je ne saurai jamais m'occuper d'un bébé, je suffoque, incapable de retenir la marée plus longtemps.

Je savais que les femmes enceintes étaient du genre pleurnichard, mais je n'aurais jamais pensé le devenir à ce point. Je n'ai jamais eu autant envie de chialer que depuis que ce petit con s'est incrusté.

– Tu t'en sortiras très bien, tu as toutes les qualités pour y arriver. Tu es forte, déterminée, il te manque juste un peu de patience, se moque-t-elle. Et puis, tu ne seras pas seule. Tes parents, eux, n'avaient personne pour les soutenir.

Je déteste qu'on me rappelle leur existence, leur passé compliqué. Ma mère a toujours dit qu'être orpheline, c'était le plus terrible des cadeaux que la vie puisse faire à un enfant. Parce que, lorsqu'elle voyait les autres avec leur famille, elle se trouvait incroyablement plus forte qu'eux. Lorqu'elle avait tout juste un an, un incendie avait ravagé sa vie. Il ne lui était rien resté, ni souvenirs ni maison, et les maigres économies de ses parents avaient été dilapidées pour payer leurs obsèques. Elle avait grandi dans des familles d'accueil. C'est là qu'elle avait rencontré mon père. Lui, c'était différent, ses parents étaient drogués, alcooliques et joueurs invétérés, j'ignore ce qu'ils sont devenus, il a toujours refusé d'en parler. Ils n'évoquaient jamais non plus les raisons qui les avaient poussés à quitter leur foyer d'accueil.

– Tu vas devoir en discuter avec Josh, précise Élise, mon visage toujours entre ses mains.

Dur retour à la réalité ! Même si le passé de mes vieux n'a rien d'exaltant.

– Je ne serai pas là à son mariage, et alors ? je m'énerve.

– Tu sais très bien que ce n'est pas de ça dont je parle !

– Désolée, je ne lis pas dans les pensées, je déclare, ignorant qu'elle fait allusion à lui en tant que père du têtard.

C'est donc si improbable d'envisager qu'il n'y a pas que lui dans ma vie ? Si elle avait été plus croyante, j'aurais bien évoqué le Saint-Esprit, mais je ne suis pas convaincue qu'elle y aurait cru une seule seconde.

– Le bébé est bien de lui ? insiste-t-elle.

– Évidemment, tu délires !

Et je me suis dirigée vers la voiture. Elle n'a plus dit un seul mot jusqu'à la maison et, quand nous sommes arrivées, Phil nous attendait avec une expression angoissée à vous foutre la nausée. Je me suis précipitée dans ma chambre, lui ai claqué la porte au nez sans lui laisser l'occasion d'ouvrir la bouche et je me suis écroulée. Je vais avoir un bébé ! Moi qui n'en voulais pas, qui me pensais incapable de m'en occuper, de gérer, j'ai vraiment décidé de le garder ? Je suis folle, non c'est pire, je suis complètement inconsciente.

– Est-ce que tu réalises que tu vas vraiment avoir une vie de merde avec moi ? je souffle en me penchant sur mon ventre.

Bien sûr, aucune réaction ! La nausée, c'est uniquement pour me faire chier. Et en plus, il est content ce petit con, il doit vraiment tenir de Josh pour aimer souffrir. Et le pire dans tout ça, c'est que je me sens soulagée d'avoir décidé qu'il ferait partie de ma vie.

J'ai finalement dû sortir parce qu'ils ne m'ont pas laissé le choix à l'heure du dîner. Je me suis changée en vitesse et Phil a regardé la vieille chemise de Ryan d'un air contrarié. Il a disparu dans le couloir et est revenu quelques instants après, les bras chargés des siennes.

– Si tu éprouves toujours le besoin de te cacher derrière des vêtements d'homme, j'aimerais autant que tu portes les miens, a-t-il déclaré sans me donner l'occasion de protester.

Je suis touchée qu'il veuille que je porte ses fringues, ça représente bien plus pour moi qu'il ne l'imagine. J'ai donc tout embarqué dans ma chambre et suis revenue avec l'une de ses chemises, me sentant bien plus forte que je ne l'ai jamais été. Je pensais que ça s'arrêterait là pour la soirée, mais

Élise ne cache rien à Phil et, bien sûr, il a fallu qu'il aborde le sujet.

– Peut-on en parler maintenant ? Tu as décidé de le garder ?

Papi Phil souhaiterait sans doute se réjouir, mais moi je ne suis pas encore prête.

– Non, je réplique, plus froidement que je l'aurais voulu.

CHAPITRE 35

Sandre

Je suis soulagée d'avoir pris ma décision. Le petit con n'aura pas une vie de rêve, mais puisqu'il a décidé de s'accrocher, je veux lui donner tout l'amour que je porte à Josh. Ça sera toujours mieux que des parents qui vous mentent et se déchirent.

J'ai donc repris ma vie en main. J'ai emménagé dans l'ancienne maison de mes vieux, puisqu'elle m'appartient désormais, et j'ai entrepris de tout transformer.

J'ai investi l'intégralité de mes économies dans un nouveau mobilier et j'ai acheté des pots de peinture de toutes les couleurs pour occuper mes week-ends. Du rouge pour la cuisine, du gris pour le salon et l'entrée, du rose pour l'atelier, du vert anis pour la salle de bains, du mauve pour ma chambre et du bleu ciel pour celle de mes parents. Je sais que Phil et Élise ont compris que c'était la pièce pour le têtard, mais ils n'ont rien dit.

C'est LE sujet tabou ! Même si mon père a tenté une nouvelle conversation « Josh ». Bien sûr, Phil est persuadé qu'il est de lui, que Josh doit savoir, que je ne pourrai pas le lui cacher éternellement. Aujourd'hui plus que jamais, je sais que nous ne pouvons pas être ensemble. Pour son bien à lui, et surtout, pour le bien du petit con. Je ne veux pas que le têtard ait à souffrir comme j'ai souffert. Je suis comme ma mère, rongée par la passion, et pour le petit parasite, je changerai. Je n'ai encore rien dit à personne, mais je compte partir quand il sera né. Je sais que je devrais le faire maintenant, c'est juste que je flippe à cause de la grossesse et que j'ai plus que jamais besoin d'une famille, de ma famille.

Ils sont d'ailleurs tous là. Je pensais que ça me prendrait des semaines pour tout repeindre, mais Phil et Élise, Prude et Will se sont pointés avec une tonne de matos. J'aurais aimé leur avouer que je préférais tout refaire seule, mais je n'ai pas osé. J'espérais que ça m'occuperait l'esprit pendant un long moment. Raté !

Phil et Élise se sont attaqués aux chambres, Will se charge de la cuisine et Prude peint un mur du salon, revêtue d'un vieux T-shirt de son mari, pendant que je m'acharne sur l'autre. Elle, d'habitude si bavarde, n'a pas dit un seul mot depuis que nous nous sommes attelées à la tâche. Je finis par m'inquiéter :

– Tu vas bien ?

Elle se tourne vers moi avec un sourire conspirateur à vous donner de l'urticaire.

– C'est justement la question que je voulais te poser, réplique-t-elle, malicieuse.

Je fais comme si je n'avais rien entendu et retourne à mes pinceaux, mais elle insiste :

– Je n'aurais jamais pensé que tu reviendrais.

– C'est certainement une très mauvaise idée, je réponds en me concentrant sur le mur qui retrouve un peu de couleur.

Et de nouveau, elle cesse de parler, mais Prude ne peut jamais rester silencieuse très longtemps.

– Je suis au courant.

Je me fige un instant avant de vérifier son expression gênée. Moi qui croyais que Phil et Élise étaient capables de tenir leur langue ! Je m'apprête à exploser quand un haut-le-cœur me rappelle à l'ordre, le petit con veut déjà me faire entendre ses idées. Et alors que je me précipite aux toilettes, elle trouve judicieux de préciser :

– Nous n'en parlerons à personne.

Parce que, bien sûr, Will aussi doit tout savoir !

Quand je refais surface, après m'être débarrassée de mon petit déjeuner, Prude me saute au cou avec un sourire niais.

– Je vais être tata, se réjouit-elle, en sautillant de joie.

– Tu n'as qu'à demander à Will de s'occuper de ton utérus si tu as des envies de pouponner, je riposte, en tentant de me dégager de son étreinte.

Elle fait une moue contrariée et retourne à ses occupations. Après ça, plus personne n'a osé aborder le sujet durant notre long week-end de peinture.

Et comme si ce n'était pas suffisant, Jordan a débarqué quelques jours plus tard, alors que je rentrais tout juste d'une séance photo éprouvante dans une pâtisserie. Qui aurait pu croire que de magnifiques macarons pouvaient foutre la gerbe ?

– Chérie, tu pensais vraiment pouvoir te débarrasser de moi si facilement ? m'interroge Jordan, toujours impeccablement looké, devant le petit perron de mon nouveau chez moi.

– J'avais bon espoir, je réponds en le laissant entrer avec deux énormes valises. Ne me dis pas que tu comptes t'installer ici ?

– Tu es la femme de ma vie, ne détruis pas mes rêves de bonheur avec ton cœur de pierre, raille-t-il.

C'est sa manière à lui de se moquer de Josh. J'ignore pourquoi, mais il ne l'a jamais apprécié. Peut-être à cause de son côté trop mâle, trop sûr de lui ou peut-être est-ce juste parce que Josh n'a jamais pu l'encadrer.

Sans me laisser l'occasion de l'inviter, Jordan pénètre dans le salon en admirant les murs fraîchement repeints. Je l'observe étaler ses valises sur le canapé et trifouiller dedans.

– Tu vas me raconter tous tes soucis, déclare-t-il en brandissant une bouteille de vodka, parce que tu ne me feras pas croire que tu as abandonné ta magnifique vie new-yorkaise sans raison.

Je le regarde se diriger vers la cuisine et explorer les placards à la recherche de petits verres. Je me serais volontiers laissée aller à oublier mes ennuis avec lui, mais le têtard proteste déjà, alors je sors du jus d'orange.

– Hors de question que tu te bourres la gueule chez moi !

– Depuis quand tu joues les maîtresses de maison rabat-joie, râle-t-il en remplissant les verres qu'il vient de sortir.

– Tu sais bien que je ne bois pas.

– Mais certaines situations réclament des exceptions. Tu ne rechignais pas sur un petit verre avant, où est le problème ?

– J'ai des soucis de santé.

Immédiatement, un haut-le-cœur me punit pour cet horrible mensonge. Je ravale la bile avant qu'elle n'atteigne ma bouche, et Jordan se précipite vers moi pour me plaquer contre lui dans une étreinte musclée, bien qu'il soit loin d'être baraqué.

– Pauvre cœur ! Je n'avais pas remarqué que tu étais si pâle. Dis-moi que ce n'est rien de grave.

– Pas dans le sens où tu l'entends, je précise, en tentant de me dégager.

Il redresse la tête et son visage se penche vers moi, interrogateur. Il y a déjà trop de monde au courant et Jordan va me torturer jusqu'à ce que j'avoue la vérité.

– Si tu en parles à qui que ce soit, je te jure que tes couilles s'en souviendront, je le menace, même s'il semble réellement inquiet.

J'inspire un grand coup et lui déballe tout : comment Josh m'a annoncé qu'il allait se marier ; comment je lui ai demandé une dernière fois ; Boby qui m'a obligée à assister à cette horrible soirée où nous sommes devenus les témoins de Josh, comment j'ai fini à l'hosto avec Josh à mon chevet, le diagnostic de ces enfoirés de médecins, les tests de grossesse, le retour de ma mère, l'échographie du petit con…

– Si c'est une fille, il va falloir lui trouver un autre surnom, raille-t-il, pour détendre l'atmosphère.

– C'est un garçon, je déclare, sûre de moi.

– Tu le sais déjà ? s'étonne-t-il.

Je le dévisage froidement, et il change de sujet. Jordan sait qu'il ne faut pas contrarier mon esprit buté, alors il parle allaitement, mais en voyant ma tronche, il se rabat sur les modes de garde. Franchement, il croit que je me soucie de ce genre de détail ?

– Mais enfin, chérie, ça se prépare, une naissance.

– Je n'ai pas l'intention de m'éterniser dans le coin, je réponds en sortant des verres plus grands pour le jus d'orange.

– Tu veux tuer Philip ? s'indigne Jordan.

Comment lui faire comprendre que je serais vraiment stupide d'agiter le têtard sous le nez de Josh alors qu'il rentre tout juste de sa lune de miel ? Je n'ai pas envie d'être responsable de sa première scène de ménage.

Après quelques jours, Jordan finit par faire comme les autres et évite le sujet « petit con ». Il s'est installé dans la chambre bleu ciel et m'aide à gérer les nouveaux contrats que j'ai dégotés pour Phil.

Et puis Noël arrive. Il faut avoir l'air plus joyeux que d'habitude, décorer le sapin et la maison en supportant les gloussements enjoués de Jordan. Ma mère débarque pour les fêtes. Ça fait plusieurs jours qu'elle dort chez Phil, mais je n'y ai pas mis les pieds. Je lui ai promis un tête-à-tête, alors, à contre-cœur, je me présente à l'adresse qu'elle a choisie. C'est un endroit plutôt chic, à la déco moderne et épurée, à l'image de tout ce que ma mère apprécie. Pour l'occasion, elle porte une robe noire un peu trop légère, mais parfaitement en accord avec le lieu. Melinda aime soigner son apparence en toutes circonstances, moi je me suis contentée d'un jean ajusté et d'une chemise de Phil. C'est horrible, je ne me sens pas du tout à ma place !

Y a-t-il pire façon de passer le réveillon qu'en compagnie de cette folle dans un resto bondé ? Phil me fait faire vraiment n'importe quoi. Je veux bien admettre qu'un jour, moi aussi, je serai une vieille tarée reconnaissante au têtard d'avoir l'indulgence de me consacrer sa veillée de Noël, mais ça reste quand même merdique comme soirée…

Et depuis tout à l'heure, elle parle toute seule, alors que je joue avec la nourriture dans mon assiette.

– Je n'ai pas rouvert de cabinet, l'envie n'y était plus, mais j'aime beaucoup aider au restaurant. Ça marche très bien, si tu le voyais, je suis sûre qu'il te plairait…

Bla-bla-bla… J'hésite à lui dire que je me moque de sa petite vie ennuyeuse, quand elle demande :

– J'espère que c'est un enfant de l'amour… Je souhaiterais pouvoir te guider avec le père, j'ai rabiboché bien des ménages dans mon travail. Tu sais que le ciment d'un couple, c'est…

Et maintenant, elle veut m'aider ! Si elle ose prononcer le mot sexe, je fais une crise.

– Je n'ai pas besoin de ton aide et encore moins de tes conseils, je riposte froidement sans la laisser finir.

– Tu peux me reprocher d'avoir été une mère pitoyable, mais tu ne serais jamais devenue cette femme forte et indépendante si nous t'avions donné tout ce que tu désirais…

Mais bien sûr ! Rassure-toi comme tu peux !

– Peut-être que je n'ai jamais souhaité devenir cette femme-là. Je déteste te ressembler.

Mais ma mère ne se démonte pas si facilement, c'est une femme de caractère.

– Tu ne devrais pas ! Les gens s'écroulent là où nous survivons…

– Pourtant, tu as laissé ton mari t'affaiblir, je la coupe avant d'entendre une fois de plus son laïus sur la puissance des hommes capables de se relever des cendres de leur vie dévastée.

Ma mère en a un nombre incalculable d'exemples, sans compter son propre passé. La mort de ses parents dont elle n'a aucun souvenir, les familles d'accueil pas si accueillantes, les pensionnats froids et austères, les gens qui vous rabaissent parce que vous avez perdu vos racines et ceux qui pensent pouvoir vous manipuler.

– Ryan n'a pas la chance d'avoir notre force, les épreuves de la vie le blessent plus que toi et moi. Il souffre encore de la cruauté de sa mère et…

– Je sais déjà toutes ces conneries.

La peur du dealer qui réclame son dû, la douleur du manque et de la faim, la violence de la rue, la recherche désespérée d'une dose pour soulager une mère qui ne l'a jamais aimé. Toutes ses excuses pour justifier ce qu'il m'a fait endurer. Et j'ajoute, pour la déstabiliser :

– Tu te crois forte, Melinda, mais tu es faible !

Elle frémit en m'entendant l'appeler par son prénom.

– S'ouvrir aux autres en acceptant qu'ils puissent vous blesser, c'est aussi ça, être forte, déclare-t-elle en tentant de dissimuler sa contrariété.

– Et tu penses que c'est ce que tu fais là, avec moi ? Huit ans pour réapparaître, quelle détermination, je suis impressionnée ! je la provoque, en sentant mon estomac protester violemment.

– Sandre, je regrette, je te l'ai dit. Avec ton père, nous avions besoin de nous retrouver, ça nous a pris du temps, mais on y est arrivés. Je souhaitais revenir te chercher, et puis une assistante sociale a appelé pour m'annoncer que tu avais une nouvelle famille, une nouvelle vie, que je devais garder mes distances. Si tu savais le mal que ça m'a fait ! Je voulais te revoir, te récupérer, mais ils m'en ont empêchée, ils m'ont dit que tu avais besoin de stabilité. Je …

– Tu m'as abandonnée, tu m'as menti, tu ne pensais qu'à…

– Non, Sandre ! s'emporte-t-elle. Tu n'as qu'un père, et c'est Ryan. Sans le savoir, Philip nous a juste offert ce qui nous manquait pour t'avoir.

Je reste un instant bouche bée. Je ne suis pas sûre d'avoir bien compris.

– Tu l'as manipulé ? je m'offusque en me levant d'un bond. Tu n'es qu'une garce !

Et je quitte la table avant qu'elle ne me resserve ses excuses à la noix.

J'ai chialé la moitié de la nuit sans trop savoir pourquoi. Je n'ai pas besoin d'elle, j'ai fait une croix sur ma mère, alors pourquoi ça me déstabilise autant ? C'est encore le têtard ?

– Tu n'as pas besoin d'une grand-mère de plus, j'explique à mon ventre, tu as déjà Élise.

Mais il s'obstine et finit par réclamer un petit déjeuner que je suis certaine de ne pas garder.

– Il va falloir vous mettre d'accord, je déclare à mon estomac et au petit con.

– Tu parles à ton ventre, maintenant ?

Un Jordan encore en pyjama s'invite dans ma chambre, les bras chargés d'un énorme plateau recouvert de bouffe écœurante.

– Joyeux Noël, Chérie ! chantonne-t-il gaiement.

– Je déteste ces jours où on est obligé de transpirer le bonheur, je grogne, en croquant dans un biscuit en forme de sapin.

– Toujours en train de te plaindre, mais un jour je te ferai avouer que tu adores ça.

Comme si ce n'était pas suffisant, il me traîne de force jusque chez Phil, où Élise nous a préparé un festin. La maison est surchargée de décorations scintillantes et tout le monde s'est habillé pour l'occasion. Tout le monde, excepté moi.

Il a fallu mettre les cadeaux sous le sapin et les ouvrir tous avant de pouvoir boire ou manger quoi que ce soit. Jordan semble aux anges, il rentre rarement chez lui depuis qu'il a annoncé son homosexualité à ses parents et il ne parle pratiquement jamais d'eux ni de son frère aîné. Melinda aussi a les yeux brillants d'un truc écœurant, pourtant nous ne fêtions pas vraiment Noël avant. Je ne sais pas pourquoi, mais ce n'était pas leur genre. Peut-être parce que nous n'étions pas une famille.

Phil se réjouit des nouvelles chemises que je lui ai offertes pour remplacer celles qu'il m'a données. Prude pleure presque en découvrant le cliché encadré de leur mariage. Une photo prise en douce, alors qu'ils discutaient dans un coin de la salle superbement décorée. Jordan chiale comme une madeleine parce que je lui ai dégoté la caméra sportive qu'il voulait tant. Puis c'est mon tour d'ouvrir les paquets qu'ils ont accumulés sur mes genoux. Will et Prude m'ont offert des filtres pour mon appareil, Phil un trépied et Élise une écharpe. Je bloque sur le cadeau de ma mère : une photo que je ne reconnais pas, dans un cadre qu'elle a dû faire elle-même. Je dois avoir six ou sept ans et j'ai l'air tellement heureuse, entourée d'eux, que c'en est surprenant.

– C'est ma préférée. Nous venions d'acheter la maison et tu étais ravie d'avoir enfin une grande chambre. Notre appartement en ville était si petit.

Je ne dis rien, j'essaie de me rappeler, mais je n'y parviens pas, ce n'est pas ça notre famille. Elle ajoute, en ignorant que je suis déjà dans tous mes états :

– J'aimerais que tu te souviennes que nous aussi, nous avons été heureux.

Je regarde Phil, une partie de moi sait que je devrais me taire, mais il faut que ça sorte :

– Pourtant moi, je ne me souviens que du mal que vous m'avez fait.

Je quitte la maison et cours en ignorant où je vais. Je voudrais cogner, je voudrais crier, mais je cours, je cours jusqu'à en être épuisée. Je n'en peux plus, je halète, je suffoque, pliée en deux pour reprendre mon souffle. Et quand je me redresse, je réalise que je suis devant chez Josh, c'est une évidence, j'ai besoin de lui. Non, je ne pourrai jamais traverser tout ça sans lui. Et dans ce moment de faiblesse, je ne désire qu'une chose, le retrouver et qu'il me serre dans ses bras.

Je contourne la maison et m'apprête à grimper au vieux lierre lorsque je l'aperçois. Il est dans le salon, très élégant, magnifique comme toujours, il pose devant lui un pull en cachemire incroyablement ringard et il sourit. Il sourit à Mélanie avant de l'enlacer. Il est heureux, tellement heureux sans moi.

– Nous ne pouvons pas lui faire ça, je murmure en caressant mon ventre toujours plat.

CHAPITRE 36

Josh

Je n'ai pas revu Sandre depuis sa crise d'hystérie à l'hôpital. Nous ne nous sommes même pas croisés durant les fêtes. J'espérais un peu, bêtement, pour finalement me dire qu'il ne valait mieux pas. Ma mère m'a révélé que Sandre était plus sereine depuis qu'elle était revenue à Winsted, enfin c'est ce que lui a confié Élise. J'ai un peu du mal à le croire. Sandre sereine ?

J'ai vraiment dû lutter pour ne pas lui rendre visite. Pourtant, je dirais que je gère plutôt bien le manque. Ça va de mieux en mieux avec Mélanie, et j'adore notre nouvelle maison. Nous avons emménagé hier et nous sommes en train de ranger les cartons. J'ai profité de l'euphorie des fêtes pour lui dire à quel point je l'aimais et combien j'étais heureux qu'elle ait accepté de m'épouser. Depuis, la routine entre nous est douce et agréable.

Enfin, je le croyais, jusqu'à ce que j'aperçoive Mel en train de me dévisager, outrée, alors que je m'acharne à monter une commode qui refuse de prendre la forme indiquée sur l'emballage.

– Que fait une bague de fiançailles que tu ne m'as jamais offerte dans la poche d'un de tes pantalons de costume ?

Mon sang se glace en découvrant entre ses doigts l'anneau finement ciselé destiné à Sandre. Je tente d'ignorer son regard meurtrier et la fureur dans sa voix. Il faut que je sois convaincant.

– Ma grand-mère me l'a donnée pour toi, mais je t'avais déjà offert la tienne.

Pas mal, non ?

– Oh !... Je pourrais la porter quand même pour lui faire plaisir ? propose-t-elle, de nouveau douce et joyeuse.

– NON !

Comment lui dire que je ne supporterais jamais de la voir à son doigt ? J'ignore mon cœur qui s'affole et le contraint au calme, je cherche encore un mensonge pour faire disparaître son regard perdu.

– J'ai déjà promis de la lui rendre, mais je n'arrivais pas à me souvenir de ce que j'en avais fait.

Je m'approche d'elle, l'embrasse sur le front en récupérant la bague, avant de la serrer dans mes bras. Ses doigts glissent sous mon sweat et je sais que j'ai échappé au pire. J'écourte notre étreinte avant d'annoncer :

– Je vais prendre une douche, cette commode me sort par les yeux !

Une fois enfermé, je m'écroule sur la faïence froide du lavabo et ouvre la main pour contempler l'anneau qui y est dissimulé.

Pourquoi n'a-t-elle pas dit oui ? Pourquoi ne m'a-t-elle pas épargné tout ça ? Je croyais avoir avancé, mais cette petite chose ridicule me renvoie des souvenirs aussi doux que douloureux. Il faut que je la voie, j'ai besoin de ma dose, tout de suite ! Je compose son numéro et dois me contenter de sa voix sur sa messagerie, annonçant qu'il n'y a aucune chance pour qu'elle décroche son putain de portable et que je peux toujours laisser un message et rêver qu'elle me rappelle un jour. C'est tellement elle !

Il me faut une douche froide pour cesser de penser à Sandre et me sentir mieux.

Je pensais l'incident oublié, mais le lendemain matin, Mélanie semble préoccupée, elle me jette à peine un regard, tandis qu'elle jacasse au téléphone avec ma mère en préparant le petit déjeuner, vêtue d'un tailleur ivoire très chic. Pendant un instant, je redoute qu'elle lui ait demandé confirmation pour la bague et découvert le pot aux roses. Dans cinq minutes, je vais passer un sale quart d'heure. L'avantage avec le téléphone, c'est qu'on peut toujours raccrocher quand ça devient trop insupportable. Je tends la main, mais Mel met fin à la communication sans même me la passer.

– Oh, désolée ! Tu voulais lui parler ? s'étonne-t-elle, alors que mes doigts flottent encore dans l'air.

– Eh bien… on est le 22 janvier…

J'hésite, dois-je ou non lui faire remarquer qu'elle a oublié mon anniversaire ? Avec les femmes, on ne sait jamais ce qui risque de les contrarier. Je m'attendais à ce qu'elle me saute au cou en me le souhaitant, peut-être même avec un cadeau, mais elle se contente de répliquer :

– Et alors, hier on était le 21 !

J'aurais dû me douter que ça sentait le coup fourré et, pourtant, je n'ai rien vu venir. Je n'ai même pas tiqué quand Diego m'a proposé un verre après l'entraînement, alors que d'habitude il m'encourage à aller retrouver ma petite femme, comme il aime l'appeler. Devant un whisky, il a enchaîné les recommandations concernant ma vie commune avec sa meilleure amie et j'ai redouté un instant qu'il n'ait tout compris de mes choix. J'ai commencé à avoir des doutes lorsqu'il a insisté pour me raccompagner ; la maison entièrement plongée dans le noir a fini de me convaincre.

– C'était donc toi la diversion, je plaisante en m'avançant dans l'allée.

– Aie au moins l'air étonné, souffle-t-il, en ouvrant la porte.

Et je suis réellement surpris lorsque la lumière s'allume sur mon nouveau salon et que tout le monde hurle *Happy Birthday*, parce que si je m'attendais à retrouver les gars de l'équipe et leur copine, je ne pensais pas y voir mes parents, Rita et Harry, Boby, Paul et tous les potes de Winsted, même Steve et Marcy, Élise et Philip,

Prudence et William, et surtout… Sandre. Je me retiens de ne pas me précipiter pour l'enlacer et réprime un frémissement quand Mélanie me prend dans ses bras en susurrant :

– Bon anniversaire, Chéri !

Elle s'est changée pour l'occasion et porte un ensemble décontracté qui lui va à ravir, mais ce soir elle n'existe plus. D'autres bras m'étreignent, me saluent joyeusement, on m'offre à boire, on me parle, mais je ne vois qu'elle. J'ignore même la question murmurée par Marcy quand je l'embrasse chaleureusement :

– Pourquoi reproduire les mêmes erreurs ?

Je me contente de lui sourire, les mots sont coincés dans ma gorge, je suis incapable de réfléchir. Marcy agrippe mon bras, nous sommes amis maintenant. Il nous a fallu du temps, mais nous avons réussi à nous pardonner nos erreurs. Je profite de l'accolade de Boby pour esquiver, mais Sandre apparaît à nouveau dans mon champ de vision et il n'y a plus qu'elle. Ma mère a raison, elle a changé ! Mais pourquoi a-t-elle ressorti ses vieilles chemises ? J'ai peur qu'elle aille mal, qu'elle ait besoin de moi. Pourtant, ses fringues ne semblent pas aussi usées qu'auparavant et elle porte sa chemise avec goût, blousée dans un jean ajusté, suffisamment ouverte pour qu'on puisse apercevoir un décolleté à tomber. Depuis quand elle a des seins pareils ? Mon Dieu, Josh, arrête de la reluquer !

Je me force à rire avec les potes, à boire avec les gars de l'équipe, et puis, doucement, insidieusement, je m'approche d'elle.

– Comment vas-tu ? me demande Philip.

– Bien... bien... je ne pensais pas vous trouver tous ici, merci d'être venus !

– Nous n'aurions manqué ça pour rien au monde, s'enthousiasme Élise en m'embrassant. Joyeux anniversaire !

Je me penche vers Sandre et lui souffle un « ça va ? », mais elle ne répond pas. Elle se contente d'attraper un verre de champagne sur le plateau que porte la mère de Mel. Philip lui fait les gros yeux et elle le repose aussitôt en grimaçant. Elle semble tellement mal à l'aise.

J'aimerais l'embarquer dans la salle de bains ou sur la terrasse, je souhaiterais l'obliger à me dire ce qui ne va pas, mais je sens qu'on me soulève et qu'on m'entraîne au centre de la pièce. Une pile de cadeaux m'attend, des fringues, des trucs pour le mariage et une grosse chaîne que j'imagine offerte par Mélanie. Je dois souffler mes vingt-quatre bougies, remercier tout le monde, parler avec tout le monde, rire avec tout le monde, alors que je ne pense qu'à elle.

– Tu as une sale tête, Joshy chéri, raille Rita en me tendant un verre. Difficile d'être dans la même pièce que sa future femme et sa maîtresse ?

Si je ne la briefe pas sur les sujets à éviter, Rita est incapable de tenir sa langue. Pour ça, Harry a encore du boulot. Je vérifie que Mel est toujours dans la cuisine avant de répliquer :

– Je croyais que tu avais renoncé aux remarques désobligeantes ?

– Et toi à ce genre de situation, contre-t-elle.

– Pourtant ça me semble très clair, je vais me marier.

– C'est toi ou c'est moi que tu essaies de convaincre ? insiste-t-elle, alors que mon regard ne peut s'empêcher de la chercher.

Et puis, le destin m'offre une merveilleuse opportunité. Alors que je me dirige vers les toilettes pour soulager une irrépressible envie, je vois Sandre se faufiler dans la salle de bains. Je retiens la porte de justesse et m'engouffre à l'intérieur sans lui laisser le temps de protester. Elle me dévisage, mais ne dit rien, elle a l'air fatiguée.

– Alors, je t'écoute, j'annonce en m'accoudant à la poignée pour être certain qu'elle ne m'échappe pas.

– Joyeux anniversaire, déclare-t-elle, malicieuse.

Je ne peux m'empêcher de la détailler. Sa bouche charnue m'appelle et me sourit, mais son regard semble déstabilisé de se retrouver ici avec moi. Mon Dieu, qu'elle est belle ! Elle a peut-être ressorti ses immenses chemises, mais il n'y a plus rien de la rebelle dans son allure.

– Tu plaques ta vie new-yorkaise pour rentrer précipitamment à Winsted et tu as revêtu ta carapace, qu'est-ce qui ne va pas ?

– Rien de spécial, juste besoin de changement, réplique-t-elle, plus gênée que jamais.

Où est passée ma rebelle ? Je verrouille la porte et me rapproche d'elle.

– Je te connais Sandre, tu ne te débarrasseras pas de moi si facilement, accouche !

Elle sursaute et recule d'un pas.

Comment a-t-on pu se retrouver dans cette situation inversée, moi qui domine et elle à ma merci ? Je m'avance à nouveau, ignorant mon envie pressante qui me rappelle à l'ordre et ses seins magnifiques qui me font de l'œil. Depuis quand sont-ils aussi ronds, aussi beaux ? À cet instant, j'oublie que je suis dans la maison de ma future famille, je ne songe pas à ma fiancée juste à côté ni à notre futur mariage, je ne pense qu'à elle. Elle qui est peut-être en train de changer, d'évoluer et qui pourrait peut-être maintenant vouloir de moi. Enfin pour l'instant, elle a l'air plutôt paniquée, comme un animal pris au piège dans les phares d'une voiture. Plus sereine, tu parles !

– Qu'est-ce que tu veux que je te dise ? s'énerve-t-elle soudain en s'écartant vivement. Ma mère croit qu'elle peut revenir dans ma vie comme si de rien n'était, et toi tu penses pouvoir y rester alors que tu as fait des choix radicalement opposés, et le petit con…

Elle crie presque et s'interrompt brusquement en portant une main à sa bouche. Elle est devenue si blanche que je redoute un instant qu'elle ne s'effondre une fois de plus. Sans réfléchir, je franchis les quelques pas qu'elle vient de mettre entre nous et la serre dans mes bras pour qu'elle ne vacille pas. Son contact est délicieux, enivrant, elle m'a tellement manqué.

– Tu es malade ? je m'enquiers en plongeant mes yeux dans les siens.

– Rien de grave, souffle-t-elle, toujours aussi pâle.

– Parle-moi, j'insiste en posant mon front contre le sien.

Mon cœur s'enflamme pour elle, et je retiens une irrésistible envie de l'embrasser. Je la sens suffoquer entre mes doigts, elle a glissé une main sur mon ventre pour garder un minimum d'espace entre nous. Un sourire se dessine soudain sur ses lèvres et je sais que Sandre est en train de refaire surface.

– Les amis ne discutent pas collés l'un contre l'autre, déclare-t-elle, et elle s'écarte me laissant les bras ballants.

Elle sort de sa poche un petit sachet en velours rouge qu'elle me tend, en précisant :

– Je crois que c'est le genre de cadeau qu'est censée offrir la témoin du marié. Je suis heureuse pour toi, Mélanie est quelqu'un de bien.

C'est quoi ce bordel ? Qu'est-ce qu'ils ont fait de Sandre, de ma Sandre ? Putain, qu'est-ce qui lui arrive ?

– Arrête tes conneries, je m'emporte en posant le petit sachet sur le rebord du lavabo. Tu ne penses pas ce que tu dis. Je suis sûr que tu la trouves trop coincée, trop sainte nitouche, je suis sûr que tu crois qu'elle n'est pas plus faite pour moi que ne l'étaient Marcy ou Emily. Tu joues les hypocrites pour te débarrasser de moi.

Je lui gueule dessus, alors que je suis tout proche d'elle, mais c'est plus fort que moi, il faut toujours que je la touche.

– Alors, c'est ça ! Tu veux que je te convainque de ne pas l'épouser, tu veux que je te répète à quel point tu vas te faire chier avec elle, à quel point tu vas regretter nos retrouvailles en douce ? Mais tu le sais déjà et tu l'as quand même choisie, alors fous-moi la paix !

Son index martèle ma poitrine, mais ce contact censé me repousser ne fait que m'attirer. À chaque pression, mon désir de la toucher se fait plus intense et je finis par plaquer mes lèvres sur les siennes en nous pressant contre la porte. Il n'y a rien de meilleur que de retrouver son corps contre le mien.

– Change d'avis, je susurre sans lâcher sa bouche.

– Il y a quelqu'un dans ma vie, réplique-t-elle en glissant sa main sous mon sweat.

– Largue-le !

– Je l'aime, annonce-t-elle, la voix tremblante.

Je m'écarte pour scruter ses yeux troublés par une émotion étrange. Je ne pensais pas que ça se produirait un jour, mais elle a réussi à me briser le cœur une fois de plus. Je m'apprête à lui demander des explications, mais un bruit sec derrière la porte m'en empêche.

– Josh, tu es là ? interroge la voix de ma mère. Nous partons, ton père ne veut pas faire la route trop tard.

– J'arrive, je clame avant de murmurer : tu te moques de moi ?

Mais elle se contente de s'écarter.

– Sors le premier, j'attendrai ici quelques minutes.

Je raccompagne mes parents, dans un état second. Je ne pensais pas que ça serait douloureux à ce point. Moi aussi, je suis passé à autre chose, alors pourquoi ça me rend malade ? J'ignore Boby qui semble vouloir me parler et je me précipite dehors. J'ai besoin de prendre l'air, que le froid me secoue, j'ai besoin de retrouver mes esprits. J'inspire un bon coup en observant les étoiles dans la nuit claire. Mais le répit est de courte durée, je viens de réaliser que je ne suis pas seul, dans le fond du jardin, Mélanie et Diego se chamaillent. Je devrais m'en inquiéter, il a peut-être tout compris, mais la seule chose qui me perturbe, c'est que Sandre puisse avoir quelqu'un d'autre dans sa vie.

– Es-tu sûr d'être prêt ?

La voix grave de Philip me fait sursauter. Je ne l'ai même pas entendu approcher. Comme toujours, il est très élégant. Mais comment a-t-il pu deviner le fond de mes pensées ?

– J'en ai besoin, je réponds simplement.

– Elle aussi a besoin de toi. Si tu acceptais de reconnaître que ce mariage n'est pas pour toi, je suis sûr que je parviendrais à la convaincre que tu es sa plus belle option.

J'hallucine ! Philip me propose son aide. Maintenant, maintenant que c'est trop tard…

– Elle vient de m'avouer qu'elle avait quelqu'un d'autre dans sa vie.

– Elle a fait ça ? s'étonne-t-il avec un sourire incompréhensible. C'est vrai, mais ce n'est pas ce que tu crois.

Je n'arrive pas à réaliser qu'il confirme. Elle a vraiment quelqu'un ? Mon cœur a des ratés impressionnants, il proteste, il s'affole, il serait prêt à me faire faire n'importe quoi.

– Et tu voudrais quoi ? Que je lui montre qu'elle se trompe ? Mais peut-être que c'est elle qui a raison ? Peut-être que c'est bien mieux ainsi ?

Ouais, c'est ça, c'est bien mieux comme ça ! J'ai parlé un peu trop fort et je sursaute en découvrant Diego à côté de moi.

– On peut parler ? me demande-t-il, presque gêné de nous interrompre.

– Ce n'est pas la peine, intervient Mélanie, en venant se blottir contre moi.

Je me force à glisser une main dans son dos et à l'embrasser sur le front. Je voudrais hurler, cogner, m'emporter, mais je me retiens. J'ai mal, tellement mal.

CHAPITRE 37

Sandre

Je n'aurais jamais imaginé que ça puisse être aussi dur de résister à Josh, je n'aurais jamais pensé qu'il s'acharnerait à demander encore et encore. J'ai cru que j'allais craquer dans ses bras. Mais pourquoi lui ai-je parlé du petit con ? S'il savait que l'autre amour de ma vie, c'est son fils ! Il a fallu que les mots sortent de ma bouche pour comprendre que je l'aime, ce bébé. Oui, je l'aime, plus que tout, plus que ma vie. J'ai besoin de lui pour survivre à ce mariage. Grâce à lui, une partie de Josh m'appartiendra toujours. Je sais, c'est dingue, mais ça me rassure.

En rentrant, tard, j'ai couru dans la chambre du fond, soulagée que Jordan soit là pour m'effondrer dans ses bras. J'ai pleuré comme une madeleine, blottie contre lui, c'est le deuxième effet pas cool de la grossesse. Je déteste toutes ces émotions que provoque le têtard.

– Josh est fou de toi depuis toujours, il va en épouser une autre et il continue de te prouver que tu es l'unique à ses yeux, qu'est-ce que tu attends ?

m'interroge-t-il en me caressant les cheveux tendrement.

– Que ça passe !

– Et si ça n'arrive jamais ? Tu vas détruire un mariage, une famille ? À force de tout faire pour ne pas ressembler à ta mère, tu vas finir par devenir pire qu'elle.

Je me redresse pour l'observer, je suffoque, je tremble. Ces mots me glacent le sang, s'insinuent dans mes veines, envahissent mon cœur qui s'emballe comme s'il venait de se réveiller d'un long sommeil. Jordan a raison. Je me suis tellement battue contre moi-même pour ne pas être comme elle que j'ai fait n'importe quoi, et maintenant c'est mon bébé qui va devoir payer les pots cassés. Comment ai-je pu en arriver là ? Je me suis perdue, là où ma mère s'était simplement égarée.

– Je … je ne pourrai jamais lui avouer la vérité, il va me détester, je bafouille entre deux sanglots.

– Bien sûr que si tu pourras, et si tu doutes, pense à toutes les fois où il t'a prouvé à quel point il t'aime. Tu vas lui faire le plus beau cadeau dont un homme amoureux puisse rêver.

J'ai pleuré toutes les larmes de mon corps, à me dire que j'allais me dessécher pire qu'un vieux tronc mort, puis j'ai fini par m'endormir, toujours blottie dans les bras de Jordan. J'ai rêvé de Josh, de nous, de notre futur enfant et je nous ai vus heureux.

Mais au réveil, toutes ces belles certitudes s'étaient envolées et le têtard a protesté parce que si moi je ne suis pas sûre de mes choix, lui l'est. Il veut un père et il ne veut pas n'importe lequel, il veut le sien. Je suis en train de devenir complètement folle. Ce petit… con ne peut quand même pas me convaincre de me précipiter à Boston pour tout lui dire et voir ce qui se passe. Si lui n'a pas compris, moi je sais. Je vois d'ici la tronche décomposée de Mélanie et l'air horrifié de Josh. Il va me détester. Bien sûr, le bébé l'idolâtre déjà. Je dis n'importe quoi !

Je vais le faire, c'est juste que je ne suis pas encore prête.

Les heures à bosser sur de nouveaux contrats, les soirées télé dans les bras de Jordan, les dimanches chez Phil et Élise, les bowlings avec Will et Prude m'aident à penser à autre chose. Et le principal, les nausées ont complètement disparu depuis cette horrible soirée chez Josh et comme je n'ai toujours pas pris un gramme, j'en oublierais presque que j'attends un enfant. Cependant, je n'ai pas quitté les chemises de Phil parce que je sais bien qu'un jour, il finira par montrer à la terre entière qu'il existe.

Ma mère m'appelle régulièrement et me laisse des messages interminables où elle me raconte sa vie et nos meilleurs souvenirs de famille. Je me demande si elle n'invente pas un peu, car je ne me souviens d'aucune de ces anecdotes. Elle me dit qu'elle va revenir au printemps et que nous ne parlerons plus du passé, que nous pourrions faire du shopping pour le bébé. Je ne l'avouerai jamais, mais ses mots me font du bien et je me surprends même parfois à attendre ses appels. Enfin, peut-être pas tant que ça.

– Oh, comme c'est gentil de votre part, couine Jordan à son portable, alors que je nous prépare un gratin de pâtes. Ça me ferait très plaisir de vous revoir… Je suis sûr qu'elle adorerait… Je vais vous la passer, comme ça, vous pourrez en discuter toutes les deux.

Puis il me tend le combiné en soufflant « ta mère ». Je secoue la tête, proteste, mais il me le plaque de force contre l'oreille et j'entends la femme qui m'a mise au monde babiller joyeusement :

– Sandre, comme je suis contente de pouvoir enfin te parler. J'espère que tu vas bien ?

– Mmh, je grogne, alors que Jordan me fait signe de répondre.

– Je serai là pour ton anniversaire, si tu veux bien de moi, et je pensais qu'on pourrait aller faire des courses pour le bébé. J'ai tellement envie de le gâter, mais je préférerais avoir ton avis avant d'acheter quoi que ce soit.

– Je n'ai besoin de rien, je m'offusque en tentant de rester aimable.

– Mais j'ai envie de le faire. Sandre, je souhaite me rattraper, je souhaite faire partie de ta vie. Je sais que je m'y prends peut-être mal, je n'ai jamais été très douée pour ça, mais j'ai besoin d'être enfin là pour toi, même si tu penses que c'est trop tard.

Ces mots sont d'un ridicule, et pourtant, elle serait presque capable de me faire chialer. Je voudrais l'envoyer balader, mais la vérité, c'est

que je n'en ai plus la force. Je suis fatiguée de toujours repousser les autres, alors je réponds :
– OK, on fera ça.

Coincée dans la salle d'attente de la gynéco avec Élise, je ne peux m'empêcher de me ronger les ongles. J'ai raté deux rendez-vous parce que… parce que je n'en sais rien. Je déteste ça tout simplement. Mais aujourd'hui, c'est la deuxième échographie importante et Élise veut être certaine que je coopère. Le têtard n'est pas encore là qu'elle joue déjà les mamies aux petits soins.

La gynéco étale le gel et après quelques instants, le petit… con apparaît. Il a bien grossi, l'enfoiré ! Impossible de le voir en entier. Ses mains sont énormes et bien potelées, ses pieds encore plus, je me demande comment il peut tenir là-dedans.

– Vous le sentez bouger ? m'interroge la gynéco.

– Non, je réplique sans quitter l'écran des yeux.

Et soudain, je panique ! Il ne va pas bien et c'est à cause de moi. Je refuse de lui laisser la place de grandir, je l'ai traité de petit con, lui ai conseillé de dégager, il n'y survivra pas. Pardon, Bébé, pardon ! Je te jure que je veux bien de toi, que j'ai besoin de toi, que plus jamais je ne te parlerai mal. Je t'aime, je ferai tout pour que tu sois heureux. Tu vois, je vais parler à ton père, je vais tout lui dire. Je t'aimerai comme j'ai été incapable de l'aimer, lui. Je sens les larmes monter malgré moi et la doctoresse ajoute, comme si elle soupçonnait les horreurs que j'ai déjà fait subir à mon bébé :

– Vous n'avez pas encore reconnu les signes, mais il va très bien.

Je tente de me calmer alors qu'elle fait rouler sa sonde sur moi et prend quelques mesures anatomiques totalement abstraites. Élise semble émerveillée par toutes ces tâches indéchiffrables, moi j'essaie de contenir le remords de l'enfer que j'ai fait endurer inconsciemment à mon trésor, moi qui m'étais promis de ne pas être cette garce-là.

– Vous voulez savoir le sexe ? finit par demander la gynéco en m'extirpant de mes pensées.

– Inutile, c'est un garçon, je précise en contemplant ses membres s'agiter sur l'écran.

– Ah ! Il y a dû avoir erreur sur la marchandise, plaisante-t-elle, en observant son entrejambe d'où rien ne dépasse.

– C'est impossible, je m'offusque en me redressant pour l'obliger à cesser l'examen de mon bébé.

Elle ne proteste pas, et je m'essuie le ventre pendant qu'elle nettoie ses instruments. Je ne desserre pas les dents en attendant son rapport, pas davantage lorsqu'elle me fixe mon prochain rendez-vous et, après l'avoir saluée, je me précipite à l'extérieur pour retrouver l'air qui m'a tellement manqué. Élise accourt derrière moi et propose, l'air de rien :

– Si on prenait un verre avant de rentrer ?

– Je suis fatiguée, je riposte froidement.

C'est l'avantage d'être enceinte, ce genre d'excuse bidon, ça marche à tous les coups.

– Alors nous discuterons une fois rentrées, insiste-t-elle, avec un sourire triste.

OK, elle ne va pas me lâcher.

À contrecœur, je m'avance vers le bar ringard qu'elle désigne. Je choisis la table du fond et la laisse commander deux jus d'orange en observant la déco vétuste.

– Une petite fille, c'est bien, commente-t-elle pour briser le silence.

Et voilà, nous y sommes ! Comment lui faire comprendre que c'est impossible, qu'elle s'est trompée ? Avoir un bébé, c'est déjà assez compliqué. Mais en plus il a fallu que ce soit une fille !

– Quand tu as un enfant, tu veux le meilleur pour lui ! Comment pourrais-je souhaiter qu'il me ressemble, ou pire, qu'il ressemble à ma mère ? je m'emporte, des larmes plein les yeux.

Les hormones de la grossesse sont vraiment pires que celles de l'adolescence !

– Entre avoir ta force de caractère ou un sens du devoir à en annihiler son caractère, peut-être qu'il vaut mieux qu'elle tienne de toi plutôt que de son père.

Je frémis en l'entendant évoquer Josh comme le père du bébé. Sans même avoir touché à mon verre, je me lève et me dirige vers la sortie. Ils commencent à m'emmerder tous, à vouloir donner un père à mon bébé. Et une onde parcourt mon ventre, comme pour me rappeler à l'ordre. Le petit… trésor vient de protester, je me fige sur place et Élise se précipite paniquée, comme si j'étais une petite chose fragile.

– Je l'ai sentie bouger, je la rassure avec le sourire niais que doivent afficher toutes les mères en découvrant cette sensation unique.

CHAPITRE 38

Sandre

Hier, c'était mon anniversaire. C'était sympa de le fêter avec mes proches. Enfin… même avec la présence de Melinda et avec tous les débordements d'affection de la famille parfaite, j'ai apprécié. C'est juste devenu un peu gênant lorsque Prude a annoncé, presque hystérique, que Will et elle attendaient un enfant. Mais ça aussi c'était sympa, et ce même si Melinda m'a lancé son sourire victorieux parce qu'elle l'avait compris bien avant tout le monde.

Comme j'aurais aimé me réjouir avec les autres, mais impossible sans Josh. Dire que je croyais qu'il viendrait, que cette journée comptait aussi pour lui, que j'aurais une chance de me racheter. J'allais lui parler, j'allais tout lui avouer, mais il s'est contenté d'un colis par la poste. Un colis qui m'a narguée toute la journée. Et maintenant que je suis seule, je n'ai qu'une envie, m'effondrer.

Impossible de dormir ! J'ai passé la moitié de la nuit à contempler la bague de fiançailles qu'il ne glissera jamais à mon doigt, en refusant de pleurer.

Voilà son cadeau, voilà ce que contenait ce putain de colis, la bague de fiançailles que je lui ai refusée, la preuve qu'il a tourné la page. Je me retiens de l'enfiler, de peur de ne plus souhaiter l'enlever. Je ne quitte pas des yeux le fin anneau doré pour ne pas paniquer. Je n'y arriverai jamais sans lui.

Et notre petit trésor s'est agité toute la soirée, me rappelant sans cesse ma promesse, mais Josh n'est pas venu. Il ne saura jamais. Pardon Bébé !

Quel anniversaire pourri !

Je dois vraiment avoir une sale tête en me levant, car Jordan se sent obligé de préciser :

– Dans deux mois, il vient finir de préparer le mariage, tu trouveras forcément une occasion de lui parler à ce moment-là !

Mais plus l'arrivée du bébé approche, plus sa présence me manque et plus je redoute qu'il me repousse, qu'il nous rejette.

J'aimerais me convaincre que je suis forte, mais je n'y parviendrai pas sans lui. Je n'en peux plus, je ne supporte plus que mes proches se mêlent de mes affaires.

– Ça finira par être trop tard ? je grogne en me servant un verre de jus multivitaminé.

– Quand on aime, il n'est jamais trop tard, commente-t-il en s'agenouillant devant moi. Comment va notre petite rebelle aujourd'hui ?

C'est comme ça que Jordan a baptisé mon trésor, il relève ma chemise, mon débardeur et se penche sur mon ventre, le caresse à la recherche d'une réaction. J'aimerais tellement que ces gestes tendres viennent de Josh. Un minuscule pied déforme la petite protubérance présente depuis peu, à l'instant même où sa joue passe sur mon nombril.

– Cette petite m'adore, couine Jordan, en caressant le renflement.

– Ou bien, elle ne peut déjà pas te sentir, comme son père, je le taquine.

– Il comprendra que tu aies paniqué, que tu aies eu besoin de temps avant de pouvoir lui parler du bébé. Il connaît mieux que quiconque ton sale caractère et puis, il t'aime trop pour t'en vouloir éternellement, insiste-t-il, en se redressant et en me serrant dans ses bras.

– Je n'ai pas besoin que tu me rassures.

– Bien sûr que si, Chérie ! Toutes les femmes ont besoin d'être rassurées. C'est pour ça que Dieu a créé les hommes.

Un coup à la porte nous fait sursauter tous les deux. C'est ma mère, en avance pour notre séance shopping, elle ne pourrait pas se contenter d'être à l'heure, non, elle ne se ferait pas assez remarquer. Cette femme me gonfle, et je me surprends tous les jours à accepter sa présence dans ma vie.

Jordan lui ouvre la porte et l'embrasse chaleureusement tout en l'invitant à entrer. Son regard effleure les murs colorés, je vois bien qu'elle n'apprécie pas les changements que j'ai apportés à la maison, mais elle ne dit rien. Elle me sourit et, comme chaque fois, je suis surprise par cette coupe courte qui encadre son visage si fin. Je ne sais pas pourquoi, mais je m'attends toujours à voir ses longs cheveux s'agiter et trahir chacune de ses émotions. Elle s'avance aussi gracieusement qu'à son habitude. Elle porte un jean et des converses et paraît tellement jeune, vêtue ainsi. Pourtant, le regard de ma mère a vieilli, il est voilé de tristesse. Jordan lui propose à boire et j'interviens avant qu'ils ne se mettent à jacasser comme deux collégiens :

– On y va.

J'aurais aimé que Jordan nous accompagne, mais il a refusé en prétextant qu'on avait besoin de se retrouver seules toutes les deux. Tu parles, lui non plus ça ne lui disait rien, mais il est trop fier pour le reconnaître. Comme à son habitude, elle parle beaucoup durant le court trajet en voiture, et pire encore, lorsque nous déambulons dans les rues commerçantes. Je ne me rappelais pas qu'elle était aussi bavarde.

– C'est agréable cette douceur, je n'en peux plus de la chaleur d'Hawaï. J'ai très envie de revenir m'installer dans le coin. Le resto de ton père marche plutôt bien, mais je pense qu'il pourrait parvenir à faire la même chose ici.

Ma mère ne cesse de me bassiner sur ses changements depuis qu'il est devenu restaurateur, sur ses talents en cuisine et le bien que ça lui fait. Je déteste quand elle parle de lui.

– Si tu veux qu'on s'entende, arrête d'appeler Ryan mon père, je râle, alors qu'elle pénètre dans une boutique pour bébés.

Elle s'immobilise sur le pas de la porte et son regard triste me ferait presque culpabiliser. Je m'affaiblis ces derniers temps, c'est grave !

– Tu lui pardonneras un jour ? s'inquiète-t-elle.

– Tu devrais déjà être heureuse que je ne t'aie toujours pas envoyée bouler.

– Ryan et moi, on a mis en vente le restaurant, on souhaite revenir pour pouvoir faire partie de ta vie.

Je ne réponds rien et elle n'insiste pas. Comment lui dire qu'elle l'aime peut-être, mais que je ne suis pas encore prête à leur pardonner ?

Elle achète des tonnes de fringues et d'accessoires pour bébé. Beaucoup trop de choses qui me paraissent inutiles, mais je la laisse faire, juste parce qu'elle semble heureuse. Nous nous arrêtons pour manger dans un fast-food ringard et elle m'explique qu'elle a repéré un resto délabré à quelques rues de là. Elle le trouve parfait et a déjà fait une offre d'achat. Elle piaille, elle piaille… J'ai dû mal à envisager qu'elle souhaite vraiment revenir, mais je ne fais aucun commentaire, je la laisse parler, puisqu'elle semble en avoir tant besoin.

De temps en temps, je glisse une main dans ma poche pour vérifier que le fin anneau doré ne m'a pas quittée. C'est bête, mais ça me rassure. Il m'a aimée bien plus que je le méritais. Je veux croire qu'il n'a pas pu renoncer à nous, je veux croire qu'il apprécierait la vie que j'aurais à lui offrir. Je m'imagine qu'il pourrait aimer notre bébé, que nous pourrions être heureux ensemble.

Mais chaque fois, le souvenir de son regard contrarié me renvoie à la dure réalité, il va me haïr quand il saura ce que je lui ai fait. Comment pourrait-il en être autrement ? Je presse plus fort le fin anneau entre mes doigts pour m'apaiser.

En quelques semaines, ma mère a rempli la maison de trucs pour la puce. Pas évident maintenant de ne plus y penser, alors je passe des heures au boulot pour ne pas songer à la vie qui sera bientôt la mienne. C'est ridicule, mais je flippe, je ne pourrai jamais assurer toute seule. Je voudrais retarder l'inévitable, je voudrais avoir encore neuf mois devant moi. Et plus que tout, je voudrais Josh à mes côtés.

Ma mère est repartie quelques jours avant que Josh ne revienne, et j'aime autant.

Aujourd'hui, j'ai été invitée à tester les menus pour le mariage, j'ai refusé, mais la mère de Josh a insisté. La témoin de Mélanie sera là, donc, je dois y aller. Tu parles ! Je suis sûre qu'elle fait ça juste pour m'emmerder. Je ne voulais pas retrouver Josh dans ces conditions, j'aurais préféré un tête-à-tête. Juste lui et moi, pour pouvoir lui avouer l'inavouable. J'hésite sur la façon de m'habiller. J'ai pris du ventre ces derniers jours, rien de catastrophique, mais les chemises de Phil sont devenues indispensables. Je cherche un truc sombre pour me dissimuler.

– Tu sais où est ma chemise bordeaux ? je demande à Jordan du haut des escaliers.

– Oh mon Dieu, Sandre ! s'écrie une voix depuis l'entrée.

Mon cœur manque un battement en l'apercevant, mon estomac proteste violemment, tandis que la petite chipie dans mon ventre s'amuse déjà de la situation. Je me précipite dans ma chambre à la recherche d'une autre chemise. J'attrape la première venue et sursaute en l'entendant derrière moi :

– Je voulais être certaine que tu te tiennes convenablement, j'ignorais que le mal était déjà fait, aboie la mère de Josh.

Quelle garce ! Inutile de tenter de la convaincre que Josh n'est pas le père, je suppose qu'elle non plus ne me croira jamais.

– J'espère que vous me pardonnerez de ne pas parvenir à être une femme aussi parfaite que vous, je raille, sarcastique, en finissant de boutonner ma chemise.

– Et moi, j'espère que tu as l'intention de faire ce qu'il faut, maintenant !

C'est plus fort qu'elle, il faut toujours qu'elle me fasse la morale, cette vieille peau.

– Vous savez que je ne suis pas très douée pour ça, je riposte avec un sourire faux.

Elle souffle, dépitée, avant d'ajouter :

– Moi qui pensais qu'il allait enfin avoir droit au bonheur.

J'ignore ses mots, j'ignore si elle s'imagine que mon bébé le rendra malheureux ou s'il s'agit de moi. Je ne veux pas savoir.

– Je crois que je ne me sens pas bien, je proteste en me dirigeant vers la salle de bains. Vous excuserez mon absence.

Normalement, dans mon état, ce genre de chose marche plutôt bien, mais à la manière dont elle me dévisage, écœurée, je suppose que ça ne fonctionnera pas avec elle. Et pourquoi Jordan n'est-il pas là pour me sortir de cet enfer ?

– Il en faut plus pour m'attendrir, commente-t-elle en m'attrapant par le bras. Tu étais censée venir, tu viens, quel que soit le ridicule de la situation.

Bien sûr, il a fallu qu'on arrive en avance et que je supporte les regards contrariés et le silence pesant de cette horrible bonne femme, pendant que le père de Josh, Charlie, tentait pathétiquement de faire la conversation. Mais ce n'était rien en comparaison de Josh et de sa future femme, tous les deux magnifiques et scotchés l'un à l'autre, alors que moi j'aurais bientôt l'air d'une grosse vache solitaire (non, je ne suis pas jalouse !). Il est à l'autre bout de la table, si loin de moi, tellement inaccessible !

Il y a aussi la copine foldingue dont j'ai oublié le prénom, et les parents de Mélanie, Louise et Andrew. Martha n'arrête pas de me reluquer en coin, tandis que Josh évite de croiser mon regard. Il est plus proche de Mélanie qu'il ne l'a jamais été, et mon cœur proteste violemment, sans compter que notre petite chipie en rajoute une couche. J'ai des nausées rien que de penser à son corps si proche du sien, il est si élégant dans sa chemise tellement légère qu'elle en serait presque transparente. Je déteste le voir m'ignorer de cette façon, je déteste qu'il ne ressente plus le besoin irrépressible de me dévorer des yeux ou de m'entraîner à l'écart.

Le resto est hyperchic et je ne me sens pas à ma place. On nous a installés sous une minuscule véranda où il fait une chaleur à crever. Si seulement je pouvais retirer ma chemise ! Tous discutent du prochain grand événement, mais je suis incapable de suivre la conversation. Ma petite coquine serait pourtant ravie d'en faire partie, et je meurs d'envie de fuir alors qu'elle s'agite dans mon ventre. Ce n'est pas le moment, je lui souffle sans bruit.

– Tu ne devrais pas manger de saumon, me recommande Martha lorsqu'on nous sert les entrées.

– Il est très bon, me rassure Mélanie en fixant, interrogative, sa future belle-mère.

Et j'en avale une grosse bouchée, juste pour l'emmerder. Heureusement, Louise la distrait en évoquant les choix de musique pour l'entrée à l'église et la disposition du cortège. Génial, je serai avec le pote de la mariée, celui qui a une grande gueule, dans le genre de Steve ! La mère de Mélanie parle de sa tenue, et Martha me relance, pleine de malice :

– Et toi, Sandre, tu as choisi ta robe ?

– Nous y allons vendredi, intervient Mélanie.

Elle veut vraiment être ma meilleure amie, elle n'a toujours pas compris qu'elle n'a aucune chance.

– J'espère que tu as sélectionné des modèles suffisamment amples, s'enquiert Martha, Sandre a pris du poids dernièrement.

Quelle peau de vache ! Si je ne me retenais pas, je lui enverrais mon poing dans la figure.

– N'importe quoi, me défend Josh, en posant enfin les yeux sur moi.

Il me détaille avec une intensité qui rendrait presque la chaleur ambiante insoutenable. Je sais qu'il a repéré que j'ai pris de la poitrine. J'ai vu ses coups d'œil à son anniversaire, mais je veux croire que ce n'est pas la seule raison qui fait briller ses magnifiques yeux bleus. À cet instant, si sa mère avait pu le gifler pour avoir osé poser les yeux sur moi de cette façon, elle l'aurait fait.

– Vous les hommes, vous n'avez aucun sens de l'observation, insiste-t-elle.

Qu'est-ce qu'elle cherche ? À provoquer un esclandre ? Et alors que je m'apprête à lui faire remarquer très indélicatement à quel point elle s'est fripée comme une vieille pomme ces dernières années, Josh se lève et demande à sa mère de l'accompagner sur la terrasse.

Ça y est, le pire va bientôt se produire. Elle va tout lui dire, et le scandale qui s'ensuivra me donne déjà des sueurs froides. Je ne voulais pas que ça se passe comme ça, je ne voulais pas qu'il le découvre de cette manière. Nous allons vraiment nous étriper devant tout ce beau monde ? J'observe le regard inquiet de Mélanie que sa pouffe de copine tente de rassurer. Mais bien sûr, tout le monde est sur les nerfs à quelques jours du mariage, elle n'a pas trouvé d'excuse plus crédible. Je prétexte une incroyable envie de pisser pour disparaître, s'il souhaite toujours avoir cette conversation après les révélations de sa mère, il va devoir venir me chercher, moi je me tire !

Je la déteste ! Elle lui a dit, j'en suis sûre, elle lui a tout dit et elle n'a pas dû me faire de cadeaux. J'étais sûre qu'il débarquerait en hurlant, j'étais sûre que ça serait douloureux. Mais il n'a même pas daigné se pointer, alors j'ai pleuré toutes les larmes de mon corps une fois de plus. Il ne veut pas d'elle, de nous, sinon il serait venu. C'est trop tard, il a renoncé à nous et j'ai mal, tellement mal. J'ai bercé mon ventre pour la rassurer, moi je l'aime, moi je veux bien d'elle et j'ai prié pour qu'elle ne m'en veuille pas d'avoir vraiment fait n'importe quoi. Elle n'aura pas de père, tant pis. Mon trésor sera bientôt là, je n'ai plus le droit de déconner.

CHAPITRE 39

Josh

Ma mère a pété un câble, c'est sûr ! Elle sait trop bien de quoi Sandre est capable, alors pourquoi la cherche-t-elle comme ça ?

– Qu'est-ce qui te prend ? je l'interroge, alors que nous sommes enfin hors de vue.

– Tu l'aimes toujours ?

Je me fige avant d'enfouir les mains dans mes poches. C'est donc ça, elle pense que je vais tout faire foirer en finissant dans les bras de Sandre. Mais elle ignore que je n'ai cessé d'insister jusqu'à en perdre espoir, elle ignore que j'ai enfin renoncé.

– Réponds d'abord à ma question, je m'énerve en l'observant s'asseoir dans un fauteuil de jardin, vêtue d'un éternel tailleur pêche impeccablement coupé.

– Es-tu conscient qu'elle va gâcher cette journée que Mélanie prépare depuis des mois ? Je ne fais que précipiter les choses.

– Tu délires, Maman !

Elle souffle excédée, ou peut-être juste fatiguée. Elle me désigne le siège en face d'elle et alors que je m'installe, elle se penche, conspiratrice.

– Je sais que je ne t'ai pas encouragé à rester avec Sandre, loin de là, mais je sais reconnaître quand j'ai tort et là, j'ai eu tort. Elle n'est pas parfaite, c'est sûr, elle va te mener la vie dure, c'est encore plus sûr, mais je ne pense pas que tu puisses trouver le bonheur ailleurs.

Je suis scotché ! C'est ma mère qui vient de dire ça ? Ces mots me touchent tant qu'ils me donnent envie de chialer. Mais pourquoi ce revirement soudain ? Je ne comprends pas.

– Pourquoi tu me dis ça… maintenant ?

Maintenant que c'est trop tard, que j'ai enfin réalisé qu'elle ne sera jamais à moi.

– J'aurais vraiment aimé que ton cœur choisisse une femme comme Mélanie, mais ce n'est pas le cas et, en tant que mère, je me dois de te montrer le bon chemin. Ce mariage est une erreur, mon fils.

Qu'est-ce qu'ils ont fait de ma mère ? Elle a bu avant de venir ? Je suis sûr qu'elle dit ça uniquement parce qu'elle a peur que je disjoncte à la dernière minute.

– Peut-être, mais c'est mon erreur et j'ai envie de la faire.

Et je n'en ai jamais été aussi convaincu que ces derniers jours. Sandre, c'est du passé. Je ne sais même plus pourquoi j'ai espéré si longtemps. Au fond, j'ai toujours su que je n'avais aucune chance.

– Pourquoi ? insiste-t-elle.

– Parce que j'ai besoin de connaître autre chose qu'une femme qui me repousse sans cesse, je réplique, sûr de moi.

Et c'est une certitude. Je ne supporte plus que Sandre me complique la vie, je n'en peux plus de l'attendre, je veux aller de l'avant et je vais y arriver.

– Et rien ne te fera changer d'avis, tu en es sûr ?

– Rien !

Ma mère se redresse et me prend dans ses bras. Après m'avoir embrassé sur le front, elle soupire défaitiste :

– Je n'aurais jamais imaginé que marier son fils puisse être aussi éprouvant.

Quand nous retournons à l'intérieur, tout le monde rit joyeusement, mais Sandre a disparu et, quelque part, j'en suis soulagé.

Les jours suivants ont été une torture. Il a fallu accueillir la famille et les amis, les aider à s'installer, organiser les derniers préparatifs. J'ai retrouvé mon ancienne chambre et j'ai l'impression d'avoir fait un bond de sept ans en arrière, avec ma mère sur le dos en permanence. Elle stresse que tout ne soit pas parfait, qu'elle ait pu oublier un détail.

Nous ne devons pas nous revoir avant le mariage, mais Mélanie s'est glissée en douce dans la maison. Elle pleurniche dans mes bras : Sandre a esquivé la séance d'essayage. Enfin, elle a débarqué en avance à la boutique et était déjà repartie quand les filles s'y sont pointées. Résultat, Mélanie est dévastée.

– Elle ne va jamais m'apprécier, chouine-t-elle dans mon cou.

Moi qui croyais qu'elle ne s'en rendrait pas compte avant le mariage. Il faut reconnaître que Sandre n'y met pas du sien non plus.

– Elle ne te déteste pas non plus, je hasarde en priant de ne pas empirer les choses.

À l'approche du jour J, Mel est sur les nerfs et un rien la contrarie.

– Et je suis persuadé que la robe était parfaite, j'ajoute pour faire diversion.

Raté !

– Je ne comprends pas pourquoi elle a choisi ce modèle ample. Du coup, Rachel s'est sentie obligée de prendre la même et si tu la voyais dedans, on dirait une femme enceinte.

– Peut-être que la couturière pourrait faire quelques ajustements pour Rachel, je propose en espérant calmer la tempête.

Ses bras se resserrent autour de mon cou, me faisant suffoquer, et elle se met à sautiller.

– C'est une idée géniale ! Je vais appeler la boutique et en parler à Rachel, s'enthousiasme Mélanie en se précipitant dans les escaliers avant de se raviser pour m'embrasser passionnément. On s'appelle, tu vas me manquer !

Et je me retrouve à nouveau seul dans ma chambre d'adolescent. Si elle savait tous les souvenirs que renferme ce lieu, elle ne me laisserait jamais seul ici. Je dois lutter pour ne pas ouvrir la fenêtre pour Sandre. Je n'ai jamais été aussi pressé de m'éloigner de Winsted. Je veux l'oublier pour de bon, les prochaines retrouvailles entre vieux amis, ils ne m'y verront pas.

Ce soir, c'est mon enterrement de vie de garçon et demain le mariage. Je stresse à mort et suis soulagé de pouvoir passer la soirée entre potes. J'attends Boby en contemplant le plafond plutôt que de tourner en rond. Un bruit sourd me fait sursauter. Je crois un instant qu'il s'agit de Colin qui fait l'imbécile avec ses copains dans sa chambre, mais le bruit se répète et semble venir de l'extérieur. Je me redresse et aperçois Sandre par la fenêtre. Je ne peux m'empêcher de sourire, même si je vais en épouser une autre et que j'ai renoncé à elle. Je sais maintenant qu'elle ne me rendra jamais heureux, Sandre est incapable d'avoir une vie stable. J'ouvre la baie vitrée et elle souffle un « ça va ? », étonnamment essoufflée. C'est étrange de la voir si peu à l'aise devant le seuil de cette fenêtre qu'elle a escaladé tant de fois. Qu'elle est belle, comme j'aimerais la serrer dans mes bras ! Son regard inquiet me vrille le cœur, qu'est-ce qui la perturbe tant ? J'essaie d'ignorer son visage qui m'appelle, mais j'ai le malheur de plonger les yeux dans son décolleté. Bon sang, comment des seins peuvent-ils être bandants à ce point ?

– Tu sais que tu aurais pu passer par la porte, je hasarde en tentant de reprendre mes esprits.

– Une mauvaise habitude, réplique-t-elle sans quitter sa place sur le gros tronc du lierre.

– Tu ne rentres pas ? je l'interroge en ignorant l'évidence.

– Pour une fois, j'aimerais faire les choses comme il faut, déclare-t-elle, en s'accoudant au rebord de la fenêtre.

Donc, elle est là pour faire ce que tout le monde lui réclame depuis des mois, me convaincre que j'ai fait le bon choix. Je sais que Boby lui a parlé, mais je me demande si ma mère l'a fait aussi.

– Nous n'avons pas besoin d'avoir cette conversation Sandre, je suis sûr de mon engagement, je réplique, en priant pour qu'elle m'épargne ce calvaire ; mon cœur a suffisamment été esquinté ces derniers temps.

Je croyais qu'elle serait soulagée de pouvoir esquiver la corvée, pourtant mes mots la font pâlir comme jamais. Est-elle toujours malade ? Et pourquoi refuse-t-elle de m'en parler ? Elle inspire profondément avant de me demander d'une voix étrange :

– Ta mère t'en a parlé ?

Alors, c'est ma mère qui l'y a obligée ? Au fond, ça ne m'étonne pas.

– Elle aurait dû ? je réplique, un peu surpris qu'elle l'évoque.

– Donc tu as compris tout seul ?

Hou, je suis complètement largué !

– Attends, c'est quoi le sujet de cette conversation, au juste ?

Sandre inspire profondément comme si elle pouvait être soulagée que je ne sois pas déjà au courant, mais au courant de quoi ?

– Si je t'avouais que j'ai changé d'avis, tu me dirais que c'est trop tard ? finit-elle par demander sur un ton mal assuré.

Bor… Merde ! Mon Dieu, ce n'est pas possible ! Cette discussion avec ma mère, c'était pour ça ? Elle a disjoncté, parce que Sandre ne souhaite plus m'exclure de sa vie ? Non, je n'ai pas dû comprendre comme il faut. Je voudrais la faire répéter juste pour le plaisir d'entendre ces mots encore une fois, pourtant je me contente de bafouiller :

– Et Jordan ?

Elle sourit, moqueuse, comme si je n'avais toujours rien compris. Une partie de moi le sait, Sandre n'a jamais eu personne d'autre, ça ne m'empêche pas de douter.

– Est-ce que j'ai vraiment besoin de préciser qu'il est gay ? raille-t-elle.

– J'étais au courant, mais tu as dit qu'il y avait quelqu'un d'autre et, à part lui, je n'ai vu personne traîner dans le coin.

– Je te raconterai tout, mais avant, je dois savoir si nous avons encore une chance, insiste-t-elle.

– J'ai… Je me marie.

C'est un non que j'étais censé prononcer, mais ce simple petit mot a refusé de sortir. Je ne vais pas me dégonfler, pas maintenant que j'ai pris ma décision. Si Sandre a cédé sous la pression, je ne ferai pas cette erreur. Elle est incapable de s'engager, elle s'enfuira à la première occasion et comme pour confirmer mes pensées, elle annonce tremblante :

– Alors, je ne viendrai pas demain. Je quitterai Winsted et te laisserai être heureux.

Je devrais être soulagé et, pourtant, je ne peux pas m'empêcher de paniquer. Je ne la verrai plus.

– Je ne savais pas que tu pouvais être raisonnable, je me moque pour détendre l'atmosphère.

Mais elle ne sourit pas, au contraire, ses magnifiques yeux sombres m'appellent, à un tel point que je pourrais m'enfuir avec elle. Un coup frappé à ma porte me renvoie à la réalité et Sandre se contente de bafouiller un « au revoir » en disparaissant dans les branchages. J'arriverai à l'oublier, je me le promets en refermant la fenêtre.

Dans le gros 4x4 de Boby, le silence est pesant. Je ne parviens pas à me sortir de la tête le regard désespéré de Sandre. Moi qui l'ai toujours crue forte et indépendante, je viens de réaliser que ce n'est pas le cas. Elle a peut-être vraiment besoin de moi et je ne serai pas là pour elle.

– Elle est passée me voir, je déclare, incapable de me taire plus longtemps.

– Je suppose que tu parles de Sandre, raille Boby, en me jetant un bref coup d'œil.

– Elle ne viendra pas demain.

– C'est plutôt une bonne nouvelle, non ? réplique-t-il en se tournant vers moi. Hé, mec, ne fais pas le con ! Tu sais très bien que c'est mieux pour tout le monde.

– Je sais, c'est juste…

– Mélanie est parfaite, OK ? Ne doute pas, tu as fait le bon choix, me rassure Boby.

Et il s'arrête sur le parking d'un bar à strip-tease à la sortie de la ville. Tous les potes sont déjà là, Steve, Paul, Ron... Les gars du lycée, de l'université, de l'équipe... dont certains que je n'avais pas revus depuis des années, et je suis vraiment ravi. Mes doutes, mes craintes, tout va s'envoler avec eux et un peu d'alcool. On parle, on rit, on boit, on bave devant des seins et des culs magnifiques, mais ils sont loin de rivaliser avec ceux de Sandre... je voulais dire Mélanie.

– Franchement, je n'aurais jamais imaginé que tu parviennes à te passer de la rebelle, j'espère que l'heureuse élue est à la hauteur, m'interroge Steve en me tendant un verre d'un truc exotique trop sucré.

– Elle l'est, je commente, feignant d'ignorer qu'il vient d'évoquer Sandre.

Je ne dois plus penser à elle. Elle ne fait plus partie de ma vie.

Mais je n'ai pas dû être très convaincant, car il insiste :

– Alors, c'est par dépit ?

– Tu sais que tu es toujours un abruti, je réplique, en engloutissant le reste de mon cocktail coloré.

– Mais j'en connais plus que toi sur la vie de couple.

– Serait-il possible que tu aies grandi ? se moque Boby.

Et ils se mettent à jacasser de leurs déboires sentimentaux comme deux gonzesses. Ils ont galéré eux aussi, mais eux semblent enfin heureux, pourtant ce soir, c'est bien moi le futur marié. Ils vont m'achever ! Je descends leur verre en douce pendant qu'ils parlent. Dire que même pour Boby tout s'est arrangé alors que c'était vraiment mal barré. Moi aussi, je veux un happy end avec Mélanie. Mais ça serait tellement plus simple si j'arrivais à me sortir Sandre de la tête, et à Winsted plus qu'ailleurs, tout me fait penser à elle. Le bowling un peu plus loin, le lac où Mélanie m'a traîné de force la semaine dernière, le lycée bien sûr et surtout ma chambre où elle se faufilait en douce chaque nuit ou presque.

Quand Boby me dépose devant chez moi, passablement éméché et franchement paniqué par ce qui m'attend le lendemain, j'hésite entre courir retrouver Mélanie pour la convaincre de nous envoler pour Vegas dans l'heure et me glisser sous les draps de Sandre pour une dernière nuit d'abandon. J'ai toujours ses clés et je suis affaibli par l'ivresse.

Je choisis la deuxième option, mais je le regrette en découvrant les chaussures de Jordan en bas des escaliers. Il a fallu qu'il emménage avec elle. J'aurais certainement dû faire demi-tour, mais c'est plus fort que moi, il faut que je sache. Elle l'a dit, il y a quelqu'un d'autre dans sa vie et si ce n'est pas cet imbécile, je ne vois vraiment pas qui ça peut-être.

Alors, je monte. Sa chambre est fermée, mais celle de ses parents ne l'est pas. Un frisson me parcourt, cette porte est toujours restée close, elle n'a jamais aimé cette pièce. Elle est pleine de cartons et d'un bric-à-brac que j'ai du mal à distinguer. Je m'avance prudemment, le lit est occupé, mais je ne distingue pas le visage. Les draps bougent et je suis soulagé de n'apercevoir qu'un seul corps, celui de Jordan. Je grimace en découvrant son torse nu et imberbe et m'éclipse avant de me faire surprendre.

Je passe cinq bonnes minutes devant la porte de Sandre avant de me décider à l'ouvrir. Mon cœur s'affole en entendant sa respiration lente et régulière. Elle est roulée en boule dans un coin du lit et je redoute un instant qu'elle ne fasse un cauchemar. Je m'agenouille à côté d'elle, me fais violence pour ne pas caresser ses cheveux soyeux, sa peau si douce. Je détaille ses longs cils qui frôlent ses joues roses, son nez fin et sa bouche pulpeuse que j'aimerais tellement pouvoir embrasser.

– Pourquoi as-tu refusé de m'épouser ? je souffle sans la quitter des yeux.

Soudain, son visage se crispe et elle grogne. Je redoute un instant de l'avoir réveillée, mais les yeux toujours clos, elle râle :

– Tu ne pourrais pas laisser ta mère se reposer, tu sais que demain ton père…

Encore un cauchemar ! Les souvenirs douloureux avec ses parents ont refait surface. Je voudrais la réconforter, la serrer dans mes bras, quand je réalise qu'elle m'observe :

– Tu t'es trompé de maison ? me taquine-t-elle, comme au bon vieux temps.

Comme j'aimerais retrouver ces instants d'insouciance entre nous, comme j'aimerais les revivre juste une dernière fois. Elle remonte le drap sur sa poitrine comme si sa nudité la gênait, pourtant je vois bien qu'elle porte un débardeur. Je tente de calmer mon cœur qui s'affole. Rien ne sera plus jamais comme avant !

– C'est mon enterrement de vie de garçon et il m'a semblé qu'il manquait quelque chose.

– Et tu t'es dit que l'emmerdeuse de service devrait bien pouvoir t'arranger ça ? se moque-t-elle, en ajoutant de la distance entre nous.

– Je crois juste que je me suis égaré.

– Parce que tu comptes sur moi pour te montrer le chemin ?

– Non, je pense l'avoir trouvé.

Il me semble la voir sourire et je précise, avant qu'elle ne me fasse souffrir à nouveau :

– Mélanie est parfaite.

– C'est sûr, elle l'est, souffle-t-elle la voix tremblante, et je ne vais pas te gâcher ton bonheur pour une fois.

C'est bête, mais je déteste l'entendre dire ça, je souhaiterais qu'elle insiste, qu'elle me redise les mots de la veille. Je voudrais qu'elle profite de mon ébriété pour m'emporter loin de mes responsabilités. Je pose mes coudes sur le lit et me penche pour tenter de lire sur son beau visage ce qu'elle ne me dit pas, et elle ajoute avec un sourire triste :

– C'est pour entendre ça que tu es venu me réveiller ?

– J'ai oublié de te dire au revoir, je murmure, mes lèvres toutes proches des siennes.

Sa bouche brûlante se presse contre la mienne et je savoure infiniment son contact. Je grogne quand sa langue goûte mes lèvres avant de s'introduire dans ma bouche. Son baiser est intense et désespéré. Tout mon corps s'embrase pour elle et je me redresse pour la retrouver enfin, mais sa main se plaque sur ma poitrine et m'en empêche.

– Adieu, suffoque-t-elle, la voix pleine de larmes, en me virant.

CHAPITRE 40

Sandre

Je n'ai jamais eu aussi mal de toute ma vie. Je ne le reverrai plus. Ses beaux yeux bleus étincelants de malice, sa façon si particulière de rassurer mes doutes, de ne jamais me juger, sa bouche charnue qui se moque de mon audace, et son corps, son corps magnifique et ferme qui m'appelle irrésistiblement, c'est fini. Vraiment fini, cette fois-ci. Je n'arrive pas à croire qu'il l'ait préférée, elle. Que vais-je faire sans lui ? Je ne retrouverai jamais quelqu'un capable de canaliser mes pires travers comme il le faisait si bien, avec l'incroyable tendresse qu'il me manifeste.

Notre trésor est contrariée que je ne l'aie pas évoquée, mais comment aurais-je pu lui faire ça alors qu'il a pris sa décision ? Et ce n'est pas moi qu'il a choisie ! Je suffoque, comme privée d'oxygène, et ma crevette aussi semble paniquer. Je sens ses bras, ses pieds qui s'agitent et m'ordonnent de faire quelque chose. Elle veut son père ! Elle fait déjà des caprices, la chipie !

– Calme-toi, je souffle. Je serai là pour toi. On n'a pas le droit de lui faire ça, il va être heureux avec Mélanie, je te le promets. On doit le laisser tranquille.

Je ne sais pas si c'est moi ou mon bébé que je tente de convaincre, mais j'ai mal, tellement mal, que je mets du temps à réaliser que mon ventre durcit et se contracte. Ça fait des jours que j'attends qu'elle débarque, je n'en peux plus des sourires hypocrites de la gynéco qui déclare chaque fois : « Ça ne devrait plus tarder. » J'étais sûre qu'elle se pointerait avant, mais non, il va falloir qu'elle sorte le jour où son père en épouse une autre.

Mon trésor, ne me fais pas ça, je n'y arriverai jamais sans lui. Je suis incapable de faire le bonheur d'un enfant s'il ne me montre pas comment s'y prendre. Lui sait être comme il faut, lui sait prendre les bonnes décisions, être raisonnable, moi, je suis comme ma mère, peut-être même pire qu'elle. Non, je ne suis pas pire, j'ai choisi le bonheur de mon enfant, alors qu'elle a détruit ma vie. C'est de sa faute si je me crois incapable de donner de l'amour. Je désirerais tellement parvenir à aimer, peut-être que je pourrais me surprendre.

Je divague tandis que la douleur monte dans mon dos et me cloue sur place. La gynéco a dit que ça serait long, qu'il ne fallait pas se précipiter trop vite à l'hôpital, alors j'attends. Cette souffrance est presque bienvenue, elle distrait mon cœur meurtri. Je ris même en pensant que je suis, comme une idiote, en train de répéter le schéma de ma mère.

Je vais accoucher seule et dévastée par un amour trop brutal, mais il est hors de question que ma crevette en souffre un jour. Car elle n'est en rien le reste d'une passion dévorante, elle est l'ultime cadeau de l'homme de ma vie. J'ai si souvent joué avec ses sentiments qu'aujourd'hui il se venge, sans le savoir. Il me défie de l'oublier en me laissant le plus merveilleux des présents, et je suis sûre qu'elle sera son portrait craché, juste pour que chaque jour qui passe, je regrette tout ce à quoi j'ai renoncé.

Je disjoncte en attendant qu'elle arrive. Les contractions commencent à se rapprocher, mais je ne bouge toujours pas. Le jour se lève et je reste allongée, je sais qu'une fois debout, je vais paniquer.

Jordan finit par faire irruption dans ma chambre, élégamment vêtu d'un costume sombre, comme si nous allions réellement au mariage.

– Est-ce que tu sais que quelqu'un se marie aujourd'hui ? raille-t-il en tirant les rideaux.

Je ne lui ai pas avoué que je n'irai pas, je ne lui ai pas dit que je suis passée voir Josh la veille. S'il savait que j'ai osé escalader le vieux lierre dans mon état, s'il savait comme j'ai galéré, il appellerait Phil pour me raisonner. Je n'aurais jamais cru qu'un peu de ventre rende la tâche si compliquée, je n'aurais jamais cru mettre autant de temps, hésiter à chaque pas. Mais cette ascension était nécessaire, j'en avais besoin pour comprendre que devenir maman, c'est aussi faire des choix, des décisions que ma mère, elle, n'a jamais voulu prendre. Et une fois arrivée au sommet, j'étais enfin décidée à endosser ce rôle, mais Josh, lui, n'en a rien su. C'était mon dernier acte égoïste, j'avais besoin de cette barrière entre nous, juste parce que je voulais qu'il me choisisse moi, sans se sentir obligé par une quelconque obligation. Il ne l'a pas fait et je dois accepter de renoncer. J'ai fini de mettre mon bébé en danger, je n'ai plus besoin d'être grondée comme une enfant par Phil ou Jordan, qui panique complètement depuis qu'il sent l'imminence de l'accouchement.

Après être passée chez Josh, j'ai prétexté un coup de fatigue pour aller me coucher directement, je sais qu'il aurait deviné ma détresse si j'avais dû parler. Je ne voulais pas qu'il sache à quel point je souffre, parce que tout ça, c'est de ma faute. Je grogne quand une contraction me renvoie à l'instant présent.

– Est-ce que tu sais que les accouchements me font flipper ? je réplique sans oser bouger.

– Ne me dis pas que tu ... Mon Dieu, non ! Je ne suis pas prêt, s'affole-t-il.

– Je te rassure, ce n'est pas toi qui accouches, je riposte, toujours roulée en boule sur le matelas.

– Il faut que tu te prépares, je dois... tu n'as pas fait ton sac ? Et... ah oui, Élise m'a dit qu'un bain te ferait du bien...

Il débite des phrases à toute vitesse, court dans tous les sens, mais ne fait rien, à part brasser de l'air.

– Non, je crois qu'il faut y aller maintenant, je le coupe.

– Tu as perdu les eaux ? Mon Dieu, ayez pitié, vous ne m'auriez pas fait gay si j'étais capable de gérer pareille situation ! Et tu vas sortir de ce lit ? s'emporte-t-il.

– Si je bouge, je ne réponds plus de rien, je réplique en faisant face à un nouvel assaut plus douloureux que le précédent.

Jordan se plante devant moi et, les mains sur les hanches, me gronde, limite hystérique :

– Donc, j'appelle les secours pour qu'ils te sortent de là et dans cinq minutes tout le quartier saura que dans cette baraque, une femme est en train de mettre bas. J'imagine d'ici le tableau, Josh qui accourt paniqué, sa tronche quand il comprendra, ah et j'oubliais, sa mère qui pourrait se proposer de jouer les sages-femmes.

Il veut ma mort ! L'image qui vient de s'insinuer dans mon esprit est flippante à souhait !

– C'est bon, tu as gagné !

J'attends que la contraction se calme et, avant la prochaine rafale, j'abandonne mon nid douillet.

– Trouve-moi un legging, je grogne en découvrant que je suis en culotte.

Je n'ai pas de soutif sous mon débardeur, mais je ferai sans. Jordan revient avec un truc bordeaux informe que j'ignorais avoir dans mon placard.

– Il me faut ma bague, je m'écrie en réalisant que je ne l'ai pas sur moi.

– Depuis quand es-tu fétichiste ?

Je n'ai pas parlé à Jordan du cadeau d'anniversaire de Josh et il est hors de question qu'il découvre sa provenance.

– Elle est dans la poche de la chemise que je portais hier, je précise en tentant d'atteindre mes pieds pour enfiler cette horreur.

Jordan revient avec le précieux anneau et me le glisse à l'annulaire, ignorant ce que ça signifie pour moi. Je me fige en le contemplant, et l'espace d'un instant, il n'y a plus de souffrance, il n'y a plus que le fin anneau brillant et froid qui m'apaise étrangement. Josh est là, d'une certaine façon, il sera toujours là pour moi et j'y arriverai. Une contraction me ramène au présent alors que Jordan s'agite encore en tous sens. Il a trouvé ma valise et, sans réfléchir, m'aide à enfiler mon bas, puis à me lever. J'ai l'impression d'avoir doublé de volume en l'espace de quelques heures, et Jordan confirme l'horreur :

– Bordel, tu as enflé pendant la nuit, s'exclame-t-il en me regardant descendre les escaliers avec une démarche de pingouin qui me rappelle pourquoi je n'ai jamais voulu être enceinte.

Jordan ouvre la porte, et nous nous figeons tous les deux.

– Nom de Dieu, Sandre ! hurle Boby en m'examinant de la tête aux pieds.

Je ne l'avouerai jamais, mais le pote de Josh m'a toujours fait flipper et aujourd'hui plus que jamais. Son regard sombre me glace le sang et en baissant les yeux, je me retrouve devant un torse imposant moulé dans un vieux T-shirt de l'équipe de New York.

– Et moi qui étais venu te féliciter de t'être montrée enfin raisonnable, il me semblait bien que ce mot ne figurait pas dans ton vocabulaire. Remarque, ton excuse pour te défiler le jour du mariage de ton… ami est aussi valable !

– Je sais, ma tenue n'est pas terrible, je commente en grimaçant.

– Dis-moi que c'est juste de l'aérophagie, tente de plaisanter Boby, sans lâcher mon ventre des yeux.

– Associée à la malbouffe, ajoute Jordan.

– Si vous comptez déblatérer encore longtemps sur mon hygiène alimentaire, il me faudrait une chaise, je déclare en me tordant de douleur.

– Bon, ce n'est pas que cette conversation manque d'intérêt, mais j'ai zappé l'initiation premiers secours, annonce Jordan, en m'aidant à quitter la maison.

– Il est de lui ? souffle Boby dans mon dos.

Je détaille son visage ahuri, alors que Jordan me pousse à descendre les quelques marches du perron.

– De qui d'autre pourrait-il être, raille-t-il tout seul.

Je redoute l'instant où Boby s'emportera, où il me reprochera d'avoir gardé le silence, mais il ne bouge pas. Il observe Jordan m'aider à monter dans la vieille poubelle qui lui sert de moyen de transport et alors qu'une nouvelle contraction me pétrifie sur place, il précise :

– Tu réalises que pendant ce temps, Josh va en épouser une autre ?

– Chacun sa vie, je lui ai promis de disparaître de la sienne, je râle, alors que Jordan claque la portière.

S'il savait comme la simple idée de rester loin de Josh est une torture, bien plus douloureuse que ce que je vis en ce moment.

– Justement, j'étais venu te dire à quel point je trouvais cette initiative sensée, jusqu'à ce que je découvre que…

Les derniers mots de Boby s'évanouissent dans le vrombissement sourd que déclenche Jordan en démarrant.

– Avec ces conneries, tu vas finir par accoucher dans ma bagnole, s'énerve-t-il en faisant crisser les pneus dans l'allée.

– Vois le bon côté des choses, je ne peux pas la salir plus qu'elle ne l'est déjà !

CHAPITRE 41

Josh

L'avantage avec l'alcool, c'est que, quel que soit l'enfer de votre vie, vous vous endormez toujours comme une masse. Malheureusement, je n'ai pas bu suffisamment pour passer une nuit paisible. Il fait encore sombre et je tourne dans mon lit. Je ne la reverrai plus ! Jamais. Je n'imaginais pas que ce simple fait puisse être aussi douloureux, c'est presque pire que de l'avoir sous le nez sans pouvoir la toucher.

À six heures, je finis par me lever, je m'éternise sous la douche, fais les cent pas dans ma chambre, mets des plombes à m'habiller. Mon cœur s'agite en enfilant les boutons de manchette que Sandre m'a offerts pour mon anniversaire. Je ne peux pas le faire ! Et cette fichue cravate qui s'obstine à me résister. Si, je vais le faire, je suis fort ! Quand Boby arrive, vêtu d'un vieux jean et d'un T-shirt troué, je suis à deux doigts de paniquer.

– Tu n'es pas habillé ? je m'affole.

– Et toi, tu l'es déjà ? Il n'est que dix heures, Josh, commente-t-il, en s'installant sur mon lit.

Je n'avais jamais remarqué que ta chambre était si petite.

– Je croyais qu'on devait se retrouver à l'église ? je demande, alors que mon nœud de cravate a enfin pris une forme convenable.

– Tu es sûr d'avoir vu Sandre hier ? m'interroge-t-il, avec un brin de malice dans la voix, sans répondre à ma question.

– Bien sûr, pourquoi ?

Ne me dites pas qu'elle a changé d'avis et qu'elle sera là.

– Et tu n'as rien remarqué ? insiste-t-il, en faisant des vagues autour de son ventre comme une danseuse exotique.

Qu'est-ce qu'il lui prend ?

– Tu veux vraiment jouer à Taboo maintenant ?

Excédé, Boby souffle, avant de s'affaler sur le matelas. Il fixe le plafond comme s'il comptait mentalement le nombre de hamburgers qu'il a ingurgités dans sa vie. Machinalement, je me dirige vers la fenêtre et l'ouvre. Je ne le fais pas pour elle, j'ai besoin de sentir l'air frais sur mon visage. Non, je me mens, je le fais pour elle, même après avoir décidé de renoncer, même si je sais qu'elle ne viendra pas me sortir de cette situation. Elle est certainement déjà loin, mais savoir qu'elle en aurait la possibilité me rassure. Je crois que même au moment de dire oui, j'espérerai encore qu'elle entre dans l'église en hurlant « Non, mais tu vas arrêter tes conneries ! ».

– NON ! s'écrie soudain Boby avec une lenteur impressionnante. Ne me dis pas que tu as couché avec elle le week-end où tu annonçais à tout le monde que tu en épousais une autre ?

– Elle t'a parlé de ça ? je m'étonne, un peu gêné qu'il le sache.

Sandre n'est pas du genre à raconter sa vie.

– Est-ce que tu sais que ça fait pile neuf mois ?

Je me fige. Sa danse ridicule ! Il n'a pas dit ça pour la raison que j'entrevois ? Il se fout de ma gueule !

– Tu veux me faire flipper n'est-ce pas ? Ça n'est pas possible ? Elle m'en aurait parlé.

Elle m'en aurait parlé ? Mais la grimace compatissante de Boby et son haussement d'épaules me prouvent le contraire. Tout se bouscule dans ma tête : sa crise d'hystérie à l'hôpital, ses chemises, ses seins incroyablement plus… magnifiques, et ma mère qui lui reproche d'avoir grossi. Putain, ma mère est au courant !

– On parle de Sandre, commente-t-il, en attendant ma réaction.

– Tu l'as vue ? je me contente de demander.

Je la revois cette nuit dans son lit. Elle ne voulait pas mettre de la distance entre nous, elle se cachait, dissimulait son corps pour que je ne comprenne pas. C'est ce qu'elle était venue m'avouer et, comme un crétin, j'ai fait tout le contraire de ce qu'elle attendait de moi.

– Elle partait pour l'hôpital.

– Quoi ? Maintenant ? Elle va… je vais… Tout de suite ?

Ça y est, je panique ! Je fouille mes poches sans savoir ce que j'y cherche, je regarde ma montre pour découvrir qu'à peine dix minutes viennent de s'écouler. Il faut que je fasse quelque chose, mais j'ignore encore quoi, alors je tourne en rond frénétiquement. Boby se redresse et m'attrape par les épaules pour m'immobiliser.

– Oui, tu vas être papa, m'annonce-t-il, rendant plus réelle la folie qui s'est emparée de moi. Je sais, c'est flippant, ajoute-t-il, mais il va falloir prendre une décision. Tu es censé te marier dans six heures, alors que Sandre donnera naissance à votre enfant. Alors, tu fais quoi ?

Je fais quoi ? Je fais quoi, bordel ? C'est peut-être la seule chose dont je ne doute pas. Je veux être avec Sandre, je veux être là pour elle, dans les bons comme dans les mauvais moments, et celui-ci est essentiel.

– Je … je suppose qu'il faut que je parle à Mélanie… en premier, et je dois… je vais la retrouver… dis-moi que je n'arriverai pas trop tard.

– Ça va bien se passer, m'assure-t-il. Respire, oublie Sandre cinq minutes, elle n'est pas seule, Jordan est avec elle. Tu dois penser à Mélanie, à ce que tu vas lui dire…

Comme si la savoir avec Jordan pouvait me rassurer. C'est moi qui devrais être à ses côtés. J'inspire un bon coup. Cette journée était déjà mal partie, mais là c'est l'enfer qui m'attend.

Je vais devoir affronter ma mère, celle de Mélanie et, mon Dieu, Mélanie. Je vais lui briser le cœur, démolir ce qui devait être le plus beau jour de sa vie. Mais la douleur sera douce et méritée en comparaison de ce qui m'attend avec Sandre. Elle n'a peut-être pas encore fini de me repousser, pourtant elle ne peut pas m'interdire de participer à cette journée.

– Je t'accompagne, déclare Boby, alors que je me précipite dans les escaliers.

Ma mère vient de rentrer de chez le coiffeur et elle s'affaire dans la cuisine déjà envahie de fleurs. Elle est très belle dans son tailleur ivoire avec ses cheveux savamment coiffés, elle semble plus jeune. Elle va me haïr de détruire son idéal familial.

– Tu as bien fait de choisir Mélanie, me rassure Colin en débarquant du salon encore en pyjama, j'ai croisé Sandre hier, elle a enflé, c'est terrifiant !

Mon Dieu, il l'a vue ! J'aimerais le secouer, l'obliger à tout me raconter. Je veux connaître chaque détail, je ne veux plus rien perdre d'elle, je le veux, mais je me tais. Et ma mère lui fait les gros yeux, en ordonnant :

– Va te préparer au lieu de dire des âneries !

Puis elle me serre dans ses bras et je sursaute, surpris par cette soudaine marque d'affection.

– Tu es magnifique, mon fils, même si je n'aurais pas choisi cette cravate, ne peut-elle s'empêcher de critiquer.

Son regard, toujours trop dur, se plante dans le mien et elle ajoute, inquiète :

– On dirait qu'un train vient de te passer dessus, détends-toi, Josh, tout ira pour le mieux.

– J'annule, je souffle entre mes dents crispées pour tenter de garder un semblant de contenance.

– Quoi, maintenant ? Qu'est-ce que j'ai raté ? s'étonne-t-elle en réajustant ma cravate, mais pas énervée le moins du monde.

Je pensais qu'elle allait hurler, devenir hystérique, mais non. Elle m'observe comme si elle savait que je le ferais, qu'elle attendait juste que ça arrive, pourtant je peux lire dans ses yeux qu'elle n'en a pas fini avec moi.

– Tu savais et tu ne m'as rien dit, alors ne me fais pas la morale !

Un sourire malicieux et terrifiant se dessine sur son visage trop stressé.

– Enfin, gémit-elle soulagée, j'ai cru un instant que je devrais m'époumoner en plein mariage : il ne peut pas l'épouser, sa témoin est enceinte de lui. C'est elle qui te l'a révélé ou tu as compris tout seul comme un grand ?

– C'est moi, intervient Boby, fier de lui.

– Ça ne sera pas une journée facile, mon fils, mais tu vas t'en sortir. Dis-moi ce que je dois faire des fleurs, me demande-t-elle, soudain plus légère.

– Il va falloir m'aider, Maman, je n'aurai jamais le temps de tout gérer.

– Comment ça, pas le temps ? Tu as autre chose de prévu ?

– À part assister à la naissance de son enfant, je crois qu'il est libre comme l'air, raille Boby, en m'indiquant sa montre.

– Mon Dieu, mais c'est beaucoup trop tôt, panique soudain ma mère en portant ses mains à sa bouche.

– En fait, je ne pense pas, je précise, en me remémorant le soir où cet étonnant miracle s'est produit.

Sandre aurait-elle souhaité une dernière fois si elle avait su ce qui arriverait ?

– Eh bien, qu'est-ce que tu attends ? Cours ! Tu ne veux quand même pas rater ça, me réprimande ma mère en me poussant vers la porte. Je m'occupe de tout, comme d'habitude, contente-toi d'avertir ta fiancée.

Bien que je déteste être à la place du passager, je remercie silencieusement Boby de rouler presque aussi vite que je l'aurais fait. En à peine cinq minutes, nous sommes devant l'hôtel où toute la famille de Mélanie s'est rassemblée.

– Tu ne m'en voudras pas de t'attendre dans la voiture, j'ai toujours eu du mal avec les drames familiaux, se moque Boby.

J'inspire profondément comme si la suite allait se dérouler en apnée et quitte l'habitacle sans dire un mot. Le bâtiment est à peine à quelques pâtés de maisons de chez moi, mais je n'y ai jamais mis les pieds et les lieux sont bien plus chics que je ne l'aurais pensé. Je sais que les parents de ma fiancée ont dépensé beaucoup d'argent pour l'occasion, mais je ne m'attendais pas à tant de classe : Du velours rouge sur les fauteuils et les rideaux, des dorures au plafond et des sculptures surdimensionnées.

Je trouve les escaliers et grimpe au troisième étage, j'ai besoin de me défouler. Je connais le numéro de la chambre, il était prévu que nous dormions là cette nuit et Mel devait investir les lieux pour s'y préparer. Du couloir, je perçois une conversation animée dans la chambre. J'ouvre la porte sans frapper et découvre Mélanie assise sur un imposant fauteuil, l'air dépitée, sa mère la regarde de haut, les mains sur les hanches.

– Est-ce que ça t'arrive de réfléchir ? la gronde-t-elle.

Soudain, Mélanie me voit et son visage se décompose. Et là je sais qu'elle a tout deviné, tout saisi. Elle a forcément reconnu les signes que je n'ai pas su déceler. C'est une femme, elle s'y connaît mieux que moi en maternité.

Sa mère sursaute en m'apercevant.

– Nous y voilà, grogne-t-elle, je te laisse démêler ton imbroglio !

Elle s'arrête à ma hauteur, très élégante dans une robe pastel, et me caresse le dos amicalement en ajoutant :

– Courage mon garçon, ce n'est qu'un mauvais moment à passer.

Ah ben non, finalement, je n'ai rien compris !

– Je ne pensais pas que tu viendrais. Diego t'a parlé ? demande Mélanie, rouge d'embarras.

C'est lui qui a deviné et elle l'avait chargé de faire ce qu'elle n'a visiblement pas le courage de dire ? Comme je la comprends, comme je m'en sens navré. J'ai été stupide. Peut-être qu'elle n'a rien dit à sa mère par respect pour moi ? Mélanie a toujours été trop gentille.

Elle se redresse et je réalise qu'elle aussi est prête pour le mariage : ses cheveux dorés sont relevés en un chignon strict et sa robe est toute simple, à l'exception de quelques fleurs en tissu anis à la ceinture. Elle est très belle. Il n'y a pas à dire, le vert lui va mieux qu'à moi. Nous nous observons un instant et je finis par annoncer :

– Je suis désolé. Vraiment. J'aurais dû tout te dire, depuis le début. J'ai été égoïste, je n'ai pensé qu'à moi, mais je croyais qu'on aurait pu tout de même être heureux tous les deux.

– Parce que tu savais ? Depuis le début ? s'étonne-t-elle, visiblement perdue.

Je suis complètement largué, pourquoi n'est-elle pas en colère ? Et pourquoi cet air si confus ? Je croyais que les femmes étaient plus douées que nous pour déceler les signes, et j'ai toujours imaginé, peut-être même souhaité, que Mélanie comprenne que mon cœur n'avait jamais cessé de la tromper. Et elle pense vraiment que j'aurais pu continuer cette mascarade en sachant que Sandre était enceinte de moi ?

– Non ! je m'offusque, je ne l'ai appris qu'aujourd'hui.

– Mais tu viens de dire que tu étais au courant avant de me demander en mariage ? s'agace-t-elle.

– J'ignorais qu'elle était enceinte, je précise en engouffrant mes mains dans mes poches comme un enfant qui vient de faire une horrible bêtise.

– Qui est enceinte ? s'énerve-t-elle soudain en retrouvant toute son assurance.

Bon OK, elle n'avait rien remarqué, mais alors que sait-elle au juste ? Qu'est-ce qui l'a chamboulée à ce point ? Qu'est-ce qui a contrarié sa mère ? J'inspire profondément avant de déclarer, prêt à affronter la tempête :

– Sandre attend un enfant de moi.

Et je dois éviter de penser à elle si je ne veux pas paniquer.

– Tu as couché avec ta témoin alors que nous organisions notre vie commune ?

Ça y est ; nous y sommes. C'est bête, mais je suis presque soulagé qu'elle s'emporte enfin.

– J'ai cru naïvement que tu pourrais me la faire oublier, tu es tellement douce, gentille, tendre… parfaite. J'étais tellement fatigué par cette passion dévorante, je voulais me reposer dans tes bras, passer à autre chose, mais Sandre fait de moi un homme incontrôlable. Je suis désolé, Mélanie, je ne le dirai jamais assez.

Un sourire étrange se dessine sur ses lèvres. Elle ne va pas s'énerver ? Elle se rapproche même avec une expression surréaliste :

– Quel connard ! Alors, tu ne t'es pas gêné pour la tripoter sous mon nez ?

Je voudrais protester, je ne l'ai trompée qu'une fois après tout, mais mon esprit et mon cœur, eux, étaient loin de lui être fidèles.

– Vas-y, insulte-moi, gifle-moi même, je l'ai mérité !

Mélanie s'avance encore et je penche la tête pour lui donner un meilleur accès à ma joue. J'aimerais lui dire de ne pas hésiter, je veux avoir aussi mal que je le mérite, mais elle se contente d'y déposer sa main.

– Sans doute, mais je n'ai pas été très honnête moi non plus, annonce-t-elle avec une malice surprenante. Je suis amoureuse de Diego depuis toujours. On s'est amusés un peu ensemble lorsque nous étions plus jeunes, mais ça n'a jamais été très sérieux et j'ai fini par me convaincre qu'il ne ressentirait jamais ce que j'éprouve pour lui. Il a suffi que tu me demandes en mariage pour qu'il comprenne enfin qu'il n'y avait pas que de l'amitié entre lui et moi. J'ai résisté, parce que je croyais que c'était du passé, mais je l'aime, je n'ai jamais cessé de l'aimer. C'est lui que je désire épouser, même si ça ne plaît pas à mes parents, même si c'est avec toi que je me suis engagée.

Je suis scotché ! Mélanie et Diego ? Je n'ai rien vu venir, j'étais trop occupé à me torturer avec mes sentiments pour Sandre. C'est quand même incroyable, Mel et moi, on s'est plutôt bien trouvés en fin de compte.

– Vous voulez vous marier ? Aujourd'hui ? je demande incapable d'en dire plus.

C'est complètement dingue !

– Je trouvais l'idée un peu trop culottée, mais vu ce que tu as fait dans mon dos, il me semble que j'en ai le droit. Peut-être même que tu pourrais venir avec Sandre ?

– Ça aurait été avec plaisir, mais je ne pense pas qu'elle puisse être en état d'y assister, je précise en osant frôler sa joue du bout de mes doigts.

– Sa grossesse ne se passe pas bien ? réplique-t-elle, soudain inquiète.

– Eh bien, je crois que le jour J est arrivé.

– Et qu'est-ce que tu fais encore là ?

Je ne peux pas m'empêcher de l'embrasser. Ce n'est pas de l'amour, c'est juste de la reconnaissance et je sais qu'elle le comprend aussi bien que moi.

– Tu es vraiment géniale, Diego a intérêt à bien te traiter s'il ne souhaite pas avoir affaire à moi, je réplique en mettant de la distance entre nous. Tous mes vœux de bonheur.

J'ai fait ce que je devais, maintenant je veux retrouver Sandre, je ne veux plus rien rater.

– Tu es bien mal placé pour lui faire la morale, commente-t-elle, alors que je m'éloigne déjà.

Je dévale les escaliers, juste parce que je n'aurai jamais la patience d'attendre l'ascenseur. Quand je pénètre dans la voiture de Boby, je suis en nage dans mon costume trois-pièces.

– Tu en as mis du temps. Je commençais à penser qu'ils t'avaient réglé ton compte et qu'ils étaient en train d'enterrer ta dépouille, raille-t-il en m'interrogeant du regard.

– Démarre, au lieu de raconter des conneries !

En moins de dix minutes, nous sommes devant l'hôpital, juste le temps de lui relater ma confrontation avec Mélanie. Bien sûr, il trouve la situation bien plus comique que moi. Boby a la chance de dénicher une place juste devant l'entrée et je le remercie silencieusement d'être toujours là pour me montrer le chemin. C'est un vrai pote. Il me guide, car je suis trop affolé pour savoir où je vais. En un rien de temps, nous localisons la maternité et Jordan par la même occasion. Il affiche un air épuisé et, de nouveau, je panique.

– Bien sûr, tu te pointes après la tempête, râle Jordan en retirant une affreuse blouse jetable qui révèle un costume impeccablement coupé.

Lui aussi était prêt à se rendre à mon mariage.

– Il est né ?

– Non, ils viennent de lui poser la péridurale. Est-ce que tu savais qu'ils le font avec une aiguille grande comme mon bras ? raille-t-il, en désignant son membre plié. Et j'ai dû lui mentir, sinon je crois qu'elle se serait tirée sans avoir accouché.

– Allez viens, je vais t'offrir un remontant, propose Boby, en plaquant sa main massive sur son épaule.

Jordan m'indique une pièce au bout du couloir et ils s'éloignent, alors que je m'avance hésitant. J'ai peur de ce qui m'attend derrière, j'ai peur qu'elle ne veuille pas de moi, dans sa vie et comme père de son enfant. C'est encore surréaliste de l'imaginer enceinte. J'ouvre la porte et je la découvre, belle et fragile, entourée d'appareils qui l'empêchent de se sauver. Elle observe les constantes sur l'un d'eux et sursaute en entendant la porte se refermer.

CHAPITRE 42

Sandre

Une contraction, c'est une crampe d'estomac en cent fois pire ! Non, pire encore. Je déteste cette douleur, je déteste encore plus ne pas parvenir à la gérer. Ça m'énerve, et plus je m'énerve, plus j'ai mal. Je ne sais plus ce que je fais, je gueule comme une hystérique, je les insulte, les supplie d'arrêter ça. Je n'en peux plus !

Ils doivent s'y prendre à plusieurs pour me maîtriser. Jordan tente de me rassurer, mais il n'est pas très convaincant dans ce rôle. Je crois même qu'il était à deux doigts de finir dans les vapes quand ils m'ont posé la péridurale.

Enfin, je ne souffre plus, physiquement, parce que maintenant je pense à Josh. La douleur avait au moins l'avantage de distraire mon esprit. Et en plus, Jordan en a profité pour aller se chercher quelque chose à grignoter. Je suis seule, tellement seule.

J'imagine Josh se préparer, nerveux et impatient. J'aurais presque envie de pleurer en anticipant ce qui m'attend. Alors que lui jurera fidélité à une autre, je serai seule pour traverser cette épreuve.

Mon cœur s'arrête quand je le découvre dans la pièce. Il a l'air désorienté, perdu, pourtant il est impeccable dans son costume trois-pièces. Qui lui a dit ? Est-ce qu'il est juste passé avant la cérémonie ? Je flippe à l'idée qu'il ne reste pas.

– Pas terrible, la cravate, je commente pour rompre le silence.

Il l'observe un instant, tire sur le nœud et la retire avec un sourire triste.

– Ça va ? s'inquiète-t-il, en s'avançant prudemment.

– Complètement anesthésiée, je plaisante.

Mais malheureusement, mon cœur lui, ne l'est pas.

– C'était quoi ton plan, fuir et ne jamais m'en parler ? demande-t-il, soudain amer.

– Je voulais te le dire, mais ce n'est pas des plus faciles à avouer.

– L'autre, c'était le bébé ?

Je hoche la tête incapable de répondre, mais il n'en a visiblement pas fini avec moi. Compte-t-il aussi me torturer comme je l'ai si souvent fait avec lui ? Il faut être honnête, ça serait amplement mérité.

– Tu ne t'es jamais dit que j'avais le droit de savoir ?

– Un peu, mais je me suis surtout dit que tu avais le droit d'être heureux. Tu vas te marier, tu ne méritais pas que je te gâche ce bonheur après tout ce que je t'ai fait endurer. Et puis, ça m'est tombé dessus comme ça et j'ai paniqué. Vraiment paniqué.

– J'étais là, si tu te souviens bien.

Je sais qu'il fait allusion au jour où je l'ai appelé, terrifiée à l'idée de revoir ma mère et où il m'a conduite à l'hôpital pour me veiller toute la nuit. J'ai vraiment disjoncté ce jour-là. C'est peut-être même à cet instant précis que tout est parti en vrille. S'il savait ce que je pensais faire à ce moment-là.

– C'est vrai, mais je ne voulais pas le garder, j'ose lui avouer.

Il frémit à ma révélation, mais fait tout de même un nouveau pas vers moi.

– Tu allais…

Il s'arrête et passe une main dans ses cheveux parfaitement coiffés – merde, il est vraiment craquant dans son costume de marié – avant de reprendre, plus sûr de lui :

– Qu'est-ce qui t'a fait changer d'avis ?

– Je ne sais pas. Je ne pouvais juste pas le faire.

Il inspire profondément avant d'avouer à son tour :

– Moi non plus, je ne peux pas.

Ces mots me glacent le sang. Je n'aurais jamais pensé que ça puisse être aussi douloureux, pourtant ils me font mal, vraiment mal.

– Je ne te demande rien, je riposte froidement.

La tension qui a envahi la pièce me donnerait presque la nausée. Je vais craquer, je le sens, je suis à deux doigts. Sandre, résiste ! Je suis devenue tellement sensible depuis que la crevette est entrée dans ma vie, c'est terrifiant.

– Je ne parle pas de toi ni du bébé, je parle du mariage, précise-t-il en faisant un pas de plus.

Mon cœur s'emballe, il a des ratés et si je n'étais pas immobilisée, je crois qu'il m'aurait convaincue de lui sauter au cou. Je retiens un sourire et demande bêtement :

– Tu ne vas pas épouser Mélanie ?

– Non. Je veux être ici avec toi. Et peut-être que tu ne peux pas le comprendre, mais je ne serai jamais heureux si tu n'es pas dans ma vie.

Je n'aurais jamais imaginé que ces mots puissent me faire autant de bien. Ils apaisent mes craintes, pansent les plaies que je me suis moi-même infligées. Pourtant, je n'ai pas fini de douter.

– Je suppose que je ne peux pas t'empêcher de rester. J'ai peur, Josh ! Je ne serai jamais capable de l'aimer comme je t'aime.

Ça y est, je craque ! Des larmes ruissellent sur mes joues sans que je puisse les retenir. Mon cœur s'affole et j'ai du mal à respirer. Les voyants se mettent à clignoter et une infirmière déboule dans la chambre, tandis que Josh fait les derniers pas qui nous séparent, lui aussi terrifié. J'essuie mes larmes du revers de la main, alors qu'elle se précipite vers moi.

– Que se passe-t-il ? Qui êtes-vous ? crie la petite bonne femme en blouse blanche.

– Je … Euh… Enfin, je …

Josh bafouille, il cherche ses mots et je réponds pour lui.

– C'est le papa.

J'ai déclaré tout à l'heure qu'il n'y avait pas de père, mais je m'en moque, qu'elle pense ce qu'elle veut. Ils me dévisagent, tous les deux surpris, et le sourire qui illumine le visage de Josh à cet instant précis est indescriptible. L'infirmière relève mes constantes ainsi que celles du bébé avant de préciser :

– Bien, souffle-t-elle. Je suppose que vous avez des choses à vous dire, mais ménagez-la, conseille-t-elle à Josh. Je reviens dans une heure pour vérifier où vous en êtes du travail. N'hésitez pas si vous avez besoin de quoi que ce soit.

Nous la regardons quitter la pièce. Sa main se resserre sur la mienne, je n'avais même pas remarqué qu'il me l'avait prise. Je frémis en sentant le métal s'imprimer sur mon annulaire. Son regard suit le mien, et ses doigts caressent ma paume avant de se mettre à jouer avec l'anneau qui s'y trouve.

– Tu la portes ? s'étonne-t-il, plus heureux que jamais.

– Tu me l'as offerte pour mon anniversaire, je réplique, incapable d'avouer la vraie raison de sa présence à mon doigt.

– Et elle ne signifie rien de plus pour toi ? insiste-t-il, en approchant ma main de ses lèvres pour y déposer un doux et tendre baiser.

– Elle signifie beaucoup de choses.

– Il va vraiment falloir que je te tire les vers du nez, se moque-t-il. Tu m'as dit quelque chose avant que l'infirmière ne débarque, tu peux me le rappeler, s'il te plaît.

Il veut vraiment jouer avec mes nerfs aujourd'hui, alors que la journée n'est pas terminée et qu'elle a déjà battu des records de sensations et de douleurs. J'ignore quelle stupidité, qui aurait le mérite d'être répétée, a bien pu sortir de ma bouche.

– Ça ne devait pas être si important que ça, je tente.

– Bien sûr que si ! Tu m'as avoué que tu m'aimais et que tu craignais de ne pas l'aimer autant que moi, précise-t-il en désignant mon ventre rebondi.

Je suffoque, je n'ai pas pu lui dire je t'aime ? Je ne l'ai jamais dit à personne, même si le concernant, je le pense, je le pense vraiment.

– Tu n'es pas obligée de le répéter, ajoute-t-il en se penchant vers moi, enfin, pas tout de suite. Je veux juste savoir si tu m'acceptes enfin dans ta vie.

Je sens les larmes refaire surface. Tellement de choses ont changé ces derniers temps dans mon existence. Je suis déboussolée, mais comme aiment à me le rappeler Phil et Élise, je ne suis pas seule et Josh a toujours fait partie de mes constantes.

– Je vais certainement douter encore, peut-être même te faire souffrir, mais si c'est vraiment ce que tu désires, je n'ai pas l'intention de t'en empêcher.

– Souffrir est un sentiment tellement faible à côté de ce que je ressens quand tu me repousses.

– Alors, je ne te repousserai plus.

Et il se penche pour m'embrasser. Son baiser est d'abord délicat, timide, puis il devient intense, pressant, et le bip retentit. Il s'écarte, surpris, et la sage-femme apparaît, elle affiche un sourire de conspiratrice, avant de disparaître à nouveau.

Le regard azur de Josh se pose sur mon ventre recouvert par un drap épais.

– Je peux voir ? demande-t-il sans oser le toucher.

– Fais-toi plaisir.

Je soulève le tissu, et il écarquille les yeux ébahis.

– Mon Dieu, comment j'ai pu rater ça ?

– C'est horrible !

– C'est magnifique ! Tu es magnifique, Sandre, déclare-t-il en se penchant sur l'énorme ballon terrifiant pour le caresser et l'embrasser. Il y met une telle tendresse que mon cœur se comprime une fois de plus. Il va me rendre dingue !

– Bonjour Bébé… tu ne m'as pas beaucoup entendu, mais je suis ton papa.

Il pose son oreille à côté du monitoring et sourit comme un gamin en percevant les protestations de notre puce à l'intérieur.

– C'est un garçon ou une fille ?

– Une fille.

– Une mini-Sandre.

– Ce n'est pas drôle.

– Pourtant, j'adorerais qu'elle te ressemble.

– Je préférerais qu'elle TE ressemble.

– Tu as choisi un prénom ? insiste-t-il, toujours penché sur mon ventre.

– Je pensais à Aimée… pour qu'elle sache que même si je merde à mort, sa maman l'aime vraiment… mais j'ai déjà donné avec les prénoms francophones ridicules, j'envisageais plus classique comme… Lily.

– Lily, c'est bien !

Les infirmières, les sages-femmes passent, mais jamais Josh ne lâche son sourire béat et encore moins ma main. Il ajoute son nom sur les papiers, il m'embrasse, me caresse le ventre et lui parle.

– Je suppose que ta maman t'a raconté plein de trucs archifaux sur mon compte…

– N'importe quoi, je m'indigne.

– Je ne te parle pas à toi, réplique-t-il avec un clin d'œil, avant de reporter son attention sur mon abdomen déformé. J'espère que tu m'écouteras plus qu'elle ne le fait. Elle n'en fait qu'à sa tête et je suis sûr que tu sais déjà à quel point elle peut être butée. Elle va nous faire tourner en bourrique tous les deux, mais c'est aussi pour ça qu'on l'aime, n'est-ce pas ?

Une petite bosse apparaît brièvement là où Josh vient de passer sa main.

– Il semblerait que Lily soit d'accord avec moi, plaisante-t-il en frôlant mes lèvres du bout des siennes. Je t'aime, je t'aime comme un fou, ajoute-t-il en caressant ma joue.

La petite bonne femme à lunettes réapparaît et il s'écarte, gêné.

– On dirait que c'est l'heure, annonce-t-elle, après m'avoir examinée.

Je regarde Josh et, sans un mot, lui confie à quel point je suis terrifiée. Il me serre la main et m'embrasse sur le front. La sage-femme lui tend une blouse. Il me lâche brièvement, avant de retirer sa veste, son gilet et de l'enfiler.

– Je ne vais nulle part, murmure-t-il, en s'installant à côté de moi.

– Vous vous rappelez comment pousser ? m'interroge la petite bonne femme en se posant entre mes jambes.

Je savais que j'avais de bonnes raisons de redouter la maternité. Plus humiliant, tu meurs !

– Parce que vous croyez que je me suis entraînée ? je m'indigne.

– Vous n'avez pas assisté aux cours de préparation ? s'étonne-t-elle, comme si ça tombait sous le sens.

– Vous voulez me traumatiser ? Faire le chien, entourée de femmes prêtes à exploser, très peu pour moi.

Elle se redresse en retenant un éclat de rire, avant de demander à Josh :

– Elle est toujours comme ça ou c'est juste le stress ?

– Ne comptez pas sur moi pour la raisonner, malheureusement j'en suis incapable.

Son sourire s'évanouit, et elle inspire profondément avant d'expliquer avec un calme impressionnant :

– Quand une contraction arrive, vous remplissez vos poumons et poussez le plus longtemps possible. On essaie ?

Je hoche la tête et elle se réinstalle entre mes jambes. Je n'ose même pas imaginer la vue qu'elle doit avoir sur mon intimité déformée par une énorme crevette qui creuse lentement son trou. Beurk ! Pense à autre chose, Sandre ! Heureusement, le souffle chaud de Josh dans mon cou et ses mots rassurants font leur effet. Je ne crois pas que j'aurais pu y arriver sans lui.

Après une demi-heure à pousser comme une tarée, Lily est là, allongée sur mon ventre, elle a une drôle de couleur, mais elle semble si petite et si fragile que j'ai encore envie de chialer. C'est inhumain, ce que la nature fait subir aux femmes, franchement ! Je crois que sans la péridurale, j'aurais demandé qu'on m'achève. Mais je ne pense déjà plus à ça, trop impressionnée par le merveilleux petit ange qui a réussi à grandir en moi. Et il n'y a rien de plus beau que de découvrir le bonheur dans les yeux brillants de Josh.

– Elle est tellement belle, souffle-t-il en caressant sa minuscule main et en serrant la mienne.

– Elle te ressemble, j'ajoute, soulagée.

Je sens son corps chaud se trémousser sur moi et elle émet de petits grognements rassurants.

– Vous souhaitez l'allaiter ? me demande l'infirmière, en nous tirant de notre contemplation.

– J'ai l'air d'une vache à lait ? je réplique, outrée.

– Je m'en doutais, commente-t-elle, amusée, je vais vous chercher un biberon.

Je ne lui réponds pas, je m'en moque. Lily n'a pas vraiment l'air d'avoir faim et je veux profiter de cet instant. Retenir chaque détail pour ne jamais oublier : le visage fatigué et ému de Josh, les traits fins et délicats de Lily. C'est le plus beau jour de ma vie, tout est parfait et même mon sale caractère n'a pas réussi à gâcher cet instant.

CHAPITRE 43

Josh

J'ai l'impression de rêver. Comment ai-je pu passer du futur époux désespéré au jeune papa comblé ? Est-il possible que mes rêves les plus fous se soient réalisés en une journée, alors que je m'apprêtais à signer pour une vie banale et sans passion ? J'imagine qu'il me faudra plusieurs jours pour m'en remettre, en attendant, je profite. Il n'y a rien de plus merveilleux que de serrer dans ses bras un petit être endormi sous le regard attendri de la femme de sa vie. Je n'aurais jamais cru pouvoir lire autant d'adoration dans les yeux de Sandre. Donner naissance à notre fille l'a transformée. C'est comme si elle avait expulsé tous ses doutes en même temps que notre ange.

– Je t'aime, je murmure en contemplant son beau visage épuisé. Tu as été formidable.

– Elle dort, peut-être que tu pourrais la poser et venir t'allonger à côté de moi, propose-t-elle, le visage éclairé par un magnifique sourire provocateur.

Sandre est encore branchée de partout. Nous n'avons toujours pas quitté la salle d'accouchement.

J'ai cru un instant que quelque chose n'allait pas, elle semble tellement fatiguée, mais la sage-femme m'a rassuré : c'est le protocole.

– Tu souhaites vraiment qu'on se fasse engueuler ? je la questionne en déposant délicatement notre amour dans son minuscule berceau.

– Tu penses que ça va m'inquiéter ? Si tu ne viens pas là immédiatement, je débranche tout pour me jeter dans tes bras, me menace-t-elle, en me faisant de la place sur le lit médicalisé.

Je m'allonge comme je peux, l'enlace en essayant de ne déconnecter aucun fil et niche sa tête dans mon cou.

– Je vais te rendre heureuse, je lui déclare en couvrant le haut de son crâne de tendres baisers.

– C'est moi qui devrais te faire ce genre de promesse, réplique-t-elle en se redressant pour m'observer. Je n'aurais jamais dû douter de moi, de nous, j'ai failli tout gâcher.

Mon cœur a des ratés. Bien sûr, je pourrais lui dire à quel point elle a raison, mais je sais que c'est inutile. Je connais ses craintes, j'espère juste qu'elle a enfin compris.

– Je devrais pouvoir te pardonner, je souffle en l'embrassant tendrement.

Je ne saurais dire à quel point sa bouche, son corps m'ont manqué. Ça fait tellement longtemps que je ne l'ai pas touchée que je ne me souviens même plus de la dernière fois. Je voudrais profiter de sa poitrine incroyablement belle depuis la grossesse, agripper ses hanches pour la presser contre moi, mais je me retiens. Je me contente de dévorer sa langue, de caresser ses cheveux, en ignorant sa main qui soulève ma chemise.

– Il faudrait peut-être prévenir Jordan et Boby que tout s'est bien passé, je propose avant que la situation ne m'échappe.

– Boby est là ? s'étonne-t-elle. Je savais qu'il me trahirait ! Ce mec est la plus géniale des enflures que je connaisse.

– Je lui dois le plus beau jour de ma vie, je réplique en abandonnant le lit à contrecœur et en déposant un délicat baiser sur son front. Je reviens tout de suite.

En quittant la pièce, je croise une infirmière qui m'annonce que Sandre et Lily vont être transférées dans la chambre 22. Je la remercie et pars à la recherche de nos amis, que je retrouve sans problème. Il faut dire qu'ils ne sont pas silencieux, leurs voix résonnent dans une petite salle d'attente sans fenêtre.

– Je suis papa, je déclare au bord des larmes.

– Elle ne t'a pas viré ? s'étonne Jordan, tandis que Boby me serre dans ses bras, ravi. Si tu savais tout ce que j'ai pris en arrivant ici, c'est toi qui aurais dû traverser la tempête.

– Entre la future mariée furieuse et la femme enceinte hystérique, je ne suis pas certain que tu aies subi le pire, intervient Boby.

Une vague de colère monte en moi. Je n'ai jamais pu encadrer ce Jordan et je me demande toujours ce que Sandre peut lui trouver. Il pose une main apaisante sur mon épaule, je ravale ma contrariété.

– Je n'ai rien contre toi, me rassure-t-il, en me donnant une petite claque dans le dos. Je voulais juste te faire réagir.

– Parce que tu penses que je n'ai pas tout tenté ? je m'offusque, alors que mes muscles se tendent, irritée par son arrogance et peut-être aussi la fatigue.

– J'ignore ce que tu as tenté, réplique-t-il. Sandre n'est pas très bavarde quand il s'agit de toi.

C'est bête, mais je suis presque déçu d'apprendre qu'elle ne lui parle jamais de moi. J'aimerais riposter, mais plus que tout, je ne veux rien gâcher de cette journée.

– Je te raconterai plus tard, pour l'instant je souhaite vous présenter notre petite princesse, je déclare en l'entraînant par le cou. Et juste au cas où tu n'aurais pas compris, elle est à moi, alors arrête de la tripoter sous mes yeux.

– Je suis gay, réplique-t-il, tu devrais plutôt t'inquiéter de te tenir si proche de moi. Tu es complètement mon genre.

Et, pour être honnête, sa réplique est efficace.

Dans la chambre éclairée par le soleil rouge de la fin de journée, Sandre contemple notre fille. Un sourire illumine son visage épuisé quand elle nous aperçoit.

– Tiens, voilà le parrain et la marraine !

– Boby, désolé ! Mais j'imagine que tu vas devoir faire la marraine, raille Jordan en embrassant

Sandre sur le front. Chérie, j'espère que tu as été sage en mon absence.

Je me glisse entre eux et le contrains à reculer en m'installant près de ma rebelle.

– Je croyais qu'on était d'accord, je commente.

– Une habitude, réplique Jordan, en se grattant le cou, gêné par mon regard contrarié. C'est bon, je ferai la marraine, précise-t-il en s'approchant du berceau où Boby contemple déjà notre petit trésor.

– Il n'aurait jamais pu te remplacer, me susurre Sandre en faufilant ses doigts sous ma chemise pour m'obliger à me rapprocher.

Elle a toujours été très douée pour déceler mes émotions, comment peut-elle ne pas voir à quel point je l'aime ? Je tente de chasser l'image de Jordan qui l'a dorlotée à ma place pendant ces neuf derniers mois et observe nos deux acolytes qui sourient bêtement en admirant le nouveau-né profondément endormi.

– Ta mère a appelé, il y a une petite heure, elle commençait à s'inquiéter. Je lui ai dit que je la tiendrais au courant, m'annonce Boby, alors que Sandre propose à Jordan de porter notre puce.

J'interroge Sandre du regard. Elle et ma mère ne se sont jamais vraiment appréciées, mais elle hoche la tête, rassurante.

Mes parents, Élise et Philip, Rita et Harry sont arrivés une heure plus tard. Jordan et Boby se sont éclipsés peu de temps après mon coup de fil à ma mère, tous deux avec des excuses bidon pour nous laisser en famille. C'est étrange de dire que nous sommes une famille, mais j'adore ça.

Sandre somnole à côté de moi, pendant que je donne le biberon à Lily. Ma mère se met à pleurer dès qu'elle m'aperçoit.

– Mon Dieu, mon fils, que tu es beau en papa, bafouille-t-elle, en se penchant vers moi. On ne reste que cinq minutes, promet-elle en se tournant vers Sandre.

– Vous avez le droit d'être ici, réplique ma rebelle, tandis que Philip s'avance pour la serrer dans ses bras.

– Je savais que tu prendrais la bonne décision, je l'entends lui souffler.

– Je vous présente Lily Riley Anderson, j'annonce, en tendant mon petit ange à ma mère.

Les yeux de Rita se remplissent de larmes à l'évocation de son nom que j'ai conservé et que je transmets aujourd'hui à ma fille. Les mains de ma mère tremblent quand elle enlace le bébé pour le montrer, radieuse, à mon père et Élise, alors que Rita garde ses distances. La pièce est chargée d'un trop-plein d'amour, notre enfant ne manquera jamais d'affection ! J'espère secrètement que Sandre le ressent aussi et, en apercevant ses yeux brillants, je sais qu'elle a compris.

– Elle sera la plus heureuse des enfants, je la rassure en l'étreignant à mon tour.

Et cet instant serait vraiment parfait si Rita ne semblait pas si perturbée. Elle quitte la pièce et je murmure à Sandre que je reviens.

– Je n'aurais pas dû venir. Je n'ai pas ma place ici, mais j'avais peur que tout ça soit trop pour toi. Je voulais m'assurer que tu allais bien, gémit-elle en me voyant sortir.

– Je vais bien, et ça me fait plaisir que tu sois là, je précise en la prenant dans mes bras.

– Si tu savais comme je suis fière de toi ! Tu es si fort et tellement responsable. Ils ont dû se tromper à la maternité le jour de ta naissance, ironise-t-elle en se redressant pour retrouver mon regard.

Et alors que je pensais ne jamais lui poser la question qui me brûle les lèvres depuis si longtemps, j'ose enfin :

– Pourquoi c'était si dur pour toi de t'occuper d'un enfant ?

– Je ne sais pas. J'étais jeune, c'était trop tôt et j'étais juste incapable de faire mieux que ma mère. Tu sais, je me suis détestée de ne pas y arriver et puis, j'ai renoncé. Mais le pire, c'est que je me suis sentie soulagée.

Elle respire bruyamment, et ses yeux clairs sont si tristes que mon cœur souffre pour elle. Je n'aurais jamais pensé qu'elle puisse être rongée par notre passé. Rita paraît toujours tellement insouciante. Et elle insiste, comme si elle avait besoin de se confier :

– Tu n'aurais jamais dû donner mon nom à ton enfant. Certaines choses ne méritent pas d'être transmises, elle n'a pas besoin de savoir. Je me contenterai d'être la vieille tante foldingue dont on se moque au repas de famille.

– Ne dis pas de sottises, tu es bien plus que ça et tu le sais.

– Et que suis-je au juste ? Même toi, tu as du mal à l'admettre.

– C'est vrai, je suis désolé de ne pas parvenir à te considérer comme ma mère. C'est juste que…

– C'est normal, c'est Martha ta mère, et ça me rassure de savoir que toi et Colin l'avez, elle, me coupe-t-elle. Je n'ai jamais été que la bonne copine trop souvent absente.

Je ne sais pas quoi répondre. Elle est là, elle est dans ma vie et elle est importante, mais j'ignore ce qu'elle est au juste pour moi, pour nous, pour notre famille toute neuve.

CHAPITRE 44

Sandre

Je ne saurais dire ce qui a changé en moi quand j'ai posé les yeux sur elle, mais depuis, tout est différent. Je ne redoute plus de ne pas l'aimer parce que je le sais : je l'aime. Rien n'a jamais été aussi évident dans ma vie que mon amour pour cette petite chose fragile. Je ne pensais pas que s'attacher à son enfant puisse être quelque chose de si simple. J'ai tenté d'imaginer ma mère dans la même situation, mais je n'y parviens pas. Comment a-t-elle pu se sentir perdue, désorientée, alors que moi j'ai le sentiment de m'être trouvée ? C'est étrange, le soulagement que je ressens : je ne suis pas comme elle. Peut-être même que je suis capable de ne pas tout faire foirer ?

Josh lui, a été parfait. Je pensais qu'il paniquerait, qu'il se sentirait débordé, mais il a géré comme un chef. Je n'en reviens toujours pas qu'il ait tout plaqué le jour de son mariage. Il vient juste de partir, et déjà il me manque. Il voulait rester dormir avec nous, mais c'est moi qui l'ai convaincu de rentrer se reposer. D'habitude, c'est lui qui me rassure, pourtant ce soir tout était différent. J'ai dû lui promettre que la nuit ne changerait rien, que nous avions toute la vie pour en profiter, que je ne fuirais pas, ne paniquerais plus. Il ne l'admettra jamais, mais je sais qu'il était épuisé, la journée a dû être incroyablement déstabilisante pour lui.

Il est deux heures du matin. Une sensation étrange vient de me réveiller. C'est surprenant, mais je le sais, Lily va bientôt réclamer son biberon. Je suis si fière de moi quand je vois ce petit corps fragile à côté de moi s'étirer doucement. Moi, j'ai un instinct maternel, qui l'eût cru ? Même si je suis soulagée de ne plus avoir un ballon de rugby dans le ventre ! Il n'a pas tout à fait retrouvé sa forme, mais j'ai bien l'intention d'y remédier.

J'enlace délicatement mon petit ange qui a désormais les yeux grands ouverts. Ils ont la même teinte bleutée que ceux de son père et elle a hérité de son magnifique nez fin et droit. Ma fille est la plus belle. J'ai oublié de prendre mon appareil photo, mais dès que je serai rentrée, je la photographierai sous tous les angles. Elle ne peut pas être plus capricieuse que les top models new-yorkaises ou les futures mariées, et je suis sûre que Josh appréciera que je tapisse les murs des photos de notre fille.

– Bonjour Lily, je souffle en lui caressant la joue. Je suppose que tu es au courant que tu n'étais vraiment pas prévue au programme et que tu as bien foutu le bordel dans ma vie, je lui avoue, alors qu'elle grimace en m'observant. Je sais, je sais, ta maman est grossière, je vais essayer de faire des efforts. J'ai encore le temps, tu n'es pas prête à répéter.

Elle émet un petit grognement, et je me penche pour récupérer le biberon sur la commode. Elle ouvre grand la bouche et ses minuscules doigts se cramponnent aux miens. Je l'embrasse sur le front en admirant son air ravi. Elle déglutit avec gourmandise.

– Merci, je murmure à son intention. J'aurais perdu ton papa si tu n'avais pas été là et je n'aurais même pas compris que je pouvais lui donner ce dont il a besoin. Je sais ce que tu penses… je poursuis en posant les yeux sur elle, pour découvrir qu'elle est profondément endormie. Ouais, tu t'en fous de ta maman déjà gaga, t'as bien mangé et maintenant tu dors, mais un conseil, fie-toi toujours à ton papa, ne m'écoute pas, je dis et fais souvent n'importe quoi.

– J'espère que tu as été sage cette nuit ? Il va falloir faire des efforts, ta maman est encore un peu perturbée par ton arrivée, il ne faudrait pas la traumatiser. Si tu as un problème, demande-moi. Bon, OK, c'est vrai que j'ai l'air tout aussi dérangé, mais je vais gérer, t'inquiète !

Est-ce que je rêve ? Sa voix grave et tendre me berce et me rassure tendrement. Je finis par ouvrir un œil, le soleil se lève à peine et Josh est déjà là. Il porte un jean large et un sweat bleu qui met en valeur son regard, aussi bouleversé que la veille. Ses cheveux en bataille sont encore mouillés d'une douche récente. Il m'observe en câlinant notre fille pressée contre son torse musclé. Ils sont magnifiques tous les deux. C'est le plus merveilleux des spectacles, qui emplit mon cœur d'un bonheur surréaliste.

– C'est étrange, mais je crois que mon cœur a grossi pendant la nuit pour faire une petite place à Lily, je susurre, alors que je croyais m'être contentée de le penser.

Le sourire de Josh est impressionnant, il illumine son visage déstabilisé.

– Vous me manquiez trop, avoue-t-il. Tu as bien dormi ?

– Super ! Notre fille est un ange, comme son papa.

– Et tu penses toujours que j'ai une place dans votre vie ? s'enquiert-il, en tentant de garder le sourire.

– Si j'avais vraiment voulu partir, je l'aurais fait depuis longtemps.

Il a l'air déçu, comme s'il attendait plus de moi. J'aurais dû savoir que nous aurions cette conversation, j'aurais dû m'y préparer, je ne désire pas le faire fuir. Alors que je cherche toujours quoi dire, il me demande :

– Tu as une idée de notre avenir ?

– C'est clair qu'elle t'adore, je déclare en observant notre petit trésor pelotonné contre lui. Elle risque de te réclamer la nuit et je ne saurai jamais comment la calmer si tu n'es pas là. Et puis, tu as déjà les clés et tes petites habitudes à la maison.

– Est-ce que tu me proposes d'emménager chez toi ? m'interroge-t-il, encore hésitant.

OK, il va falloir que j'y réfléchisse et que je trouve mieux pour notre prochaine discussion sur le sujet.

– Est-ce que c'est ce que tu souhaites ? je hasarde, inquiète.

– Je veux une maison à nous, m'annonce-t-il, en venant s'asseoir sur le bord du lit, Lily toujours blottie dans ses bras.

– Mais en attendant, cette maison, c'est là où tout a commencé. Ses murs sont emplis de nos plus beaux souvenirs ensemble, je tente en posant ma main sur la sienne qui maintient notre enfant.

– C'est vrai, murmure-t-il en m'embrassant tendrement. Tu sais, j'ai encore l'impression de rêver, ajoute-t-il contre ma bouche.

– Tu vas t'y habituer.

Après un long moment silencieux, l'un contre l'autre, à admirer notre fille, il hasarde, un peu gêné.

– Mélanie souhaiterait passer voir Lily.

– Tu la plantes pratiquement devant l'autel et… Elle est maso ? je m'exclame, en me redressant pour vérifier s'il ne se moque pas de moi. Elle ne devrait pas avoir filé à l'autre bout du monde ?

J'ignore ce que je suis censée ressentir. Il ne l'aime pas, je le sais, mais il a quand même failli l'épouser.

– En fait, elle ne voulait pas non plus m'épouser, elle est amoureuse de Diego et ils se sont mariés hier.

Mon sourire se fige. Il ne l'a pas plantée, c'est elle qui la fait ! Ce connard n'a même pas eu les couilles de le faire. Il ne serait peut-être pas là si elle ne l'avait pas largué. Je m'apprête à cracher mon venin, mais sa main se plaque sur ma bouche pour m'empêcher de protester.

– Je sais ce que tu penses, déclare-t-il en plongeant son regard azur dans le mien. J'étais venu lui dire que je ne pouvais pas l'épouser quand elle m'a avoué qu'elle aussi en était incapable. Je l'aurais fait même si ça l'avait brisée. Tu es plus importante que tout à mes yeux. Tu m'entends, Sandre ? Il … n'y… a… que TOI, articule-t-il, en posant son front contre le mien.

Ces mots m'apaisent aussitôt, et il retire ses doigts pour caresser ma joue. J'hallucine, il n'a pas eu à subir la furie de la future mariée !

– Quand même ! Tu as une chance de cocu, je réponds en effleurant ses lèvres du bout des miennes.

Son rire envahit la pièce, et j'explose à mon tour en réalisant l'horreur qui a osé sortir de ma bouche. Lily sursaute dans ses bras et nous nous taisons aussitôt en priant de ne pas l'avoir réveillée.

Mélanie et Diego sont passés en début d'après-midi, ils paraissaient tellement heureux d'être ensemble que ma jalousie s'est évanouie en les apercevant. Comme situation gênante, difficile d'imaginer pire ! Mais étrangement, Josh et Mélanie semblaient à l'aise l'un avec l'autre.

C'est surprenant de voir le même soulagement dans leurs yeux. Les jeunes mariés ne sont pas restés très longtemps et j'aime autant. Puis, Prude et Will sont arrivés. La coincée était complètement hystérique et fière de son petit ventre rebondi qui annonce un cousin ou une cousine pour Lily.

La mère de Josh a débarqué peu après, accompagnée du petit Colin qui m'a avoué être soulagé de savoir que je n'étais pas réellement devenue énorme. Josh est ravi de voir son frère si attentionné avec sa nièce, et Martha ne peut pas s'empêcher de couvrir mon ange de baisers. La veille, elle n'a pas cessé de me remercier de faire d'elle une mère et une grand-mère comblée. Elle s'est même excusée de n'avoir rien fait pendant toutes ces années pour que son fils revienne vers moi. Ce revirement est si surprenant que je n'ai pas osé lui avouer que tout était de ma faute.

Tout cet amour dégoulinant et mielleux aurait dû me faire flipper, mais aussi étonnant que cela soit, il me rassure, parce que je sais que grâce à eux, Lily ne sera jamais seule comme je l'ai été.

Puis c'est le tour de Phil et Élise. J'ai tellement de chance de les avoir. Ça me fait tellement plaisir de les voir se réjouir de la naissance de Lily, mais mon sourire s'évanouit en découvrant Melinda et Ryan qui les suivent. Josh m'interroge d'un regard inquiet, et la pièce se remplit d'une tension gênante. Melinda vient m'embrasser, puis s'extasie sur notre puce, mais je ne l'écoute pas, j'ai bloqué sur cet homme que je n'ai pas revu depuis des années.

C'est fou comme il a peu changé, encore moins que ma mère. Comme toujours, il porte un jean usé et une chemise rayée qui laisse entrevoir la queue du dragon enroulée autour de son bras musclé. C'est son seul tatouage, mais à lui seul, il recouvre la moitié de sa poitrine et une partie de son dos. Ses cheveux châtains sont un peu plus longs que d'habitude et ses iris sombres ont pris une intensité nouvelle. Il se tient en retrait, mais je ne suis pas la seule à l'observer. Josh a repris Lily des bras de sa mère comme si elle avait besoin d'être protégée.

– Je crois qu'il est temps que Lily visite un peu la maternité, ironise Élise en lui caressant la joue.

Martha entraîne Colin à l'extérieur de la chambre, Phil et Melinda les suivent, tandis que Josh se penche vers moi :

– Tu veux que je reste ?

– Je vais gérer, je déclare en pressant son bras qui enlace notre bébé.

En quelques minutes, il n'y a plus que Ryan et moi, la pièce me semble soudain trop petite et le silence l'envahit.

– Je suis désolé, finit-il par annoncer en s'avançant vers moi.

Je ne réponds rien, alors il ajoute :

– Tu ne méritais pas ce que je t'ai fait endurer. J'ai obligé ta mère à s'éloigner de toi. Quand j'étais jeune, je trouvais ma vie injuste, je me disais que lorsque j'aurais des enfants, je ne les laisserais jamais grandir seuls et sans amour, comme moi, et pourtant c'est ce que j'ai fait avec toi.

– Mais le problème, c'est que je ne suis pas TON enfant, je réplique en tentant de ne pas mettre trop de hargne dans le ton de ma voix.

Je ne sais que trop bien ce qu'il peut devenir quand on le contrarie, mais il ne semble nullement irrité par ma riposte. Serait-il capable de garder son calme désormais ?

– Que tu sois de moi ou d'un autre n'aurait rien dû changer. Ta mère et moi n'avions plus de famille, pas d'amis, c'était nous contre la terre entière. Je t'ai vue comme un obstacle entre nous.

Ces mots me font l'effet d'un électrochoc. Cette attitude débile, ce n'est pas de Melinda que je la tiens, mais de lui, de cet homme qui m'a toujours repoussée et que j'ai tant haï. Je ne partage rien de ses gènes et pourtant j'ai rejeté Josh et notre bébé comme il l'a fait avec moi. Il inspire bruyamment avant de reprendre :

– Ouvrir un restaurant a été la meilleure des décisions que ta mère m'ait convaincu de prendre. J'ai découvert que je pouvais passer des heures à cuisiner et que ça me faisait un bien fou. J'ai appris à travailler avec d'autres, j'ai réalisé que je pouvais apprécier d'autres personnes que ta mère, j'ai évacué ma colère. Philip nous donnait de tes nouvelles régulièrement et je croyais que tu étais plus heureuse sans nous et surtout sans moi.

Sa voix tremble, il semble au bord des larmes. Je ne l'ai jamais vu comme ça.

– Ta mère veut tellement faire partie de ta vie et j'aimerais aussi pouvoir être là, même si je sais que tu n'as pas besoin de moi. Est-ce que tu penses que tu pourras me pardonner un jour ? Pas maintenant bien sûr, mais un jour.

– Je devrais pouvoir faire ça, je murmure simplement, parce qu'il semble avoir besoin de l'entendre et peut-être aussi parce que j'ai enfin compris ce qui l'avait poussé à agir de la sorte.

Je n'aurais pas aimé avoir à endurer ce qu'il a dû traverser et même si mon enfance n'a pas été facile, comment pourrais-je lui en vouloir, alors que moi aussi je fais n'importe quoi depuis des mois, voire des années ?

– Je suis heureux de l'entendre, souffle-t-il, visiblement soulagé. Nous ne repartirons plus, je te le promets. J'ai encore pas mal de boulot avant de pouvoir ouvrir le restaurant que nous venons d'acheter avec ta mère, mais quand il sera opérationnel, j'aimerais que tu viennes déguster quelques-uns de mes plats avec Josh.

Je hoche la tête, incapable de répondre. Il tend ses mains massives vers moi :

– Est-ce que je peux te serrer dans mes bras ?

– Tu sais bien que je déteste ça.

– Tu dois tenir de moi, raille-t-il en m'enlaçant.

Je ne peux m'empêcher de frémir à son contact, comme si je redoutais que son étreinte puisse être tendre. C'est étrange d'être dans ses bras, surréaliste même, je n'ai pas le souvenir d'avoir jamais eu ce genre d'échange avec lui. Mais il faut dire que j'ai chassé de mes pensées pas mal d'instants avec eux. Et puis, je pensais ne jamais le revoir et il est là, à me demander pardon.

Il ne s'éternise pas, et Josh revient seul avec notre puce qui ouvre de grands yeux étonnés.

– Elle s'inquiétait de ne plus te voir, précise-t-il, en la déposant contre moi. Les autres sont partis, mais Philip repassera demain. Est-ce que ça va ? s'enquiert-il en plongeant ses beaux yeux dans les miens.

– Je ne me suis même pas énervée, je déclare, surprise. Qu'avez-vous fait de moi, Monsieur Anderson ?

– Je crois que Lily a une bonne influence sur toi, se moque-t-il en m'embrassant tendrement.

CHAPITRE 45

Josh

Samedi soir en rentrant, j'étais perdu, désorienté, déboussolé, mais tellement heureux. J'ai quitté mon costume de marié avec un soulagement sans nom. J'ai vécu des choses incroyables dans cette tenue, plus étonnantes qu'aucun homme le jour de son mariage. Je n'aurais jamais imaginé que cette journée puisse finalement se révéler être la plus belle de ma vie.

Après avoir pris une douche, je n'ai pas pu me retenir d'ouvrir la fenêtre en grand. Savoir que j'en ai le droit est incroyablement jouissif, même si je sais pertinemment que Sandre ne peut pas me rejoindre. J'ai passé ma nuit à espérer que tout se déroulait bien et que Lily était sage. J'aurais tellement voulu rester, être là si elles avaient besoin de moi. Sandre a été incroyable, égale à elle-même, mais incroyable. Ils ont raison, elle a changé et j'ai envie de croire qu'elle ne redoute plus de s'engager.

J'ai très peu dormi. Difficile de trouver le sommeil lorsque tant de nouvelles responsabilités vous attendent. J'ai tenté d'envisager notre vie avec

Lily. Est-ce que Sandre voudra venir avec moi à Boston ? Peut-être que je pourrai faire les allers et retours ? Mélanie et moi allons devoir vendre notre maison. Quand je pense qu'elle s'est mariée avec Diego, je ne les imaginais pas du tout ensemble, la blonde au teint pâle et le Latino dragueur.

Et si Sandre ne désirait pas qu'on vive ensemble tout de suite ? Si elle préférait prendre son temps ? Moi, je ne souhaite plus attendre. J'ai besoin d'elle et je veux faire partie de la vie de Lily. Être là lorsqu'elle se lève le matin et si elle pleure la nuit. Je veux être présent quand elle s'endort et lorsqu'elle se réveille, quand elle sourit et quand elle pleure. Je désire que nous formions une famille.

Je ne saurais dire à quel point j'ai été soulagé quand Sandre m'a proposé d'emménager chez elle. Pour la première fois depuis longtemps, elle a fait un pas vers moi.

Lily dort dans son couffin et Sandre nous prépare un thé. Nous rentrons tout juste de la maternité. Hier, j'ai aidé Jordan à déménager, il s'est installé chez Élise et Philip en attendant de se trouver un appart dans le coin. Je crois qu'il apprécie la vie à Winsted et, finalement, je pense que je pourrai supporter sa présence dans les parages. Sandre ne semble pas trop perturbée d'avoir revu Ryan, elle a même l'air apaisée par cette rencontre, comme si, en fin de compte, elle le comprenait.

Je l'observe nous sortir des tasses. Elle n'a pratiquement plus de ventre et je regrette un peu de ne pas avoir pu en profiter, mais j'aime que sa poitrine n'ait rien perdu de son charme. Je baverais presque sur le décolleté magnifique que lui fait ce simple débardeur noir. Elle se penche pour ajouter un sucre dans ma tasse et à la malice que je découvre dans ses yeux, je sais qu'elle a capté mon regard qui lorgne là où il ne faut pas.

– En manque ? se moque-t-elle.

Comment pourrais-je ne pas être en manque alors que ça fait des mois que je n'ai plus le droit de la toucher ? Je sais ce qu'elle pense, Sandre est d'humeur joueuse et j'en ai envie, mais ce que je souhaite plus que tout, c'est être avec elle, ne plus la quitter. J'attrape sa taille et l'oblige à se glisser entre mes jambes.

– Je le suis toujours quand il s'agit de toi, mais je devrais pouvoir patienter, je déclare en me remémorant les instructions du gynéco : « pas de sexe pendant quelques semaines ». En attendant, je compte bien torturer chaque parcelle de ta peau jusqu'à ce que tu m'avoues ce que tu ressens vraiment pour moi.

Son sourire s'étire alors que je plaque mes lèvres sur les siennes. Mon cœur s'affole quand sa langue s'introduit dans ma bouche pour répondre à mon étreinte. Nous allons enfin pouvoir nous retrouver, et je grogne de frustration quand elle écourte notre baiser.

– Parce que tu penses que je vais me laisser torturer, réplique-t-elle, en faisant coulisser ses doigts le long de la ceinture de mon jean. Il me semble avoir quelques petites choses à me faire pardonner.

Sandre m'observe avec malice, attrape le col de ma chemise pour me presser contre sa bouche. Après un bref baiser, elle tire brusquement sur les pans et les boutons volent dans la pièce.

– Oups... Quelle maladroite je fais ! Je t'en rachèterai une, annonce-t-elle, tandis que ses lèvres s'aventurent dans mon cou.

Sa bouche me suçote, me lèche, et ma respiration s'accélère tandis qu'elle descend sur mon ventre.

– On ne va pas faire ça devant notre fille, je m'indigne en observant notre trésor profondément endormie à quelques pas de nous.

– T'inquiète, je lui ai déjà expliqué comment on fait les bébés, se moque-t-elle en faufilant ses doigts sous ma ceinture.

Je gémis et me cambre malgré moi. Mes mains s'enfoncent dans sa chevelure soyeuse tandis qu'elle dégrafe mon jean et découvre ma queue qui se dresse pour elle.

– Je ne veux rien que je ne pourrai te rendre, je suffoque en relevant sa tête pour plonger dans son regard sombre.

Son expression coquine m'excite davantage et elle réplique, victorieuse, en léchant mon gland :

– Je vais te sucer... parce que j'ai répondu non à ta demande en mariage... et je le referai demain... parce que je t'ai planté devant l'hôpital alors que tu m'avais veillée toute la nuit... et après-demain pour t'avoir repoussé chaque fois que tu insistais… et le jour suivant…

Entre chaque mot, sa langue s'enroule autour de ma queue et elle me presse en m'avalant entièrement. Je grogne en savourant chaque syllabe qui sonne comme la plus belle des déclarations d'amour. Mes jambes se mettent à trembler alors qu'elle accélère le rythme en me citant toutes les choses qu'elle a à se faire pardonner.

– Sandre, je vais… je vais… je bafouille en tentant de stopper ses assauts, mais elle ne m'écoute pas et je me crispe pour ne pas m'effondrer sur elle.

La violence du plaisir qui m'emporte est impressionnante. Je suis à bout de souffle quand elle s'écarte de moi, triomphante, ses iris étincelants d'une lueur nouvelle. Elle rajuste mon jean avec un sourire à me faire perdre la raison.

À suivre…

REMERCIEMENTS

J'ai tellement de mercis à formuler que je ne sais pas par où commencer.

Six mois que j'ai débuté cette incroyable aventure et vous êtes déjà tellement nombreuses à me soutenir. Si vous saviez comme ça me touche ! Merci pour tous vos messages enthousiastes, enflammés, frustrés… Merci de ne pas m'avoir détestée de vous torturer chapitre après chapitre, tome après tome ; avec une pensée particulière pour Lisa : ma fan VIP, sans oublier Ludi, Mémé, Nanoue, Pétrolette, Tartine pour leur soutien et leurs encouragements.

Merci aussi à mes formidables correctrices : Asyne toujours fidèle au poste, Nini qui m'a offert son aide quand j'en avais le plus besoin, Fanny et son engagement pour un monde littéraire sans fautes, Krystel et son perfectionnisme, Nathalie et son incroyable talent pour les bonnes critiques.

Un dernier petit mot pour mes amours qui n'ont pas peur d'être fières de leur maman : je vous aime mes chéries. Et un gros bisou à mon adorable filleul : Hhhaaaaa !!!!

Si vous avez envie de me suivre,
d'en découvrir un peu plus sur moi
et mon univers,
d'en connaître davantage
sur mes projets d'écriture,
n'hésitez pas à venir faire un petit tour
sur ma page Facebook :
https ://www.facebook.com/pages/
Jane-Devreaux/562439683891380

Composition et mise en pages
Nord Compo à Villeneuve-d'Ascq